BOLSILLO
ZETA

Título original: *Red Roses Mean Love*

Traducción: Ana Pérez

1.ª edición: julio 2006
1.ª reimpresión: octubre 2006

para el sello Zeta Bolsillo
Bailén, 84 - 08009 Barcelona (España)
www.edicionesb.com

Publicado por acuerdo con The Bantam Dell Publishing Group,
una división de Random House, Inc.

Printed in Spain
ISBN: 84-965-4693-4
ISBN 13: 978-84-965-4693-6
Depósito legal: B. 26.687-2006

Impreso por LIBERDÚPLEX, S.L.U.
Ctra. BV 2249 Km 7,4 Polígono Torrentfondo
08791 - Sant Llorenç d'Hortons (Barcelona)

ROSAS ROJAS

JACQUIE D'ALESSANDRO

BOLSILLO
ZETA

Dedico este libro con todo mi amor a mi increíble esposo, Joe, mi mejor amigo y un hombre que puede considerarse un héroe en todos los sentidos; y a mi maravilloso hijo, Christopher, alias «héroe junior*». No podría haber hecho esto sin vuestro amor, vuestros ánimos y vuestro apoyo.*

Gracias. Os quiero a los dos.

Y a mis padres, Jim y Kay Johnson, por una vida de amor y sabiduría y por haberme dado un notable ejemplo a seguir.

Agradecimientos

Me gustaría expresar mi agradecimiento a las siguientes personas por su ayuda y apoyo en este proyecto. Sin ellas, nunca podría haber hecho realidad mi sueño.

A mi editora, Christine Zika, por su paciencia y su interminable capacidad de aportar ideas inspiradoras.

A mi agente literaria, Damaris Rowland, por su fe y su sabiduría.

A mis compañeras y críticas, Karen Hawkins, Rachelle Wadsworth y Haywood Smith, por sus ideas brillantes y sus bolígrafos rojos.

A mi hermana, Kathy Guse, por decirme: «Tú puedes» cada vez que necesitaba oírlo.

A mis suegros, Art y Lea D'Alessandro, por sus consejos y el impagable regalo de su hijo.

También me gustaría darles las gracias a los miembros de Georgia Romance Writers, por su apoyo, muy especialmente a Martha Kirkland, Stephanie Bond Hauck, Sandra Chastain, Pat Van Wie, Donna Fejes, Carmen Green, Deb Smith, Anne Bushyhead, Ann Howard White, Rita Herron, Susan Goggins, Jenni Grizzle, Gin Ellis, Carina Rock y Wendy Etherington.

Y gracias también a Christine McGinty, Sheryl Brothers, Michelle y Steve Grossman, Marsha Brown, Jane Sánchez, Caroline Sincerbeaux y Jeannie Pierannunzi.

1

Afueras de Londres, 1820

Alguien lo estaba siguiendo.

Stephen sintió que el pánico bajaba por su espalda y se instalaba, como una pesada losa, en el estómago. Tiró bruscamente de las riendas para detener en seco a *Pericles* e inspeccionó los alrededores, tratando de captar cualquier sonido o movimiento.

Estaba tan oscuro que apenas podía distinguir el contorno del bosque que se extendía a ambos lados de la desierta calzada. Una brisa con olor a pino refrescaba el aire de julio, y cerca cantaba un coro de grillos. Nada parecía salir de lo corriente.

Pero estaba en peligro.

Lo sabía.

Un escalofrío de mal presagio recorrió su cuerpo. Allí había alguien. Observándolo. Esperándolo.

«¿Cómo diablos habrán dado conmigo? Estaba seguro de haber salido de Londres sin dejar rastro. —Torció el labio en una mueca de disgusto—. Y todo por querer pasar unos días descansando en mi pabellón de caza privado.» Un crujido de hojas secas interrumpió los pensamientos de Stephen. A sus oídos llegaron voces susurrantes. Un destello blanco iluminó la oscuridad que lo envolvía. El estruendo de un disparo de pistola rasgó el aire.

Un dolor punzante le atenazó el brazo. Emitió un hondo gemido y apretó fuertemente los talones contra los flancos de *Pericles* para hacerle entrar en el bosque. Corrieron a gran velocidad sorteando árboles mientras sus perseguidores les pisaban los talones. A pesar de todos los esfuerzos de Stephen, los ruidos de los malhechores al rozarse con la vegetación cada vez se oían más cerca.

Apretó fuertemente los dientes intentando soportar el dolor que le irradiaba del hombro y clavó todavía más los talones en los costados de *Pericles*. «¡Madita sea! No voy a morir aquí. Sean quienes sean esos indeseables, no se saldrán con la suya. Lo han intentado antes y han fracasado. No lo conseguirán esta noche.»

Mientras corría a toda velocidad por el bosque, Stephen dio gracias a Dios por haber rechazado el ofrecimiento de Justin de acompañarle. Stephen necesitaba estar solo, y su pequeño pabellón de caza, un rústico refugio adonde acudía cuando quería encontrarse libre de obligaciones, gente y responsabilidades, carecía de servicio. Rogó a Dios que pudiera llegar allí. Vivo. Pero, si no lo conseguía, por lo menos su mejor amigo, Justin, no moriría con él.

—¡Ahí está! ¡Justo enfrente!

La voz ronca procedía justo de detrás de él. Una fina película de sudor envolvió todo el cuerpo de Stephen. El hedor metálico de la sangre —su sangre— le llenó las fosas nasales, y le dio un vuelco el corazón. La sangre manaba, caliente y pegajosa, empapándole la camisa y la chaqueta. Notó que empezaba a marearse y apretó los dientes para luchar contra la debilidad.

«¡Dios, maldita sea! ¡Me niego a morir así!», pensó. Pero, mientras se hacía aquella promesa, Stephen se percató de la gravedad de su situación. Estaba a kilómetros de cualquier lugar donde pedir ayuda. Nadie, salvo Justin, sabía dónde estaba, y Justin no esperaba tener noticias suyas hasta dentro de por lo menos una semana. ¿Cuánto tiempo pasaría hasta que alguien se enterara de que había muerto? ¿Dos semanas? ¿Un mes? ¿Más? ¿Lo encontraría alguien en el bosque? «No, mi única esperaza es escapar de esos indeseables.»

Pero los indeseables estaban a punto de darle caza.

Sonó otro disparo. El impacto derribó a Stephen del caballo. Dio un alarido y cayó al suelo pesadamente, rodando sobre sí mismo por una empinada pendiente. Las rocas cortantes le hirieron la piel. Los pinchos de los arbustos le llenaron el cuerpo de rasguños sin ninguna compasión.

Multitud de imágenes inundaron súbitamente su mente. La mirada gélida e implacable de su padre; la risa sosa de su madre; el borracho de su hermano, Gregory —que ahora heredaría su título—, y la tímida y apocada de la mujer de éste, Melissa; la radiante sonrisa de su hermana Victoria cuando se casó con Justin.

«Tantos reproches. Tantas heridas sin curar.»

Su caída finalizó con un chapoteo de huesos rotos cuando aterrizó sobre un riachuelo de aguas gélidas. Un dolor candente le atravesó de pies a cabeza. Le engulló la oscuridad. «No me puedo mover. ¡Me duele tanto! ¡Dios mío! Qué forma tan asquerosa y estúpida de morir.»

Hayley Albright conducía la calesa a paso uniforme mientras intentaba ignorar su creciente incomodidad. Apretujada entre sus dos sirvientes en un asiento pensado sólo para dos personas, apenas podía inhalar con sus comprimidos pulmones. Cansada y agarrotada, ansiaba con todas sus fuerzas un baño caliente y una cama blanda. «Pero, en lugar de eso, tengo que conformarme con un camino lleno de baches y un asiento duro como una piedra.»

Intentó mover los hombros, pero permanecieron firmemente apretados entre Winston y Grimsley. Dejó escapar un suspiro de resignación. Iban a llegar a casa con horas de retraso. Todo el mundo debía de estar terriblemente preocupado por ellos. Y, si Winston y Grimsley no dejaban de discutir, tendría que estrangularlos con sus propias manos, si es que conseguía liberar los brazos de aquella camisa de fuerza. Hayley había tenido que coger las riendas a fin de separarlos para impedir que llegara la sangre al río.

Una ráfaga blanca en la oscuridad captó la atención de Hayley, alejando sus pensamientos del asesinato y la violencia. Entornó los ojos para aguzar la vista y miró hacia delante, pero no vio nada.

Exceptuando una enorme sombra que acechaba cerca de una arboleda.

El miedo le secó completamente la boca. Tiró de las riendas de *Sansón*, deteniendo en seco la calesa con un fuerte chirrido. Luego señaló con un dedo tembloroso hacia los árboles y susurró:

—¿Qué es eso?

Grimsley entornó los ojos y miró hacia la oscuridad.

—¿Qué? Yo no veo nada, señorita Hayley.

—Eso es porque llevas las malditas gafas encima de la calva, en vez de en tu larga nariz —mascculló Winston en tono despectivo—. Póntelas donde deben estar y verás bien, viejo estúpido y mezquino.

Grimsley se enderezó cuanto le permitían sus huesos, que amenazaban quebrarse.

—¿A quién has llamado viejo estúpido?

—A ti. Y te he llamado viejo estúpido y mezquino. Por lo visto, aparte de viejo estúpido y mezquino, eres sordo.

—Bueno, es difícil oír nada sobre el fondo cacofónico de esa rueda que se supone que has reparado —contestó Grimsley levantando arrogantemente la nariz.

—Por lo menos yo la he reparado. —Winston le devolvió el golpe—. Y he hecho un trabajo condenadamente bueno. ¿Verdad, zeñorita Hayley?

Hayley se mordió la cara interna de una mejilla. Durante los tres años que el ex primer oficial de cubierta de su padre llevaba viviendo con los Albright, Hayley había intentado mejorar la forma de hablar del ex marinero, aunque no siempre con éxito.

—Ha hecho un buen trabajo reparando la rueda, Winston, pero ahora mire hacia aquellos árboles. —Volvió a señalar en la dirección de la sombra que se movía junto a la arboleda. Un escalofrío de pavor le recorrió la columna vertebral—. ¿Quién anda ahí? ¡Dios mío, ruego a Dios que no se trate de una banda de ladrones!

Hayley palpó disimuladamente la falda para asegurarse de que llevaba el ridículo bien sujeto y oculto entre los pliegues del tejido. «¡Santo Dios! Cuando pienso en los riesgos que he corrido, las mentiras que he tenido que decir para conseguir este dinero... No pienso entregárselo a ningún salteador.»

La invadió un profundo sentimiento de culpabilidad. Nadie, incluyendo a Grimsley y a Winston, tenía la menor idea del motivo de aquel viaje a Londres, y a ella le interesaba que las cosas siguieran así. Odiaba tener que mentir y sabía que los secretos llevaban a la falsedad, pero su familia necesitaba el dinero y ella era la única responsable de su seguridad.

Luchando contra el miedo, que iba en aumento, Hayley miró alrededor. Nada parecía fuera de lo corriente. La cálida brisa veraniega jugueteaba con su cabello, y ella se apartó de la cara varios rizos rebeldes. El penetrante olor a pino le hizo cosquillas en la nariz. Los grillos entonaban su ronca canción. Inspiró profundamente para calmarse, y casi se ahoga. La enorme sombra se separó de la arboleda y se les acercó.

Hayley se quedó helada. Su mente le decía: «no te dejes llevar por el pánico», pero su cuerpo se negaba a obedecer. «¿Dios, qué será de mi familia si muero en este camino oscuro y solitario? Tía Olivia a duras penas puede cuidar de sí misma, y mucho menos de mis cuatro hermanos pequeños. ¡Callie sólo tiene seis años! Y Nathan y Andrew también me necesitan, al igual que Pamela.»

La sombra se acercó más y el cuerpo entero de Hayley respiró aliviado. «Un caballo —se dijo—. No es más que un caballo.»

Winston le puso una mano en el hombro.

—No se preocupe, zeñorita Hayley. Si hay algún indeseable ahí fuera, no permitiré que le haga daño. Le prometí a su padre, que en paz descanse, que la protegería de todo mal y lo haré —añadió sacando pecho—. Si hay algún bandido ahí fuera, le romperé el escuálido cuello, le sacaré las tripas con mis propias manos y lo ataré con sus propias vísceras. Le...

Hayley interrumpió la macabra diatriba de Winston con una tos seca.

—Gracias, Winston, pero no creo que haga falta. De hecho, parece ser que nuestro «bandido» no es más que un caballo sin jinete.

Grimsley se rascó la cabeza y se dio cuenta de que llevaba las gafas encima de la calva. Colocándoselas sobre el puente de la nariz, volvió a mirar hacia la oscuridad.

—¡Vaya! Ahí hay un caballo, parado en medio del camino. ¡Qué raro!

—Lo acaba de decir la zeñorita Hayley, cretino —espetó Winston—. Aunque, la verdad, me sorprende que lo hayas visto antes de que te muerda en ese culo tan huesudo que tienes.

Casi mareada por el alivio, Hayley ahogó una risita y decidió ignorar el lenguaje de Winston. Antes de que ninguno de los dos sirvientes pudiera ayudarla, saltó del asiento de la calesa y se acercó cautelosamente al animal. Era inmenso, pero ella todavía no se había encontrado con ningún caballo que no pudiera seducir. Cuando llegó a su lado, cogió las riendas que colgaban sobre la silla.

—¡Qué bonito eres! —dijo con dulzura, alargando el brazo para acariciar la aterciopelada nariz del semental—. Eres el caballo más bonito que he visto nunca, y mira que he visto y acariciado caballos en mi vida. ¿Qué haces aquí tan solo? ¿Quién es tu dueño?

El animal restregó el hocico contra la palma de la mano de Hayley y relinchó. Ella acarició las magníficas y resplandecientes crines del animal para que éste se fuera habituando a su olor.

Cuando el animal empezó a respirar más lentamente, Hayley llamó a los sirvientes sin levantar la voz:

—Grimsley, traiga la lámpara, por favor. Y, Winston, sostenga las riendas mientras exploro al animal.

—Miren aquí —dijo Hayley poco después mientras se agachaba—. Tiene sangre en la pata delantera. —Le palpó la herida con delicadeza. El caballo levantó y bajó bruscamente la cabeza e intentó alejarse, pero Winston lo retuvo.

—¿Es grave? —preguntó Grimsley, atisbando por encima del hombro de Hayley.

—No, gracias a Dios. Necesita tratamiento, pero no tiene la pata rota. —Se puso en pie y le cogió la lamparita a Grimsley. El caballo tenía varios rasguños en el flanco derecho y la cola llena de hojas y ramitas.

—Parece como si hubiera corrido atropelladamente por el bosque —dijo Hayley pensativa—. Es un hermoso ejemplar y es evidente que está bien cuidado. Los rasguños son recientes y está ensillado, pero no hay ninguna casa en bastantes kilómetros a la redonda. Ha debido de tirar al jinete. —Se volvió hacia la espesura. Mirando en dirección a la oscuridad, se apretó una mano contra el nudo que se le estaba haciendo en la boca del estómago e hizo de tripas corazón para luchar contra el miedo—. Deberíamos buscar al jinete. Podría estar malherido.

Grimsley abrió los ojos de par en par y tragó saliva con dificultad.

—¿Buscarlo? ¿Aquí? ¿Ahora?

—No, viejo estúpido y enmohecido —contestó Winston con un bufido—. La semana que viene.

Grimsley hizo caso omiso.

—Pero, está muy oscuro, señorita Hayley, y ya vamos con horas de retraso por la reparación de la dichosa rueda. Todo el mundo estará preocupado...

—De modo que no viene de un cuarto de hora —le interrumpió Hayley con sequedad. Sabe Dios que no había nada que deseara más que llegar a casa, pero... ¿cómo iba a irse sabiendo que alguien podía necesitar ayuda? No podía hacerlo. Su conciencia no le dejaría vivir tranquila.

Firmemente decidida, dijo:

—No podemos irnos sin comprobarlo. El hecho de que un animal tan estupendo esté perdido, con una herida en la pata, lleno de rasguños y sin jinete es una clara indicación de que algo malo ha ocurrido. Tal vez alguien necesita ayuda desesperadamente.

—Pero... ¿y si el caballo pertenece a un asesino o a un ladrón? —preguntó Grimsley con voz débil y trémula.

Hayley dio una palmadita en la mano al anciano.

—Lo dudo, Grimsley. Los asesinos y los ladrones no suelen tener caballos tan magníficos, y... ¿a quién esperarían matar o asaltar en un camino tan poco frecuentado?

Grimsley carraspeó.

—¿A nosotros?

—Bueno, si está herido, no creo que pueda hacernos mucho daño y, si no lo está, nos limitaremos a devolverle su caballo y proseguiremos tranquilamente nuestro camino. —Hayley dirigió una mirada seria y penetrante a sus compañeros de viaje—. Además, después de lo que les pasó a mi madre y a mi padre, los dos saben mejor que nadie que nunca me perdonaría a mí misma abandonar a alguien que está sufriendo.

Winston y Grimsley guardaron silencio y asintieron. Volviendo a centrar su atención en el semental, Hayley acarició el sudoroso cuello del animal.

—¿Está cerca tu dueño? —le preguntó con ternura—. ¿Está herido?

El caballo piafó y relinchó. Hayley miró a Winston y a Grimsley y añadió:

—Los caballos tienen un gran sentido de la orientación. Veamos si nos guía hasta algún lugar.

Antes de que ninguno de los dos hombres pudiera detenerla, Hayley se levantó la falda, introdujo un pie en el estribo y se dio impulso para subirse a la silla de montar. Fue una suerte que superara en estatura a la mayoría de los hombres, porque el caballo era el más grande que había montado nunca.

—Por favor, vaya a buscar el botiquín a la calesa, Winston. Tenemos que estar preparados. Grimsley, usted encárguese de la lamparita.

Con la naturalidad de un jinete consumado, Hayley apretó ligeramente los talones contra los flancos del animal. El caballo parecía saber muy bien adónde se dirigía y avanzó decidido. Se desplazaron paralelamente al camino durante aproximadamente un kilómetro y medio, luego giraron y se adentraron más en la oscuridad del bosque. Aflojando las riendas, Hayley inspeccionó atentamente el área con la mirada mientras Winston y Grimsley la seguían sin dejar de discutir.

—¡Que me arrojen a la cubierta de la toldilla y me dejen en paños menores! —rezongó Winston—. Acelera el ritmo, viejo saco de huesos. No pienso pararme para darte un empujón en tu lento y cansado culo. Te dejaré aquí hasta que te pudras.

—Puedo seguir el ritmo perfectamente —resopló Grimsley—. Lo que pasa es que llevo zapatos nuevos.

—No quieres rayarte tus preciosos zapatitos, ¿verdad? —dijo Winston en tono despectivo—. Dios me libre de los mayordomos viejos y remilgados. Son peores que las nenas.

—Yo era el ayuda de cámara del capitán Albright.

—Ya, ya. Y yo era la mano derecha del capitán, descanse en paz. Dime qué es más importante.

—Un ayuda de cámara, por descontado. —Inspiró por la nariz sonoramente—. Y, por lo menos, yo no huelo a perro muerto.

A Winston se le escapó una risita.

—Ahora sí, viejo Grimmy*. ¡Hay que vigilar dónde se pisa cuando uno va siguiendo a un caballo!

Las voces de los sirvientes seguían y seguían, como un disco rayado, pero Hayley las ignoró y se concentró en los alrededores. El bosque estaba más negro que la boca del lobo. Las hojas crujían bajo los cascos del caballo. Cerca ululó una lechuza, y a Hayley casi se le para el corazón. Des-

* En inglés, *grimy* significa «mugriento, sucio». El hecho de utilizar el apodo «Grimmy» en vez del nombre «Grimsley» es un juego de palabras que no se puede mantener en español. *(N. de la T.)*

de luego, tenía que haberse vuelto loca para embarcarse en semejante aventura. Pero ¿qué otra opción tenía? Cerró los ojos y se imaginó a Nathan o a Andrew, heridos y solos. Sabe Dios lo mucho que a ella le gustaría que en una situación similar alguien echara una mano a sus hermanos. No se podía marchar sabiendo que alguien podía necesitar ayuda, aunque ello supusiera estar a punto de morirse de miedo.

Al cabo de unos minutos, el caballo se detuvo. Relinchando suavemente, pisoteó la tierra y bajó las orejas. Hayley desmontó, le cogió la lamparita a Grimsley y la levantó, iluminando los alrededores con un brillo suave y dorado. Estaban ante una especie de precipicio. Se aproximó hasta el extremo y miró hacia abajo, deslizando la mirada a lo largo de una empinada pendiente rocosa. Más abajo se oía el suave murmullo de un riachuelo.

Grimsley atisbó por encima del hombro de Hayley y restregó repetidamente su zapato contra la hierba.

—¿Ve algo, señorita Hayley?

—No. Hay una pendiente pronunciada y abajo se oye un riachuelo... —Su voz se fue desvaneciendo poco a poco cuando llegó a sus oídos un grave quejido procedente de más abajo.

—¿Qué... qué es eso? —susurró Grimsley con voz trémula.

—Sólo es el viento, viejo bobo y malhumorado —contestó Winston en tono cortante.

Hayley se apretó el estómago con la mano y negó con la cabeza.

—No, escuchen.

Otro quejido, casi inaudible pero inconfundible, se elevó desde la oscuridad que se extendía ante ellos.

—Hay alguien ahí abajo —dijo Hayley en tono de mal presagio. Sin pensar ni un momento en sí misma, empezó a bajar por la empinada pendiente. A medio camino, levantó la lamparita, proyectando un haz de luz hacia el riachuelo.

Y entonces lo vio.

Estirado boca abajo, con la parte inferior del cuerpo sumergida en el agua, había un hombre. A Hayley se le escapó un chillido. Medio corrió y medio resbaló por la ladera, ignorando las afiladas rocas y las ramas, que le rasgaron la ropa y se le clavaron en la piel.

—¡Señorita Hayley! ¿Está bien? —preguntó Grimsley asustado desde arriba.

—Sí, yo estoy bien. Pero aquí abajo hay un hombre herido.

Llegó hasta él al cabo de unos segundos. Sin importarle las gélidas aguas del riachuelo ni el hecho de haberse destrozado los zapatos, Hayley se arrodilló y dio la vuelta al herido con delicadeza.

Tenía el rostro cubierto de suciedad y surcado de rasguños. En la frente tenía una raja de mal aspecto de la que manaba abundantemente la sangre. Su ropa, hecha jirones, estaba cubierta de lodo, hojas y hierba. La chaqueta, de color oscuro, estaba completamente abierta, dejando al descubierto una camisa empapada de sangre.

Hayley le apretó un dedo contra el lado del cuello. Para su alivio, le notó el pulso, un pulso débil e irregular, pero, por lo menos, estaba vivo.

—¿Está muerto? —gritó Winston en la oscuridad.

—No, pero está malherido. ¡Dese prisa! Traiga el botiquín. —Deslizó los dedos con suavidad, tanteando sobre la cabeza del herido en busca de otras heridas. Cuando le palpó un chichón del tamaño de un huevo en el cogote, él emitió un leve gemido.

El empalagoso olor de la sangre llenaba las fosas nasales de Hayley mientras luchaba contra el impulso de caer presa del pánico. Necesitaba limpiarle las heridas y no estaba dispuesta a desperdiciar los preciosos minutos que Winston y Grimsley tardarían en bajar.

De modo que, en vez de esperarles, se quitó las enaguas, rasgó una tira larga de tejido y la mojó en el frío riachuelo.

Con suma delicadeza, limpió el barro y la sangre del rostro del hombre. A pesar de la poca luz que había y de la suciedad que lo cubría, Hayley se dio cuenta de que aquel hombre era imponente. Lo cierto es que no tenía cara de bandolero.

—¿Me puede oír, señor? —le preguntó mientras volvía a mojar la tela.

Él permaneció completamente inmóvil, pálido como la muerte bajo la capa de suciedad que cubría su rostro.

—¿Cómo está? —preguntó Winston cuando él y Grimsley llegaron hasta Hayley con el botiquín.

—Tiene una herida abierta en la cabeza y otra en la parte superior del brazo. Ambas le sangran profusamente y tienen mal aspecto. —Hayley se inclinó hacia delante y olfateó la chaqueta del herido, que estaba echa jirones—. Pólvora, han debido de dispararle.

A Grimsley se le abrieron los ojos como platos.

—¿Le han disparado? —Miró inmediatamente alrededor, como si esperara que se materializara una banda de salteadores de caminos empuñando sus pistolas.

Hayley asintió.

—Sí. Afortunadamente las heridas parecen superficiales. Ayúdenme a sacarlo del agua. Tengan cuidado no vayamos a lastimarle todavía más. —Grimsley sostuvo la lamparita mientras Hayley y Winston cogían al hombre por las axilas y lo arrastraban fuera del riachuelo.

Hayley sacó unas tijeras del botiquín y cortó la chaqueta y la camisa del hombre para dejar la herida al descubierto. Mientras Grimsley sostenía la lamparita, ella examinó el brazo del herido. La sangre manaba profusamente de una raja de mal aspecto. Tenía la piel cubierta de tierra y suciedad y surcada por numerosos rasguños y rozaduras. Apretando los dientes, Hayley presionó la herida con los dedos y casi se desmaya del alivio.

—Sólo es una herida superficial. Hay hemorragia, pero no palpo ninguna bala —dijo tras un breve y tenso silencio. Consciente de que necesitarían más vendas de las de emergencia que había en el botiquín, Hayley señaló sus enaguas con un movimiento de cabeza.

—Córtelas en tiras, Grimsley.

Grimsley miró la prenda con los ojos entornados y dijo sofocado:

—¡Pero son sus enaguas, señorita Hayley!

Hayley inspiró profundamente y contó mentalmente hasta cinco.

—Éstas son circunstancias extremas, Grimsley. Podemos prescindir de los formalismos. Estoy segura de que mi padre haría exactamente lo mismo si estuviera aquí.

A Winston parecía que se le iban a salir los ojos de las órbitas.

—¡El capitán Albright jamás llevó enaguas! Si lo hubiera hecho, la tripulación le habría azotado. ¡Y le habrían tirado a los tiburones!

Hayley volvió a contar mentalmente, esta vez hasta diez.

—Me refiero a que mi padre habría prescindido de los formalismos en estas circunstancias. Habría hecho todo lo necesario para salvar a este hombre. —«Dios, dame paciencia. No me obligues a utilizar la fuerza con estos hombres que tanto aprecio, aunque a veces me saquen de quicio.»

Sin discutir más, Grimsley fue cortando la enagua en tiras y se las fue pasando a Winston, quien, a su vez, las iba mojando en agua y se las iba entregando a Hayley. Ella limpió la herida lo mejor que pudo y luego aplicó presión sobre ella utilizando las vendas limpias de la bolsa de provisiones. No podía apartar los ojos del rostro de aquel hombre. Temía que cada respiración pudiera ser la última. «No te mueras en mis brazos. Por favor. Déjame salvarte.» Cuando consiguió contener la hemorragia y el chorro de sangre se convirtió, por fin, en un goteo, le vendó el brazo.

Luego se centró en la raja de mal aspecto de la cabeza. Casi había dejado de sangrar. También se la vendó, tras limpiarle la suciedad. Después, le palpó el cuerpo con delicadeza en busca de posibles heridas. Él dejó escapar un grave quejido cuando ella le tocó el torso.

—Rotura o fisura de costillas —comentó Hayley—. Igual que cuando mi padre se cayó de la barandilla del porche en 1811. —Winston y Grimsley asintieron en silencio. Ella prosiguió con el reconocimiento por la larga figura del herido, con manos suaves pero firmes.

—¿Algo más, señorita Hayley? —preguntó Grimsley.

—Creo que no, aunque siempre existe la posibilidad de que tenga una hemorragia interna. En tal caso, no sobrevivirá a esta noche.

Grimsley inspeccionó con la mirada los desolados alrededores y movió repetidamente la cabeza en gesto de negación.

—¿Qué vamos a hacer con él?

—Llevarlo a casa y cuidarlo —contestó ella sin dudar ni un momento.

El arrugado rostro de Grimsley palideció visiblemente.

—Pero, señorita Hayley, ¿y si resulta ser un loco o algo parecido? ¿Y si...?

—Su vestimenta... bueno, lo que queda de ella, es fina y elegante. No hay duda de que es un caballero o que trabaja para un caballero. —Cuando Grimsley abrió la boca para hablar, Hayley levantó la mano pidiendo silencio—. Si resulta ser un asesino demente, le golpearemos en la cabeza con una sartén, lo echaremos de casa y lo enviaremos a los tribunales. Mientras tanto, se quedará con nosotros en casa. Llevémoslo ya, antes de que se muera mientras nosotros hablamos.

Grimsley suspiró y miró hacia arriba, donde se encontraba el caballo.

—Sabía que iba a decir eso. Pero ¿cómo vamos a cargarlo ladera arriba?

—Cargándolo, viejo fósil enclenque —gritó Winston junto a la oreja de Grimsley, haciendo estremecer al anciano—. Estoy más fuerte que un toro, ya lo creo que sí. Podría cargar a ese tipo durante treinta kilómetros si fuera necesario. —Se giró hacia Hayley—. Puede contar conmigo, zeñorita Hayley. No soy ningún endeble saco de huesos, como alguien que sabemos los dos. —Entornó los ojos y dirigió a Grimsley una mirada fulminante.

—Muchas gracias a los dos. Grimsley, usted irá primero, guiándonos con la lamparita.

—Yo lo cogeré por los pies, señorita Hayley —dijo Grimsley con dignidad—. Lleve usted la lamparita.

A pesar del cansancio, Hayley esbozó una sonrisa, y el enfado que le acababa de provocar la actitud del anciano se desvaneció por completo.

—Se lo agradezco, Grimsley, pero yo ya me he puesto perdida y usted se orienta mucho mejor que yo. Lleve la lamparita, por favor. —Hayley vio que Winston estaba a punto de hacer un comentario y le dirigió una mirada asesina. Él puso los ojos en blanco y mantuvo la boca cerrada.

—Ahora —prosiguió Hayley—, tenemos que darnos prisa para llevarlo a casa y acostarlo en una cama caliente lo antes posible.

Winston cogió al hombre por las axilas mientras Hayley se peleaba con los pies. «¡Dios, este hombre pesa más que Andrew y Nathan juntos, y eso que mis hermanos no son ningún peso pluma! Hayley pensó que tal vez había evitado herir los sentimientos de Grimsley, pero al día siguiente le dolería la espalda. Por primera vez en su vida, dio gracias a Dios por su estatura y su fuerza tan poco femeninas. Tal vez sacaba una cabeza a la mayoría de los hombres y eso le impedía bailar en pareja con elegancia, pero le permitiría cargar a un hombre pesado montaña arriba.

Resbalaron dos veces mientras ascendían por la pendiente y ambas veces a Hayley se le encogió el corazón cuando el hombre se quejó y odió no poder evitar hacerle daño al trasportarlo. El terreno era accidentado, lleno de rocas y lodo. Hayley tenía la ropa completamente destrozada y las rodillas en carne viva, por los rasguños y rozaduras que se había hecho con los afilados cantos de las rocas, pero en ningún momento pensó en tirar la toalla. De hecho, aquel dolor incluso incrementó su determinación. Si ella estaba sufriendo, aquel hombre estaba sufriendo mucho más.

—¡Caray, este tipo pesa más de lo que parece! —dijo Winston entre jadeos cuando, por fin, llegaron arriba.

Tras descansar brevemente para recuperar el aliento, llevaron al hombre hasta la calesa mientras Grimsley guiaba al caballo tirando de las riendas. El hombre gimió dos veces más y a Hayley se le volvió a encoger el corazón. Estaban avanzando lentamente, pero, por lo menos, Winston y Grimsley habían dejado de discutir.

Cuando llegaron al vehículo, Hayley dio instrucciones a los dos hombres:

—Lo estiraremos sobre el asiento para que esté lo más cómodo posible. —Una vez hecho esto, Hayley soltó un largo y hondo suspiro de alivio. El herido seguía con vida—. Grimsley, vigile al hombre. Winston, conduzca la calesa. Yo montaré el caballo.

Tardarían otras dos horas en llegar a casa. Montando a horcajadas el imponente caballo, Hayley apretó los talones contra los costados del animal y emprendió la marcha. Mientras avanzaban, oró fervientemente para que el hombre sobreviviera al viaje.

En un oscuro callejón cerca del puerto de Londres, se detuvo un coche de caballos arrastrado por un corriente caballo de alquiler. El único ocupante observó el exterior a través de una rendija que abrió en la cortina mientras se aproximaban dos hombres.

—¿Está muerto? —preguntó el ocupante del coche de caballos con un leve susurro.

—Por supuesto que está muerto. Le dijimos que nos desharíamos de ese engreído y lo hemos hecho. —Los pequeños y brillantes ojos de Willie, el más alto de los hombres, miraban amenazadoramente.

—¿Dónde está el cuerpo?

—Boca abajo dentro de un riachuelo, aproximadamente a una hora de Londres —contestó Willie, y luego dio indicaciones exactas de la localización.

—Excelente.

Willie se inclinó y dijo:

—El trabajo ya está hecho, de modo que ahora nos gustaría recibir nuestra paga.

Se abrió ligeramente la cortina y una mano enfundada en un guante negro de piel salió por la ventana y dejó caer una bolsa en la mano abierta de Willie. Sin una palabra más, se cerró la cortina. El chofer recibió una indicación y el coche de caballos desapareció en la oscuridad de la noche.

Una sonrisa de satisfacción apareció en el rostro del ocupante del carruaje.

Estaba muerto.

Stephen Alexander Barrett, octavo marqués de Glenfield, por fin, estaba muerto.

2

Stephen estaba soñando.

Manos, muchas manos, lo estaban transportando. Se sentía ingrávido, como una nube que flotase en un cielo de verano azul intenso arrastrada por una cálida brisa. Algo deliciosamente fresco le tocó la frente. Percibió un intenso perfume a rosas. Oyó voces en torno a él... dulces, reconfortantes. Y luego, de repente, cesó el movimiento y se hizo el silencio.

Con un gran esfuerzo, logró abrir los ojos. Vio a una mujer. Una mujer hermosa de cabello castaño y resplandeciente. Le estaba sonriendo.

—Ahora está a salvo —le dijo, apretándole suavemente la mano—, pero está muy grave. Tiene que intentar recuperarse con todas sus fuerzas. Yo me quedaré a su lado hasta que se cure. Se lo prometo.

Stephen la miró fijamente, abrumado por la belleza de aquel rostro, la suavidad de aquel tacto, la dulzura de aquella voz. La mirada de sincera preocupación de aquellos ojos hizo que se sintiera confuso. «¿Dónde estoy? ¿Quién es esta mujer? ¿Y por qué diablos me encuentro tan asquerosamente mal?» Le latía la cabeza, le ardía hombro y era como si tuviera una enorme losa encima del pecho. Intentó mover el brazo, pero desistió cuando le atravesó una fuerte punzada de dolor.

La mujer apretó algo maravillosamente fresco contra su frente. Aquella sensación calmante fue una bendición para su ardiente piel.

Aquello era como estar en el cielo.

Eso era. Debía de estar en el cielo. Ella debía de ser un ángel.

La agradable frescura volvió a calmarle la frente una vez más y él cerró lentamente los ojos. Estaba muerto, pero ¿y qué más daba?

Le había tocado un ángel.

—¿Ha mejorado, Hayley? —preguntó la voz dulce y femenina de Pamela desde el umbral de la puerta.

Hayley se giró hacia su hermana y vio la preocupación en sus ojos.

—Me temo que no —informó a su hermosa hermana de dieciocho años—. No hay forma de bajarle la fiebre, y sigue entrando y saliendo de un estado delirante.

Pamela cruzó la habitación y apoyó una reconfortante mano sobre el hombro de Hayley. Ésta apretó la mano de su hermana y esbozó una sonrisa, con la esperanza de borrar la expresión de preocupación del rostro de Pamela.

—¿Hay algo que pueda hacer? —preguntó Pamela—. ¿Te relevo? Ya llevas una semana así y apenas has descansado.

—Tal vez más tarde, pero me encantaría tomar una taza de té. ¿Te importaría traerme una?

—En absoluto. Ahora mismo te la traigo. También te traeré la bandeja de la cena. Recuerda que debes alimentarte bien para conservar tus propias fuerzas. Si no, no podrás ayudar a nuestro herido a recuperar las suyas.

—Estoy más fuerte que un toro —dijo Hayley para tranquilizarla. Lo cierto era que se sentía muy débil, pero nunca lo reconocería delante de Pamela. Sólo conseguiría preocupar a su hermana, y eso era lo último que quería. Pamela había padecido recientemente una dolencia estomacal. Todavía se veía demasiado pálida y frágil para que Hayley pudiera estar tranquila.

—Acabarás enfermando si sigues así —le advirtió Pamela—. Te traeré la cena y te comerás hasta el último bocado. O si no...

—O si no, ¿qué?

Pamela se acercó más a su hermana.

—O si no, le diré a Pierre que no te ha gustado la comida tan suculenta que te ha preparado.

Una sonrisa sincera iluminó el rostro de Hayley por primera vez en días.

—¡Dios me libre! ¡Eso jamás! Un insulto de ese calibre a nuestro «queguido cocinego fgancés» sería algo imperdonable.

—Ya lo creo. O sea que, cuando te traiga la cena, te la comes. O «pagagás» las consecuencias. —Después de señalar a Hayley con el dedo con ademán de aviso, Pamela salió de la habitación y cerró la puerta tras de sí.

A solas con su paciente, Hayley le volvió a refrescar la cara una y otra vez con un paño frío. Las heridas ya no representaban una amenaza para su vida, pero la fiebre que había desarrollado sí. Su cuerpo ardía bajo los dedos de Hayley. Durante la última semana, ella había estado sufriendo por él, observando cómo entraba y salía del delirio, gimiendo, agitándose violenta y desesperadamente en la cama, con la piel ardiendo y la cara sumamente pálida. El médico lo había visitado a la mañana siguiente de su llegada y había salido de la habitación negando con la cabeza.

—No hay nada que pueda hacer, señorita Hayley —dijo el doctor Wentbridge con seriedad—. Limítese a mantenerlo lo más cómodo posible y rece para que el final llegue pronto. Sólo podría salvarlo un milagro.

Y por eso Hayley pidió un milagro en sus oraciones.

Hacía seis años que su madre había fallecido en aquel mismo lecho al dar a luz a Callie. Su padre también había muerto allí. No iba a permitir que muriera nadie más.

Hayley prosiguió con sus cavilaciones, pensando en cómo habían cambiado sus circunstancias desde que su querido padre falleciera hacía tres años. El capitán Tripp Albright tuvo una muerte lenta y una larga agonía, que casi mata a Hayley del sufrimiento al verlo en aquel estado y que la dejó con sólo veintitrés años completamente responsable de sus dos hermanos y sus dos hermanas menores. Ella les hacía de madre, de padre, de hermana, de niñera y de ama de casa, al tiempo que traía el dinero al hogar —responsabilidades que nunca se había planteado abandonar, pero que a menudo la agotaban físicamente y la consumían emocionalmente.

Tras la muerte de Tripp Albright, su hermana Olivia se fue a vivir con la familia para ayudar a cuidar de los niños. Hayley también heredó la antigua tripulación de su padre —Winston, Grimsley y Pierre— tres ex marineros con el corazón destrozado, cuyo amor por las aventuras de ultramar murió junto con su capitán.

Los tres hombres habían jurado que, si ya no podían velar por el capitán Albright, honrarían la promesa que le habían hecho en su lecho de muerte de velar por su familia. Y se habían negado desde el principio a recibir una paga como sirvientes, insistiendo en que tenían suficientes ahorros para vivir.

Aquellos hombres resultaron ser una verdadera bendición. Para su consternación, Hayley descubrió que también había heredado de su padre, encantador pero negado para los negocios, un montón de deudas. Convencida de que podría afrontar la situación, lo había mantenido en secreto para no dar a su apenada familia otro disgusto más.

No obstante, afrontarlo todo ella sola representaba una carga muy pesada, y Hayley recordaba que durante aquellos primeros meses a menudo lloraba antes de dormirse. En un abrir y cerrar de ojos, había perdido su juventud, sustituida por un impenetrable muro de responsabilidades. Añoraba desesperadamente a sus padres, añoraba su cariño, su guía y su apoyo. La habían dejado con una casa llena de bocas hambrientas dependiendo de ella y menos de cien libras en efectivo. Noventa y ocho libras y diez chelines, para ser exactos.

Y se sentía demasiado sola. La única persona en la que creía que podía confiar la había abandonado cuando más la necesitaba. Tras fallecer su padre, Jeremy Popplemore, su prometido, se desentendió en lugar de responsabilizarse de la familia de Hayley. Al poco tiempo se había dado el capricho de emprender un largo viaje al continente, y ella no lo había vuelto a ver desde entonces.

Hayley recordaba la rabia que sintió cuando Jeremy la abandonó. Había tenido grandes tentaciones de rodearle el cuello con las manos y apretar hasta que los labios se le pusieran morados. Pero, después de hundirse en la autocompasión durante un par de días, Hayley se secó las lágrimas, se puso bien tiesa, se remangó y caminó con el agua hasta la cintura, metiéndose de lleno en las tareas que le aguardaban. Quería a su familia. Era lo más importante para ella. Sus hermanos la necesitaban y ella haría cualquier cosa por ellos.

Una sonrisa iluminó su rostro al recordar el modo en que la rabia de aquellos primeros días había jugado a su favor. Parecía un general, dando órdenes, delegando tareas, distribuyendo encargos. Fue muy duro, pero todo el mundo estuvo a la altura y, en menos de un año, Hayley había conseguido salir de la ruina y saldar parte de las deudas que había dejado su padre.

Lamentablemente, el dinero seguía siendo un constante motivo de preocupación. Había pocas formas de ganar dinero para una mujer joven, y lo desesperado de su situación requería medidas igual de desesperadas. Tragándose la culpa y el orgullo, hizo lo que tenía que hacer para traer dinero a casa, pero estaba obligada a mantener sus actividades en el más estricto secreto. El engaño le carcomía el alma. Ella valoraba la honestidad por encima de todo, pero sus circunstancias no le dejaban ninguna otra opción.

El hombre que la había contratado insistía en mantenerlo en secreto, y ella respetaba sus deseos a regañadientes. El dinero que ganaba era demasiado importante y demasiado necesario para arriesgarse. Si tenía que decepcionar a su familia para llenarles el estómago y darles un techo, lo haría. Cuando Pamela contrajera matrimonio y los chicos concluyeran sus estudios, podría dejar de mentir. Hasta entonces no podía arriesgarse a perder su fuente de ingresos por contarles la verdad. De hecho, todo el mundo creía que Tripp Albright les había dejado suficiente dinero para vivir.

Al darse cuenta de la dirección que habían tomado sus pensamientos, Hayley decidió luchar contra la tristeza. «Tengo que estar agradecida por más cosas que la mayoría de la gente», se dijo a sí misma. Los Albright tal vez no tuvieran muchas pertenencias, pero se tenían los unos a los otros. Hayley dejó vagar la mirada hasta que la detuvo en el hombre herido. «Tengo mucho más de lo que tiene él en este momento, pobrecillo.»

Le cambió el paño de la frente, que se le había calentado, por otro frío y húmedo. Estaba tan pálido y parecía tan indefenso —igual que su madre y su padre antes de morir— que una oleada de firme determinación sustituyó al agotamiento. Esta vez no iba a fracasar.

—Vas a vivir —susurró en tono firme—. Seas quien seas, juro que te levantarás y saldrás caminando de esta habitación y volverás con tu familia.

Apretó el paño húmedo contra la ardiente piel del herido y se permitió recorrer su rostro con la mirada. El grueso vendaje blanco que llevaba en la frente contrastaba con el azabache de su cabello. Los rasguños y moraduras se estaban curando satisfactoriamente, pero ni siquiera las magulladuras conseguían ocultar el increíble atractivo de sus rasgos.

La barba de una semana oscurecía su recia mandíbula, confiriendo a su semblante una variedad de interesantes sombras. Sus marcados pómulos acentuaban la rectitud de su nariz, y Hayley se imaginó que aquel hombre debía de ser bastante espectacular, con aquellos labios tersos, carnosos y curvados hacia arriba en una bonita y sutil sonrisa. Se preguntó por enésima vez de qué color tendría los ojos, cubiertos por aquel tupido abanico de pestañas oscuras que contrastaban con la palidez de su cutis. Ni en sus sueños más salvajes había visto a un hombre tan devastadoramente atractivo.

Hayley volvió a humedecer el paño y lo pasó con delicadeza por el cuello del herido hasta llegar al hombro izquierdo. Tenía las costillas cubiertas por un apretado vendaje, pero la parte superior del tórax y los hombros estaban al descubierto, con la sábana blanca a la altura de las axilas. La densa mata de pelo oscuro que le cubría el ancho tórax hizo cosquillas a Hayley en las yemas de los dedos cuando le pasó el paño por el pecho. Mientras deslizaba la mirada por su larga figura, notó que se le calentaba la cara al recordar la visión de aquel cuerpo, que ella sabía desnudo, bajo la sábana.

Ayudada por Grimsley y Winston, Hayley había quitado al herido los restos de las ropas, sucias y destrozadas, la noche en que lo habían llevado a casa. Hayley conocía bien la anatomía masculina. Había criado a sus hermanos menores, un par de traviesos muchachos a quienes hasta hacía poco les encantaba nadar desnudos en el lago.

Sin embargo, existía una notable diferencia entre los cuerpos adolescentes y juveniles de sus hermanos y el del hombre que estaba acostado en la cama de su padre. Tras la primera noche, Grimsley o Winston se habían encargado de la higiene íntima del herido, pero Hayley no podía quitarse de la cabeza la visión de su cuerpo desnudo. Incluso cubierto de rasguños y moraduras, era hermoso, como un dios griego esculpido en mármol. Escultural, musculoso y perfectamente formado.

Forzándose a abandonar aquellos turbadores pensamientos, Hayley cambió a su paciente el vendaje que le cubría la herida del brazo. Era una estupidez encontrar atractivo a aquel desconocido. Él pertenecía a otro lugar. Sin duda, su familia estaría muy preocupada por él. Hasta era posible que estuviera casado, aunque no llevaba anillo.

Hayley se dio un toque de atención a sí misma. Hacía tres años que no sentía el menor interés por un hombre. Pero no se podía permitir hacerse falsas ilusiones, habiendo aprendido hacía mucho tiempo la inutilidad de desear cosas que uno no puede tener.

Se abrió la puerta y Pamela entró en la habitación con una bandeja donde llevaba el té y la cena de Hayley. Ante la atenta mirada de su hermana, Hayley se sentó en el sofá y dio un mordisco a un apetitoso pastel de carne. Cuando dio un sorbo al té, se le escapó un suspiro de placer. El reconfortante consuelo de la comida y la bebida se filtró hasta sus cansados huesos.

—¿Cómo están los niños? —preguntó Hayley.

Pamela sonrió.

—Bien. Revoltosos y ruidosos, pero bien.

—¿Revoltosos? ¿Ruidosos? ¡No me lo puedo creer!

—¡Seguro que no! —contestó Pamela con un resoplido nada femenino—. La excursión que hemos hecho hoy los ha dejado completamente agotados, gracias a Dios. Creo que voy a organizar otra para mañana.

Una oleada de ternura estremeció el alma de Hayley. Encontraba la energía de sus hermanos agotadora y enternecedora al mismo tiempo.

—Es una magnífica idea. Una larga excursión podría irles muy bien, y a ti también.

—Ya lo creo. ¿Querrás acompañarnos? Te irá bien un poco de aire puro.

Hayley negó con la cabeza.

—Por ahora, mi lugar es éste. —Bajó la mirada y observó con preocupación al herido—. Míralo, Pamela. Es tan corpulento y tan fuerte, pero está tan grave y parece tan indefenso. Se me parte el corazón al verlo ahí estirado, tan quieto, como si estuviera muerto. Me recuerda a cuando mamá y papá... —Su voz se quebró y se desvaneció poco a poco mientras una lágrima resbalaba por su mejilla.

Pamela se acercó a Hayley, le cogió las manos y se las apretó fuertemente en un gesto de consuelo.

—Oh, Hayley..., esto debe de ser muy duro para ti, pero estás haciendo todo lo que puedes..., todo lo humanamente posible, como hiciste con mamá y con papá.

—Los dos murieron —susurró Hayley, consternada al darse cuenta de que se le había escapado una lágrima. No quería llorar. Odiaba llorar. Pero notó que otra lágrima caliente le resbalaba por la mejilla.

—Pero no por tu culpa —dijo Pamela enérgicamente—. Fue la voluntad de Dios.

Hayley luchó contra la oleada de pena y casi de puro terror que amenazaba con engullirla.

—No quiero que se muera, Pamela.

Pamela se arrodilló delante de Hayley y la abrazó.

—Por supuesto que no quieres que muera. Todos queremos que viva. Pero eso es algo que está en manos de Dios, Hayley. Confía en Él y acata su voluntad. Y, mientras tanto, tú no debes enfermar. Nosotros también te necesitamos. Por ahora, nos estamos defendiendo, pero no podremos seguir adelante sin ti durante mucho más tiempo.

Hayley contuvo las lágrimas y se forzó a hacer tres inspiraciones lentas y profundas. Cuando hubo controlado suficientemente sus emociones, se soltó del abrazo de Pamela y consiguió esbozar una leve sonrisa.

—En cuanto él mejore.

—Lo sé. —Pamela sonrió con ternura—. Estoy convencida de que sólo por tu testarudez veremos a ese hombre curado. Sabe Dios que eso es lo que nos mantiene al resto a raya. Pero te echamos de menos. Callie dice que sus meriendas con pastas y té no son lo mismo sin ti, y Andrew y Nathan se pelean a menudo si tú no estás para poner paz. Además, entre lo mal que ve Grimsley, las palabrotas de Winston, lo mal que oye tía Olivia y las protestas de Pierre, me temo que mi salud mental está en grave peligro. No quiero preocuparte, pero me temo que la anarquía está a la vuelta de la esquina.

Hayley soltó una risita involuntaria y de inmediato se sintió mejor. El fino sentido del humor de su hermana siempre conseguía levantarle el ánimo. Se dio varios golpecitos en la mejilla con los dedos.

—Dile a Pierre que todo lo que prepara es perfecto —pidió a Pamela—. Y asegúrate de mantener a la gata alejada de la cocina. Aunque no creo que Pierre cumpla su amenaza de cocinar a *Berta*, es mejor no tentar a la suerte. Y, en lo que se refiere a Winston...

—¡Ah, sí! —la interrumpió Pamela al tiempo que se daba una palmada en la frente—. Casi se me olvida. No te creerás lo que ha hecho hoy.

Medio alarmada y medio intrigada, Hayley preguntó:

—¿Quiero saberlo?

—Probablemente no. Grimsley y yo estábamos fuera ayudando a tía Olivia. Los perros habían volcado la tina de lavar y los chicos y Callie se unieron a la refriega. En casa reinaba el caos. Lamentablemente, el vicario eligió precisamente ese momento para hacernos una visita en sus paseos semanales.

—¡No me digas que fue Winston quien le abrió la puerta!

—Salió vociferando: «¿Quién diablos es y qué diablos quiere?»

—¡Santo cielo! —exclamó Hayley sofocando un grito, e hizo un esfuerzo por contener la risa al tiempo que se avergonzaba de lo ocurrido.

—Desde luego que santo cielo. El pobre hombre tuvo que tomarse dos copas del mejor brandy de papá para recuperar la compostura.

—Debes mantener a Winston ocupado fuera de casa —dijo Hayley entre risas. Sabía que no debería encontrar el episodio divertido, pero no lo podía evitar. Winston era un personaje encantador. Malhablado hasta la médula, bajo su malhumor latía, sin embargo, el corazón de un tierno gatito—. Mantenlo ocupado reparando el tejado del gallinero.

—Insulta y les suelta palabrotas a las gallinas, Hayley.

—Ya, pero a ellas no parece importarles demasiado. Por lo visto, tenemos unas gallinas muy resistentes. O tal vez simplemente estén sordas. La excursión es una buena idea. Así los niños correrán y llegarán a casa cansados.

—Ése es mi mayor deseo —ratificó Pamela con una carcajada.

Hayley hizo una pausa para estudiar atentamente a su hermana durante unos segundos. Resplandecientes rizos de color ébano rodeaban un rostro de delicada belleza. Unas pestañas increíblemente largas enmarcaban sus hermosos ojos azul oscuro, y la finura de su cutis hacía sombra a la textura de un pétalo de rosa. Era buena, dulce y modesta. En opinión de Hayley, no había joven más encantadora en todo Halstead. Ya había varios jóvenes que se habían fijado en ella, sobre todo uno. Hayley estaba decidida a que Pamela disfrutara de la emoción que supone descubrir el galanteo y el romance, y ella ya se encargaría de que fuera apropiadamente vestida para ello. Costara lo que costase.

Hayley había estado tentada muchas veces de explicarle su secreto a su hermana, pero sabía que si Pamela sospechaba que el dinero era un motivo de preocupación para la familia, no le dejaría comprarle vestidos nuevos.

Hayley sonrió.

—Lo estás haciendo de maravilla cuidando a los niños, Pamela. Hacerte cargo de la casa será un buen entrenamiento para cuando formes tu propia familia.

A Pamela se le sonrojaron intensamente las mejillas. Carraspeando para disimular su turbación, se dirigió a la puerta.

—¿Necesitas algo más antes de que me retire?

«Un milagro», pensó Hayley para sus adentros.

—No, gracias. Que descanses. Hasta mañana.

De nuevo sola, Hayley colocó la mano en la frente del hombre. Para su alivio, tenía la piel más fresca. Tal vez, por fin, le estaba bajando la fiebre.

Después de poner paños fríos en la frente a su paciente durante una hora más, Hayley estaba demasiado agotada para mantenerse en pie. Se tumbó en el sofá acolchado que le había servido de cama durante la última semana y se hizo un ovillo.

A pesar de todos sus esfuerzos por seguir despierta, sus párpados no tardaron en caer y permanecieron cerrados. Su último pensamiento antes de que la reclamara el sueño fue preguntarse si aquel apuesto desconocido se despertaría algún día.

3

Stephen despertó lentamente.

Tomó conciencia poco a poco de diversas partes de su cuerpo y de inmediato deseó no haberlo hecho.

Todas le dolían endiabladamente.

Era evidente que alguien le había prendido fuego a su hombro, y una legión de demonios le estaba estrujado las costillas de una forma insoportable. Y, en nombre de Dios, ¿quién diablos le estaba aporreando la cabeza? Probablemente la misma bestia que se dedicaba a clavarle cuchillos en las piernas. «¡Maldita sea! Que ese indeseable se vaya al infierno», pensó.

Con un gran esfuerzo, abrió lentamente los ojos. Intentó girar la cabeza, pero enseguida desistió de la idea cuando el más leve movimiento le hizo palpitar las sienes a un ritmo atroz. «¡Dio mío! ¿Cuánto bebí anoche? ¡Qué resaca tan asquerosamente horrible!» En vez de mover la cabeza, deslizó cautelosamente la mirada, inspeccionando el entorno más inmediato.

Le resultaba completamente desconocido.

De pronto sintió un fuerte mareo que le obligó a cerrar los ojos de golpe, mientras juraba evitar durante el resto de su vida el licor que lo había dejado en aquel estado. Apretando los dientes a causa del dolor, hizo un gran esfuerzo para volver a abrir los ojos e inspeccionó la habitación. La confusión se unió a los percusionistas que le estaban aporreando la cabeza.

Era la primera vez que veía aquella alcoba. «¿Dónde demonios estoy y cómo he llegado hasta aquí?»

En el hogar ardía un pequeño fuego que iluminaba débilmente la estancia con un suave resplandor. Vio una mesa de madera de cerezo y un gran armario ropero de caoba. Paredes decoradas con un descolorido papel a rayas. Recias cortinas color vino. Un par de butacas orejeras a juego. Una jarra y un juego de vasos de cristal.

Había una mujer durmiendo en un sofá.

La mirada de Stephen se detuvo, fascinado por aquella mujer. En una habitación llena de objetos desconocidos, aquella mujer le parecía, en algún sentido, vagamente familiar. Un halo de brillantes rizos castaños enmarcaba un rostro exquisito, de finos rasgos. Largas y oscuras pestañas reposaban sobre sus mejillas proyectando sombras crecientes en su cutis color crema, que parecía de porcelana. Stephen se preguntó de qué color serían los ojos que ocultaban aquellas pestañas. Su mirada se detuvo en los labios de la mujer y permaneció fija en aquella parte del cuerpo durante un rato. Aquella mujer tenía la boca más bonita que él había visto nunca. Labios rosados, carnosos y sensuales. Eran unos labios increíbles, que parecían pedir a gritos que alguien los besara. ¿Los habría besado él alguna vez? No, concluyó. No recordaba haber probado su sabor. Y él sabía que nunca olvidaría el tacto y el sabor de una boca tan sensual. Pero entonces, ¿por qué le resultaba aquella mujer tan familiar?

Antes de que pudiera reflexionar detenidamente sobre ello, sintió otro mareo al tiempo que las sienes empezaron a latirle con furia. Un gemido escapó de sus labios.

El sonido, aunque apenas audible, aparentemente penetró en los sueños de la mujer, que abrió lentamente los ojos con un temblor de pestañas. Stephen vio que posaba en él una mirada somnolienta. Durante varios segundos ambos se miraron fijamente a los ojos. «Azules. Sus ojos son azules. Del azul claro de las aguamarinas.»

La mujer abrió los ojos de par en par. Soltó un grito sofocado, se puso en pie de un brinco y se acercó a la cama.

—¡Está despierto! —Apoyándose con la cadera en el borde de la cama, alargó la mano y le tocó la frente—. La fiebre ha remitido. ¡Gracias a Dios! —exclamó con una sonrisa.

Stephen la observó, intentando poner orden en sus ideas. El tacto de su mano era suave, reconfortante y familiar. ¿Quién era aquella mujer? ¿Y dónde diablos estaba?

—¿Le apetece beber un poco de agua? —le preguntó con una voz suave y rasgada que le recordó a un buen brandy, suave, penetrante y cálido.

Stephen tenía los labios secos y le dolía la garganta. Era como si un batallón entero de Napoleón le hubiera entrado por la boca y pisoteado la garganta con las botas puestas. Consiguió hacer un pequeño gesto afirmativo con la cabeza.

Ella cogió una jarra que había en la mesita de noche y vertió agua en un vaso. Lo incorporó ligeramente, sosteniéndole la cabeza con una mano, le acercó el vaso a los labios con la otra y le ayudó a beber. El agua fresca le bajó por la garganta, calmando la sensación de sequedad. Cuando el vaso estuvo vacío, ella lo volvió a acostar con delicadeza.

—¿Quién...? —dijo la palabra con un ronco susurro.

—Me llamo Hayley. Hayley Albright. —Una dulce sonrisa iluminó sus carnosos labios—. ¿Puede decirme cómo se llama usted? Me encantaría poderme referir a usted de otra forma que con la palabra «herido».

—Ste... Stephen. —La palabra apenas fue audible, pero ella pareció oírla.

—¿Stephen? —Él asintió a duras penas y ella amplió la sonrisa—. Bueno, Stephen, bienvenido de nuevo al mundo de los vivos. Hemos estado muy preocupados por usted. ¿Cómo se encuentra?

Quería contestarle que había tenido días mejores, pero un dolor agudo le atenazó repentinamente el brazo, e hizo una mueca. La mueca le exacerbó el latido de las sienes. Cerró los ojos y emitió un gemido.

—No intente moverse ni hablar, Stephen —le instó ella dulcemente—. Limítese a quedarse quieto. Ha estado muy grave durante esta última semana.

—¿Grave? —repitió Stephen, haciendo un esfuerzo por volver a abrir los ojos. «Bueno, eso tiene sentido. Sabe Dios lo fatal que me encuentro.»

—Sí, le encontramos medio sumergido en un riachuelo en un bosque que hay aproximadamente a una hora de Londres. Le habían disparado en el brazo y tenía una herida profunda en la cabeza, sin mencionar las costillas rotas y un sinfín de cortes, rasguños y moretones. Conseguimos traerle a casa y le hemos estado cuidando desde entonces. —Sus ojos recorrieron el rostro de Stephen, con expresión de sincera preocupación—. ¿Se acuerda de algo?

Stephen la escuchó mientras su mente retrocedía al pasado, intentando asimilar aquellas palabras. Al principio, no tenía ni idea de sobre qué le estaba hablando Hayley, pero, de repente, empezó a recordar. Oscuridad. Peligro. Alguien siguiéndole. Un disparo. Olor a quemado. Un calor abrasador. Un dolor candente en el brazo. Corriendo a toda prisa a lomos de *Pericles* por el bosque. Un segundo disparo. Y luego una caída.

Las pinceladas y las piezas del rompecabezas encajaron rápidamente. Alguien había intentado matarle. Otra vez. Era la segunda vez que le ocurría en sólo un mes. Pero, ¿quién quería verle muerto? Y ¿por qué? Se le hizo un nudo en el estómago. Fuera quien fuese su enemigo, sin duda lo volvería a intentar en cuanto descubriera que seguía con vida. Tenía que averiguar dónde estaba.

—¿Dónde... estoy? —«Maldita sea», pensó, «tengo la garganta como si me la hubieran rasurado con una navaja de afeitar oxidada.»

—En mi casa, la casa de los Albright, justo a las afueras del pueblo de Halstead, en Kent. Unas tres horas al sureste de Londres.

Menos mal. Afortunadamente estaría a salvo en un pueblecito tan alejado de la ciudad. Stephen abrió la boca con la intención de hablar, pero, en vez de hacerlo, se encontró a sí mismo mirando a Hayley fijamente, completamente prendado de la expresión de su rostro. Además de tener unos ojos preciosos, su mirada era la más bondadosa que había visto nunca. Transmitía ternura, compasión y sincera preocupación, como un dulce baño de miel. «¿Cuándo fue la última vez que alguien me miró así?», se preguntó. No había habido ninguna otra vez. Nadie le había mirado de aquel modo. Nunca.

Pasó un largo minuto antes de que pudiera preguntar con voz ronca:

—¿Y mi caballo?

Ella esbozó una sonrisa.

—Su caballo está bien. Es el animal más distinguido que he visto en toda mi vida. Y uno de los más listos. Fue él quien nos guió hasta usted. Se hizo un corte en la pata delantera y algunos rasguños sin importancia, pero está prácticamente curado. Hemos cuidado muy bien de él, se lo prometo. —Hayley se acercó a Stephen y le cogió la mano, apretándosela suavemente entre sus palmas—. No debe preocuparse por nada. Sólo concéntrese en ponerse bien y en reponer fuerzas.

—Duele. —Tragó saliva—. Cansado.

—Lo sé, pero ya ha pasado lo peor. Lo que ahora necesita es comer y dormir. ¿Tiene hambre?

—No. —Vio cómo ella vertía varias gotas de un medicamento en un vaso de agua. Luego lo incorporó, le sostuvo la cabeza para que pudiera beber y le volvió a colocar la cabeza sobre la almohada.

—Le he dado láudano para el dolor. También le ayudará a conciliar el sueño. —Le puso la mano en la frente.

Stephen notó su suave tacto y, de repente, recordó por qué aquella mujer le resultaba tan familiar.

—Ángel —murmuró mientras cerraba los ojos—. Es el ángel.

Varias horas después, Hayley se unió al desayuno familiar.

—Tengo buenas noticias para todos —informó al grupo con una radiante sonrisa en el rostro—. Parece ser que nuestro paciente va a salir de ésta. Esta madrugada se ha despertado y hemos estado hablando un rato. He ido a ver cómo se encontraba y le he tocado la frente justo antes de venir. Está durmiendo plácidamente y no parece tener fiebre. —«Y tiene los ojos verdes. De un precioso verde musgo. Como un bosque en el crepúsculo», añadió para sus adentros.

—Son muy buenas noticias, señorita Hayley —dijo Grimsley mientras dejaba en la mesa una gran fuente de huevos revueltos y arenques ahumados.

—Ya lo creo que sí —intervino Andrew, de catorce años—. ¿Crees que el tipo ese sabrá jugar al ajedrez? Nathan juega fatal. —Andrew dirigió a su hermano menor una mirada fulminante.

—Se llama Stephen, no tipo ese —informó Hayley a su hermano con una mirada de aviso. Supuso que aún debía de estar agradecida porque Andrew no hubiera utilizado una expresión más dura, como asqueroso y repugnante canalla, para referirse al herido.

—¿Crees que le gustarán las meriendas con pastas y té, Hayley? —preguntó Callie, de seis años, con la esperanza brillando en sus ojitos azules.

—Por descontado que no —intervino Nathan. Puso los ojos en blanco con toda la aversión masculina de que puede hacer acopio un niño de once años—. Es un hombre, no una...

—Ya basta, Nathan —le regañó Hayley con un tono que hizo callar al niño inmediatamente. Se giró hacia Callie y acarició los negros rizos de la pequeña—. Estoy segura de que le encantará tomar el té contigo.

Nathan y Andrew resoplaron disgustados. Callie sonrió alegremente.

Winston entró en el comedor con ropa de trabajo. A petición de Hayley, tanto él como Grimsley comían en el comedor con el resto de la familia. En casa de los Albright nadie estaba para formalismos, y los dos sirvientes eran como dos miembros más de la familia.

Hayley saludó al ex marinero con una afectuosa sonrisa, haciendo un esfuerzo por no reírse abiertamente ante la expresión que se dibujaba de su rostro. Tenía cara de haberse levantado con el pie izquierdo, como un oso a quien han despertado en plena hibernación.

—Buenos días, Winston. Tengo buenas noticias. El hombre se ha despertado y le ha bajado la fiebre.

Winston negó repetidamente con la cabeza y señaló a Hayley con su recio dedo acusador.

—¡Que me encadenen a la regala y me golpeen con el sextante! Hay que tener cuidado con quién mete uno en casa. Espero que no sea ningún asesino, zeñorita Hayley. Lo arrastramos hasta aquí, le salvamos su miserable vida y ahora tenemos que rezar para que no sea un criminal que nos pueda matar mientras durmamos. Parece despiadado, ya lo creo que lo parece. He visto suficiente mundo con su padre, que en paz descanse, para reconocer a un canalla en cuanto lo veo. Lo mataré con mis propias manos. Le...

—Estoy segura de que no será necesario —interrumpió Hayley sin apenas poder contener la risa—. Parece un hombre muy agradable.

—Parece un necio gorrón —masculló Winston.

—¿Te ha dicho algo, Hayley? —preguntó Pamela en un evidente intento de modificar el cariz que estaba tomando la conversación.

—Sólo ha dicho unas pocas palabras. Tenía mucho dolor, de modo que le di un poco de láudano. Tal vez se encuentre mejor conforme vaya avanzando la mañana.

Tía Olivia levantó súbitamente la cabeza y miró hacia arriba, con una expresión de confusión en el rostro.

—¿Cabaña? ¿Para qué queremos una cabaña?

Hayley se mordió la cara interna de los pómulos para contener la risa. Tía Olivia, que guardaba un extraordinario parecido con su fallecido padre, siempre estaba absorta en el libro que estaba leyendo o en su labor de punto. Con la atención fija en su última novela o labor, y siendo un poco sorda, raramente podía seguir una conversación entera.

—No, nadie va a construir ninguna cabaña, tía Olivia —contestó Pamela en lugar de su hermana levantando la voz—. Esperamos que el herido mejore durante esta mañana.

Tía Olivia asintió, con la comprensión reflejándose en sus ojos.

—Bueno, eso espero. La pobre Hayley ha cuidado a ese hombre hasta la extenuación. Recuperarse por completo es lo mínimo que puede hacer él. Y me alegra oír que no vamos a construir ninguna cabaña. No la necesitamos para nada. Ya tenemos bastante con la casa, el establo y el corral.

Todos los días, después de desayunar, el grupo recogía la mesa y luego cada uno se dedicaba a sus obligaciones. Todo el mundo se ponía manos a la obra para ayudar en las tareas domésticas. Yendo tan justos de dinero como iban, no podían contratar a ningún sirviente, exceptuando a una mujer que venía una vez por semana para ayudar a lavar la ropa.

Haciendo caso omiso de las protestas de Andrew y Nathan, Hayley reunió a toda la familia para encargarle a cada uno la tarea de aquel día. A los chicos les tocaba sacudir las alfombras de sus dormitorios, una tarea que odiaban, aduciendo que era cosa de mujeres. Sin inmutarse, Hayley los mandó afuera. A Pamela le tocaba sacar el polvo, y a tía Olivia zurcir ropa. Callie iría a recoger los huevos al gallinero mientras Winston reparaba el tejado. Y Hayley trabajaría en el jardín con Grimsley en cuanto comprobara cómo se encontraba Stephen.

Hayley fue a coger la cesta de los huevos para entregársela a Callie.

—¿Has visto a Callie? —le preguntó a Pamela.

—No durante los últimos minutos. Probablemente ya está de camino al corral.

—Se ha olvidado de coger la cesta —dijo Hayley con un suspiro. Fue hasta la puerta principal, salió al exterior y cruzó el césped. Cuando llegó al corral, asomó la cabeza y miró dentro.

—¿Callie? ¿Dónde estás? Te has olvidado de coger la cesta. —Sólo obtuvo el silencio como respuesta. Miró alrededor, sin ver ni rastro de su hermana pequeña.

«Y ahora, ¿dónde puede haberse metido esta niña?»

Stephen abrió lentamente los ojos con un gran esfuerzo, parpadeando ante la fuerte luz solar que se colaba por la ventana. En silencio, repasó mentalmente su anatomía y constató, para su alivio, que se encontraba mejor que la última vez que se había despertado. Le seguían doliendo la cabeza y el brazo, pero el dolor sordo que le paralizaba todos los huesos del cuerpo se había esfumado.

Giró la cabeza y se encontró mirando fijamente a una niña pequeña de cabello oscuro que estaba sentada en el sofá. Recordaba vívidamente a la joven que había visto la última vez que se había despertado, y aquella niña era un duplicado en miniatura de ella.

Los mismos rizos relucientes, los mismos llamativos ojos de color azul claro. Era obvio que eran madre e hija.

La niña apretaba una vieja y desgastada muñeca entre sus rollizos bracitos y estudiaba a Stephen, con el rostro iluminado por una ávida curiosidad.

—Hola —le dijo con una sonrisa—. Por fin se ha despertado.

Stephen se humedeció los resecos labios con la punta de la lengua.

—Hola —le contestó con voz ronca.

—Me llamo Callie —dijo la niña, balanceando las piernas adelante y atrás como un péndulo—. Y usted se llama Stephen.

Stephen asintió con la cabeza y sintió un gran alivio al comprobar que el movimiento sólo le había provocado un leve latido en las sienes.

La pequeña le enseñó su muñeca.

—Le presento a la señorita Josephine Chilton-Jones. Puede llamarla señorita Josephine, pero no la llame nunca Josie. A ella no le gusta, y no se deben hacer cosas que no le gustan a la gente.

Stephen, sin saber si la pequeña esperaba una respuesta, se limitó a volver a asentir con la cabeza. Al parecer, su respuesta agradó a la niña, porque volvió a estrechar a la muñeca entre sus brazos y siguió hablando.

—Estaba muy grave. Los mayores se turnaron para cuidarle, pero a mí no me dejaron. Todo el mundo dice que soy demasiado pequeña, pero eso no es verdad. —Se inclinó hacia delante—. Tengo seis años, ¿sabe? De hecho, estoy a punto de cumplir siete. —Después de facilitarle esta información, se recostó en el respaldo del sofá y volvió a balancear las piernas.

En vista de la mirada expectante de la niña, Stephen llegó a la conclusión de que la pequeña quería que le dijera algo. Se rompió la cabeza intentando pensar en algo que decirle, pero se le había quedado la mente en blanco. La última vez que había mantenido una conversación con un niño él debía de ser también un niño.

—¿Dónde está tu madre? —le preguntó por fin.

—Mi mamá está muerta.

—¿Muerta? Pero... si la vi ayer por la noche —susurró Stephen visiblemente confundido.

—Ésa era Hayley. Es mi hermana, pero me cuida como si fuera una mamá. Nos cuida a todos. A mí, a Pamela, a Andrew, a Nathan, a tía Olivia, a Grimsley, a Winston y hasta a Pierre. Ah, y también a los perros y la gata. Mamá está muerta.

—¿Dónde está tu padre?

—Papá también está muerto, pero tenemos a Hayley. Yo quiero mucho a Hayley. Todo el mundo la quiere. Tú también la querrás —predijo la pequeña asintiendo solemnemente.

—Ya entiendo —dijo Stephen, aunque no entendía nada. ¿Aquella joven cuidaba de toda aquella gente? ¿La única adulta? No, la niña había mencionado a una tía, ¿no?—. ¿Tienes una tía?

Callie asintió, y el gesto hizo rebotar sus brillantes rizos negros.

—Oh, sí, tía Olivia. Es hermana de papá, y vino a vivir con nosotros cuando él murió. Se parece mucho a papá, pero ella no tiene barba, sólo un bigote muy pequeño. Tienes que sentarte en su falda para verlo. Está bastante sorda, ¿sabe?, pero huele a flores y me cuenta cuentos divertidos.

Sin hacer ninguna pausa para respirar, la niña prosiguió:

—Y luego está mi hermana Pamela. Es muy guapa y viene a casi todas las meriendas que organizo. Andrew y Nathan son mis hermanos. —Hizo una mueca de disgusto—. Supongo que son simpáticos, pero siempre se están metiendo conmigo y eso no me gusta.

—¿Y quiénes son los demás... Winslow, Grimsdale y Pierre?

A Callie se le escapó una risita.

—Querrá decir Winston, Grimsley y Pierre. Antes eran marineros, igual que papá, pero ahora viven con nosotros. Pierre es el cocinero. Es muy refunfuñón, pero hace pasteles que están para chuparse los dedos. Winston arregla las cosas que se estropean en casa. —Se acercó más a Stephen y se inclinó hacia delante, de una forma claramente conspiradora—. Tiene tatuajes por todo el cuerpo y los brazos muy peludos y dice las palabras más feas que se pueda imaginar, como «vete al asqueroso infierno», y dice que Grimsley es «una patada en el culo».

Stephen no estaba demasiado seguro de cómo responder ante aquel nuevo dato sobre el folclore familiar. «¡Santo Dios! ¿Son todos los niños tan precoces?», se preguntó. Miró aquellos perfectos y diminutos labios que acababan de decir «vete al asqueroso infierno» y «culo» y notó que se contraían sus propios labios.

—¿Y quién es Grimsley?

—Es nuestro mayordomo. Le crujen las rodillas cuando se mueve y siempre está perdiendo las gafas. Él y Winston estaban con Hayley cuando ella le rescató. Le trajeron a casa y Hayley le ha estado cuidando desde entonces. Estaba muy grave —dijo con un inequívoco tono de reprimenda—. Estoy contenta de que ahora se encuentre mejor porque así Hayley podrá descansar. Está muy cansada y lleva una semana entera sin venir a mis meriendas. —Callie miró a Stephen con curiosidad—. ¿Le gustaría venir a mi próxima merienda? La señorita Josephine y yo servimos los mejores bollitos de todo Halstead.

Antes de que a Stephen se le ocurriera una respuesta adecuada, la puerta se abrió de par en par y Hayley entró a toda prisa en la habitación.

—¡Callie! —Arrodillándose delante del sofá, Hayley abrazó a la pequeña y la atrajo hacia sí—. ¿Qué estás haciendo aquí? Te he estado buscando por todas partes.

—Estaba invitando a Stephen a mi próxima merienda.

Hayley se giró hacia la cama con el rostro iluminado por una tierna sonrisa.

—¿Cómo se encuentra esta mañana, Stephen?

—Mejor. Hambriento.

Estampando un breve beso en los relucientes rizos de Callie, Hayley se liberó de los pegajosos brazos de la pequeña y se acercó a la cama. Puso la palma de la mano en la frente de Stephen y se amplió su sonrisa.

—Ya no tiene fiebre. Me desharé de este bichito y volveré enseguida con su desayuno. Ven conmigo, Callie —instó a la niña dándole un golpecito en la mano—. Las gallinas te están esperando. Te echan terriblemente de menos.

Callie saltó del sofá y dio unos pasos hacia la cama. Se inclinó hacia delante hasta que su boca estuvo a la altura de la oreja de Stephen.

—Las gallinas me echan de menos porque yo no les llamo «asquerosos y malolientes pajarracos», como Winston —le susurró al oído. Se enderezó y asintió, dirigiendo a Stephen una mirada de complicidad. Luego le dio la mano a Hayley y dejó que ésta la guiara fuera de la alcoba.

Cuando se quedó solo, Stephen emitió un suspiro de alivio. ¿Por qué no estaba aquella niña en un jardín de infancia o con su institutriz? La pequeña hablaba sin parar y, aunque habían dejado de palpitarle las sienes, todavía estaba ligeramente mareado. Levantó una mano y se tocó la frente. Sus dedos palparon un vendaje. Desplazando las yemas por su rostro, se tocó una recia barba de varios días. ¿Cuánto tiempo llevaba allí? ¿Una semana? No era de extrañar que le hubiera crecido tanto la barba.

Deslizó la mano hacia abajo y se palpó el vendaje de las

costillas. Una inspiración profunda le bastó para confirmar que aún le faltaba bastante para estar completamente curado. Cuando probó a mover las piernas, descubrió dos cosas: que le dolían pero las podía mover y que estaba desnudo.

Miró bajo la sábana y frunció el ceño. Alguien le había quitado la ropa y le había lavado. Por alguna razón insondable, un extraño hormigueo recorrió todo su cuerpo cuando se imaginó a Hayley Albright inclinándose sobre su cuerpo desnudo.

La puerta de la alcoba se abrió y entró Hayley con una gran bandeja en las manos. Stephen se arregló apresuradamente la sábana. Un calor desconocido le inundó el rostro.

—Ya estamos aquí —dijo, colocando la bandeja sobre la mesita de noche. Miró a Stephen y arrugó la frente—. ¡Santo Dios! Se le han sonrojado las mejillas. Espero que no le haya vuelto a subir la fiebre —dijo mientras le ponía la mano en la frente.

«¿Sonrojado?», se preguntó Stephen y, acto seguido, dijo más bruscamente de lo que pretendía:

—Estoy bien. Sólo tengo hambre.

—Por supuesto. Y no está caliente. —Hayley lo observó detenidamente durante breves momentos, frunciendo los labios—. Hummm. Le resultará mucho más fácil comer si le incorporo un poco.

Alargando el brazo por delante de Stephen, Hayley cogió dos almohadones del otro lado de la cama.

—Déjeme ayudarle —dijo, incorporándolo con delicadeza y colocándole los almohadones detrás de la espalda—. ¿Qué tal?

Tras superar el mareo inicial, Stephen se encontró considerablemente mejor, aunque se sentía muy débil. Y una inspiración profunda habría estado completamente fuera de lugar.

—Bien. Muchas gracias.

Hayley se sentó en el borde de la cama y cogió de la bandeja un cuenco y una cuchara. Luego cogió con la cuchara un poco de una especie de puré de extraño aspecto.

—¿Qué es? —preguntó Stephen, aunque no le importa

ba demasiado. Estaba tan hambriento que se habría comido hasta las sábanas.

Ella le acercó la cuchara a los labios.

—Una especie de *porridge.**

Aunque a Stephen le resultaba raro que alguien le diera la comida en la boca, no tenía fuerzas para discutir. Abrió la boca obedientemente y tragó.

—¿Le gusta? —preguntó ella, estudiando la expresión del rostro de Stephen.

—Sí. Es muy bueno. Muy peculiar.

—No me extraña, porque tenemos un cocinero muy peculiar.

—¿Ah sí? ¿En qué sentido? —preguntó Stephen y luego abrió la boca para recibir la próxima cucharada.

—Pierre es..., bueno, bastante temperamental, digamos que tiene bastante genio. Su sensibilidad gala es fácil de herir.

—Entonces, ¿por qué le contrató?

—Oh, no le hemos contratado. Pierre era el cocinero del barco de mi padre. Cuando mi padre murió, Pierre se instaló en casa y se hizo cargo de la cocina. Pobre de quien ose entrar en sus dominios sin su permiso. Y, si Pierre le da permiso para entrar, ya se puede preparar para «cogtag» cebollas y «pelag» patatas hasta que se le caigan los brazos.

Una sonrisa tiró de las comisuras de la boca de Stephen. Pierre tal vez fuera difícil, pero hacía un *porridge* condenadamente rico. Y Stephen sabía muy bien lo que era tener problemas con los sirvientes. Su propio cochero se había jubilado el año pasado, y él había tardado meses en encontrar un sustituto adecuado.

Tras vaciar el cuenco, Stephen se empezó a encontrar mucho mejor. Cuando Hayley le ofreció una tostada, él aceptó y le dio un mordisco. Masticando en silencio, analizó detenidamente a la joven que estaba sentada en el borde de la cama.

* Desayuno típico escocés cuyo principal ingrediente es la avena hervida en agua, aunque también puede elaborarse con leche. *(N. de la T.)*

Era muy bonita. Hermosa, de hecho. Con aquel rostro oval tan cerca, Stephen no pudo evitar fijarse en la nube de pequeñas pecas de color claro que tenía sobre su chata nariz, ni en la textura suave y delicada de su cutis color crema. Sus ojos eran realmente extraordinarios, expresivos, transparentes como el cristal y enmarcados por unas preciosas cejas delicadamente arqueadas. Aquellos ojos de un azul cristalino lo miraban con evidente curiosidad y preocupación.

La mirada de Stephen se detuvo en los labios de Hayley. Eran exactamente como los recordaba. Rosados, carnosos, sensuales; daban ganas de besarlos. De hecho, aquélla era la boca más sensual que Stephen había visto en toda su vida. Tragó saliva y carraspeó.

—Usted y sus lacayos me rescataron —dijo, forzándose a apartar la mirada de la boca de Hayley.

—Sí. ¿Recuerda algo de lo ocurrido?

—Me seguían dos hombres. Recuerdo que corrí con *Pericles* entre los árboles. Me dispararon e intenté ocultarme en el bosque. —Se tocó cuidadosamente el vendaje de la frente con expresión decepcionada—. Por lo visto, no lo conseguí.

Hayley, visiblemente alarmada, abrió los ojos de par en par y se apretó el estómago con una mano.

—¡Santo Dios! ¿Salteadores de caminos?

Stephen pensó inmediatamente que el hecho de que ella sospechara que alguien intentaba matarle no era lo que más le convenía en aquel momento. Seguro que lo enviaba de vuelta a Londres si creía que había la más remota probabilidad de que el asesino se presentara en su casa, y él tenía más claro que el agua que no se sentía con fuerzas para emprender el viaje. Además tampoco quería asustarla. Seguro que, fuera quien fuese quien quería verle muerto, no le encontraría allí.

—Salteadores de caminos, por supuesto —contestó él—, intentaron robarme la bolsa del dinero. ¿Lo... consiguieron? —Stephen no llevaba ninguna bolsa con dinero, ya que guardaba una pequeña reserva de fondos en un escondrijo que tenía en su pabellón de caza, pero no podía explicarle aquello a Hayley.

—Me temo que sí, porque no encontramos ninguna bolsa con dinero cuando le rescatamos. Le encontramos en el fondo de un barranco, con medio cuerpo dentro y medio cuerpo fuera de un riachuelo. Estaba inconsciente y sangraba abundantemente.

Stephen percibió claramente la compasión de Hayley en la seriedad de su mirada.

—¿Cómo me encontraron?

—Vimos a su caballo parado al lado del camino. Tenía varios rasguños, estaba ensillado y sin jinete. No hacía falta ser ningún genio para suponer que había ocurrido algo malo. Lo monté y me guió directamente hasta usted.

Stephen hizo ademán de llevarse la mano a la boca, pero se detuvo a medio camino y miró fijamente a Hayley.

—¿Acaba de decir que montó a *Pericles*? —Stephen no se lo podía creer. *Pericles* no permitía que lo montara nadie más que él. Ninguna otra persona podía dominar a aquel animal tan corpulento.

—¿Es así como se llama? ¿*Pericles*? —Después de que Stephen asintiera con la cabeza, ella añadió—: Sabía que tendría un nombre regio. Es un animal fabuloso. Tan tierno y cariñoso.

Stephen la miró fijamente, sin salir de su asombro. Era obvio que no estaban hablando del mismo animal.

Sin interpretar el silencio de Stephen como una muestra de sorpresa, Hayley prosiguió:

—Cuando mi padre estaba vivo, teníamos varios buenos caballos, pero ahora sólo tenemos a *Sansón*. Es un caballo pío castrado, tan dócil como un corderito, pero fuerte y vigoroso.

—¿*Pericles* se dejó montar? Normalmente no permite que lo monte nadie excepto yo.

Ella negó con la cabeza.

—Se me dan muy bien los caballos. Parece como si tuviéramos una afinidad mutua. Su *Pericles* es muy inteligente. Es obvio que sabía que usted tenía problemas y supo ver que yo podría ayudarle.

—¿Cómo consiguió montarlo sin una silla de mujer?

A Hayley se le sonrojaron las mejillas y se mordió el labio inferior.

—Yo... bueno... lo monté a horcajadas.

—¿A horcajadas? —preguntó Stephen. «Seguro que he oído mal.»

Hayley se sonrojó todavía más.

—Por experiencia, sé que las circunstancias extremas a menudo requieren soluciones que se salen de lo corriente.

—Entiendo —dijo Stephen, aunque, de hecho, no entendía nada. Era evidente que Hayley Albright era una mujer que se salía de lo corriente, algo por lo que él debía estar agradecido, puesto que, gracias a eso, había podido salvarle la vida.

—¿Tiene usted algún familiar o amigo a quien podamos informar sobre su paradero? Estoy segura de que deben de estar muy preocupados por usted.

Stephen tuvo que contenerse la amarga risa que le provocaban las palabras de Hayley. «Muy preocupados. Lo dudo mucho.» Sus padres, el duque y la duquesa de Moreland, no se percatarían de su ausencia a menos que ésta interfiriera con alguno de sus interminables compromisos sociales o aventuras extramatrimoniales. Su hermano, Gregory, era demasiado egoísta, se emborrachaba demasiado a menudo y estaba demasiado metido en sí mismo para preocuparse por el paradero de Stephen. Y la apocada mujer de Gregory, Melissa, parecía tenerle miedo, de modo que era poco probable que lamentara su ausencia.

Solamente su hermana pequeña, Victoria, podría preguntarse por su paradero, pero hasta eso era poco probable, puesto que él y Victoria no tenían ninguna cita programada para la semana anterior.

Pero, fuera quien fuese quien estaba intentando matarlo, era evidente que estaría pensando en él. ¿Pensaría quien había intentado asesinarle que había logrado su objetivo? ¿O ya se había percatado de su fracaso y le estaba buscando?

Sin saber quién quería verle muerto ni por qué, Stephen

decidió que tal vez sería mejor no informar sobre su verdadera identidad.

Nadie sabía que «el herido» era el marqués de Glenfield, heredero de un ducado. Ahora estaba seguro en aquel pueblecito alejado de Londres, un tranquilo refugio donde podría recuperarse y decidir qué hacer. Sería un estúpido si no se aprovechara de la situación. Un plan se empezó a fraguar en su mente.

—No tengo familia —dijo, y sintió una punzada de culpabilidad cuando los ojos de Hayley se llenaron inmediatamente de compasión.

—¡Eso es terrible! ¡Qué triste! —susurró mientras le cogía la mano y se la apretaba suavemente.

Stephen bajó la mirada y miró su mano entre las de Hayley. Las manos de aquella mujer parecían fuertes y capaces, pero también suaves y delicadas. Él notó que le embargaba una indescriptible ternura y se preguntó por qué. Indudablemente porque aquel gesto de cordialidad tan normal era algo completamente desconocido para él.

—Seguro que hay alguien con quien le gustaría ponerse en contacto —dijo ella—. ¿Tal vez otro caballero? ¿Un amigo? ¿O tal vez la persona para quien trabaja?

«¿Trabajar?» Era obvio que ella creía que él era un plebeyo. En circunstancias normales, Stephen se habría tronchado sólo de pensarlo y su ayuda de cámara habría bufado como un gato enrabiado. Pero aquéllas no eran circunstancias normales.

Sopesó rápidamente sus opciones. Aunque no quería que nadie conociera su paradero, necesitaba confiar en alguien, y sólo había una persona que merecía toda su confianza. Su mejor amigo y cuñado: Justin Mallory, conde de Blackmoor.

—De hecho, me gustaría contactar con alguien.

—Excelente. ¿Un amigo?

—Sí, alguien con quien solía trabajar.

—¿A qué se dedica? —le preguntó ella, con los ojos brillantes de curiosidad.

—Soy... soy tutor —improvisó rápidamente—. Trabajo para una familia en Londres.

—¿Tutor? ¡Eso es estupendo! ¿Qué asignaturas imparte?

—Ah, las habituales. Las clásicas.

—¿Matemáticas? ¿Latín?

—Por supuesto.

Una amplia sonrisa iluminó el rostro de Hayley.

—*Lingua latina? Vero?*

A Stephen por poco se le escapa un gruñido. «¡Maldita sea, todas las mujeres saben latín.» Él lo había estudiado, por descontado, pero nunca se le había dado muy bien esa lengua y hacía años que no intentaba hablarla. A la desesperada, conjugó para sus adentros unos cuantos verbos y deseó lo mejor.

—*Caput tuum saxum immane mittam.*

La sonrisa de Hayley dio paso a una expresión de profunda extrañeza.

—¿Por qué le gustaría tirarme una piedra enorme a la cabeza?

Él intentó no inmutarse. Al parecer, no había dicho: «encantado de conocerla».

—Estoy seguro de que no lo ha entendido bien. —Para distraerla, carraspeó varias veces—. ¿Puedo beber un poco de agua?

—Por supuesto. —Hayley llenó un vaso y se lo dio a Stephen.

Él dio un par de sorbos y le devolvió el vaso.

—Gracias.

—De nada, Stephen. —Se le sonrojaron las mejillas—. En realidad, no debería llamarle Stephen. ¿Cuál es su apellido?

Sin pensar, Stephen contestó:

—Barrett... —Y deseó poder darse a sí mismo una patada en el culo. «Tanta complicación sólo para mantener el anonimato.» Tosió varias veces y añadió—: son. Barrettson.

—Stephen Barrettson... hummm... el nombre Stephen significa «victorioso», y Barrettson algo parecido a «fiero como un oso». —Hayley le dirigió una sonrisa de complicidad—.

Tengo la afición de estudiar el origen y el significado de los nombres. El suyo es un nombre de gran nobleza.

—Para un don nadie... —se apresuró Stephen a añadir.

—Oh, pero usted no es un don nadie. En absoluto, señor Barrettson. No hace falta tener un título nobiliario para ser un hombre noble.

—Desde luego que no —dijo Stephen en voz baja, preguntándose si eran o no imaginaciones suyas que ella había pronunciado las palabras «tener un título nobiliario» con cierta amargura. «Si tiene a la nobleza en mal concepto, menos mal que no le he dicho quién soy»—. Hayley es un nombre poco frecuente. ¿Qué significa? —Para sorpresa de Stephen, a Hayley se le sonrojaron considerablemente las mejillas.

—Significa «del prado de heno».

Stephen no se podía imaginar por qué motivo «del prado de heno» podía hacer que las mejillas de Hayley adquirieran un color tan febril.

Intentó recordar la última vez que había visto sonrojarse a una mujer adulta y se dio cuenta de que no lo había visto nunca. Hasta entonces. Todas las mujeres que conocía eran sofisticadas y finas; mujeres de mundo que antes de sonrojarse se prenderían fuego a sí mismas.

Incapaz de contener su curiosidad, le preguntó:

—¿Por qué se ha ruborizado?

A Hayley todavía se le subieron más los colores y se mordió el labio inferior mientras se le curvaban las comisuras de los labios en una divertida sonrisa.

—¿Me he ruborizado?

—Muchísimo. Y también parece divertida. Créame, como si le hubieran contado un buen chiste. Pero... ¿qué tiene «del prado de heno» para que se le suban tanto los colores?

—Tal vez se lo explique cuando se sienta más fuerte. Me sabría fatal escandalizarle o provocarle una conmoción que le haga recaer —contestó Hayley a punto de reírse—. Además, es algo que no puedo contarle hasta que nos conozcamos mejor.

Antes de que él pudiera cuestionar las intrigantes palabras de Hayley, ella cogió una servilleta de lino de la bandeja y se inclinó hacia Stephen.

—Se ha dejado una miguita de pan —le dijo, frotándole el labio inferior con la servilleta.

Stephen la miró fijamente mientras ella le tocaba la boca con la servilleta y le asaltaron toda suerte de pensamientos. El rostro de Hayley estaba sólo a unos centímetros del suyo, sus magníficos ojos fijos en su boca. Las puntas de sus senos le rozaban ligeramente el torso vendado. El contacto duró sólo unos segundos, pero bastó para que Stephen se estremeciera íntimamente. Notó que la sábana se le había tensado en la parte de los genitales y, de repente, lo recordó.

Estaba desnudo.

Para su sorpresa, un rubor de puro azoramiento empezó a subirle por el cuello. Había mantenido relaciones sexuales con multitud de mujeres y, sin embargo, ahí estaba, sonrojándose como un escolar.

—A propósito, ¿pudieron salvar algunas de mis ropas? —preguntó flexionando las rodillas para que ella no se diera cuenta de la forma en que se le había tensado la sábana en la zona de la entrepierna. «¡Justo lo que necesitaba! Que me doliera una parte más del cuerpo. ¡Menuda gracia!»

—Me temo que sus ropas estaban demasiado destrozadas para aprovecharlas, pero tengo un batín, varios pares de pantalones de montar y varias camisas que pertenecían a mi padre que seguro que son de su talla. Si me disculpa un momento, los iré a buscar.

Stephen respiró aliviado cuando Hayley salió de la habitación. «¿Qué diablos me pasa? Debo de haberme dado un golpe condenadamente fuerte en la cabeza para excitarme con un ratón de campo.» Cuando Hayley volvió al cabo de varios minutos con los brazos llenos de ropa, Stephen había recuperado el control.

—¿Se siente con fuerzas de levantarse? —le preguntó ella—. Tal vez sería mejor que esperara...

—No. Me gustaría estirar un poco las piernas —dijo

Stephen con firmeza—. Pero creo que necesitaré un poco de ayuda. ¿Podría enviarme a Grimpy?

—Querrá decir a Grimsley. Y me temo que no va a poder ser. Está pescando en el lago con Andrew y Nathan.

—¿Qué me dice del otro tipo que mencionó su hermana, el que tiene los brazos peludos y el cuerpo lleno de tatuajes?

—Winston. Tampoco está libre ahora. —Hayley estaba de pie junto a la cama, con las manos en las caderas y, por primera vez, Stephen se dio cuenta de cómo iba vestida. Llevaba un vestido marrón liso que nadie podría calificar de elegante o sensual. Pero había algo en su figura que captó la atención de Stephen. Deslizó la mirada por toda su estatura, fijándose en cada curva y recoveco que se insinuaba bajo el vestido: senos enhiestos, esbelta cintura y lo que parecían ser unas piernas sorprendentemente largas. «¿Cómo es posible que no me haya fijado hasta ahora en un cuerpo tan exuberante? Estaba demasiado ocupado mirando fijamente sus ojos. Y su boca.» Para su enfado, su virilidad empezó a aumentar otra vez de volumen.

—No creo que ni Winston ni Grimsley estén de vuelta hasta dentro de varias horas —dijo ella—. Si no quiere esperar, puedo ayudarle yo misma.

Pero, para su mortificación, Stephen no estaba en condiciones de ponerse de pie. «¡Maldita sea! ¿No se da cuenta de que estoy desnudo? ¿No tiene sentido de la decencia?»

—No, gracias, puedo hacerlo solo —dijo en tono cortante.

—¡Tonterías! Después de pasarse una semana entera acostado, se mareará hasta que consiga recuperar el equilibrio.

Hayley se inclinó hacia delante y asió los antebrazos de Stephen. Cuando éste se resistió a que le ayudara a levantarse, ella lo miró a los ojos. Su mirada reflejaba una ligera irritación.

—¿Prefiere quedarse en la cama, señor Barrettson?

—Stephen. Llámeme Stephen. Es ridículo que ahora, de

repente, empiece ha llamarme señor Barettson —espetó—. Lo único es que, bueno, estoy...

—Está desnudo bajo la sábana. Sí, soy plenamente consciente de ello. —La naturalidad de la respuesta de Hayley todavía incomodó más a Stephen—. Pero, como le he estado curando durante las últimas semanas, no tiene por qué avergonzarse. También cuidé a mi padre durante su enfermedad. Estoy bastante acostumbrada a este tipo de cosas, se lo aseguro. —Hizo una mueca con los labios—. Le prometo no mirar.

Stephen notó que se le estaba calentando la cara. «¿Acaso se está riendo de mí?» La mera idea de imaginarse a aquella mujer viéndolo desnudo le turbaba de una forma que no conseguía entender. Y el hecho de que ella se hubiera percatado de su estado pero pareciera no estar nada impresionada por sus atributos le fastidiaba enormemente. Había infinidad de mujeres en Londres que lo encontraban irresistible. Y, sin embargo, aquella muchachita de pueblo parecía completamente tranquila, mientras que él estaba manifiestamente azorado.

De hecho, cuanto más pensaba en ello, más le irritaba la aparente serenidad de Hayley, y sintió el deseo de hacerle perder la compostura. Si había algo que se le daba bien era hacer perder la compostura a una mujer. Mirándola directamente a los ojos, le preguntó arrastrando la voz, con un seductor susurro:

—Entonces supongo que fue usted quien me desnudó.

Los pómulos de Hayley adquirieron un color casi carmesí y la expresión jovial de su rostro desapareció como una vela que alguien acaba de soplar. Se puso tiesa súbitamente, soltando los brazos de Stephen como si se hubiera quemado con ellos.

—Yo... yo sólo ayudé a Winston y a Grimsley. Pero salí de la habitación en el momento oportuno.

La reacción de azoramiento de Hayley animó considerablemente a Stephen, volviendo a poner sus despeinadas plumas de gallito en su sitio. Podría haberse detenido en ese punto, pero algún demonio interior le instó a continuar. ¿Cuánto podían subirle los colores a Hayley? Esbozando una insinuante sonrisa, le dijo:

—Bueno, puesto que aparentemente no hay nada debajo de esta sábana que usted no haya visto, sugiero que... procedamos.

El rojo de las mejillas de Hayley se intensificó más allá del carmesí, lindando con el escarlata. Tragó saliva visiblemente.

—¿Que procedamos?

—Sí. ¿Le importa pasarme el batín?

Ella dudó por un momento, pero hizo lo que él le pedía. Sostuvo el batín negro de seda detrás de él y miró hacia otro lado haciendo un gesto tan brusco y exagerado que a él le pareció oír que le crujía el cuello.

Sintiendo que había recuperado el control sobre sí mismo y sobre la situación, Stephen deslizó con cuidado los brazos dentro de las mangas del batín, quejándosele las costillas con cada movimiento. Después de atarse el cinturón alrededor de la cintura, acercó lentamente las piernas al borde de la cama y, apoyándose en los brazos de Hayley, bajó las piernas y se sentó.

Le asaltó un fuerte mareo. Una náusea le atenazó el estómago y, durante un horrible momento, le pareció que se iba a caer. Apretó los dientes e inspiró lentamente, todo lo profundamente que le permitían sus doloridas costillas. Al cabo de varios minutos, cesaron los mareos y las náuseas.

Haciendo acopio de todas sus fuerzas, se agarró a los brazos de Hayley y se levantó, temblando constantemente. Sus malditas piernas parecían de mantequilla, y se vio obligado a apoyarse en los hombros de Hayley para seguir en pie. Ella lo rodeó con el brazo por la cintura y lo sujetó hasta que él se sintió lo bastante estable.

Cuando él dejó de tambalearse, ella le preguntó:

—¿Qué tal?

Stephen la miró y casi vuelve a perder el equilibrio cuando se encontró mirándola directamente a los ojos.

—¡Dios mío! ¿Cuánto mide?

Ella levantó las cejas. Su azoramiento parecía haber desaparecido.

—Un metro ochenta, aproximadamente. ¿Y usted...? ¿Cuánto mide usted?

—Casi un metro noventa. —Stephen la miró fijamente, boquiabierto. Nunca había visto una mujer tan alta y tan fuerte. Era toda una atleta. Las mujeres de la ciudad con quienes él se relacionaba eran todas bajitas, y también lo eran sus amantes. ¿Quién había oído hablar alguna vez de una mujer que midiese un metro ochenta de estatura? Pero, a pesar de ello y de su ropa nada llamativa, desprendía una delicada elegancia femenina.

—Bueno, es una verdadera delicia encontrar a alguien más alto que yo. No lo son muchos hombres, ¿sabe?

—Sí, me lo puedo imaginar.

Con sus rostros separados por sólo unos centímetros, Stephen vio claramente que, en vez de sentirse ofendida, ella parecía encontrar graciosos sus comentarios.

—Créame. Estoy bastante acostumbrada a mi inusual estatura, pero, aunque puede darme cierto aire desgarbado, de toda la gente, usted es quien más debería alegrarse de que sea tan alta. No podría haber cargado a un hombre corpulento como usted cuesta arriba si hubiera sido bajita. Lo cierto es que mi estatura sólo representa un impedimento en la pista de baile, ya que a menudo saco una cabeza a mis parejas. Puesto que no voy a muchos bailes y raramente me piden para bailar, no es algo que me preocupe demasiado.

Stephen escuchaba las palabras de Hayley sólo a medias, concentrado como estaba en no tropezar con sus propios pies. Se apoyó en los hombros de Hayley y ella lo sujetó con ambas manos por la cintura para ayudarle a sostenerse en pie. Él notó la calidez de sus palmas a través del fino batín de seda. Con aquellos labios tan increíblemente carnosos enfrente de él y aquellos seductores y acuosos ojos mirando a los suyos, una repentina oleada de sangre le inundó los genitales. Se soltó de ella tan rápidamente que por poco se cae.

—¡Cuidado! —le advirtió cogiéndolo con más fuerza por la cintura—. Apóyese en mí y tal vez logremos dar algunos pasos.

Apretando los dientes, Stephen se apoyó en el hombro de Hayley y dio un paso de prueba. Fueron avanzando, poco a poco, pero al final consiguieron dar una vuelta a la alcoba. Luego ella le ayudó a sentarse en el borde de la cama.

—¡Uf! Me siento tan débil... —murmuró él, disgustado porque el breve paseo le había dejado agotado.

—Ha estado muy grave. Tiene que darse tiempo para recuperar fuerzas. El médico ha recomendado que no viaje durante unas semanas para que se le acaben de curar las costillas. Nos encantaría que se quedara con nosotros todo el tiempo que necesite. —Cruzó la habitación y se detuvo delante de la puerta—. Intente descansar y vendré a ver cómo está dentro de varias horas. —Luego se volvió para marcharse.

—Hayley.

Ella miró hacia atrás, con expresión de interrogación.

—Gracias por todo lo que ha hecho por mí. Me ha salvado la vida.

Ella esbozó una sonrisa angelical.

—No se merecen. Ha sido un placer. —Y se fue, cerrando la puerta tras de sí.

En Londres, una figura solitaria miraba con ojos entornados por la ventana de una casa de Park Lane. Sus dedos inquietos se cerraron en sendos puños y una oleada de rabia, caliente y rebosante de odio, recorrió sus venas. «¿Dónde diablos te has metido, Stephen? Si has muerto, ¿por qué no está tu cuerpo donde se supone que debería estar? Y, si estás vivo, ¿por qué no has vuelto a casa?» La figura inspiró profundamente varias veces intentando calmarse. «No importa. Si estás muerto, tu cuerpo acabará por aparecer. Y si estás vivo... bueno, pues no será por mucho tiempo.»

4

A las diez de la mañana del día siguiente, Justin Mallory, conde de Blackmoor, levantó la mirada de la montaña de papeles que tenía ante sí.

—¿Qué tiene para mí, Randall? —preguntó a su imperturbable mayordomo, que estaba de pie, observándolo, junto a la mesa de caoba—. Espero que no sea más correspondencia.

Randall hizo una reverencia y le presentó una ornamentada bandejita de plata con un sobre lacrado en el centro.

—Un joven ha traído esto, milord. Ha dicho que es urgente y que espera una respuesta

Justin enarcó las cejas.

—¿Urgente?

—Sí, milord. Ha dicho que la nota procede de una tal señorita Hayley de Halstead y que va dirigida al señor Justin Mallory. Sí, eso es lo que ha dicho: señor Justin Mallory. —El gesto de desdén de Randall no dejó ninguna duda de lo ofendido que se sentía ante lo que él consideraba un imperdonable error de protocolo.

—¿Ah, sí? —Justin bajó la mirada y se quedó helado cuando leyó el nombre del destinatario. Reconoció de inmediato la inequívoca inclinación de la letra de Stephen. ¿Por qué le enviaría Stephen un mensaje urgente a través de otra persona? ¿Quién dice que es el remitente?

—Una tal señorita Hayley Albright. De Halstead. Creo que eso está en Kent, milord.

—¿Y dónde está el mensajero?

Randall frunció sus finos labios.

—Le he dicho a ese patán maleducado que espere en el portal.

—Ya entiendo. Déjeme a solas. Le llamaré en cuanto haya leído la nota.

—Sí, milord. —Randall salió de la habitación y cerró la puerta tras de sí.

En cuanto estuvo solo, Justin abrió el sobre y leyó rápidamente su contenido.

> Querido Justin,
>
> Mis planes de pasar varios días en mi pabellón de caza han cambiado. Estoy bien, pero quiero que vengas a la casa de los Albright, en Halstead, cuanto antes. Aquí todo el mundo cree que me llamo Stephen Barrettson y que soy tutor. Por favor, tráeme algo de ropa —no la más elegante, por favor—, algo propio de un tutor, y vístete tú también en consonancia. Me gustaría que te identificaras simplemente como Justin Mallory. También te pido que no reveles el contenido de esta carta ni mi paradero a nadie, ni siquiera a Victoria, hasta que hayamos hablado. Te espero esta tarde o, como mucho, mañana. Cuando nos veamos, te lo explicaré todo.
>
> STEPHEN

Justin echó un vistazo a una segunda hoja de papel que contenía indicaciones para llegar a la casa de los Albright. «¿En qué lío se habrá metido Stehpen?» Releyó la nota. Tuviera el problema que tuviese, por lo menos Stephen estaba bien, o eso decía. Pero era evidente que había algo que iba mal.

Guardándose la inquietante carta en el bolsillo, Justin se dirigió hacia el vestíbulo y abrió las pesadas y sólidas puertas de roble. Un joven que estaba sentado en el escalón de la entrada miró hacia arriba con expresión expectante.

—¿Es usted el señor Mallory? —preguntó el joven, levantándose de un salto.

—Sí. Puede decirle a la señorita Albright que me espere para esta tarde. —Sin esperar respuesta, cerró la puerta y se dirigió al piso superior. Tardaría unas tres horas en llegar a Kent. Tenía muchas cosas que hacer antes de partir, incluyendo encontrar una excusa plausible para cancelar la cena con su mujer.

Se detuvo a medio paso.

«¿Qué tipo de ropa llevan los tutores?», se preguntó.

Al llegar a la casa de los Albright, Justin desmontó mientras su mirada curiosa inspeccionaba los alrededores. La casa, de considerable tamaño, se encontraba en un claro de bosque en medio de un vergel, rodeada de hayedos. Era una estructura laberíntica, cubierta de hiedra, en la que daba la impresión de que los sucesivos dueños habían ido haciendo añadidos de gustos diferentes. El efecto acumulativo era un batiburrillo sorprendentemente agradable a la vista.

La casa en sí misma tenía un aspecto un tanto deteriorado que estaba a un paso de parecer dejado. En el tejado había varias áreas sin tejas por reparar y en la fachada se veían varias contraventanas desvencijadas. Contrariamente, el jardín, muy bien cuidado, contenía una profusión de flores de gran colorido, cuya fragancia impregnaba el aire veraniego. Un espumoso riachuelo discurría junto a los árboles antes de describir una curva, adentrarse en el bosque y desaparecer en la distancia.

Justin llamó a la puerta. Le abrió inmediatamente un hombre gigantesco vestido con ropa de trabajo. El hombre corpulento miró a Justin con ojos entornados y evidente recelo.

—¡Que me cuelguen del palo mayor y me ondeen al viento! —dijo el gigante con voz grave y ronca, mientras acercaba el rostro al de Justin—. Tengo trabajo que hacer. No me puedo pasar todo el día contestando a la asquerosa puerta. ¿Quién diablos es usted y qué diablos quiere?

Justin retrocedió dos pasos y carraspeó.

—Me llamo Justin Mallory. Creo que me esperan.

—¿Quién ha llamado a la puerta, Winston? —preguntó una voz femenina que procedía de detrás del gigante. La puerta se abrió de par en par y apareció una mujer.

—Alguien de la compañía de recogida de basuras. Dice que le esperábamos, pero ya tenemos todos los cubos de basura que necesitamos. —El gigante dirigió una mirada fulminante a Justin, como si estuviera decidiendo si se lo comía como aperitivo o se limitaba a aplastarlo contra el suelo.

Sin sentirse especialmente atraído por ninguna de las dos posibilidades, Justin esquivó al poco amigable «mayordomo» y tendió la mano a la joven.

—Soy Justin Mallory.

—Hayley Albright —contestó ella con una cordial sonrisa, al tiempo que estrechaba firmemente la mano de Justin.

Justin sintió un gran alivio al comprobar que la señorita Albright parecía mucho más contenta de verle que el gigante que le había abierto la puerta. Después de mascullar algo ininteligible, el gigante salió de la casa pisando fuerte y se dirigió al jardín.

Justin estudió a la mujer que tenía delante. Era mucho más alta de lo que estaba de moda, pero muy atractiva. También se percató de que lo miraba con una vívida curiosidad.

—Señor Mallory, entre, por favor —dijo ella, guiándolo a un pequeño vestíbulo—. Le estábamos esperando. —Luego, bajando la voz y señalando con la barbilla al hombre que acababa de salir, añadió—: Espero que disculpe a Winston. Tiende a ser un poco sobreprotector.

Justin enarcó las cejas.

—¿Ah, sí? No me había percatado.

Hayley lo miró de soslayo y se rió.

—Winston actúa de buena fe, y ya se sabe: «Perro ladrador, poco mordedor.»

—No se puede imaginar lo mucho que me alivia oír eso, señorita Albright.

Ella volvió a reír —su risa era dulce y acogedora— y guió a Justin a través de varias habitaciones espaciosas pero escasamente amuebladas, saliendo luego por unas puertaventanas hasta llegar a una pequeña terraza. Mientras la seguía, Justin no pudo evitar admirar las atractivas curvas de sus caderas, que ni siquiera aquel sencillo vestido marrón podía ocultar. Se preguntó qué papel habría desempeñado la encantadora señorita Albright en el cambio de planes de Stephen.

—El señor Barrettson está allí, en el jardín —dijo ella señalando una figura en la distancia—. Siga este sendero y llegará hasta él. Cuando hayan acabado de hablar, por favor, vengan a buscarme y les serviré un refrigerio. —Hayley dio media vuelta y entró de nuevo en la casa, y Justin bajó rápidamente por el sendero.

—Sí que has tardado en venir —dijo Stephen a modo de saludo, varios minutos después, al ver a Justin. Stephen hizo un esfuerzo por contener la risa cuando observó la expresión de absoluta perplejidad de su cuñado.

—¿Stephen? ¿Eres realmente tú?

—En carne y hueso —confirmó Stephen—, aunque, con la cara cubierta de barba y la cabeza vendada, apenas me reconozco ni yo mismo. Y todavía no lo has visto todo.

Stephen se puso en pie y contuvo la risa al ver que Justin se quedaba boquiabierto. El cuerpo de Stephen parecía haberse encogido dentro de una enorme camisa cuyas mangas le colgaban muy por debajo de las muñecas. Y arrastraba unos pantalones de montar de varias tallas más que la suya.

—¡Válgame Dios! —dijo Justin—. Pero... ¿qué te ha pasado? Te has encogido y consumido hasta los huesos. ¿Te encuentras mal?

—No, por lo menos ya no —dijo Stephen con una tímida sonrisa—. Estas prendas pertenecían al padre de Hayley. Ahora ya sabes por qué te pedí que me trajeras algo de ropa. Al parecer, papá Albright era bastante corpulento.

—¿Qué quieres decir con que ya no te encuentras mal? ¿Has estado enfermo?

En vez de contestar, Stephen indicó a Justin, haciéndole un gesto con la mano, el sendero que discurría ante ellos.

—Venga, demos un paseo. Tengo mucho que contarte.

—De acuerdo —contestó Justin.

No habían dado ni tres pasos cuando Stephen se sintió minuciosamente examinado.

—Casi no te reconozco con esa barba, Stephen. He de admitir que te da un aire bastante atormentado. Estás imponente. Seguro que las damas de la alta sociedad londinense te encontrarían incluso más irresistible que de costumbre.

Stephen se llevó la mano a la cara y se frotó el rostro hirsuto.

—El único motivo por el que no me he quitado esta horrible barba es que nunca me he afeitado y no quiero desangrarme en el intento. Pero tendré que librarme de ella de alguna forma. Es horrible cómo pica.

Tras una pausa, Justin dijo:

—Seguro que sabes que me corroe la curiosidad. Tu críptica nota no explicaba nada. ¿Qué demonios está sucediendo? Explícamelo todo, hasta el último detalle.

Mientras avanzaban por un sendero flanqueado por árboles que se adentraba en el bosque, Stephen explicó a Justin los acontecimientos de la última semana. Cuando acabó, su amigo lo miró con expresión seria.

—¡Dios mío, Stephen! Esa joven te ha salvado la vida.

—Sí.

—¿Y crees que ha sido la segunda vez que intentan matarte?

—Eso parece. Tomé el incidente del mes pasado por un robo, pero ahora no lo veo así.

—¿Por qué no me lo explicaste?

—No resulté herido y no lo consideré importante.

—¿Que no fue importante? ¡Por Dios, Stephen! ¿Quién puede querer matarte? ¿Y por qué?

—Me he ganado muchos enemigos a lo largo de mi vida, supongo, pero no sé quién puede querer verme muerto.

—¿Una amante despechada?

—Lo dudo. Por lo que sé, con mis ex amantes siempre hemos quedado como amigos.

—¿Y qué me dices de los negocios? ¿Se te ha complicado algún asunto últimamente?

Stephen hizo una pausa antes de responder.

—De hecho, he tenido un problema recientemente.

—¿Ah sí? ¿Qué problema?

—Me planteé la posibilidad de hacer una inversión considerable en la compañía de transportes navales Lawrence, pero, tras investigar la compañía, me retracté. De todos modos, Marcus Lawrence ya había dado por hecho que yo haría la inversión y había mandado armar tres barcos nuevos.

Justin se mostró sorprendido.

—¿Encargó el trabajo antes de que hicieras la inversión?

—Sí. Y, por lo que he sabido después, cuando le comuniqué que no quería entrar en el negocio, se quedó con tres barcos a medio construir que no podía pagar. Lo último que oí fue que estaba al borde de la quiebra y posiblemente a punto de ir a la cárcel por impago.

—Si te culpa a ti por su ruina...

—Lo hace —lo interrumpió Stephen—. Me echa a mí todas las culpas.

—¿Cómo lo sabes?

—Me lo dijo él mismo.

Justin miró fijamente a Stephen.

—¿Acaso te ha amenazado?

—Sus palabras dejaron entrever que yo era el causante de su ruina y que me lo haría pagar. Pero, como lo dijo cuando llevaba unas cuantas copas de más, no me lo tomé en serio.

—Interesante —dijo Justin mientras seguían avanzando por el sendero—. Dime, ¿por qué decidiste no invertir en la compañía de Lawrence?

—Descubrí que Lawrence no sólo transportaba prendas textiles en las bodegas de sus barcos de carga.

—¿Ah, sí? ¿Y qué transportaba?

A Stephen le invadió una oleada de repugnancia.

—Al parecer, nuestro señor Lawrence traficaba con esclavos blancos —dijo visiblemente disgustado—. Oí que incluso había raptado niños de varios asilos de huérfanos de Londres...

—No me digas más —le interrumpió Justin con una mueca de asco—. ¿Cuándo te echaste atrás?

—Justo dos semanas antes de que atentaran contra mi vida por primera vez.

—Y un hombre que es capaz de traficar con personas tendría pocos escrúpulos para hacer que te maten.

—Exactamente. Informé al magistrado sobre mis averiguaciones y en el juzgado están llevando a cabo su propia investigación.

—¿Por qué no me lo habías explicado?

Stephen se encogió de hombros.

—No creí realmente que mi vida estuviera en peligro hasta la segunda vez que intentaron matarme. La primera vez no estaba en el mejor barrio de Londres. El ataque podría haber sido contra cualquier indeseable que frecuentara aquella zona, y yo, sencillamente, me habría interpuesto en su camino. Pero este segundo ataque me ha convencido de que mi vida está en grave peligro. Lawrence podría ser perfectamente nuestro hombre.

—Odio sugerirlo —dijo Justin—, pero... ¿te has planteado la posibilidad de que sea alguien de tu familia?

Stephen soltó una amarga carcajada.

—Seguro que no te refieres a mi queridísima familia. ¿Acaso estás sugiriendo que mi padre, el poderoso duque de Moreland, desea verme muerto? Tal vez. Pero no me lo puedo imaginar manchándose las manos de sangre, aunque sólo sea simbólicamente, ni haciendo un esfuerzo para encontrar tiempo, entre sus adúlteras aventuras amorosas, a fin de planificarlo todo. —Stephen hizo una breve pausa—. Y lo mismo digo con respecto a mi madre. Está demasiado ocupada con sus compromisos sociales y citas clandestinas con sus numerosos amantes para enterarse de que existo. Además, si yo muriera, se vería obligada a guardar luto, y ya sabes lo mucho que detesta vestirse de negro. Aunque es cierto que

Gregory heredaría mi título si yo estirara la pata, mi querido hermano suele estar demasiado borracho para percatarse siquiera de mi presencia y, mucho menos, para intentar matarme. Y espero que no consideres a Victoria como posible sospechosa. Mi hermana no sólo no ganaría nada con mi muerte, sino que es tu esposa. Espero que la tengas en mejor concepto que eso.

—En realidad, estaba pensando en Gregory —dijo Justin con voz sosegada—. Tu muerte lo convertiría en marqués y heredero de un ducado, aparte de un hombre increíblemente rico.

—Consideré esa posibilidad, pero lo veo improbable. Gregory está demasiado ocupado con su vida disoluta para tener suficiente energía o astucia para planear mi muerte.

—También es avaricioso y egoísta —apuntó Justin—. No hace falta demasiada energía ni astucia para contratar a alguien para que te mate, y es obvio que esos indeseables que te dieron por muerto eran asesinos a sueldo.

Stephen negó con la cabeza.

—Gregory no quiere la responsabilidad de un ducado. Lo único que necesita es dinero, mucho dinero. No sabría qué hacer con las interminables responsabilidades asociadas al título. Además, mi padre le pasa una renta escandalosamente alta para que la despilfarre en sus vicios.

—Pero tu padre se negó a avalarle económicamente en la última ocasión —le recordó Justin—. Gregory se vio obligado a casarse con Melissa para superar sus problemas financieros. Si dilapida toda la fortuna de Melissa, necesitará tener su propia fortuna. Si tu padre vuelve a negarse a responder de las pérdidas de tu hermano, entonces... —La voz de Justin se fue desvaneciendo poco a poco, y Stephen extrajo la inevitable conclusión.

—Entonces Gregory necesitará otra fuente de ingresos —concluyó Stephen—. Ya sé adónde quieres ir a parar, pero sigo sin poderme imaginar...

Justin lo miró fijamente.

—¿Qué pasa? ¿En qué estás pensando?

—Me atacaron de camino a mi pabellón... Había decidido ir allí aquella misma mañana.

—Sí, ya lo sé. Me explicaste tus planes aquella tarde.

—Muy poca gente conoce la localización de mi pabellón de caza. Como sabes, siempre voy sin ningún tipo de servicio, es un lugar de uso privado donde me refugio cuando quiero estar solo.

—Ya lo sé.

Stephen miró a Justin, perforando con la mirada los ojos de su amigo.

—Le dije adónde iba a alguien más, aparte de ti. Sólo a una persona. Y sólo unas horas antes de ponerme en camino.

—¿A quién se lo dijiste?

De repente, sintió una punzada de amargura que le escoció como una bofetada y dijo:

—A Gregory. ¡Maldita sea! Mi propio hermano, el muy desgraciado, está intentando matarme.

5

Las palabras de Stephen flotaron en el aire durante unos breves instantes, el silencio roto solamente por el gorjeo de un par de azulejos y el suave rumor de las hojas arrastradas por la cálida brisa veraniega.

Al final, Justin carraspeó y dijo:

—Tal vez Gregory se lo dijo a alguien más.

Stephen movió repetidamente la cabeza en gesto de negación.

—No, no lo creo. Me detuve en su casa de Londres al caer la tarde para dejarle unos papeles. Me preguntó si pensaba asistir a la velada musical de aquella noche en casa de los Harriman, y yo le dije que no, que iba a pasar unos días en mi pabellón de caza. —Stephen se pasó las manos por el pelo haciendo una mueca de dolor cuando se tocó sin querer el chichón que tenía en el cogote—. Parecía agitado y preocupado al mismo tiempo y bastante impaciente por que me pusiera en camino. Me encantó complacerle.

—¿Y no le contaste tus planes a nadie más?

—No. ¿Y tú? ¿Le comentaste a alguien adónde iba?

—Se lo dije a Victoria, pero por la noche, cuando estábamos en casa de los Harriman —dijo Justin. Su expresión se hizo cada vez más seria—. Gregory habría tenido un amplio margen de tiempo para organizarlo todo con los hombres que te atacaron.

Un repentino y profundo agotamiento se adueñó de Stephen.

—¡Dios mío, Justin! Siempre he sabido que, exceptuando a Victoria, mi familia es inmoral y repugnante, pero he de admitirlo, estoy profundamente desconcertado por la posible implicación de Gregory en todo esto.

—Bueno, yo cambiaría «posible» por «probable» y decidiría qué vamos a hacer al respecto.

—En realidad, tengo un plan.

—Excelente. Soy todo oídos —dijo Justin.

Stephen entrelazó los dedos de ambas manos por detrás de la espalda e intentó ordenar sus pensamientos mientras avanzaba por el sendero. Justin le siguió, esperando en silencio.

—Se me ha ocurrido —dijo Stephen— que nuestro culpable, sea Gregory o Lawrence u otra persona, cree que estoy muerto o desea que lo esté.

—Sí —ratificó Justin—. Indudablemente, verte aparecer va a ser una verdadera conmoción para alguien.

—Ya lo creo que sí. Pero no me parece que deba dejarme ver todavía. Será mucho mejor que me quede aquí, donde está garantizada mi seguridad, hasta que me encuentre completamente recuperado. Hayley me ha ofrecido que permanezca todo el tiempo que necesite para reponerme, y yo había pensado aceptar su invitación. Mientras tanto, tú puedes investigar discretamente. Observa a Gregory y también a Lawrence.

—Dalo por hecho —dijo Justin sin dudarlo ni por un instante—. Pero no puedes quedarte aquí, en medio de ninguna parte, para siempre.

—Cierto. Fijaremos una fecha límite, digamos dos o tres semanas. Eso debería darte suficientes oportunidades para hacer indagaciones. Tenía programado estar fuera esta semana, o sea que nadie debería echarme en falta todavía. Puedes mencionar delante de mi familia y del servicio que hace unas semanas te dije que estaba planeando un viaje al continente, lo que explicará mi ausencia durante las próximas semanas. Si para entonces todavía no has averiguado nada, reapareceré. Con un poco de suerte, provocaré tal conmoción en el culpable que se pondrá en evidencia.

—Una buena teoría, pero... ¿y si, al verte, no se arrodilla ante ti y lo confiesa todo? ¿Y si, en vez de eso, vuelve a intentarlo y esa vez consigue su objetivo?

—Sabemos quiénes son nuestros principales sospechosos, de modo que estaremos preparados —contestó Stephen—. Si falla todo lo demás, siempre podemos tender una trampa a ese indeseable utilizándome como cebo.

—No lo veo nada claro —protestó Justin—. Es demasiado arriesgado.

—A mí eso no me preocupa demasiado —admitió Stephen—, aunque no creo que tengamos que llegar a ese extremo. Con un poco de suerte, mi querido hermano o ex socio potencial se pondrá en evidencia durante las próximas semanas. Y, si no lo hace, por lo menos tendré tiempo para curarme y recuperar fuerzas antes de regresar a Londres.

—Hay algo que podemos hacer —sugirió Justin—. Si no apareces, sea vivo o muerto, lo más probable es que nuestro asesino se ponga cada vez más nervioso. Preguntaré a la señorita Albright la localización exacta del lugar donde te encontraron y mandaré a alguien allí para que vigile si se acerca alguien buscando un cuerpo.

—Es un plan excelente, pero tal vez lleguemos demasiado tarde. Ya llevo aquí una semana entera.

Justin frunció el entrecejo.

—Tienes razón. Si el asesino ya se ha enterado de que tu cuerpo no estaba donde se supone que debería estar y sabe que existe la más remota posibilidad de que sigas con vida, te buscará. —Su mirada se cruzó con la de Stephen—. Y tal vez te encuentre aquí.

Stephen reflexionó sobre las palabras de Justin.

—Tal vez tengas razón, pero las probabilidades de que alguien me encuentre aquí son muy escasas. Según me ha explicado la señorita Albright, nos hallamos como mínimo a dos horas de camino del lugar donde me atacaron. Además, si nuestro hombre se pone nervioso, será más fácil que cometa un error. Y eso irá a nuestro favor.

Justin instó a Stephen a que se detuviera poniéndole una mano en el hombro.

—¿Y qué harás si resulta que tu hermano está detrás de todo esto?

Stephen se volvió y miró a su amigo a los ojos.

—Ya conoces la situación de mi familia. Nunca he tenido la sensación de tener un hermano, ni siquiera cuando era niño. Si Gregory es responsable de los ataques contra mi persona, entonces puede quemarse en el infierno, que es adonde pertenece.

La mirada de Justin sondeó la de Stephen y entre ellos fluyó un entendimiento mutuo fruto de una profunda amistad.

—Haré cuanto pueda para ayudarte —le prometió Justin con voz pausada. Reanudaron el paseo y se dirigieron hacia la casa. Tras un breve silencio, Justin preguntó:

—¿Les has dicho a los Albright que eres tutor?

—Sí. Se creen que no tengo familia y que me apellido Barrettson. Pensé que era mejor mantener en secreto mi identidad.

A Justin se le escapó una risita.

—¿Tú? ¿Tutor? No te puedo imaginar tratando cada día con niños, dictando ecuaciones matemáticas y soltando citas filosóficas.

Stephen miró a su amigo con mala cara.

—Me pareció una buena idea —dijo en tono áspero.

—Oh, sí, muy buena. ¡Ya lo creo! —afirmó Justin sin poder reprimir una sonrisa—. Dime, ¿cómo son los padres de la señorita Albright? Supongo que deben de ser bastante poco convencionales, teniendo en cuenta que permiten que su hija se pasee de noche por esos caminos de Dios con la única compañía de sus lacayos y que rescate a víctimas de los arroyos. Y, francamente, no tengo palabras para describir a ese hombre que me ha abierto la puerta. Ese impresentable no era su padre, ¿verdad? Eso espero.

—No, sus padres están muertos.

Justin se puso serio.

—¿Entonces...? ¿Quién cuida de ella?

Stephen reprimió el impulso de poner los ojos en blanco.

—¿Que quién cuida de ella? Nadie, nadie en absoluto.

Ella lleva todo el peso de la casa, que incluye cuatro hermanos menores y una tía mayor y medio sorda que requiere más cuidados de los que es capaz de proporcionar. Y también hay un lacayo entrado en años que ni siquiera es capaz de encontrar sus gafas, y ese gigante que suelta tantos improperios como el marino que solía ser. Y no nos olvidemos de un detestable cocinero francés de quien he oído que gusta lanzar por los aires cazos y sartenes.

Justin se mostró azorado.

—¿Lo dices en serio?

Stephen asintió y se llevó una mano al pecho.

—Completamente en serio. Nunca he visto una casa igual. No sé cómo he logrado contenerme y no corregirlos constantemente. He tenido que morderme la lengua docenas de veces. Ayer por la tarde cené con toda la familia por primera vez. Los niños comen en la misma mesa que los adultos y, por lo que pude ver, se pueden pasear a sus anchas por todo el comedor.

»La más pequeña es una niña de seis años, Callie, que está empeñada en que asista a la merienda que celebrarán ella y su muñeca. ¡Una merienda con una niña y una muñeca! ¡Por el amor de Dios! Luego están Andrew, de catorce años, y Nathan, de once, dos verdaderos demonios. No paran de discutir y me ponen la cabeza como un bombo. Por lo que he podido ver, Pamela, de dieciocho años, es la única persona razonablemente educada y que habla con delicadeza de toda la pandilla.

Justin soltó una carcajada.

—Una pandilla realmente asombrosa. ¿Y qué me dices de tu salvadora, la señorita Hayley Albright? —Dirigió una mirada interrogativa a Stephen—. No he podido evitar fijarme en lo sumamente atractiva que es.

Stephen intentó ignorar que comenzaba a sentir un nudo en el estómago.

—¿Ah, sí?

—Sí. Sólo la he visto durante uno o dos minutos, pero veamos... —dijo Justin, contando con los dedos mientras iba enumerando sus atributos—. Es alta, esbelta, ojos de un azul claro cristalino... —Volvió a mirar a Stephen—. Tiene unos ojos bellísimos, ¿no te parece?

—No me he fijado —mintió Stephen en un tono cortante que pretendía disuadir a su amigo de proseguir con su enumeración.

Por lo visto, Justin no cogió la indirecta.

—¿Lo dices en serio? A ver... ¿por dónde iba? Ah sí, la señorita Albright. Un cutis perfecto, y su pelo... todos esos rizos largos, tupidos y resplandecientes. ¿He mencionado ya lo carnosos que tiene los labios y lo sensuales y curvilíneas que...?

—Ya basta —lo interrumpió Stephen, dirigiendo a su amigo una mirada de advertencia. El hecho de que Justin se hubiera fijado en las seductoras curvas y los sensuales labios de Hayley le molestaba inexplicablemente—. ¿Puedes hacer el favor de recordar con quién estás hablando? Soy el hermano de tu mujer. No creo que a Victoria le hiciera ninguna ilusión oírte ensalzar los atributos físicos de otra mujer.

Justin adoptó una expresión de fingida inocencia.

—Sólo estaba señalando lo evidente. No pretendía ser ofensivo. Sabes lo mucho que quiero a tu hermana. Pero me sorprende un poco que, después de pasar una semana entera en compañía de la señorita Albright, no te hayas dado cuenta de cosas que la mayoría de los hombres, incluyendo los felizmente casados como yo, no pueden evitar percibir inmediatamente. De hecho, no salgo de mi asombro. ¿Cómo es posible que tú, uno de los más notables conocedores de la belleza femenina de todo Londres, no te hayas percatado de los evidentes atributos de la señorita Albright?

Stephen apretó los dientes para no dejarse picar por Justin y siguió caminando. Por supuesto que se había percatado de los atributos de Hayley Albright. De todos y cada uno de ellos. La tarde anterior había estado paseando por el jardín, deteniéndose frecuentemente para descansar, cuando se encontró a Hayley arrodillada en el suelo, arrancando malas hierbas de un lecho de flores. Cuando ella le sonrió, a él se le puso la boca como un zapato.

El sol crepuscular brillaba tras ella, bañándola con suaves y cálidos matices naranjas y dorados. Varios mechones de pelo castaño se le habían soltado del moño, rodeando su rostro como un delicado halo, y tenía un poco de tierra en una de sus mejillas de porcelana. Stephen la había repasado con la mirada y, a pesar de su aspecto desaliñado y su atuendo tan poco favorecedor, había experimentado una reacción corporal inmediata.

—Cuidar de todos esos niños es una gran responsabilidad para una mujer joven y soltera —comentó Justin, distrayendo súbitamente a Stephen de sus pensamientos y devolviéndolo al presente—. Supongo que habrá heredado una buena suma de dinero para mantener la casa y alimentar a toda la familia.

—No lo sé. Su padre era capitán de barco. Eso creo.

Justin arrugó la frente.

—¿Capitán de barco? ¿Albright? Por casualidad, ¿no sería su padre el famoso Tripp Albright?

Stephen se encogió de hombros.

—Podría ser. ¿Quién era Tripp Albright?

Justin lo miró fijamente, con evidente asombro.

—Sólo uno de los más legendarios capitanes de barco que han surcado los mares. ¿No has oído hablar de sus hazañas?

Stephen rebuscó en su memoria y luego asintió lentamente con la cabeza.

—Sí, creo que es posible que haya oído hablar de él. Pero hace bastante tiempo que no oigo nada sobre él.

—Si no me falla la memoria, murió hace algunos años a consecuencia de unas fiebres que contrajo en el trópico.

—El padre de Hayley murió hace tres años.

—Debe de tratarse del mismo hombre —dijo Justin—. Albright no es un apellido muy frecuente. Creo recordar que era un personaje bastante pintoresco.

En aquel momento, los dos hombres fijaron la atención en la imagen de Hayley saliendo del establo; llevaba a *Peri-*

cles de las riendas. Se detuvo y ofreció una manzana al caballo; éste le fue dando mordiscos delicadamente mientras Hayley la sostenía en una mano y luego restregó suavemente el hocico contra el cuello de Hayley. Ella se percató de que los dos hombres la estaban observando y les hizo señas con la mano.

Justin contemplaba la escena mudo de asombro.

—¿Veo lo que creo que estoy viendo?

Stephen no pudo evitar reírse ante la expresión de estupor de su amigo:

—¿Te refieres a que Hayley ha convertido a mi formidable semental en un perrito faldero? Los ojos no te engañan, Justin. Ayer presencié una escena similar y me quedé helado. Parece ser que esa joven tiene mano con los caballos. Hasta ha montado a mi «bestia».

—¡Por Dios, Stephen! ¿Y no temes que le haga daño?

—Míralo. Se derrite en sus manos. Y hasta parece estar haciendo sombra al caballo de los Albright. —Observó cómo *Pericles* se quedaba completamente quieto mientras Hayley se arrodillaba para examinarle la pata delantera—. Puesto que no temo que le haga daño, tiene carta blanca para cuidar de él.

Una lenta sonrisa iluminó el rostro de Justin mientras Hayley conducía el inmenso semental hacia el prado.

—Esa mujer se sale de lo corriente, Stephen.

—Sí, supongo que sí.

—Me muero de ganas de saber qué vas a hacer al respecto.

A Stephen se le tensó la espalda al oír aquellas palabras.

—No tengo intención de hacer nada al respecto, te lo puedo asegurar —dijo en tono cortante.

—Ya lo veremos —dijo Justin riéndose entre dientes—. Ya lo veremos.

6

Cuando los dos hombres llegaron a la casa, Hayley sirvió un refrigerio al señor Mallory mientras Stephen se excusaba para cambiarse de ropa.

Mientras servía el té, Hayley estudió disimuladamente al amigo de Stephen y tuvo que admitir para sus adentros que le gustaba lo que veían sus ojos. Justin Mallory no sólo era agradable a la vista, sino que además era cordial y de fácil trato. El pelo, castaño claro, le caía sobre la frente confiriéndole un aire juvenil. Los ojos, color avellana, se le achinaban cuando sonreía. De hecho, era casi tan atractivo como el señor Barrettson. Casi.

—Tenga, señor Mallory —dijo Hayley alargándole un platito y una taza—. ¿Ha disfrutado del paseo por el jardín?

—Muchísimo. Y debo decirle, señorita Albright, que tengo con usted una profunda deuda de gratitud por haber hecho lo que ha hecho por Stephen. Le ha salvado la vida.

Ella intentó quitarse mérito.

—No hice más de lo que habría hecho cualquiera. Fue un gran alivio para mí que el señor Barrettson sobreviviera. Tenía mis dudas al respecto.

—¿Qué tal están sus heridas?

—Se están curando muy bien. Le he cambiado los vendajes esta mañana. Ha sido una verdadera suerte que no se lesionara ningún órgano interno.

—Desde luego. Dígame, señorita Albright, ¿recuerda el lugar exacto donde encontró a Stephen?

—Por supuesto. —Ella describió la localización con todo detalle mientras el señor Mallory la escuchaba atentamente.

Tras pasarle una bandeja llena de pastelitos, comentó:

—Mallory es un apellido muy interesante. Según la etimología germánica significa «consejero de guerra», pero según la latina «de negro destino».

Justin levantó las cejas.

—¿Ah, sí? No tenía ni idea. —Una leve sonrisa arqueó sus labios—. Me quedo con la etimología germánica.

Ella le devolvió la sonrisa.

—No me extraña.

—¿Estudia el origen de los nombres?

—Sí, es una afición que tengo.

—¿Y qué significa mi nombre de pila? —le preguntó con ojos rebosantes de curiosidad.

—Justin significa «juicioso, sensato».

—¡Menos mal! Con un apellido que significa «de negro destino», necesitaba recibir buenas noticias.

—Desde luego —asintió Hayley, y los dos se rieron.

—Dígame, señorita Albright —dijo Justin cuando cesó el alborozo—, ¿no sería su padre, por casualidad, el capitán Tripp Albright?

A Hayley le embargó una sensación de satisfacción y sorpresa al mismo tiempo.

—Sí. ¿Conocía usted a mi padre, señor Mallory?

—No, pero oí muchas cosas sobre él. Tengo entendido que era un hombre increíble.

—Ya lo creo —contestó ella a pesar del nudo que se le acababa de hacer en la garganta—. El más increíble. Todos le echamos de menos... terriblemente.

—¿A quién echan de menos? —preguntó Stephen uniéndose a la conversación—. Seguro que a mí no. Sólo me he ausentado durante un par de minutos.

—Estábamos hablando de mi padre... —empezó a decir Hayley, pero su voz, junto con su sonrisa, se esfumó cuando levantó la vista. Vestido con una camisa de un blanco resplandeciente y pantalones de montar de ante que le iban como anillo al dedo y acentuaban su corpulenta complexión, Stephen le robó el aliento. Ya no parecía un herido, sino que, con aquellos vendajes y aquella barba de una semana que le confería un aire atormentado, le recordaba a un oscuro y peligrosamente atractivo pirata.

Hayley lo repasó de arriba abajo con la mirada varias veces. Durante aquellos segundos, un inquietante hormigueo recorrió todo su cuerpo. «¡Santo Dios! Es imponente», pensó. Cuando, por fin, lo miró a los ojos, vio que él la estaba observando, con una sonrisita divertida en los labios. Notó que le quemaban las mejillas y se forzó a fijarse en la taza de té. «Seguro que está pensando que soy una imbécil rematada, mirándolo como si fuera un manjar y estuviera muerta de hambre.»

Recordando sus obligaciones como anfitriona, abrió la boca para ofrecer a Stephen una taza de té, pero, antes de que pudiera decir una palabra, unos fuertes gritos rasgaron el aire.

—Yo he pescado el pez más grande —proclamó una voz juvenil.

—Pero yo he pescado más peces —respondió otro muchacho indignado.

Los hermanos de Hayley entraron en el campo de visión de Stephen, ambos cubiertos de porquería hasta las cejas, ambos enfadadísimos entre sí. Sin inmutarse ante el aspecto desaliñado de los chicos, Hayley se limitó a inclinarse hacia delante y a susurrar al señor Mallory:

—Mis hermanos, Andrew y Nathan.

Los chicos siguieron discutiendo mientras entraban en el patio.

—«Por lo que veo, eres objeto de aversión universal, y todos debieran sacudirte.» —Andrew escupió la cita de Shakespeare a su hermano menor acompañándola de una mirada fulminante.

—«Ah, no merecéis otro título sino el de sinvergüenza» —gritó Nathan, pretendiendo decir la última palabra.

—«Veo que responderíais bien al azote como si estuvierais a punto de recibirlo» —contraatacó Andrew.

—«¡Señor, me estáis vejando de una manera insoportable!» —replicó Nathan.

—«¡Su cara no vale la pena ni de quemarse al sol!»

—«¡Asqueroso engendro de la naturaleza!»

—¡Nathan! ¡Andrew! ¡Basta ya! —Hayley se levantó de la silla y se forzó a dirigir una mirada de reprobación a sus hermanos—. No os enseño Shakespeare para que os insultéis mutuamente.

Andrew y Nathan se giraron hacia ella, con los ojos abiertos de par en par en señal de inocencia.

—¿Ah, no? —le preguntaron al unísono.

—Por supuesto que no.

—Pero ésas son las mejores partes —protestó Andrew—. Nadie sabe insultar tan bien como el bardo.

—De todos modos, ahora no es momento para eso —dijo mientras inclinaba la cabeza en dirección a la mesa—. Tenemos un invitado.

Hayley presentó los chicos al señor Mallory y luego los mandó a sus habitaciones con órdenes estrictas de bañarse y ponerse rompa limpia. Los chicos hicieron lo que su hermana les había mandado murmurando entre dientes.

—Unos chicos con mucha energía —comentó el señor Mallory con una sonrisita.

—No ha visto ni la mitad —dijo Hayley sacudiendo la cabeza y mirando al cielo—. Intentar mantener la paz entre ellos es agotador.

—Parecen dominar la obra de Shakespeare —dijo pensativo el señor Mallory tras tomar un sorbo de té—. ¿Ha sido usted su profesora, señorita Albright?

—Sí. Mi abuelo materno era un erudito. Transmitió parte de sus conocimientos a mi madre, y ella nos instruyó a nosotros. Yo me he limitado a seguir la tradición familiar con mis hermanos. Como durante el verano la escuela del pueblo está cerrada, cada día les doy clase sobre un amplio abanico de materias.

—¿Como por ejemplo? —preguntó el señor Mallory.

—Bueno, literatura, por supuesto. Y matemáticas, filosofía, mitología, música, astronomía, bellas artes —dirigió una mirada maliciosa al señor Barrettson— y latín, con el que tal vez pueda echar una mano al señor Barrettson. Cada uno de mis hermanos tiene un don especial. Pamela toca muy bien el piano y Andrew es un genio de los números y el cálculo. La pasión de Nathan es la astronomía y tiene su propio telescopio. A Callie le encanta dibujar y pintar con acuarelas. Es bastante buena para su edad.

—¿Y usted, señorita Albright? —preguntó Stephen, uniéndose a la conversación—. ¿Cuál es su don especial?

—Soy la pacificadora —contestó riéndose—. Supongo que vengo a ser algo parecido a un general del ejército. Mantengo las tropas a raya, doy órdenes, instruyo a mis subordinados y planifico ataques estratégicos.

—Todo un desafío —observó el señor Mallory.

—Desde luego, pero me encanta.

El señor Mallory miró el reloj y se levantó.

—Me temo que debo irme. Tengo un largo camino por delante. —Tomó la mano de Hayley e hizo una reverencia formal—. Muchísimas gracias por su amable hospitalidad, señorita Albright, y por todo lo que ha hecho por Stephen.

Hayley casi se sintió culpable aceptando aquel agradecimiento por cuidar de Stephen. En realidad, había sido un placer.

—No se merecen, señor Mallory. Cuidar del señor Barrettson no ha sido ninguna molestia. Se lo puedo asegurar.

El señor Mallory arqueó las cejas.

—Para serle franco, me sorprende oírlo. Stephen puede ser un poco malhumorado, arrogante y cínico —le susurró con una sonrisa maliciosa—. Pero, en el fondo, es un buen tipo.

Hayley miró a Stephen y esbozó una sonrisa al contemplar la mirada asesina que acababa de dirigir a su amigo.

—El señor Barrettson es un hombre encantador —ratificó Hayley. Se inclinó hacia delante y susurró a Justin al oído, dejándose llevar por el malévolo deseo de ver si provocaba alguna reacción en Stephen—: Y no es malhumorado, arrogante ni cínico. Simplemente, se siente solo.

El señor Mallory dio un paso atrás y la miró fijamente, visiblemente sorprendido por aquellas palabras.

—¿Solo?

Hayley percibió el peso de la mirada de Stephen y asintió:

—No tiene familia. Está solo en el mundo, como usted bien sabe. Es muy afortunado de tener un buen amigo como usted.

—Desde luego —musitó el señor Mallory—. Debo decirle que es muy amable de su parte dejarle quedarse aquí hasta que se le curen completamente las heridas. Mi casa es... bueno, demasiado pequeña y le resultaría incómoda para una estancia larga.

Hayley intentó quitarse mérito.

—En esta laberíntica casa tenemos espacio de sobra. Estaremos encantados de que el señor Barrettson se quede con nosotros todo el tiempo que necesite. El médico ha recomendado que no monte a caballo en varias semanas para que se le suelden bien las costillas.

Enseñándoles el camino, Hayley acompañó a los dos hombres hasta el establo. El señor Mallory recogió su silla de montar, ensilló a su caballo y volvió a tomar la mano de Hayley y a hacerle una reverencia.

—Por favor, vuelva a visitarnos —le invitó ella con una sonrisa. Luego se encaminó hacia la casa. Cuando se giró para mirarlos, vio a los dos hombres conversando a lo lejos. Stephen tenía una expresión muy seria y ella se preguntó de qué estarían hablando.

—Una mujer que se sale de lo corriente —comentó Justin.

Stephen apartó la mirada de la figura que se alejaba por el sendero y miró a su amigo.

—Sí, se sale de lo corriente.

—Y sumamente inteligente.

—Cierto.

—Y bastante encantadora, también —dijo pensativo, mientras colocaba la bota en el estribo.

Sospechando que aquellos comentarios aparentemente inocentes iban con segundas, Stephen dijo con fingido desinterés:

—Supongo que sí.

Justin tomó impulso para subirse a la silla de montar.

—¿Qué edad crees que debe de tener?

Ahora Stephen sabía que su amigo estaba tramando algo.

—¿Cómo diablos quieres que sepa cuántos años tiene? —preguntó sin poder disimular su irritación—. ¿Y por qué debería importarme?

—Te ha salvado la vida, Stephen. Debo decir que tu actitud no dista mucho de la grosería.

—Sólo porque tengo la clara impresión de que estás intentando hacer una montaña de nada...

—En absoluto —le interrumpió Justin con voz sosegada—. Me estaba limitando a afirmar lo obvio y a preguntarme qué edad debe de tener esa preciosidad. Estás a la que saltas. Bastante susceptible, de hecho. —Una sonrisa estiró las comisuras de sus labios—. Me preguntó por qué.

—No hace falta ser ninguna lumbrera. Me encuentro mal. Tengo un fuerte dolor de cabeza, me palpitan las costillas y el brazo me duele como un diablo. Estoy entumecido y dolorido y me ha costado sudor y lágrimas vestirme sin la ayuda de Sigfried. ¡Válgame Dios! Desde ahora valoraré como es debido la labor de un ayuda de cámara. A pesar de que estoy convencido de que quedarme aquí es lo mejor que puedo hacer, no puedo decir que me entusiasme la idea de esta estancia temporal obligatoria en una casa llena de adolescentes ruidosos.

—Bueno, es mejor que te vayas acostumbrando al ruido, mi querido amigo. O, si no, enséñales a no hacer ruido. Eres tutor, ¿no?

Sephen fulminó a Justin con la mirada.

—Muy gracioso.

—Volveré dentro de una semana y te pondré al corriente de lo que pasa en Londres. Si ocurre algo importante antes, adelantaré mi visita o te enviaré a un mensajero.

—Gracias, Justin —dijo Stephen con voz pausada—. Valoro mucho lo que vas a hacer por mí mientras yo estoy aquí sentado rascándome la barriga.

Justin levantó una ceja y ladeó la cabeza mientras dirigía una mirada llena de significado a la casa.

—¿Es eso lo que piensas hacer? ¿Rascarte la barriga? No sé por qué, pero lo dudo bastante.

—Ya veo que sigues en tus trece —dijo Stephen en tono gélido.

—Sí. Me cae bastante bien esa mujer, Stephen. Supongo que eres consciente de que vas a pasar varias semanas aquí. Sería una verdadera lástima que le robaras el corazón a la señorita Albright y luego le dieras la patada. Aunque te he estado pinchando, creo que sería mejor que la dejaras en paz.

Stephen dirigió una mirada asesina a su amigo.

—¿Acaso te has vuelto completamente loco? No tengo ninguna intención de seducirla. Aunque le estoy muy agradecido, no es para nada mi tipo. Es demasiado alta, tiene la lengua demasiado larga y es demasiado directa y demasiado poco convencional.

—Por lo que yo he visto, es afectuosa, sencilla, natural, simpática y acogedora. Tu tipo debe de ser una mujer fría, calculadora y moralmente corrupta. —Justin miró a Stephen con seriedad—. Tal vez no me debería preocupar de que le robes el corazón a la señorita Albright. Es mucho más probable que ella te lo robe a ti.

—¿Y qué más? —murmuró Stephen entre dientes.

—¿Acaso crees que nadie puede robarte el corazón? Eso es lo que creía yo hasta que conocí a tu hermana. —Justin movió enérgicamente la cabeza de un lado a otro en señal de desconcierto—. Conocer a Victoria fue algo parecido a ser arrollado por una manada de elefantes. —Alargó el brazo y le dio una palmadita a Stephen en el hombro sano—. Hasta la próxima semana, amigo. Buena suerte.

Justin apretó las rodillas contra los flancos de su caballo. Stephen vio cómo su amigo desaparecía camino abajo. Mientras se dirigía a paso lento hacia la casa, recordó las palabras de Hayley. «No es malhumorado, arrogante ni cínico. Simplemente, se siente solo.»

Un sonido de incredulidad salió de su garganta. La señorita Albright tal vez fuera inteligente, pero iba muy desencaminada en el análisis que había hecho sobre él. En todo momento tenía alrededor más gente de la que era capaz de contar. Ayudas de cámara, mayordomos, lacayos y un amplio abanico de miembros del servicio doméstico lo seguían a todas partes.

En sus salidas vespertinas por la ciudad siempre estaba rodeado por montones de gente, independientemente de la función o velada a que asistiera, y los caballeros revoloteaban en torno a él cuando visitaba el club White. A veces hasta le agobiaban los pegajosos brazos de su última conquista. Parecía que siempre había alguien que quería algo de él.

Hasta entonces.

Se detuvo, desconcertado por la idea. Miró alrededor y aspiró la sutil fragancia de las flores. Verdes prados y altos árboles dominaban el paisaje hasta donde le alcanzaba la vista.

Estaba solo. Nadie saludándole humildemente, doblegándose servilmente ante él, deseoso de ganarse el favor del marqués de Glenfield. Los Albright no tenían ni idea de quién era. A sus ojos, no era más que el señor Barrettson, de profesión tutor. Le habían abierto las puertas de su casa con una generosidad a la que no estaba acostumbrado. No tenía ni idea de que pudiera existir aquella amabilidad. Aunque valoraba los lujos que se podía permitir con su fortuna, sospechaba que podría encontrarle el gusto a la libertad temporal y la falta de responsabilidades de que podría disfrutar durante aquella estancia forzada en el campo.

De golpe, le vinieron a la cabeza las palabras de Justin. «Es más fácil que ella te robe a ti el corazón.» Stephen se rió a carcajadas, disfrutando de la libertad de poder hacerlo. «Vaya idea tan absolutamente ridícula.»

Él sabía demasiado bien que las mujeres sólo eran oportunistas, falsas y desleales. Su madre era un típico ejemplo de esa clase de mujeres, criaturas estúpidas y frívolas que tenían aventuras ilícitas y coleccionaban las joyas que les regalaban sus amantes. No, desde luego que no. Ninguna mujer iba a robarle el corazón.

Por muy encantadora, amable e inteligente que fuera.

Y por mucho que sus carnosos y sensuales labios le pidieran a gritos que los besara.

Ninguna.

7

—Su amigo, el señor Mallory, es una persona muy agradable —comentó Hayley cuando Stephen volvió al patio. Él se percató de que Hayley tenía un libro abierto y una taza de té sobre la mesa delante de ella—. ¿Hace mucho que son amigos?

Stephen se sentó cautelosamente en la silla que había enfrente de Hayley y estiró las piernas.

—Hace más de una década que somos amigos.

Sin preguntárselo, Hayley sirvió una taza de té a Stephen, y él asintió en señal de agradecimiento. En el fondo, lo que de verdad le apetecía era una copa de oporto, o tal vez de brandy, pero dudaba que la señorita Hayley tuviera esa clase de bebidas en casa. No había bebido tanto té en toda su vida. Echó un vistazo al libro que había en la mesa.

—¿Qué está leyendo?

—*Orgullo y prejuicio*. ¿Lo ha leído?

—Me temo que no.

—¿Le gusta la lectura?

—Mucho —contestó Stephen—, aunque leer por placer es algo para lo que no me suele sobrar mucho tiempo.

—Ya sé a qué se refiere. Yo no suelo tener muchos ratos libres para sentarme tranquilamente a leer.

De repente, Stephen cayó en la cuenta de que los dos estaban a solas y que era una bendición el silencio que reinaba.

—¿Dónde se ha metido todo el mundo?

—Tía Olivia, Winston y Grimsley han llevado a los niños de excursión. Están en el pueblo, haciendo compras.

—¿Y usted no ha querido ir con ellos?

—No. Prefiero leer a ir de tiendas.

—Y yo la he interrumpido —dijo Stephen mirándola por encima del borde de la taza de té.

—En absoluto —le aseguró ella con una sonrisa—. Es un placer hablar con otro adulto, créame. Sobre todo con una persona culta como usted. Tenemos una biblioteca bastante completa, señor Barretsson. Tal vez le gustaría verla.

—Por supuesto —dijo Stephen, asintiendo.

Hayley lo guió hacia el interior de la casa por una serie de pasillos.

—Ésta es mi habitación favorita —dijo ella, empujando una doble puerta de roble.

Stephen no estaba seguro de lo que esperaba ver, pero, desde luego, no una habitación tan enorme y luminosa como aquélla. La pared que tenían enfrente estaba compuesta por unos largos ventanales que iban desde el suelo hasta el techo. Las recias cortinas de terciopelo verde oscuro estaban abiertas, y la luz del sol bañaba la estancia. Las tres paredes restantes estaban ocupadas de arriba abajo por estanterías. Volúmenes con cubiertas de piel llenaban ordenadamente todos y cada uno de los estantes, y había varios sofás de brocado que parecían muy cómodos y varias butacas desgastadas en torno al hogar.

Avanzando a paso lento por la habitación, Stephen leyó con atención algunos títulos. Se dio cuenta de que había libros sobre todas las materias, desde la arquitectura hasta la zoología.

—Realmente se trata de una biblioteca muy completa, señorita Albright —dijo Stephen, incapaz de ocultar su sorpresa—. De hecho, esta colección casi hace sombra a la mía.

—¿Ah, sí? ¿Y dónde guarda semejante cantidad de libros?

—Sobre todo en la finca que tengo en el campo... —Stephen se calló de golpe y ahogó una blasfemia ante su metedura de pata. Forzando una tímida sonrisa, añadió—: Me refiero a la finca del caballero para quien trabajo. No puedo evitar pensar en ese lugar como en mi propia casa. Dígame, y usted... ¿cómo ha conseguido reunir una colección tan formidable?

—Muchos de estos libros pertenecían a mi abuelo, quien los había heredado de su padre, y él, a su vez, se los dejó a mi padre. Éste amplió considerablemente la colección con lo que recogía en sus viajes.

Stephen deslizó lentamente los dedos sobre un volumen de poesía elegantemente encuadernado con cubiertas de piel y comentó:

—Entiendo perfectamente por qué es ésta su habitación favorita.

—Por favor —dijo ella—, utilice la biblioteca con toda libertad durante su estancia aquí, señor Barrettson. Uno de los mayores placeres de tener libros es compartirlos con otras personas que los aman tanto como uno.

—Es usted muy generosa, señorita Albright y, por descontado, acepto su invitación. —Stephen siguió repasando los libros con la mirada durante unos minutos. Cuando se dio la vuelta para mirar de nuevo a Hayley, se percató de que ella lo estaba estudiando atentamente—. ¿Ocurre algo? —quiso saber.

—No —respondió Hayley, ruborizándose—. Sólo me preguntaba si querría usted afeitarse.

Stephen la miró fijamente, desconcertado ante aquella respuesta.

—¿Qué ha dicho?

—Cuando le encontramos, estaba recién afeitado. Si quiere, puede utilizar la navaja de afeitar de mi padre.

Stephen se llevó una mano a la cara. La recia barba le resultaba extraña al tacto e incómoda. De hecho, los malditos pelos le picaban de una manera horrorosa. Un buen afeitado le iría de maravilla, pero no podía admitir que nunca se había afeitado él solo y no tenía ni idea de cómo hacerlo sin dejarse la cara llena de cicatrices de por vida. Los tutores, de hecho, no tenían ayudas de cámara que les afeitaran.

—Me gustaría afeitarme, en efecto —dijo con cautela—, pero me temo que la herida del hombro dificultaría un poco mis movimientos. Es obvio que ésta es una perfecta oportunidad para estrenarme en eso de llevar barba. —Volvió a dirigir la atención a los libros, convencido de que la cuestión había quedado zanjada.

—Tonterías. Si no es capaz de hacerlo usted mismo, a mí me encantará afeitarle.

—¿Qué ha dicho?

—Me estoy ofreciendo a afeitarle, si lo desea. Solía afeitar a mi padre cuando estaba enfermo, y nunca le hice ninguna escabechina. Tengo bastante experiencia en el tema, se lo aseguro.

Stephen la miró, consciente de que en su rostro debía de estar escrita la sorpresa. «¿Afeitarme? ¿A mí? ¿Una mujer? ¡Dónde se ha visto nada igual!» Nadie, aparte de su ayuda de cámara, había utilizado nunca una navaja de afeitar en su rostro. Aquello era impensable. De repente, se rebeló su origen aristocrático. Un marqués nunca debería permitirlo. «Pero ahora soy tutor, y es mejor que me comporte en consonancia», se dijo para sus adentros.

Cuanto más pensaba en la idea de quitarse aquellos pelos que tanto le picaban, más le agradaba.

—¿Está segura de que sabe...?

—Por supuesto. Venga conmigo y volverá a tener el cutis suave como la seda en un abrir y cerrar de ojos.

Hayley salió de la biblioteca y Stephen la siguió, no del todo convencido, pero intrigado por saber adónde se dirigía.

—Todos estos días ha estado en la habitación de mi padre —dijo ella mirando hacia atrás—. Sus útiles de afeitar están en el armario. Voy por un poco de agua y vuelvo enseguida.

Sin estar seguro de cómo había ocurrido exactamente, Stephen se encontró de repente sentado en una sólida butaca, con una sábana de lino en torno al cuello y sobre el pecho y Hayley de pie junto a él, moviendo con garbo una brocha de afeitar dentro de una jofaina de porcelana para obtener una espuma densa. Cuando la vio coger una afilada navaja de afeitar y restregar el filo contra un suavizador de cuero, no las tuvo todas consigo.

—¿Está segura de que sabe hacerlo? —le preguntó, siguiendo con la vista la navaja con bastante más que un poco de aprensión.

Ella sonrió.

—Sí. Le prometo que no le haré daño.

—Pero...

—Señor Barrettson, me he complicado bastante la vida para salvarle la suya. No pienso rebanarle el cuello y echar a perder todo ese trabajo. Ahora, limítese a cerrar los ojos y relájese.

A regañadientes, Stephen hizo lo que le mandaban, decidiendo que probablemente sería mejor no mirar.

—¿Qué diablos es eso? —gritó Stephen de repente, incorporándose.

—No es más que un paño empapado en agua caliente para dilatarle los poros —respondió ella, mofándose de la evidente inquietud de Stephen—. Ahora sólo le pido que se esté quieto, o me temo que podría cortarle el cuello. No sería más que un accidente, pero con consecuencias tan fatales como dolorosas.

Tragándose sus dudas, Stephen se retrepó en la butaca y dejó que Hayley le aplicara la toalla mojada en la cara. Repitió varias veces la operación y Stephen tuvo que reconocer, aunque a regañadientes, que lo que le estaba haciendo Hayley era agradable. Muy agradable, en verdad.

Stephen mantuvo los ojos cerrados mientras Hayley le extendía una gruesa capa de espuma sobre las mejillas, la mandíbula y el cuello, disfrutando de la caricia de la brocha en su piel y del agradable perfume del jabón.

—Estoy lista, señor Barrettson. ¿Promete permanecer completamente quieto?

—¿Promete usted no rebanarme el cuello o cortarme una oreja, señorita Albright? —contraatacó él. Abrió los ojos y se sumergió en las profundidades de las luminosas aguamarinas de Hayley.

—Se lo prometo, si usted me lo promete —contestó ella con una sonrisa.

Stephen volvió a cerrar los ojos, sintiéndose extrañamente sosegado ante las dulces palabras de Hayley y la ternura que había visto reflejada en sus ojos.

Se lo prometo.

—Excelente.

Colocándole dos dedos en el mentón, Hayley ejerció una suave presión. Stephen colaboró estirando el cuello y girando levemente la cabeza hacia un lado.

Ella obró en silencio, un silencio sólo roto por las instrucciones que iba dando a Stephen con delicadeza para que fuera moviendo la cabeza y el suave sonido que hacía la navaja al restregarla contra el paño después de cada pasada.

Stephen fue relajándose. Tras las primeras pasadas, no tenía ninguna duda de que la señorita Hayley Albright sabía muy bien cómo afeitar a un hombre, un hecho que Stephen encontraba extrañamente perturbador. Hasta aquel preciso momento, nunca se había percatado de lo personal e íntimo que era el acto de afeitar a alguien. Cada vez que Hayley se inclinaba sobre Stephen, él olía la suave fragancia a flores que ella desprendía. Su ayuda de cámara, Sigfried, desde luego, no olía a flores. La dulzura de su voz, la suavidad de sus manos, la precisión de sus movimientos, lo dejaron completamente relajado y casi traspuesto.

Hasta que abrió los ojos.

El rostro de Hayley se encontraba sólo a unos centímetros del suyo, con el entrecejo fruncido en señal de concentración mientras le rasuraba el labio superior. Ella, por su parte, se mordía el labio inferior, otro signo evidente de la atención que estaba poniendo en la tarea. Su cálido aliento acariciaba el rostro de Stephen, y el olor a canela lo inundaba todo.

Hayley se inclinó hacia delante para alcanzar una toalla limpia y sus senos se apretaron contra la parte superior del brazo de Stephen, lo que provocó que las partes íntimas de éste despertaran de inmediato.

Stephen hizo un esfuerzo por mantener los ojos cerrados, pero le fue imposible. Estaba completamente anonadado ante la visión de Hayley, su olor, su tacto.

Cuando ella hubo acabado de limpiarle toda la espuma de la cara, sus miradas se cruzaron. Ella lo miró largamente con tal fijeza que él tuvo la sensación de que, de repente, la piel se le había encogido.

Stephen carraspeó y luego le preguntó:

—¿Ha acabado?

Ella asintió y él no pudo evitar que su mirada se deslizara hasta la boca de Hayley. Realmente tenía la boca más apetitosa que había visto nunca. Aquellos labios carnosos y prominentes parecían hacerle señas, pidiéndole a gritos que los besara, y se imaginó a sí mismo inclinándose hacia delante, cubriendo aquella boca y acariciando la lengua de Hayley con la suya. Sus pensamientos se interrumpieron súbitamente cuando notó que Hayley le tocaba la mejilla, ahora suave, con la palma de la mano.

—Le encuentro extremadamente atractivo —le susurró ella. Sus dedos se deslizaron delicadamente por el rostro de Stephen, como los de un ciego intentando memorizar cada rasgo.

Stephen la observó, extasiado. Muchas mujeres habían alabado su aspecto físico en el pasado, pero él siempre había desestimado sus piropos, consciente de que no eran más que una forma de intentar atraparlo. O de obtener algo a cambio. Toda caricia que había recibido de una mujer había sido siempre premeditada y calculada.

Hasta entonces.

Sabía a ciencia cierta que Hayley no estaba flirteando con él. Su mirada casi transmitía reverencia, algo que a él le confundía. La forma en que lo tocaba era tierna, espontánea e inexperta. Él ya se había percatado de lo dada que era a prodigar caricias. El modo cariñoso con que despeinaba a sus hermanos dándoles un golpecito en la cabeza incluso cuando les regañaba. La delicadeza con que le apartaba a Callie los rizos de la frente. Él sabía cómo reaccionar ante una caricia de índole sexual, pero encontraba aquella forma tan inocente de tocarlo absolutamente inquietante. Ella no podía imaginar lo que le estaba haciendo.

¿O tal vez sí?

Stephen entornó los ojos. Tal vez la señorita Hayley Albright no fuera tan inocente como parecía. ¿Acaso existía una sola mujer en el mundo que no tuviese doblez? La experiencia le decía que aquello era, por lo menos, dudoso.

Él rompió el encanto enderezándose en la butaca y pasándose las manos por el rostro.

—¿Le parezco atractivo?

—Ya lo creo, señor Barrettson. Creo que es el hombre más apuesto que he visto en mi vida. —Se ruborizó mientras una sonrisa arqueaba las comisuras de sus labios—. Pero seguro que ya se lo han dicho muchas personas.

Los ojos de Stephen se clavaron en los de ella, en busca de los consabidos signos del engaño femenino. No encontró ninguno.

—Algunas, supongo, pero nunca las creí.

—Yo siempre intento decir la verdad.

—Entonces, usted es la primera persona que conozco que lo intenta.

—Me sabe muy mal por usted, señor Barrettson. Mis padres nos enseñaron que la sinceridad es sumamente importante... tal vez la cualidad más importante que puede poseer una persona.

—¿Ah, sí? Pues mis padres, mi padre en concreto, me enseñaron que no debo confiar en nadie. —Su voz traslucía un deje de amargura—. No recuerdo haber oído nunca la palabra sinceridad en su boca o en boca de mi madre.

La mirada de Hayley, visiblemente conmovida, se enterneció. Se apoyó en el borde de la butaca y acarició la mano de Stephen.

—No sabe cuánto lo siento. Pero es evidente que usted sí confía en la gente. Las malas enseñanzas de sus padres no consiguieron ensombrecer su bondad natural.

Stephen intentó ocultar la expresión sarcástica de su rostro.

—Y dígame, ¿cómo diablos ha llegado a esa conclusión?

—Usted confía en su amigo Justin. Y confía en mí.

—¿Ah, sí?

—Por supuesto. —Un brillo malicioso iluminó los ojos de Hayley—. Si no hubiera confiado en mí, ¿habría permitido que le pusiera una navaja en la garganta?

«¿Cómo ha conseguido convertir una conversación seria en una charla desenfadada?», se preguntó Stephen.

—Eso no ha sido por confianza, sino por desesperación. Esa dichosa barba me picaba como un diablo. —Stephen intentó fruncir el entrecejo mientras hablaba, pero le costó enormemente mantener una expresión seria.

Ella puso los brazos en jarras y levantó las cejas.

—¿O sea que está diciendo que no confía en mí?

Stephen pensó en picarla, pero, de repente, se dio cuenta de que, a pesar del tono chistoso que había empleado Hayley, había cierto deje de seriedad en su voz. ¿Que si confiaba en ella? Por supuesto que no. Él no confiaba en nadie. Bueno, salvo tal vez en Justin. Y en Victoria. Pero... ¿en Hayley? ¿Por qué iba a confiar en ella? ¡Apenas la conocía!

Abrió la boca, pero la volvió a cerrar inmediatamente. Hayley le había salvado la vida. No tenía ni idea de quién era él —creía que era un mero tutor sin pena ni gloria—. No tenía ninguna otra razón para ayudarle que la bondad de su corazón. Era obvio que no pretendía obtener nada a cambio. ¿Cuál era la palabra que definía a una persona así? Stephen rebuscó en su cerebro y al fin dio con la palabra que buscaba y que estaba tan poco acostumbrado a utilizar.

Generosa.

Hayley era generosa. Y leal. Una persona digna de confianza.

Por primera vez en su vida, alguien distinto de Justin o Victoria —y además del sexo femenino— le estaba tratando con sinceridad, ternura y amabilidad, y sin esperar nada a cambio. Era algo que nunca le había ocurrido a Stephen Alexander Barrett, octavo marqués de Glenfield. Pero le estaba ocurriendo a Stephen Barrettson, tutor. Aquella súbita revelación sacudió a Stephen como si acabara de caerle un rayo encima, dejándole sin habla. Era extraordinario que un plebeyo pudiera tener algo que no tenía un marqués.

—Por favor, discúlpeme, señor Barrettson. —El suave susurro de la voz de Hayley sacó a Stephen de su ensimismamiento—. Sólo estaba bromeando, pero es evidente que le he hecho sentir incómodo con mi pregunta. —Le miró con ojos serios y redondos y añadió—: Lo siento.

—Al contrario, señorita Albright. Soy yo quien debe disculparse. Usted sólo me ha mostrado una suprema bondad. Es obvio que usted es una persona digna de mi confianza.

Stephen no pudo evitar percatarse del placer con que recibió aquellas palabras Hayley, que volvió a ruborizarse.

—Bueno, ahora que hemos acabado con su barba —dijo con una risita nerviosa—, debo dejarle. Tengo unas cuantas tareas que completar antes de que vuelvan los niños.

—Por supuesto. Gracias otra vez por afeitarme. Me siento casi humano. —Se pasó las palmas por las mejillas, ahora suaves—. Y parece ser que no estoy sangrando, y mis orejas siguen en su sitio.

Ella esbozó una breve sonrisa.

—Lo prometido es deuda. —Se dio la vuelta y se dirigió hacia la puerta.

—¿Señorita Albright?

Hayley se detuvo en el umbral y se volvió.

—¿Sí?

Stephen no estaba seguro de por qué la había llamado.

—Eh, bueno... La veré a la hora de cenar —dijo, sintiéndose ridículo.

Una sonrisa iluminó el rostro de Hayley y se le formaron dos encantadores hoyuelos en las mejillas.

—Sí, señor Barrettson. A las seis en punto. Le sugiero que descanse hasta entonces. —Luego salió de la habitación, cerrando suavemente la puerta tras de sí.

«¡Maldita sea! —pensó Stephen— ¡No podré esperar tanto!»

8

Después de que Hayley saliera de la alcoba de Stephen, éste intentó descansar, pero tenía la cabeza demasiado llena de ideas, y la mente demasiado activa para conciliar el sueño. Intentó idear un plan para atrapar a su asesino, pero le resultaba imposible.

Tenía la mente en otro sitio.

La señorita Hayley Albright.

Por mal que le supiera, no podía dejar de pensar en aquella mujer. Y sabe Dios que no podía imaginarse por qué. Era atractiva, pero él conocía a muchas mujeres que, con diferencia, eran más hermosas que ella.

Y, desde luego, no era aquel caos de casa lo que le atraía. El comportamiento de sus habitantes distaba poco de lo insoportable, pero, por descontado, comentárselo a su anfitriona no era lo que a él más le convenía.

Inquieto, molesto y profundamente irritado, Stephen empezó a dar vueltas por la habitación. ¿Qué diablos tenía aquella mujer que tanto le atraía? Recordó con irritación cómo el mero roce de los senos de Hayley en su brazo le había hecho palpitar las partes íntimas. Se detuvo, intentando recordar la última vez que había mantenido relaciones sexuales con una mujer.

Con una exclamación de disgusto, se percató de que hacía casi tres semanas que no visitaba a su amante. Para él era sumamente inhabitual tener períodos de abstinencia tan largos.

Con razón su cuerpo reaccionaba de ese modo ante Hayley. Necesitaba un desahogo. Cuanto antes volviera a Londres y se reencontrara con su amante, mejor.

Desahogarse. Sí, eso era cuanto necesitaba. Un buen y largo desahogo sexual.

Pero, a pesar de que en su mente se agolpaban multitud de imágenes de contenido sexual, Stephen no conseguía imaginarse el hermoso rostro de su pequeña amante de rubia melena. En su imaginación, estaba besando a una mujer alta, esbelta y de cabello castaño que le miraba con unos increíbles ojos de un azul cristalino. Stephen se imaginó el contacto de aquellos labios carnosos con los suyos, el calor de aquel voluptuoso cuerpo apretado contra el suyo.

Soltando una palabrota, Stephen sacudió enérgicamente la cabeza para librarse de aquellos pensamientos y calmar su cuerpo. Iba a estar viviendo allí sólo durante unas pocas semanas. Hayley no era más que una solterona que se había quedado para vestir santos. «Con unos ojos en los que se podría perder cualquier hombre y un corazón bondadoso y compasivo que aparentemente abre a todo el mundo. Una sonrisa maliciosa y un rubor fácil y encantador. Sin mencionar su cuerpo exuberante y curvilíneo, que pide a gritos que lo toquen.»

Dejando escapar un resoplido de disgusto, Stephen se dirigió a la puerta. Si permanecía en aquella habitación un minuto más sin nada que hacer aparte de pensar en ella, iba a volverse loco. Bajó lentamente las escaleras y, al no ver a nadie, se dirigió a la biblioteca. Tal vez la lectura le ocupara la mente en otras cosas.

Una vez allí, inspeccionó los libros y, cuando estaba a punto de escoger uno, descubrió una pila de revistas medio escondidas en una esquina del estante más bajo. El título le llamó la atención y se agachó para coger un ejemplar. Al parecer, el capitán Albright estaba suscrito a *Gentleman's Weekly*. Aquello le pareció bastante raro, puesto que no le parecía que aquél fuera el tipo de revista propio de un marinero. Cogió el ejemplar que estaba encima y lo contempló sorprendido. Era un número actual, de modo que era obvio que no pertenecía al padre de Hayley.

Colocándose la revista bajo el brazo, siguió inspeccionando a su alrededor y descubrió una garrafa y un juego de copas de cristal. Vertió en una copa un dedo de lo que deseó fervientemente que fuera un brandy aceptable, aunque llegado a ese punto, hasta un brandy horrible habría servido, y se lo bebió de un trago.

El fuerte licor bañó sus entrañas dejando un ardiente rastro, y Stephen suspiró satisfecho. Aquél era un brandy francamente bueno.

Sirviéndose otra copa, Stephen se aposentó en una butaca orejera que había junto a la chimenea y colocó los pies en una otomana a juego. Dio otro sorbo al brandy y abrió la revista.

Parecía que sólo habían pasado unos minutos cuando oyó llamar a la puerta.

—Aquí está —dijo Hayley con una sonrisa mientras empujaba la puerta y entraba en la biblioteca—. Estaba a punto de darle por perdido. ¿No tiene hambre?

—¿Hambre? —Stephen miró el reloj de sobremesa que había sobre la repisa de la chimenea y se quedó de piedra al descubrir que eran casi las seis.

—Fui a su habitación para preguntarle si seguía queriendo comer abajo o prefería que le subiera una bandeja. Creía que estaba descansando —dijo en tono de suave regañina.

—No conseguía conciliar el sueño, de modo que decidí aceptar su invitación y coger prestado algo para leer. —Miró la copa vacía que tenía en la mano—. También me he tomado la libertad de degustar su excelente brandy. Espero que no le importe.

—En absoluto. Quiero que se sienta como en su propia casa. A mi padre le encantaba el brandy y sólo compraba el mejor. Es maravilloso que alguien más lo pueda degustar. —Hayley se dejó caer en la butaca orejera que había enfrente de Stephen—. ¿Qué está leyendo?

—El último número de *Gentleman's Weekly*. —Él vio cómo ella posaba la mirada en la revista que él tenía sobre los muslos y se ponía pálida, una reacción que él encontró de lo más curiosa—. Debo admitir que me ha sorprendido encontrar una pila de números actuales de la revista en su biblioteca.

Hayley hizo un gesto brusco con la cabeza y volvió a buscar la mirada de Stephen.

—¿Sorprendido? ¿Por qué?

—No me puedo imaginar a Winston o a Grimsley leyendo esta revista, y, desde luego, no es una publicación dirigida a las mujeres.

—Bueno... eh... A los chicos les gusta.

Stephen levantó las cejas, intrigado por el repentino nerviosismo de Hayley.

—¿Los chicos? ¿No cree que es un poco demasiado sofisticada para ellos?

El rubor volvió a teñir las pálidas mejillas de Hayley.

—Nathan y Andrew son muy inteligentes, y en *Gentleman's Weekly* no hay nada escandaloso.

—No, desde luego que no, pero usted debe de estar de acuerdo conmigo en que es una publicación para hombres, no para niños. —Antes de que ella pudiera decir nada, él continuó—: Yo soy un fiel lector de la revista. Sigo particularmente los relatos por capítulos que se publican en cada número.

A Hayley se le subieron todavía más los colores, pero siguió mirando fijamente a Stephen.

—¿Ah, sí? ¿Qué relatos le gustan más?

—Hay una serie escrita por un tal H. Tripp titulada *Las aventuras de un capitán de barco*. Cada semana relata una anécdota diferente sobre los viajes del capitán Haydon Mills, un viejo lobo de mar que siempre se mete en líos. La forma de escribir del señor Tripp no es ninguna maravilla, pero la peculiaridad de las historias compensa con creces su falta de dotes literarias.

Las cejas de Hayley casi se fundieron con la línea del pelo.

—¿Falta de dotes literarias? —preguntó Hayley con las manos en jarras—. Yo creo que el señor Tripp es un buen escritor, una opinión que comparto con mucha gente, a tenor de la popularidad de sus relatos.

Stephen no pudo ocultar su sorpresa ante el tono beligerante de Hayley.

—¿Y qué sabe usted de los relatos de Tripp, señorita Albright?

—Me los he leído todos de cabo a rabo. Y me han encantado. —Levantó un poco la barbilla, desafiándole claramente a cuestionar sus impropios hábitos de lectura.

Por sorprendido que estuviera, Stephen decidió no darle ese gusto, pero, por lo menos, ya sabía por qué a Hayley se le habían puesto las mejillas de un rojo carmesí. En tono suave, comentó:

—Ya entiendo. Creía que a la mayoría de las mujeres no les gustaban los relatos de aventuras.

—Me... me temo que yo no soy como la mayoría de las mujeres.

—Parece lamentarlo.

Ella se encogió de hombros.

—No realmente, aunque he de admitir que a veces me gustaría poder ser como las otras jóvenes del pueblo, libre de responsabilidades y con más vida social.

Stephen la estudió por encima del borde de la copa, evaluándola a ella y evaluando también sus palabras. Se hacía cargo ella sola de una prole de niños y de una casa caótica, salvaba la vida a desconocidos y era sumamente inteligente.

Sin mencionar lo ocurrente, sincera, afectuosa y cordial que era, y que podía afeitar a un hombre sin hacerle un solo rasguño. Y el hecho de que supiera montar a caballo a horcajadas y que leyera revistas de hombres fascinaba a Stephen tanto como le horrorizaba.

—No, usted no es como la mayoría de las mujeres —dijo él con dulzura. «Y, créame, eso es un gran cumplido.»

La cena de aquella noche fue algo completamente diferente de lo que Stephen había experimentado hasta entonces. El día anterior había comido con la familia y le había sorprendido que los niños ocuparan la misma mesa que los adultos, pero pensó que aquella violación de las normas sociales básicas debía de ser propia sólo de la comida informal del mediodía.

Puesto que el día anterior Hayley le había llevado la cena al dormitorio en una bandeja, aquélla era su primera cena con los Albright. Para su sorpresa, Andrew, Nathan y Callie compartieron mesa con los adultos. Pero se quedó todavía más de piedra cuando comprobó que Winston y Grimsley también comían con la familia. Hayley presidía la mesa mientras tía Olivia se sentaba en el otro extremo de la larga mesa. La charla era animada y constante, algo a lo que Stephen no estaba habituado.

De niño, nunca le dejaban comer con sus padres. El duque y la duquesa comían en el comedor formal mientras Stephen, Victoria y Gregory lo hacían con la institutriz, una mujer dura y taciturna que no favorecía precisamente la conversación durante las comidas.

Por lo tanto, Stephen estaba acostumbrado a comer en silencio. El bullicio de la mesa de los Albright le sorprendía y desconcertaba.

Cuando todo el mundo tuvo el plato lleno, Hayley dio un golpecito en su copa con el tenedor para atraer la atención del grupo.

—¡Silencio en la mesa! —exclamó. Cuando todo el mundo se hubo callado, se levantó y dijo—: Tengo una cosa que anunciaros antes de empezar a comer. Quiero que todo el mundo sepa que vamos a tener el placer de tener al señor Barrettson como invitado durante las próximas semanas hasta que tenga las costillas lo bastante curadas como para regresar a Londres a caballo sin que le duelan y sin lesionarse todavía más...

—¿Significa eso que podrá venir a una de mis meriendas? —la interrumpió Callie con una mirada esperanzada iluminando su dulce rostro.

—¿Y que podremos seguir almohazando a *Pericles*? —preguntó Nathan—. Es el caballo más bonito que he visto nunca.

—¿Y tal vez hasta lo podamos montar? —intervino Andrew emocionado.

—Eso sólo depende del señor Barrettson —dijo Hayley en tono de reprobación. Cogió la copa llena de sidra y la levantó, mirando a Stephen, que ocupaba el lugar de honor, a la derecha de Hayley—. Estamos encantados de compartir nuestra mesa con usted, señor Barrettson. Propongo un brindis por su completa y rápida recuperación. —Y luego inclinó la copa hacia él.

Stephen cogió su copa y rozó su borde con la copa de Hayley. Sus miradas se cruzaron y él no pudo evitar ver la ternura y la aceptación en los ojos de ella. Luego repasó la mesa con la mirada, deteniéndose en cada uno de los presentes.

—Gracias, muchas gracias —dijo él, sorprendido por el nudo que se le acababa de hacer en la garganta.

Todos alzaron sus copas y brindaron a su salud.

—¿A quién le toca hoy dar gracias por los alimentos, Hayley? —preguntó Pamela cuando todo el mundo se hubo aposentado de nuevo en sus sillas.

—Creo que le toca a Callie —contestó Hayley sonriendo a su hermana pequeña, que estaba sentada al otro lado de Stephen.

La niña tendió la mano a Stephen. Él miró fijamente la diminuta palma sin entender absolutamente nada.

—Nos damos la mano durante la oración de la cena —dijo Callie solemnemente.

Stephen se puso tenso. «¡Madita sea! ¡Esta gente se toca constantemente!» La niña percibió sus dudas porque se inclinó hacia él y le susurró al oído:

—No tenga miedo, señor Barrettson, no le haré daño. Yo no aprieto tan fuerte como Winston.

Con cierta reticencia, Stephen le cogió la mano y le sorprendió lo pequeña que se veía dentro de su inmensa mano.

Justo en ese momento notó que alguien le tocaba suavemente la otra mano. Se giró y vio a Hayley sonriéndole mientras le tendía la mano.

Él levantó la mano del regazo y la puso sobre la mesa con la palma hacia arriba. Sin dudar un momento, Hayley deslizó su mano dentro de la de Stephen, apretándole los dedos con suavidad y firmeza al mismo tiempo.

—Gracias, señor, por obsequiarnos con esta comida y con otro día más —dijo Callie con voz dulce y aguda, bajando la frente en postura de oración—. Por favor, bendice a Hayley, Pamela, Andrew, Nathan, tía Olivia, Grimsley, Winston y Pierre. Por favor, cuida de mamá y papá, que están en el cielo, y diles que les queremos. —Levantó la cabeza y dirigió una breve mirada a Stephen—. Y, por favor, bendice también al señor Barrettson, porque ahora forma parte de nuestra familia. Amen.

Todo el mundo repitió «amén», se soltó de las manos y empezó a comer. Stephen todavía notaba la cálida huella que le había dejado en la palma la manita de Callie y el hormigueo que le había dejado en la otra mano el contacto con la mano de Hayley. Por algún motivo, se le tensó la garganta y se llevó la copa a los labios en un intento de ocultar su confusión.

—Ha sido una oración preciosa, Callie —dijo Hayley con una sonrisa.

—Gracias —contestó la pequeña. Luego inclinó la cabeza hacia arriba para mirar a Stephen, sus ojos cristalinos eran una réplica exacta de los de Hayley, y examinó atentamente su rostro—. ¿Qué le ha pasado a su pelo? —le preguntó al final.

Stephen reprimió una sonrisa.

—Me lo he afeitado.

—¿Por qué?

—Porque me picaba.

Callie asintió con la cabeza y luego dijo:

—Mi papá también tenía pelo en la cara. No sé si le picaba o no, pero a mí sí que me picaba cada vez que me besaba.

Stephen no sabía muy bien qué contestar. «¿Cómo se supone que se debe hablar a una niña, especialmente a una niña que está hablando sobre su padre muerto?» Le embargó una profunda compasión por aquella pequeña que había perdido a sus padres y que nunca podría volver a recibir un beso de su padre.

Callie se llevó el tenedor lleno de guisantes a la boca y luego se inclinó hacia Stephen.

—Hayley me da muchos besos, pero no pica nada —le confesó en voz baja—. ¿Es porque ella también se afeita?

Antes de que Stephen pudiera pensar siquiera en la respuesta, intervino Hayley:

—Contadme lo que habéis hecho esta tarde en el pueblo —preguntó a la mesa.

Todo el mudo empezó a hablar al mismo tiempo; Stephen no podía seguir aquella atropellada y caótica conversación que llenaba el comedor. «¿Es así como come la gente corriente? ¿Hablando desordenadamente y a voz en grito?»

Andrew, a pesar de las numerosas interrupciones de Nathan, explicó qué había comprado en una librería. Pamela contó su visita al sastre, y Callie explicó emocionada la golosina que se había comprado y comido de camino a casa.

—¿Y usted, tía Olivia? —preguntó Hayley levantando un poco la voz. Como la mujer siguió comiendo sin dar muestras de haber oído a Hayley, Grimsley le dio un codazo y ella levantó súbitamente la cabeza en señal de sorpresa.

—¿Se lo ha pasado bien en el pueblo? —preguntó Hayley levantando todavía más la voz.

—¿Quéeee?

—El pueblo. ¿Se lo ha pasado bien en el pueblo?

—¿Por qué? Sí, cariño. Muy bueno, está muy bueno. ¿Me pones otra patata, por favor? —contestó tía Olivia con una radiante sonrisa.

Hayley sonrió y le pasó la bandeja de las patatas.

—Tía Olivia me ha acompañado al sastre —intervino Pamela—. Ha estado haciendo media mientras yo me probaba varios vestidos.

Tía Olivia se sirvió otra patata y fijó su atención en Stephen.

—Tiene mucho mejor aspecto, señor Barrettson —le dijo con una sonrisa maliciosa—. Y la ropa que lleva le sienta estupendamente.

—Sí. He...

Antes de que Stephen pudiera decir nada más, la puerta del comedor se abrió de par en par, al tiempo que entraba un hombre bajito y de pelo moreno ataviado con un delantal. Llevaba un gorro de cocinero ladeado y la piel y la ropa llenas de algún tipo de verdura. Parecía muy enfadado.

—*Sacrebleu!* —Entró pisando fuerte en el comedor—. ¡Esta gata tiene que igse! ¡Miguen cómo ha dejado al pobgue Pierre! —gritó refiriéndose al lamentable estado de sus ropas mientras agitaba las manos en el aire—. No puedo cocinag con esa bestia gondándome pog los pies. ¡*Mon Dieu*, casi me pagto la cguisma al tgopezag con esa cguiatuga! ¡O sale de la cocina o la conviegto en suflé!

Señaló a Hayley con dedo acusador.

—Mademoiselle Hayley, la cocina es un caos. Si no se deshace de esa bestia, segá Pierre quien se deshaga de ella. ¡Sea como sea, la bestia no puede seguig aquí! —Dejando aquella ominosa amenaza en el aire, el pequeño hombre se dio la vuelta y salió del comedor, dejando tras de sí varias hojas verdes.

Stephen hizo un gran esfuerzo para no quedarse boquiabierto. No le cabía en la cabeza que un sirviente pudiera hablar a su señor de aquel modo. Si hubiera ocurrido algo así en su casa, el sirviente se habría ganado el despido inmediato sin referencias. Sin embargo, la familia Albright al completo parecía aceptar las airadas palabras del cocinero sin pestañear. Stephen tuvo que morderse literalmente la lengua para no dar a aquel insolente la reprimenda que se había ganado con creces. «Pero soy Stephen Barrettson, tutor. No el marqués de Glenfield.»

—¿Le hemos hablado sobre nuestro cocinero, Pierre? —le preguntó Hayley, intentando reprimir una sonrisa.

—Callie me habló de él, pero no había tenido el... el placer de conocerlo.

—Era él —dijo Nathan innecesariamente.

—Lo suponía —contestó Stephen en tono de guasa—. ¿Cenará con nosotros?

—Pierre sabe que puede comer en la mesa con nosotros cuando quiera —dijo Hayley—, pero sólo lo hace en contadas ocasiones. Dice que la constante informalidad de nuestras comidas le produce dispepsia. —Dirigió una mirada de soslayo a sus dos hermanos.

Stephen consideró de inmediato que, por muy incorrecto que hubiera estado, era evidente que aquel hombre no estaba loco.

—¿A qué gata se refería?

—Tenemos una gata europea jaspeada que se llama *Berta*. El lugar que más le gusta de toda la casa es la cocina. Por desgracia, es bastante revoltosa. Pierre amenaza con «cocinagla» a la cazuela varias veces por semana.

Stephen echó un breve vistazo a su plato y suspiró aliviado. «Cordero. Sin lugar a dudas, es cordero. ¡Gracias a Dios!»

—No se preocupe —dijo Callie, tocándole la manga—. En el fondo Pierre quiere mucho a *Berta.* Nunca la cocinaría a la cazuela.

—Eso es una buena noticia —dijo Stephen—. Tanto para mí como para *Berta.*

Hubo una carcajada generalizada y luego siguieron comiendo. Stephen fue contestando cuando le preguntaban, pero la mayor parte del tiempo estuvo callado, escuchando la animada conversación. Aquella mesa parecía un gran debate. Hayley hacía de moderadora, procurando que todo el mundo tuviera la oportunidad de hablar. Anticipaba discusiones e introducía nuevos temas en los pocos momentos en que se hacía el silencio. Stephen se debatía entre si aquella atmósfera ruidosa e informal le resultaba entretenida o inaguantable. Pero de lo que sí estaba seguro al final de la cena era de que, con tanto ruido, parecía que iba a estallarle la cabeza.

—¿Se encuentra bien, señor Barrettson? —preguntó Hayley arrugando la frente—. Se ha puesto bastante pálido.

—Me temo que me duele un poco la cabeza —admitió Stephen.

—Ha tenido un día muy ajetreado —dijo ella inmediatamente—. ¿Quiere que le prepare una infusión?

—No, muchas gracias. Estoy seguro de que sólo necesito dormir un poco. —Se levantó y se inclinó hacia delante—. Gracias por la cena. Ha sido muy, eh..., interesante.

Hayley sonrió.

—Nos ha encantado que nos haya podido acompañar. Que descanse, señor Barrettson.

—Buenas noches, señor Barrettson —repitió todo el mundo mientras Stephen salía de la habitación.

Él se detuvo en el umbral y contestó:

—Buenas noches a todos.

Una vez en su alcoba, Stephen se estiró en la cama sin quitarse las botas siquiera. Le dolía la cabeza y le palpitaban las costillas y el hombro. Pero, por muy agotado que estuviera, no conseguía conciliar el sueño. Cada vez que cerraba los ojos veía a una sonriente joven de rizos castaños y ojos cristalinos... y largas piernas... y unos labios que pedían a gritos que alguien los besara. Se le aceleró el pulso y notó que se le reactivaban los genitales.

Se le escapó un gemido y miró el reloj. Sólo eran las nueve de la noche.

«¡Maldita sea! —pensó—. Va a ser una noche muy, muy larga.»

9

Aquella misma noche, sobre las once, Hayley bajó sigilosamente las escaleras. No se arriesgó a encender una vela hasta que hubo cerrado la puerta del despacho de su padre tras de sí. No quería tener que inventarse ninguna excusa para explicar su presencia en el caso de que alguien se despertara.

Una vez que la habitación estuvo bañada por una suave luz, se sentó en la desgastada silla que había delante del escritorio. No estaba segura de qué habitación amaba más: la biblioteca o aquel despacho. Todas las pertenencias de su padre estaban exactamente donde él las había dejado. Su pipa reposaba sobre un cenicero de cristal macizo que había sobre una mesita de cerezo y sus mapas estaban ordenadamente apilados junto a la chimenea. Hayley deslizó los dedos sobre los pergaminos, imaginando el fresco olor a mar y tabaco que siempre acompañaba a su padre.

Los únicos cambios que había introducido en la habitación eran algunas pinturas de Callie, que Hayley había enmarcado y colgado de las paredes, y el nuevo contenido del inmenso escritorio de caoba. Aparte de los papeles personales de Tripp Albright, sus cajones guardaban ahora el secreto de Hayley.

Hayley se apretó las sienes con sendos dedos índices y se las frotó intentando aliviar el palpitante dolor de cabeza que le atormentaba. Estaba agotada. Le escocían los ojos y no había nada que deseara más que tumbarse en la cama a descansar.

Pero tenía trabajo pendiente.

Introdujo la mano en el bolsillo, sacó una llave y abrió un cajón. Extrajo una pila de papeles y pasó la mano sobre la página superior. *Las aventuras de un capitán de barco,* de H. Tripp.

«El trabajo que amo, el trabajo que detesto», musitó mientras preparaba el material de escritura. Si no hubiera estado tan agotada, se habría reído de la ironía. Le encantaba escribir aquellos relatos. Divulgar las aventuras de ficción del capitán Haydon Mills, basadas en las anécdotas con que su padre había obsequiado a toda la familia, le producía una gran satisfacción personal y una profunda sensación de logro.

Pero también le partía el corazón. Odiaba tener que mentir a su familia, pero, si alguien descubría que el autor de los relatos de aventuras que se publicaban en todos los números de la revista para hombres más famosa de Inglaterra era una mujer, perdería su única fuente de ingresos. Un escalofrío le recorrió el espinazo de sólo pensarlo. Los chicos se verían obligados a buscarse un empleo y a dejar los estudios. Vio a Pamela como institutriz o niñera, echando a perder su juventud y su oportunidad de formar una familia. ¿Y qué sería de Callie y tía Olivia? Sin mencionar a Winston, Grimsley y Pierre. La situación financiera de la familia dependía enteramente de ella y, si tenía que mentir para sacar adelante a su familia, pues mentiría.

La única persona que sabía quién era H. Tripp era su editor, el señor Timothy, y él le había pedido encarecidamente que lo guardara en secreto. En opinión del señor Timothy, un secreto deja de serlo cuando lo conocen más de dos personas. Aquellos relatos le reportaban unos suculentos beneficios y él era demasiado avaricioso para renunciar a ellos y demasiado listo para arriesgarse a perderlos.

Por descontado, si el señor Timothy hubiera sabido desde el principio que H. Tripp era una mujer, nunca le habría comprado el primer relato. Cuando descubrió el engaño, su escuálido rostro se puso lívido. El único motivo por el que la siguió contratando era que la tirada de la revista había aumentado con cada nuevo relato. Ambos eran conscientes de los riesgos que entrañaría, tanto para la empresa del señor Timothy como para la seguridad financiera de la familia Albright, que alguien averiguara la verdad. Y Hayley estaba decidida a no poner en peligro su única fuente de ingresos.

Se sentó cómodamente en la silla y se puso manos a la obra. Estuvo las dos horas siguientes escribiendo sin parar, inmersa en aquel mundo trepidante que ella misma había creado. Cuando hubo acabado la próxima entrega, guardó los papeles en el cajón, lo cerró con llave y apagó la vela de un soplo. Se levantó y arqueó su dolorida espalda, luego se dirigió a las puertaventanas que daban al patio y miró el oscuro cielo nocturno.

La luna llena proyectaba un suave resplandor sobre los jardines, y Hayley sintió la imperiosa necesidad de salir afuera unos minutos. Estaba agotada y le dolían los ojos, pero, puesto que su mente seguía activa, inmersa en el relato que acababa de escribir, sabía que le costaría bastante conciliar el sueño.

Abrió las puertaventanas y salió al exterior. La dulce fragancia de las rosas embargó sus sentidos. Incapaz de resistirse a la llamada de aquella embriagadora fragancia, tomó uno de los senderos de piedra.

Respirando profundamente, dejó que el fresco aire de la noche la llenara de una agradable sensación de paz. Hayley amaba aquel jardín. Lo había plantado su madre hacía años, y las dos habían pasado muchas horas juntas cuidando amorosamente las flores. Aunque siempre se sentía más cerca de su madre cuando estaba en él, también sentía más hondamente su ausencia cuando paseaba entre las flores y arbustos que ella tanto había amado.

Estuvo un rato paseando por el jardín y se olvidó de la fatiga mientras disfrutaba de la paz de la noche. A Hayley le encantaba pasear por allí mientras el resto de la familia dormía. Sus días eran siempre tan febriles y estaban tan llenos de actividad y de niños, con sus necesidades y sus clases, que le gustaba saborear aquellos momentos de soledad.

Cuando llegó a su banco de piedra favorito, se sentó de cara a la casa. Se le escapó un suspiro. El tejado necesitaba urgentemente una reparación. Mantener una casa del tamaño de la de los Albright resultaba caro, algo de lo que no había tardado en percatarse tras la muerte de su padre. Incluso manteniendo muchas de las habitaciones cerradas, el mero hecho de reparar las averías y mantener la casa en un estado razonablemente aceptable requería una suma considerable.

Hayley estimó que el pago que había recibido del señor Timothy en su viaje a Londres hacía una semana debería bastar para mantener a la familia durante los próximos meses. Hasta podría reservar un poco de dinero para comprarle algún vestido nuevo a Pamela.

Quería estar segura de que Pamela tenía las máximas oportunidades de atraer a un joven adecuado para no convertirse en una solterona como ella. Una joven tan encantadora como su hermana se merecía tener hijos y formar su propia familia.

Y, a menos que le fallara la intuición, Marshall Wentbridge, el médico del pueblo, estaba loquito por Pamela. Para su regocijo, Hayley se había percatado de que siempre que su hermana se acercaba a menos de seis metros de Marshall, al joven se le ponían las orejas rojas y la cara colorada como un tomate y que empezaba a tartamudear y balbucear.

A pesar de su timidez, Marshall era un buen hombre. «Es amable, considerado y también bastante atractivo.» Hayley tenía la esperanza de que no tardara mucho en formalizar su relación con Pamela.

Dejando escapar otro suspiro, Hayley pensó en que Marshall Wentbridge no era el único hombre atractivo que había en Halstead en aquel momento.

También estaba el señor Stephen Barrettson.

Por atractivo que fuera Marshall, parecía un sapo al lado del señor Barrettson. Intentó alejar sus pensamientos de su apuesto invitado, pero fracasó estrepitosamente.

No había visto un hombre tan imponente como aquél en

toda su vida. Parecía perfecto en todos los sentidos. Alto, apuesto, inteligente. Todas aquellas cosas eran puntos a su favor, tenía que reconocerlo, pero había algo más que le hacía sentirse atraída por él.

Estaba solo.

Y, en cierto sentido, era vulnerable.

No estaba segura de cómo lo sabía, pero lo sabía. Tal vez eran las sombras que acechaban tras sus ojos y oscurecían su mirada lo que apuntaba a un alma atormentada. Hayley sentía que la vida del señor Barrettson no era particularmente feliz. Aquel hombre no tenía familia, un hecho que a ella la llenaba de compasión. Hayley no se podía imaginar un destino más triste que no estar rodeado de personas que te quieren. Stephen era reservado y se guardaba sus sentimientos y pensamientos para sí mismo. Ella no había podido evitar percatarse de la sorpresa que se reflejaba en sus ojos cuando pasaba un rato con la familia Albright. Después de todo, él era un tutor y seguro que estaba acostumbrado a ambientes académicos, serios y silenciosos. El bullicio que había en aquella casa debía de chocarle bastante.

Y luego estaba la cuestión del efecto que él provocaba sobre sus sentidos. Cada vez que lo miraba, se le cortaba la respiración y se le aceleraba el pulso. Ningún hombre le había provocado aquel efecto, y era sumamente turbador. Stephen Barrettson estaba extremadamente atractivo con barba, pero limpio y afeitado, era irresistible. Hayley evocó el momento en que se inclinó sobre él mientras le afeitaba, sus rostros separados sólo por unos pocos centímetros. Si ella se hubiera movido un poco, sus labios se habrían rozado.

—¿Señorita Albright, qué hace aquí fuera a estas horas de la noche?

Aquella voz profunda sacó súbitamente a Hayley de sus pensamientos. Apretándose la palma de la mano contra el pecho como si así pudiera calmar su acelerado corazón, se puso de pie de un salto. El mismo objeto de sus turbadores pensamientos estaba de pie delante de ella.

—¡Santo Dios! ¡Señor Barrettson! Me ha asustado.

Sus repentinas ganas de huir la sorprendieron. Normalmente Hayley se consideraba una persona bastante poco asustadiza, pero aquel hombre era capaz de alterar su calma habitual.

Él avanzó hacia ella.

—Discúlpeme. Sólo me preguntaba por qué estaba usted aquí fuera en plena noche.

Hayley pidió a Dios que el intenso rubor de sus mejillas no se percibiera a la luz de la luna.

—Suelo salir a pasear por el jardín cuando todo el mundo está durmiendo. Disfruto del silencio tras el ajetreo del día. Pero... ¿y qué me dice de usted? ¿Qué le ha traído hasta aquí? Usted sí que debería estar descansando.

—Me he despertado hace un rato y no conseguía volverme a dormir. He pensado que un paseo por el jardín me ayudaría a relajarme.

—Al parecer, los dos hemos tenido la misma idea —dijo Hayley con una sonrisa—. ¿Le apetece que paseemos juntos?

Stephen dudó. Tenía literalmente delante de él el motivo que le había impedido volver a conciliar el sueño. Hacía una hora se había despertado de un sueño placentero y sumamente sensual protagonizado por la señorita Hayley Albright. Había tenido que hacer un esfuerzo hercúleo para mitigar su palpitante excitación. Probablemente un paseo a solas con ella a la luz de la luna no era lo más sensato. Abrió la boca para rehusar la invitación, pero las palabras se le ahogaron en la garganta cuando se dio cuenta de cómo iba vestida.

Hayley vestía con una camisa blanca de lino y pantalones de montar oscuros.

«¿Pantalones de montar? ¿A qué tipo de mujer se le puede ocurrir ponerse unos pantalones de montar y encima ajustados?» La mirada de Stephen recorrió a Hayley en toda su estatura, fijándose en cada una de sus curvas y oquedades, acentuadas por aquellos pantalones que se le pegaban a la piel. En toda su experiencia no podía recordar una visión más escandalosamente erótica que la de Hayley embutida en aquellos pantalones de montar. Le iban tan justos que venía a ser como si estuviera desnuda.

«¡Dios! ¿Por qué no seguirá esta mujer los simples dictados de la moda?», se preguntó Stephen. De hecho, era como si toda la casa funcionara sin atender a ningún tipo de norma, algo inconcebible para Stephen, un hombre cuya existencia estaba enteramente regida por las normas sociales. Aquello le desconcertaba y le confundía, y detestaba sentirse así.

En los labios de Hayley se dibujó una sonrisita maliciosa.

—No me había dado cuenta de que «le apetece que paseemos juntos» fuera una proposición tan seria y atrevida.

Stephen arrugó la frente. La muy condenada le estaba pinchando otra vez, de aquella forma tan desenfadada y tan fresca que hacía que se le acelerara el corazón. Como si su corazón no estuviera lo bastante desbocado por culpa de aquellos malditos pantalones de montar.

La expresión de Stephen debió de reflejar sus pensamientos porque Hayley siguió su mirada y se miró las piernas. Y dio un gritito sofocado.

—¡Dios mío! ¡Los pantalones de montar! Me había olvidado de que los llevaba puestos. —Cruzó los brazos sobre su esbelta cintura y retrocedió dos pasos, con expresión de azoramiento—. ¡Dios mío! Por favor, disculpe mi atuendo. A veces voy así vestida cuando salgo a pasear por la noche para no tropezarme con la falda. Nunca pensé que podría cruzarme con alguien a estas horas. Lo siento mucho. Espero no haberle ofendido.

Stephen no podía apartar los ojos de ella. «Maldita sea. Ojalá estuviera sólo ofendido», pensó para sus adentros. Pero estaba excitado. Y fascinado.

—No, no estoy ofendido. Sólo sorprendido.

—Me lo puedo imaginar. Por favor, discúlpeme. —Retrocedió un paso más—. Si me disculpa un momento...

—¿Ya no le apetece pasear?

La pregunta de Stephen la sorprendió visiblemente.

—¿Y a usted? ¿Le apetece?

Él se encogió de hombros aparentando una indiferencia que estaba lejos de sentir.

—No veo qué puede haber de malo en dar un paseo juntos. —Después de todo, era perfectamente capaz de controlarse durante un breve paseo. Sin lugar a dudas. Con toda probabilidad.

Le ofreció el codo e ignoró las campanitas de alarma que tintineaban en su cabeza. Tras dudar momentáneamente, ella lo tomó del brazo y lo guió lentamente a lo largo de un estrecho sendero.

—¿Qué tal se encuentra? —preguntó Hayley mirando hacia arriba.

«Inquieto. Frustrado. Condenadamente excitado.»

—Bien.

—¿Ha desaparecido el dolor?

Stephen miró al cielo. Aquel dolor palpitante seguía allí, atormentándole, gracias a ella. Pero no era del tipo que ella se imaginaba.

—Sí, ya ha desaparecido.

Pasearon en silencio durante varios minutos hasta que ella se detuvo junto a un lecho de flores. Soltándose del codo de Stephen, se agachó y tocó una delicada flor.

Mientras seguía agachada, miró a Stephen desde abajo y le preguntó:

—¿Le gustan las flores, señor Barrettson?

«¿Las flores?» Salvo como algo que solía enviar a sus múltiples amantes en ocasiones especiales, Stephen nunca pensaba en las flores.

—Supongo que sí.

Arrancó una flor y se levantó, alzándola en el aire y dejando que la luz de la luna iluminara sus pétalos morados y amarillos.

—¿Sabe qué tipo de flor es ésta?

Él la miró.

—¿Una rosa?

Riéndose, ella se colocó la flor en el ojal superior de la blusa de lino.

—Es un pensamiento.

—Me temo que para mí todas las flores son rosas.

—Los pensamientos eran las flores preferidas de mi madre. Los plantaba cada año. —Deslizando de nuevo la mano en el pliegue del codo de Stephen, Hayley lo guió sendero abajo—. Mi madre se llamaba Chloe, que significa «floreciente». Es un nombre que le pegaba mucho. Amaba las flores, y este jardín floreció bajo sus cuidados. Ella sabía qué simboliza cada flor.

—¿Todas las flores simbolizan algo? —preguntó él sorprendido.

—Oh, ya lo creo. Del mismo modo que los nombres de las personas tienen su significado, cada flor simboliza un sentimiento o emoción. El lenguaje de las flores tiene cientos de años de historia y ha recibido influencias de la mitología, la religión, la medicina y el uso emblemático de las flores en la heráldica durante el siglo XVI.

Hayley cogió un tallo del que pendían pequeñas florecillas en forma de campana. Acercándoselo a Stephen, le dijo:

—Huela esto.

Stephen cogió con cuidado el tallo entre los dedos y se acercó las florecillas a la nariz, inhalando su dulce fragancia.

¿Sabe qué flor es ésta? —le preguntó Hayley mientras le observaba atentamente.

Stephen volvió a inhalar.

—¿Rosas pequeñas?

Ella se rió y movió la cabeza repetidamente de un lado a otro.

—Lila del valle. Simboliza la pureza.

Siguieron avanzando a paso lento por el sendero. Hayley fue señalando más de una decena de flores diferentes mientras paseaban, indicando a Stephen qué simbolizaba cada una. A Stephen le sorprendió que Hayley fuera capaz de distinguir las flores, pues, a pesar de la luna llena, estaba bastante oscuro. Él se fijaba atentamente en la dinámica mano de Hayley señalando las perfumadas flores, e intentaba recordar sus nombres y lo que simbolizaban, pero se equivocaba constantemente. Le resultaba casi imposible concentrarse en sus palabras mientras ella le sonreía, inmerso en su perfume embriagador y, por mucho que lo intentara, no conseguía olvidarse ni ignorar aquellos condenados pantalones. Al contemplar sus caderas, se le tensaron las partes íntimas y, de repente, notó que se le estrechaban los pantalones.

Al cabo de un rato, se acercaron a un gran lecho de rosas.

—Bueno. Éstas sí que son rosas —dijo él, orgulloso y aliviado por pensar en algo que no fuera ella.

—Correcto —dijo ella sonriendo—. Son mis flores preferidas.

—¿Qué simbolizan? —le preguntó, con auténtica curiosidad y al mismo tiempo sorprendido por aquel repentino interés. Si alguien le hubiera dicho hacía una semana que estaría paseando por un jardín en plena noche hablando sobre flores con una virginal solterona de pueblo que, de algún modo, le despertaba fuertes deseos carnales, se le habría reído en la cara. Pero ahí estaba. Y lo más sorprendente de todo, se lo estaba pasando en grande.

—Las rosas simbolizan muchas cosas diferentes, dependiendo del color y de lo abiertos que estén los capullos.

Alargando la mano, Hayley cogió un capullo amarillo de un alto rosal. Cortó el pequeño tallo lleno de espinas, inhaló su dulce fragancia y se lo ofreció a Stephen.

—Para usted —dijo con una sonrisa.

—¿Para mí? —preguntó sorprendido aceptando el regalo. Si la memoria no le engañaba, aquélla era la primera vez en su vida que alguien le regalaba una flor. Acercó la nariz a la rosa e inhaló. Aquella flor de un amarillo intenso olía exactamente igual que Hayley.

—¿Qué simbolizan las rosas amarillas?

—La amistad.

Stephen levantó la cabeza y sus miradas se cruzaron.

—¿Amistad?

Ella asintió con la cabeza y sonrió.

—Sí. Somos amigos, ¿no?

Él la miró fijamente durante varios largos segundos,

completamente extasiado ante aquella visión. Resplandecientes ondas de cabello castaño acariciaban los hombros de Hayley y le bajaban por la espalda como un sedoso manto. Varias redecillas ayudaban a recoger los cabellos que se escapaban de la sencilla cinta que apartaba los rizos del rostro más encantador que Stephen había visto nunca. Sus expresivos ojos lo miraban de una manera directa, cálida y natural. ¿Cuándo fue la última vez que una mujer le había mirado de ese modo? «Nunca. Nadie ha mirado así al marqués de Glenfield. Hasta hoy.»

Las mujeres que conocía Stephen, las superficiales damas de la ciudad, siempre le miraban con calculado interés, elucubrando formas de seducirle para que les comprara joyas caras, urdiendo tretas para convertirse en sus esposas y ofreciéndole a cambio sus encantos en el lecho. Ninguna mujer le había ofrecido su amistad.

Él carraspeó.

—Considerando que me ha salvado la vida y que me ha abierto generosamente las puertas de su casa para que me recupere, desde luego, estoy de acuerdo en que usted es mi amiga —dijo finalmente—. Ojalá algún día pueda devolverle toda su amabilidad.

—Oh, eso no es en absoluto necesario. Me encanta su compañía. Es muy agradable tener a otro adulto con quien poder hablar. —Le dirigió una mirada de soslayo y añadió sonriendo—: Además, me he encariñado bastante de *Pericles*. Supongo que ya se habrá dado cuenta de que su caballo es el verdadero motivo de que le deje quedarse.

—Entonces, tendré que darle a él las gracias —contestó Stephen con una sonrisa.

Permanecieron de pie durante un momento, uno delante del otro, simplemente mirándose mutuamente, y Stephen se sintió como si ella le hubiera hechizado. Con la luz de la luna iluminando su cabello, resaltando el color crema de su piel, casi parecía que Hayley tuviera un halo a su alrededor. Era como un ángel de ojos cristalinos vestido con blusa de lino y pantalones de montar.

Ella alargó el brazo y le tocó la manga.

—¿Se encuentra bien, señor Barrettson? Parece alterado.

Stephen miró hacia abajo y clavó la mirada en la mano de Hayley, que reposaba sobre su antebrazo. Un cálido escalofrío le recorrió el espinazo y le hizo hervir la sangre. ¿Por qué el más leve contacto con aquella mujer ejercía un efecto tan perturbador y tan profundo en sus sentidos?

—¿Señor Barrettson?

El deje de preocupación de aquella dulce voz sacó a Stephen de su ensimismamiento. Levantó la mirada, completamente hipnotizado por la joven que tenía delante. Las arrugas de su frente indicaban que estaba sinceramente preocupada por su bienestar.

—Me encuentro bien, señorita Albright —contestó con dulzura, mientras su mirada se deslizaba lentamente hacia abajo hasta detenerse en la flor que ella llevaba en el ojal. Alargando la mano, tocó un pétalo con un dedo. ¿Cómo ha dicho que se llamaba esta flor?

—Pensamiento.

—¿Y qué simbolizan los pensamientos?

—«Ocupas mis pensamientos.»

—«Ocupas mis pensamientos...» —repitió él. Aparentemente en contra de su voluntad, sus pies dieron un paso hacia Hayley y luego otro más, hasta que sólo los separaban unos pocos centímetros. Él casi esperaba que ella retrocediera, pero Hayley no se movió; se limitó a mirarlo fijamente con los ojos abiertos de par en par.

Las puntas de los senos de Hayley rozaban la camisa de Stephen cada vez que ella inspiraba. Una imagen del cuerpo de ella apretado contra el suyo en toda su estatura irrumpió súbitamente en la mente de Stephen y le hizo estremecerse íntimamente. Necesitaba alejarse de ella. Inmediatamente.

En lugar de ello, le apartó delicadamente un rizo rebelde de la mejilla y se percató de que le temblaban los dedos.

—Usted está ocupando mis pensamientos en este momento —dijo él, con un ronco susurro.

—¿Ah, sí? ¿Estoy ocupando sus pensamientos?

—Sí. —La mirada de Stephen sondeó la de Hayley. Él deseaba besarla con todas sus fuerzas, pero, para su desconcierto, estaba experimentando una lucha interna impropia de él, entre sus deseos y su conciencia, una voz interior que había dado por muerta hacía tiempo.

«Te irás de aquí dentro de dos semanas. No te arriesgues a hacer sufrir a una mujer que sólo te ha mostrado amabilidad. Es una inocente chica de campo que no sabe jugar a los enrevesados juegos del amor a los que tú estás tan acostumbrado. ¡Déjala en paz!»

Stephen estaba a punto de hacer un noble gesto, increíble e impropio de él, alejándose de ella, cuando la mirada de Hayley se detuvo en su boca. Él prácticamente podía sentir la suave caricia de aquellos labios en los suyos.

Ahogando un gemido, enterró mentalmente su conciencia en una honda sepultura y se inclinó hacia delante hasta que sólo unos milímetros separaban sus labios de los de Hayley.

Su voy interior hizo un último e ímprobo esfuerzo por hablar, pero él la acalló con firmeza y rozó con su boca los carnosos labios de Hayley.

Aquella sutil caricia, en el fondo no más que una fusión de alientos, dejó a Stephen insatisfecho y ávido de más. Ahuecando las manos alrededor del rostro de Hayley, la volvió a besar, atormentándola dulcemente, recorriendo con sus labios el contorno de los de ella y probando su sabor.

Independientemente de lo que él esperara, desde luego no era el torbellino de sensaciones que inundó todo su cuerpo.

La sangre le empezó a correr a toda velocidad por las venas, palpitando por todo su cuerpo como un río de aguas turbulentas a punto de desbordarse. Su femenina fragancia a flores silvestres lo impregnaba todo, invadiendo los sentidos de Stephen, narcotizándole. Hayley dejó escapar un velado suspiro de placer, y él tensó el cuerpo como reacción.

El cuerpo de Stephen rezumaba calor y, cuando Hayley

colocó suavemente las palmas sobre su pecho, él sabía que ella palparía el desbocado latido de su corazón.

Perdiéndose en ella, él ahondó el beso, recorriendo la abertura de los labios de Hayley con la punta de la lengua. Ella se los abrió como los pétalos de una flor cuando eclosiona, recibiendo de buen grado aquella invasión de su sedosa intimidad. Su boca era increíblemente acogedora y sabía a gloria.

El instante en que sus lenguas entraron en contacto, Stephen sintió que los dos estaban fundidos como la llama se funde con la cera al arder. Emitiendo un grave gemido, ella le rodeó el cuello con los brazos y le devolvió el beso con el mismo fervor.

El abandono de su respuesta confundió a Stephen, despojándole del escaso control que le quedaba. Sus partes íntimas se activaron con un intenso hormigueo, y el hormigueo enseguida dio paso a un palpitante dolor. Cuando Hayley le ofreció dulcemente su lengua, restregándola lentamente contra la de él, Stephen emitió un hondo gemido. Apretándola contra él, capturó los labios de Hayley en una secuencia de largos, lentos y narcotizantes besos que desencadenaron oleadas de paralizante placer por todo su cuerpo.

Él deshizo el lazo que recogía la sedosa cabellera de Hayley y dejó caer la cinta de satén. Acariciando las suaves y perfumadas ondas con ambas manos, enredó los dedos en su cabello mientras hundía su boca en la de ella con un ávido y abrasador apetito.

—Stephen... —le susurró ella al oído cuando él bajó la cabeza para besarle el lado del cuello.

Al oírla murmullar su nombre tan apasionadamente, a él se le escapó otro hondo y dolorido gemido. Stephen le besó ávida e intensamente la larga columna del cuello y, cuando la blusa le impidió avanzar, desenredó los dedos de los rizos de Hayley y le abrió rápidamente varios botones de la blusa.

Los labios de Stephen acariciaron el acelerado pulso de

Hayley en la base de la garganta y luego siguieron descendiendo hasta hundirse en las voluptuosas curvas de sus senos, que sobresalían sobre el encaje de la combinación. Stephen inhaló profundamente y luego acarició con la lengua la piel de terciopelo y olor a rosas de Hayley. «¡Dios mío! —pensó— tiene el tacto de un ángel y sabe a gloria!»

Mientras Hayley se aferraba a los hombros de Stephen, él le deslizó lentamente los labios cuello arriba. Cuando su boca encontró de nuevo la de Hayley, ella separó los labios, acogiendo el fuerte empuje de la lengua de Stephen con un empuje similar en sentido contrario.

Él se sentía como si alguien le hubiera prendido fuego por dentro. Sus palmas recorrieron incansablemente la espalda de Hayley, deslizándose hacia abajo para apresarle las nalgas, levantarla y apretarla fuertemente contra su creciente y dolorosa excitación. La sensación de los prominentes senos de Hayley aplastados contra su tórax, con los pezones endurecidos como puntiagudas crestas, llevó al cuerpo de Stephen al límite.

Su control, un aspecto de su personalidad en que siempre había podido confiar, estaba suspendido al borde de un abismo. Tenía el miembro tan tenso como un puño apretado y le dolía a rabiar. Las manos le temblaban con la acuciante necesidad de apresar los senos de Hayley... e ir descendiendo... bajo sus pantalones.

A menos que pensara despojarla de sus ropas, estirarla sobre la tierra húmeda y tomarla allí mismo, en el jardín de rosas, tenían que parar. Ya.

Con muchas reticencias y no menos fuerza de voluntad, Stephen levantó la cabeza y emitió un hondo y entrecortado suspiro en un intento de recuperar el aliento. Miró a Hayley y fue incapaz de contener la oleada de satisfacción masculina al contemplar la mirada aturdida y rebosante de deseo de Hayley.

—¡Santo Dios! —dijo ella casi sin aliento—. No tenía ni idea de que besarse pudiera ser tan... tan... —Su voz se desvaneció por completo.

—¿Tan... qué? —preguntó Stephen con un ronco susurro que no reconoció como su voz. La mantuvo bien apretada contra su cuerpo, con un brazo alrededor de su cintura, mientras le apartaba un rizo de la ruborizada mejilla con la otra mano.

—Tan emocionante. Tan embriagador. —Suspiró—. Tan absolutamente maravilloso.

—¿No te había besado nunca nadie? —Aquella respuesta tan espontánea y temblorosa convenció a Stephen de que Hayley había sido sincera, pero ella tampoco era ninguna chiquilla. Seguro que alguien la había besado antes.

—Sólo Jeremy Popplemore.

—¿Quién es Jeremy Popplemore?

—Un joven del pueblo. Estuvimos prometidos durante un tiempo.

A Stephen aquello le sentó como un jarro de agua fría.

—¿Prometidos?

—Sí.

—¿Y te besó? —le preguntó Stephen, mientras su enfado iba creciendo más inexplicablemente a cada momento.

Hayley asintió.

—Sí, ya lo creo. Varias veces, de hecho.

—¿Y qué pasó? ¿Por qué no os casasteis?

Ella dudó antes de responder.

—Cuando falleció mi padre, informé a Jeremy de que no dejaría a mis hermanos cuando nos casáramos, y sus sentimientos hacia mí cambiaron. Me dejó bien claro que, aunque yo le importaba, no estaba dispuesto a cargar con toda mi familia. Me pidió que dejara a mis hermanos con tía Olivia, pero yo me negué. —Hayley movió repetidamente la cabeza en señal de negación—. ¡Santo Dios! ¡Si tía Olivia necesita casi tantos cuidados como Callie! Tras mi negativa, Jeremy se fue de viaje al continente. No le he vuelto a ver desde entonces, aunque creo que volvió a Halstead hace poco.

—Entiendo. —La mirada de Stephen sondeó la de Hayley. Sus ojos expresaban con diáfana claridad sus sentimientos. Reflejaban el daño que le había hecho aquel hombre.

Un repentino deseo de partirle la cara al egoísta de Jeremy Pop... lo que fuera se apoderó de Stephen. La imagen de otro hombre besándola, poniéndole las manos encima, llenó a Stephen de una desagradable pero no por ello menos intensa oleada de celos y posesividad.

—Realmente te enseñó a besar. —«El muy canalla.» Frunció el ceño en una mueca de malhumor mientras le dominaba el enfado. «¿Le habrá enseñado algo más?»

Hayley abrió los ojos de par en par.

—Ah... pero Jeremy no... Me refiero a que él nunca. Nosotros nunca...

—¿Nunca qué?

—Jeremy nunca me besó como me acabas de besar tú —dejó escapar impulsivamente.

El imperioso deseo de Stephen de partirle la cara a Jeremy Pop... lo que fuera se apaciguó considerablemente.

—¿Ah, no?

—Tú eres el único que... —Hayley bajó la cabeza.

A Stephen le embargó la compasión y se le hizo un nudo en la garganta cuando se la imaginó ofreciendo su corazón a un imbécil insensible que la había rechazado porque era demasiado buena y generosa para abandonar a sus hermanos pequeños bajo el cuidado de una tía anciana y medio chiflada.

Estaba a punto de decirle que Jeremy Popincart* era un imbécil, cuando ella dio un gritito sofocado.

—¡Santo Dios!¡La blusa! —Poniéndose de espaldas a Stephen, Hayley empezó inmediatamente a abrocharse los botones y a arreglarse la ropa—. ¡Dios mío! ¡Qué debes de pensar de mí!

* En inglés *to pop in* significa «dejarse caer o entrar de sopetón en algún sitio», y *cart*, «carro o carrito de la compra». La combinación de ambas palabras vendría a significar: «carro que se deja caer». La «equivocación» de Stephen contiene cierta nota irónica que no se puede traducir al español. *(N. de la T.)*

«Creo que eres maravillosa», dijo Stephen para sus adentros. Aquel pensamiento le vino súbitamente a la mente, cogiéndole desprevenido. Nunca había pensado nada semejante sobre ninguna mujer. ¿Maravillosa? «Maldita sea, debo de estar perdiendo la cabeza.»

Cuando Hayley se dio la vuelta, Stephen contuvo un gemido. Con las prisas, se había abrochado la blusa incorrectamente, y la melena, despeinada, le colgaba sobre los hombros, confiriéndole un atractivo aire salvaje. El acuciante deseo de volverla a besar le golpeó en los genitales, dejándole sin habla.

—Debo irme —dijo ella, con su voz a un paso del pánico—. Buenas noches. —Y se fue corriendo por el sendero como si la persiguiera el mismísimo diablo.

Stephen soltó un sonoro suspiro largamente reprimido. El perfume de Hayley seguía impregnándolo todo. Todavía sentía la huella de su cuerpo sobre el suyo.

«¡Maldita sea!»

Había salido a pasear por el jardín para tranquilizar su agitada mente. Pero ahora su mente estaba más agitada que nunca, y encima el cuerpo le dolía con una imperiosa necesidad.

«¿En qué diablos estaba pensando?»

Pero él sabía perfectamente en qué estaba pensando.

Y ahora que conocía su sabor, su tacto, no sabía cómo dejar de pensar en ella.

Acababa de comprobar que descansar y relajarse en el campo estaba sobrevalorado.

De hecho, probablemente tanta relajación le acabaría matando.

10

Sabiendo que, tras el escarceo que había tenido con Hayley en el jardín, le resultaría imposible dormir, Stephen se encaminó lentamente hacia la casa y entró en la biblioteca. Encendió la lámpara de aceite, fue directamente hacia la garrafa de brandy y se bebió dos copas en rápida sucesión.

El fuerte licor se filtró por sus venas, relajándole en alguna medida. Aliviado, se sirvió otra copa bien llena y se dejó caer en una de las butacas orejeras que había junto a la chimenea. «¿Qué diablos estoy haciendo?»

Dio otro sorbo al brandy y se dio cuenta, muy a su pesar, de que le temblaban las manos. Estaba sumamente excitado, nervioso y condenadamente incómodo en aquellos pantalones tan estrechos.

Él ya sabía que besar a Hayley sería un error antes de hacerlo, pero por alguna razón insondable no había sido capaz de controlarse. Había algo en aquella mujer, algo que no podía definir, que le atraía como la luz a las mariposas nocturnas. «¡Maldita sea! ¡Esa mujer me ha dejado temblando!»

Dio otro sorbo al brandy, intentando quitarse de la cabeza la imagen de Hayley mientras la estrechaba entre sus brazos. Fracasó estrepitosamente. Era dulce. Increíblemente dulce y sensible. Casi podía oírla suspirando su nombre, sus ojos nublados por la creciente pasión.

Con un gemido, reclinó la cabeza en el respaldo de la butaca y cerró los ojos, dejándose embargar completamente por el recuerdo de sus besos. Nunca había besado a una mujer tan alta, y tenía que admitir que había sido una experiencia única. Todas sus curvas se adaptaban a las formas de su cuerpo como las piezas de un puzzle, encajando perfectamente. Si ella no hubiera salido corriendo del jardín, sabe Dios lo que habría ocurrido.

Hayley le excitaba como ninguna otra mujer le había excitado hasta entonces. Cuando le rodeó el cuello con los brazos y se apretó contra él, a Stephen estuvieron a punto de fallarle las rodillas.

De dónde había sacado las fuerzas para contenerse de arrancarle la ropa y hundir su virilidad en su acogedora calidez era algo que Stephen no sabría nunca. Conocía a muchos hombres que se dejaban llevar por sus pasiones y tomaban decisiones imprudentes basadas en las necesidades corporales en vez de en la razón. Normalmente Stephen no tenía ese tipo de problemas, pero besar a Hayley había sido, sin lugar a dudas, algo que llevaba el sello de las necesidades corporales.

A pesar de que la cabeza le decía que no la besara, a pesar de que la lógica le gritaba que era una decisión imprudente, había hecho caso omiso de lo que le dictaba la razón. «Y ahora, mira cómo estás, bebiendo brandy a media noche, todavía inquieto e incapaz de conciliar el sueño. Y todo por culpa de una solterona que se ha quedado para vestir santos.» Si los miembros de su club pudieran verle en ese momento, soñando despierto con una inocente muchachita de pueblo, se partirían de risa a su costa.

«Pero no es sólo una muchachita de pueblo que se ha quedado para vestir santos —le interrumpió su voz interior—. Exceptuando a Victoria, ella es la única persona realmente buena que has conocido en toda tu vida. Lo comparte todo con todo el mundo: su familia, sus amigos e incluso los desconocidos, y sin pedir nada a cambio. ¿Qué tipo de persona haría algo así?»

Un ángel.

«Pero mira todos sus defectos.» Su comportamiento, su ropa, su familia... harían rasgarse las vestiduras a las damas de la alta sociedad. Pero, aun así, de algún modo aquella mujer le había calado muy hondo. Y, ¡maldita sea!, aquello no le gustaba lo más mínimo. Y lo que también le preocupaba sobremanera era que Hayley pareciera tan alterada cuando salió corriendo del jardín.

Frustrado, Stephen apuró el brandy y se levantó. Deambuló nerviosamente de un lado a otro. Tenía que afrontar la realidad. La única razón de que se hubiera quedado en la casa de los Albright era que alguien pretendía matarle. Regresaría a Londres dentro de unas semanas y, sin lugar a dudas, no volvería a ver a Hayley nunca más. El tiempo que iba a tener que pasar en el campo debería invertirlo en pensar en la forma de capturar a su asesino, no en besarse con una mujer en el jardín. Pero parecía estar resultándole muy difícil recordar por qué estaba allí. No tenía ningún sentido iniciar ningún tipo de aventura con aquella mujer. Tal vez si ella tuviera más experiencia y supiera coquetear siguiendo sus reglas, se plantearía la posibilidad de pasar aquella estancia forzada en Halstead entre sus brazos.

Pero no tenía ningún interés en seducir a una virginal solterona. Stephen se detuvo y miró hacia abajo, clavando la mirada en su excitación todavía visible y torció el gesto en una expresión de medio arrepentimiento.

Bueno, tenía que admitirlo, deseaba seducirla. Pero no iba a hacerlo. Su vida estaba en Londres, y no había espacio en su mundo para la señorita Hayley Albright ni su pandilla de ruidosos hermanos. Lo único que tenía que hacer era mantenerse lo más alejado posible de ella y controlarse cuando la tuviera cerca. No más besos. Ni uno más. Nunca más. Había permitido que las cosas se le fueran de las manos aquella noche, un error que no se podía repetir. Asintió enérgicamente con la cabeza y se encaminó hacia su alcoba.

Seguro que no le costaba demasiado controlar sus deseos carnales durante un par de semanas. Luego, en cuanto volviera a Londres, se refugiaría en los complacientes brazos de su amante y se olvidaría de aquel deseo enfermizo de poseer a una sencilla chica de campo.

«Ya lo creo. En cuanto sacie mis deseos con mi amante, todos mis pensamientos sobre Hayley se desvanecerán completamente.»

Su voz interior le dijo: «¡Lo dudo mucho!», pero, con grandes esfuerzos, él consiguió ignorarla.

Hayley estaba tumbada en su cama, mirando al techo fijamente, reviviendo la última hora, la hora más maravillosa y más vergonzante de toda su vida. Sus emociones oscilaban constantemente entre la euforia y la vergüenza.

Un escalofrío le recorrió el espinazo al evocar el contacto con la boca de Stephen, el calor de su cuerpo, aquel olor a limpio mezclado con toques picantes y aroma de madera que sólo le pertenecía a él. El calor le inundó las venas y se le concentró en el vientre. Después de vivir veintiséis años sin tener la más remota idea de cómo se sentía el deseo, Stephen se lo había enseñado en cuestión de minutos.

Aquel extraño calor, doloroso y placentero al mismo tiempo... aquel palpitar del corazón... aquel cosquilleo que invadía todos sus sentidos... eso era el deseo. Se llevó las yemas de los dedos a los labios, ligeramente hinchados, y se los palpó.

«¡Santo Cielo! ¿Qué pensará de mí?», se preguntó. Al evocar su desenfrenada reacción a sus besos y a sus caricias, se le encendieron las mejillas. Pero él había abrumado completamente todos sus sentidos. Ella no podría haber contenido aquella reacción tan desinhibida, del mismo modo que no se puede arrancar la luna del cielo.

Jeremy Popplemore nunca le había hecho sentirse de aquel modo, como si toda ella fuera de mantequilla y estuvieran a punto de fallarle las piernas. De hecho, lo que sentía por Stephen hacía palidecer sus sentimientos adolescentes hacia Jeremy, como si nunca hubieran existido.

Mientras Hayley se iba dando cuenta del significado de aquel pensamiento, su corazón se saltó un latido. Sentándose de un salto en el borde de la cama, se apretó las palmas contra sus calientes mejillas, entre horrorizada y consternada por el descubrimiento.

Se estaba enamorando de Stephen Barrettson.

«Enamorarme. ¡Santo Dios! ¿Es eso posible?»

Se dejó caer hacia atrás y se obligó a hacer varias inspiraciones profundas para tranquilizarse. Hacía tiempo que se había quitado de la cabeza la idea de encontrar a un hombre a quien amar y con quien compartir la vida. Había sabido salir adelante sola cuando Jeremy la abandonó y, mirando hacia atrás, no podía culparle por no haber querido hacerse cargo de toda la familia Albright. La responsabilidad, como ella bien sabía, era como para intimidar a cualquiera.

Ella había pasado todos aquellos años entregada en cuerpo y alma a su familia, sus días completamente ocupados en llevar la casa y educar a sus hermanos. Ninguno de los caballeros del pueblo era de su agrado y, de todos modos, ella sabía que era demasiado alta, demasiado normalita y demasiado poco convencional para que ningún hombre se fijara en ella. Con tan poco entre lo que elegir, había apartado de su mente cualquier esperanza de romanticismo y de amor.

Hasta que Stephen Barrettson entró en su vida.

Aquel hombre había ocupado constantemente sus pensamientos desde que lo encontró tendido sobre un riachuelo. Incluso cuando estaba postrado en el lecho, entre convulsiones febriles y cerca de la muerte, Hayley había sentido algo, un indescriptible e inexplicable vínculo que la unía a él.

Cuando al fin se despertó y ella pudo mirarle a los ojos, aquellos preciosos ojos de color verde oscuro, le dio un brinco el corazón. Ahora, después de pasar varios días con él, sus sentimientos se estaban haciendo cada vez más fuertes. Aparte de ser el hombre más imponente desde el punto de vista físico que ella había visto nunca, Stephen tenía algo que la fascinaba.

El hecho de que no tuviera familia le encogía el corazón. Sí, Stephen tenía un aire de tristeza, una vulnerabilidad interior que la atraía como el néctar a las abejas. Deseaba con todas sus fuerzas desterrar aquellas sombras que acechaban tras sus ojos y oscurecían su mirada.

Ella se había dado cuenta de que Stephen a veces se quedaba helado cuando ella lo tocaba, como si las caricias tiernas y afectuosas fueran algo completamente desconocido para él. Le recordaba a la gatita con una pata rota que había recogido cuando era niña. Ella se había desvivido cuidando de aquella pobre y necesitada criatura. La llevó al establo, le curó la pata y la llamó *Petunia*. Cuidó y alimentó a aquel peludo animalillo con todo su amor, poniendo todo su corazón, su alma y su compasión en la tarea. *Petunia*, que no tenía amigos y estaba completamente sola en el mundo, se deleitó ante tantas atenciones. A pesar de que alguna vez le bufó y le sacó las uñas, Hayley nunca perdió la paciencia y pronto se hicieron uña y carne. *Petunia* murió cuando Hayley tenía dieciséis años, y ella se pasó varios días llorando su muerte.

Stephen le recordaba a aquella gatita, herida y desesperadamente necesitada de amor y compasión, aunque él ni siquiera lo supiera.

«Tal vez le pueda curar por dentro, además de por fuera. Tal vez nadie haya sido realmente bueno con él, tal vez nadie le haya querido de verdad.» Su mente se empezó a acelerar. Quizá, si le mostraba a Stephen lo que era el amor de una familia, tal vez querría quedarse a vivir en Halstead.

«Tal vez le acabe importando tanto como él me importa a mí.»

En aquel momento Hayley se dio cuenta de que si Stephen no se quedaba, si se iba dentro de dos semanas como tenía pensado, a ella se le partiría el corazón. ¿Qué probabilidades había de que él también se enamorara de ella y quisiera quedarse? Hayley negó con la cabeza. Un hombre ya la había dejado plantada por las responsabilidades que suponía compartir la vida con ella. Nada había cambiado, ella nunca se plantearía la posibilidad de abandonar a su familia.

Y luego estaba la cuestión de su secreta profesión. ¿Cómo

podía siquiera plantearse la posibilidad de iniciar una relación romántica en tales circunstancias? Y, además, no podía hacerse ninguna ilusión en lo que se refiere a su atractivo femenino. Nunca había tenido ninguno.

«No te olvides de cómo te ha besado», le interrumpió su voz interior. Aquel beso. ¿Cómo iba a olvidarlo? Y lo cierto es que, mientras la besaba, Stephen también parecía estar disfrutando. Tal vez no era tan poco atractiva como pensaba. Hayley descartó inmediatamente aquella idea con un gesto de negación. No, categóricamente, los encantos femeninos no eran su fuerte.

¿Llegaría a importarle a Stephen algún día?

Hayley volvió a negar con la cabeza. Las probabilidades no estaban precisamente a su favor.

Pero, independientemente de cuáles fueran sus probabilidades de éxito, ¿acaso no merecía la pena arriesgarse?

11

Cuando a la mañana siguiente Stephen entró en la habitación del desayuno, la encontró vacía, exceptuando a tía Olivia, que estaba sentada a la mesa tomándose un café a sorbos lentos.

—Buenos días, señor Barrettson —dijo ella—. Hay café, fruta y bollitos en el aparador.

—Muchas gracias, señorita Albright —dijo Stephen agradecido. Tenía un insoportable dolor de cabeza debido a lo mucho que se había excedido con el brandy la noche anterior. Deseó desesperadamente que Sigfried estuviera allí para aliviarle el dolor con alguno de los horribles brebajes que solía darle tras una noche de excesos. Puesto que su ayuda de cámara no estaba presente, el café le pareció el mejor candidato para aliviarle el malestar. Le debía a Hayley una disculpa, y quería que todas sus facultades estuvieran intactas antes de enfrentarse a ella.

—Por favor, llámeme tía Olivia —le dijo con una cordial sonrisa—. Todo el mundo lo hace. Y ahora usted forma parte de la familia, querido muchacho.

La mano de Stephen se detuvo a medio camino cuando estaba haciendo el ademán de coger una taza de café. «¿Parte de la familia?» Si apenas sentía que formaba parte de su propia familia.

—Eh... gracias... tía Olivia. —Para disimular su confusión, dio un par de sorbos al café.

—Esta mañana se ve un poco pálido —comentó tía Olivia.

La imagen de Hayley le vino súbitamente a la mente.

—Me temo que no he dormido muy bien.

—No se preocupe, querido. Yo tampoco oigo muy bien algunas veces, aunque la mayor parte del tiempo mi oído es bastante fino, por mucho que se empeñen mis sobrinos en decir que estoy medio sorda. —Negó con la cabeza en señal de disgusto.

Stephen dio otro sorbo al café y estuvo a punto de atragantarse.

—He dicho que no he DORMIDO muy BIEN.

—¿Ah, no? ¿Y cómo se encuentra esta mañana?

—Me encuentro bien, gracias.

Una radiante sonrisa iluminó el rostro de querubín de tía Olivia.

—¿Ah, sí? Me alegra oírlo, aunque me extraña un poco. Está bastante pálido.

—Estoy bien —dijo Stephen con cierto deje de crispación. Aquella conversación le estaba empeorando el dolor de cabeza—. ¿Dónde está todo el mundo? —preguntó levantando un poco la voz para asegurarse de que tía Olivia le oía bien.

—Hayley está dando clase a los niños en el lago.

—¿Clase? ¿En el lago?

—Claro que sí. Hayley siempre les imparte las clases al aire libre si el tiempo acompaña. —Luego se inclinó hacia delante—. Yo me he quedado en casa para supervisar lo que hace la mujer que viene del pueblo a lavar la ropa. Hayley dice que no sabe cómo se las arreglaría si yo no estuviera aquí para controlar la tina de lavar. ¡Si no estoy encima de ella, podría estropearnos toda la ropa!

Una media sonrisa iluminó los labios de Stephen. Nadie como Hayley para hacer que su tía se sintiera importante. Se acabó el café, se levantó de la silla y se acercó a tía Olivia. Cuando estuvo justo enfrente de ella, le tomó la mano, le hizo una reverencia formal y le dio un breve beso en el dorso de la mano.

—Hayley y los niños tienen mucha suerte pudiendo contar con usted, tía Olivia. —Lo dijo en voz alta, y supo que ella le había oído cuando un sonrosado rubor le iluminó las mejillas.

—Bueno. —Se atusó el pelo y dejó caer los párpados con disimulada coquetería—. ¡Qué cosas tan maravillosas dice, señor Barrettson! Apostaría a que usted es incluso más encantador que el mismísimo rey. —Lo miró tímidamente desde abajo y se ruborizó todavía más.

Stephen se rió.

—No estoy muy seguro de que la palabra «encantador» sea la más adecuada para describir a Su Majestad.

A tía Olivia se le pusieron los ojos como platos.

—¡Santo Dios! Pero... ¿acaso usted le conoce en persona?

—Por supuesto. —De repente Stephen se dio cuenta de lo que estaba diciendo y añadió—: No. —Luego tosió varias veces—. Por supuesto que no. —«¡Maldita sea!, tengo que acordarme de quién soy, o mejor, de quién se supone que soy. Desde luego, los tutores no suelen intimar con reyes»—. Si me disculpa —prosiguió— creo que voy a dar un paseo hasta el lago para ver a los demás. —Volvió a hacer una reverencia sobre la mano de tía Olivia y salió del comedor.

—¡Qué joven tan simpático! —dijo tía Olivia en voz alta cuando se quedó sola—. Es tan encantador. Y tan endiabladamente apuesto. Me pregunto qué estará planeando mi sobrina al respecto.

Stephen oyó sus voces antes de verlos.

Deteniéndose tras un bosquecillo de hayas, se mantuvo fuera de la vista del grupo y estuvo un rato escuchando.

—Excelente. —Era la voz de Hayley—. Y ahora, ¿quién puede decirme quién era Brabancio?

—Era el padre de Desdémona en *Otelo* —contestó Nathan—. Se oponía tajantemente a su matrimonio con el moro.

—Correcto —dijo Hayley—. ¿Y qué me decís de Goneril?

—Era la malvada hermana mayor del rey en *El Rey Lear*

—contestó Andrew—. Ésta es muy fácil, Hayley. Pregúntanos algo más difícil.

—Está bien. ¿Quién era Demetrio?

—El joven que estaba enamorado de Hermia en *El sueño de una noche de verano* —dijo Nathan.

—No —objetó Andrew—. Era un amigo de Marco Antonio en *Marco Antonio y Cleopatra*, ¿verdad, Hayley?

—De hecho, los dos tenéis razón —dijo Hayley—. Shakespeare solía utilizar los mismos nombres para los personajes de obras distintas.

Stephen dio un paso y salió de detrás de los árboles.

—Demetrio también era el hermano de Chiron en *Titus Andronicus*.

La «clase» era una enorme colcha apolillada extendida sobre la hierba. Nathan y Andrew estaban tumbados boca abajo. Hayley estaba sentada con las piernas dobladas y la falda marrón extendida a su alrededor, mientras Pamela y Callie estaban sentadas a cierta distancia delante de sendos caballetes con pinceles en las manos.

Hayley se giró al oír la voz de Stephen.

—¡Ste... —señor Barrettson! ¡Qué... grata sorpresa!

—¿Puedo unirme a ustedes?

Hayley dudó un momento y luego se apartó para hacerle sitio.

—Por supuesto.

Stephen se sentó a su lado. La repasó disimuladamente con la mirada y se le desbocó el corazón. El fuerte sol matutino centelleaba sobre su melena castaña, produciendo suaves reflejos rojizos, y un delicado rubor rosáceo le coloreaba los pómulos. A pesar del vestido, sencillo y bastante soso, estaba absolutamente preciosa.

Alargando la mano, Stephen le obsequió con un ramillete de flores.

—Para usted.

Una lenta y bonita sonrisa iluminó por completo el rostro de Hayley, y a él, bastante previsiblemente, le dio un vuelco el corazón.

—Pensamientos —dijo ella con dulzura—. Muchísimas gracias.

Él se le acercó, se inclinó hacia ella y en voz baja, para que sólo ella lo pudiera oír, le dijo:

—Discúlpame, por favor. Ayer por la noche dejé que las cosas se me fueran de las manos.

El rubor de Hayley se intensificó, adquiriendo una tonalidad rosa intenso.

—Por supuesto.

Stephen sintió un gran alivio, aunque todavía le gustó más comprobar que a ella le perturbaba su presencia.

—¿Quiere unirse a nuestra clase? —le invitó ella—. Casi había olvidado que usted es tutor.

La mirada de Hayley se deslizó hacia abajo, deteniéndose en la boca de Stephen, y éste ahogó un suspiro. A él aquella mirada le afectó como si ella le hubiera acariciado. Tardó varios segundos en procesar aquel comentario. Hayley había olvidado que él era tutor. «Yo había olvidado que te dije que era tutor. Estaba demasiado ocupado recordando nuestros besos.»

Con un gran esfuerzo, dejó de mirar a Hayley y se obligó a centrar la atención en Nathan y Andrew.

—Parece que realmente domináis la obra de Shakespeare —comentó Stephen. «Menos mal que no he llegado en medio de la clase de latín», pensó para sus adentros.

—¿Le gusta Shakespeare, señor Barrettson? —preguntó Andrew, con los ojos brillantes de curiosidad.

—Sí, pero siempre he preferido las historias del rey Arturo y los caballeros de la tabla redonda. —Recordó sus años de infancia, en que se escapaba furtivamente a los bosques que rodeaban Barrett Hall, con Gregory y Victoria, y jugaban a que estaban buscando el Santo Grial.

Era uno de sus mejores recuerdos de infancia. Pero el juego se acabó en cuanto su padre se enteró de «semejante tontería».

—¡Nosotros jugamos muchas veces a ser caballeros del rey Arturo! —exclamó Nathan. Señaló un claro del bosque en la distancia—. Estamos construyendo un castillo con piedras en el prado que hay más arriba. Andrew es Arturo y yo Lancelot. Nos falta alguien que haga de Galahad. ¿Le gustaría jugar con nosotros?

—Si no recuerdo mal, Galahad es un joven virtualmente sin defectos —dijo Stephen frunciendo el ceño teatralmente—. No creo que diera la talla.

—¿Y qué me dice de Perceval? —intervino Andrew—. Era uno de los tres caballeros que buscaban el Santo Grial.

—De acuerdo —asintió Stephen—. Yo seré Perceval. —Se giró hacia Hayley—. ¿Y qué papel desempeña usted en Camelot?

Ella se rió.

—Pamela y yo compartimos el papel de la reina Ginebra. Raramente participamos en las grandes hazañas de los caballeros. Nuestra función consiste en cuidar del castillo y esperar el regreso de los valientes caballeros.

—Callie es el paje del rey Arturo —dijo Nathan.

—Realmente parece que tenéis una buena pandilla para buscar el Santo Grial. ¿Cuándo es la próxima expedición? —preguntó Stephen.

Andrew y Nathan miraron a Hayley expectantes e ilusionados.

—¿Hoy, Hayley? ¡Por favor!

—Mañana, mis valientes caballeros. No habrá búsqueda del Santo Grial hasta que acabemos las clases y las tareas que tenemos pendientes.

Andrew y Nathan se quejaron, pero obedecieron cuando Hayley les indicó que tenían que proseguir con la clase. Stephen observó con interés los métodos de enseñanza de Hayley. Dio instrucciones a Nathan para que redactara un breve relato, se inventó media docena de complicados problemas de matemáticas para Andrew, indicó a Callie que hiciera dibujos con objetos que empezaran por las distintas letras del abecedario. Y, por último, comentó algunos aspectos de las tareas domésticas con Pamela mientras preparaban el pícnic del mediodía. Aquello no tenía nada que ver con las frías y disciplinadas clases que Stephen había recibido de sus rígidos tutores particulares durante su infancia.

¿Hacía aquella mujer algo de forma convencional? Por supuesto que no. Y él estaba empezando a sospechar que aquello formaba parte de su tremendo atractivo.

Cuando los niños hubieron completado sus tareas, todo el mundo se reunió en torno a la colcha para comer. Hayley sacó fuentes conteniendo pasteles fríos de carne, pollo, pescado y queso, mientras Pamela iba cortando rebanadas de pan.

Después de servir a los niños, Hayley se dirigió a Stephen.

—Espero que tenga hambre, señor Barrettson.

—Muchísima —le aseguró Stephen, recordándose a sí mismo que estaban hablando de comida.

—¿Qué parte del pollo prefiere? —le preguntó, mirando dentro de la cesta de la comida—. Tengo tres muslos, una pechuga y dos alas.

—¿En serio? Debe de verse negra para encontrar ropa que le vaya bien.

Al principio pareció confundida por aquellas palabras y luego, cuando se dio cuenta de lo que significaban, se le tiñeron las mejillas de un rojo intenso.

—No me refería a...

—Estaba bromeando, Hayley —dijo con dulzura, sintiéndose más alegre de lo que se había sentido en muchos años. Alargó el brazo alrededor de Hayley, cogió un muslo de pollo y le dio un mordisco con fruición—. Delicioso —proclamó, guiñándole el ojo con descaro. «Nunca pensé que ser tutor fuera tan divertido.»

Inclinándose hacia Hayley, le dijo bajando la voz:

—Te estás sonrojando, Hayley. Igual que cuando me dijiste que tu nombre significaba «prado de heno». —Hizo una pausa y le miró directamente a la boca—. Creo que ahora nos conocemos lo suficiente para que me expliques por qué el significado de tu nombre te enciende de ese modo las mejillas.

Mirando a su alrededor, Stephen comprobó que Andrew y Nathan estaban absortos en la improbable combinación de actividades que suponía comer pasteles de carne e intentar coger un saltamontes. Pamela y Callie estaban sentadas en el extremo más alejado de la extensa colcha, comiendo, mientras se reían de las payasadas de Andrew y Nathan.

—Esto es todo lo solos que podremos estar entre semejante multitud. Cuéntamelo ahora —le instó.

A Hayley le brillaron los ojos como si algo le pareciera sumamente divertido.

—No quiero escandalizarte.

Él agitó la pata de pollo en el aire en un ademán triunfal.

—Yo no me escandalizo por nada. Te lo aseguro.

—Está bien, pero luego no digas que no te he avisado. En la familia Albright es tradición poner nombre a los hijos en honor al lugar o las circunstancias que rodearon su... eh... concepción.

Stephen la miró fijamente durante varios latidos de corazón mientras iba entendiendo lo que acababa de oír.

—Te refieres a que tus padres...

—Exactamente. En un prado de heno. Estoy profundamente agradecida a que no hubiera ningún riachuelo cerca o tal vez me habrían puesto un nombre tan horrendo como «Aguada» o «Riachuela».

—Desde luego. —A Stephen se le escapó una risita—. Debo admitirlo, ahora siento curiosidad por el origen de los nombres de tus hermanos.

Ella levantó las cejas.

—Tenías razón. No te escandalizas por nada.

—Afirmativo.

—De acuerdo. Pamela significa «fabricada con miel». Al volver de uno de sus viajes, mi padre le trajo a mi madre una jarra de porcelana llena de miel y... —Su voz se fue desvaneciendo poco a poco.

Stephen contuvo la risa.

—No hace falta que sigas. Me lo puedo imaginar.

—Nathan significa «regalo de Dios» y mis padres lo eligieron porque habían rezado pidiéndole a Dios un varón. Andrew significa «varonil», elegido por mi madre porque ella decía que mi padre era... eso, varonil. —Hayley se llevó la mano a la boca y tosió—. Y Callie significa «la más bonita», de nuevo elegido por mi madre para conmemorar su... bueno, aquella noche con mi padre.

Stephen no estaba seguro de qué le hacía más gracia —aquellas «escandalosas» anécdotas o el creciente color carmesí que estaban adquiriendo las mejillas de Hayley. Sus miradas se cruzaron y los dos dejaron de reírse. El regocijo de Stephen se desvaneció súbitamente, dando paso al imperioso deseo de tocarla. De besarla. Todas las promesas que se había hecho a sí mismo la noche anterior se esfumaron como por arte de magia, y el firme propósito que había tomado se derritió como el azúcar en el té caliente.

Por primera vez en muchos años, no tenía absolutamente nada que hacer aparte de sentarse sobre una colcha junto a un lago y mordisquear muslos de pollo, y estaba disfrutando de lo lindo. Todas las obligaciones y responsabilidades con que tenía que cargar estaban a kilómetros de distancia de aquel momento. Le embargó una profunda sensación de paz que no había sentido en toda su vida.

No debería coquetear con Hayley, pero no lo podía evitar. Su mirada se detuvo en aquellos inmensos ojos de un azul cristalino y una lenta sonrisa curvó la comisura de sus labios.

Stephen deslizó un dedo perezoso por la ruborizada mejilla de Hayley. Ella inspiró entrecortadamente y separó ligeramente los labios, atrayendo la atención de Stephen. La necesidad de volver a probar el sabor de aquella apetitosa boca se estaba imponiendo sobre su sentido común a marchas forzadas. Inclinándose más hacia ella, le susurró al oído:

—Tu piel adquiere la tonalidad más fascinante cuando...

—¡Hayley! —la voz de Callie irrumpió súbitamente—. ¿Puedo tomar un poco de sidra?

Hayley respiró sofocada. A Stephen le embargó una profunda decepción.

Apartando la mano de Stephen con un movimiento brusco, Hayley centró su atención en servir a Callie un poco de sidra, y se perdió la magia del momento.

Pamela volvió a unirse al grupo y se sirvió otra rebanada de pan.

—¿Qué edad tienen los niños a quienes enseña, señor Barrettson? —preguntó Pamela.

Stephen se forzó en apartar la mirada de la tentadora boca de Hayley.

—El joven a quien tenía como alumno hasta hace poco se trasladó a Eton recientemente, y ahora mismo estoy sin trabajo —improvisó sobre la marcha—. Tengo programado empezar con una nueva familia el mes que viene.

—¿Dónde vive esa familia? —preguntó Callie—. Espero que viva cerca de Halstead para que le podamos ver a menudo. —Sus grandes ojos se clavaron en Stephen y le miraron con gran expectación.

La alegría de Stephen se desvaneció ligeramente y una nota de seriedad se reflejó en su rostro. En cuanto abandonara Halstead, dudaba que volviera a ver otra vez a los Albright. Su vida estaba casi exclusivamente en Londres o la finca que tenía en el campo, el Señorío de Glenfield, que se encontraba a dos horas de Londres en la dirección opuesta a la de Halstead. Él y los Albright se movían en círculos sociales completamente diferentes. No, era poco probable que los volviera a ver.

—Me temo que la familia vive muy lejos de Halstead, Callie —contestó él. Los ojos de Callie perdieron súbitamente el brillo de la esperanza, y Stephen sintió una punzada de ternura en el corazón.

—Vaya —dijo Callie, visiblemente decepcionada. Luego se le volvió a iluminar el rostro—. Tal vez pueda venir a visitarnos. Hayley me prometió que celebraríamos una fiesta el mes que viene por mi cumpleaños. ¿Le gustaría venir? Habrá una gran merienda con té, pastas y pasteles.

Stephen se salvó en el último momento gracias a un fuerte ladrido. Se dio la vuelta y emitió un grito sofocado mientras observaba atentamente a tres perros gigantescos —¿o eran caballos pequeños que habían aprendido a ladrar?— que corrían directamente hacia ellos como alma que lleva el diablo.

Sin demasiado entusiasmo, Stephen hizo ademán de levantarse, pero Hayley le retuvo sujetándole del brazo.

—Yo de usted no me levantaría —le avisó entre risas—. Sólo conseguirá que le tiren al suelo.

—¿Qué diablos son? —Stephen miró con desconfianza a las bestias que se aproximaban—. Parece como si pudieran comerse a Callie de un bocado. Y casi están encima de nosotros.

—Son nuestros perros. Ya sé que su aspecto es bastante intimidador, pero son dóciles como corderitos. Limítese a quedarse quieto y deje que le olfateen. Se harán íntimos amigos en menos que canta un gallo.

A Stephen no le dio tiempo a contestar. Los tres perros se precipitaron sobre ellos, ladrando, dando lengüetazos y moviendo nerviosamente la cola, y se instauró el caos. Las bestias alternaban entre engullir ávidamente cualquier resto de comida que había quedado sobre la colcha, lamer a los Albright y ladrar de forma desafiante. Stephen se quedó sentado, completamente paralizado, rezando para que el monstruo que le estaba olfateando la oreja no decidiera arrancársela de cuajo y confundirla con unos entremeses.

—¿Puedo presentarle a nuestros perros, *Winky*, *Pinky* y *Stinky*? —dijo Hayley intentando sin demasiado éxito contener la risa—. Chicos, os presento al señor Barrettson, nuestro invitado. Espero que le tratéis con la máxima amabilidad y consideración.

A la bestia que estaba justo delante de Stephen le faltaba un ojo.

—Supongo que éste es *Winky** —tanteó Stephen dirigiendo una mirada de reojo a Hayley.

—Sí, el pobre *Winky* perdió un ojo al poco tiempo de nacer. Y éste es *Pinky***. Callie le puso ese nombre porque, cuando era un cachorro, no tenía pelo, sólo piel de color rosa.

Stephen se contuvo de señalar que *Pinky* seguía sin te-

* En inglés, *to wink* significa «guiñar el ojo», y *winky* «el que guiña el ojo. *(N. de la T.)*

** En inglés, *pink* y *pinky* significa «de color rosa». *(N. de la T.)*

ner mucho pelo. Era probablemente el ser más horripilante que Stephen había visto en toda su vida.

La tercera bestia se acercó a Stephen, restregó el hocico contra su cara y ladró una vez. Sin lugar a dudas, aquel animal era *Stinky**. El hedor de su aliento casi mareó a Stephen. Luego, antes de que él pudiera hacer nada, la bestia le lamió todo el lado de la cara con su lengua viscosa y hedionda.

—¡Venga, chicos! —gritaron Nathan y Andrew. Recogieron varios palos y corrieron hacia la orilla del lago.

Al cabo de varios segundos, los perros entraban nadando en el agua, persiguiendo con visible entusiasmo los trozos de madera.

—¿Necesita un pañuelo? —preguntó Hayley a Stephen mirándole sin ningún disimulo la cara manchada de saliva.

Stephen se tocó la mejilla con los dedos.

—De hecho, creo que un buen baño sería más apropiado —dijo en tono de guasa. Si Sigfried hubiera vivido aquella escena, su impecable ayuda de cámara habría muerto de apoplejía, inmediatamente después de condenar a muerte a aquellos perros.

—Espere aquí, le mojaré una servilleta.

Hayley se levantó, caminó hasta el lago, se agachó y sumergió el extremo de una servilleta de lino en el agua.

—¡Cuidado, Hayley!

El aviso de Andrew llegó demasiado tarde.

En cuanto Hayley se levantó, una de las bestias saltó sobre ella y le apoyó las enormes patas delanteras encima de los hombros.

Hayley, que evidentemente no estaba preparada para recibir un saludo tan entusiasta, perdió el equilibrio. Se cayó hacia atrás y aterrizó en el agua, con una sonora salpicadura, mientras el gigantesco animal seguía encima de ella, lamiéndole la cara.

Stephen se puso de pie de un salto, ignorando el dolor

* En inglés, *to stink* significa «oler mal», y *stinky* «hediondo». *(N. de la T.)*

que aquel repentino movimiento le provocó en las costillas, y corrió hacia la orilla.

—¡Para ya, perro loco! —chilló Andrew, dándole a la bestia un fuerte empujón.

El perro obsequió a Hayley con un último lametón en la cara y se alejó, corriendo orilla abajo, seguido por sus compañeros en una frenética carrera.

Cuando Stephen llegó a la orilla, Andrew y Nathan habían ayudado a Hayley a ponerse de pie y la estaban ayudando a salir del lago. Stephen se detuvo y contempló la escena.

Hayley estaba empapada, de pies a cabeza. Tenía la melena aplastada contra el cráneo, pequeñas hojitas pegadas a los cabellos y manchas de lodo salpicándole la cara, como pequeñas pecas sobre su pálida piel.

El vestido, manchado de lodo negro, se le pegaba al cuerpo como una segunda piel. Stephen la repasó de arriba abajo con la mirada, mientras su imaginación se deleitaba con la perfección de las curvas que se insinuaban bajo el tejido.

Las ventanas de la nariz se le contrajeron en cuanto le llegó una bocanada de aire procedente de Hayley. Olía a perro muerto. Era evidente que *Stinky* era el culpable. La mirada de Stephen se volvió a detener en el rostro de Hayley y se quedó de piedra, atónito ante lo que veían sus ojos.

Esperaba que Hayley estuviera enfadada. Cualquiera de las mujeres que conocía, incluyendo su hermana, que tenía buen corazón, estaría furiosa y enrabiada después de semejante incidente.

Pero Hayley sonreía.

—¿Estás bien? —le preguntó Pamela mientras tomaba a Callie de la mano.

Hayley se rió y se miró de arriba abajo.

—Bueno, tengo un aspecto horrible y huelo todavía peor, pero aparte de eso, estoy bien. —Dirigió una tímida mirada a Stephen—. ¿Le había comentado que los perros son algo excitables?

A Stephen se le ocurrieron inmediatamente varios adjetivos más para describir aquellas bestias asquerosas, pero antes de que pudiera decirlas, los perros volvieron corriendo a todo galope con las lenguas colgando. Las tres bestias rodearon al grupo y se sacudieron simultáneamente para secarse, salpicando chorros de agua con lodo en todas direcciones. Luego despegaron al unísono, desapareciendo entre los árboles.

Stephen se miró la camisa empapada e hizo ademán de secarse las gotas de agua de la cara con la manga mojada.

—¿Ha dicho excitables? —preguntó repasando con la mirada al resto del grupo.

Estaban todos mojados y sucios, especialmente la pequeña Callie, que estaba calada hasta los huesos.

—Quizás excesivamente entusiastas sea la palabra —sugirió Pamela con una risita, mientras se apartaba el pelo mojado de la cara.

—Y también demasiado apasionados —añadió Andrew con una sonrisa.

—De hecho, mentalmente desequilibrados sería más exacto —masculló Stephen mientras negaba repetidamente con la cabeza.

Nathan se giró hacia su empapada y sucia hermana mayor y la miró con ojos suplicantes.

—Hayley, por favor, ¿podemos bañarnos en el lago? Venga, por favor. Ya estamos calados.

Stephen creía que Hayley se opondría, pero vio brillar una chispa de malicia en sus ojos. Se bajó súbitamente la falda empapada hasta las rodillas y dijo:

—¡Tonto el último!

El resto de los Albright, incluyendo Pamela, la única que hasta aquel momento Stephen había considerado que estaba en su sano juicio, se lanzó al lago. Nathan aterrizó de barriga, salpicando a todos los demás al sumergirse en el agua. Stephen se quedó de pie en la orilla, entre divertido y horrorizado por aquel comportamiento tan eufórico y desinhibido. Empezaron a salpicarse agua unos a otros al tiempo que se proferían insultos shakespearianos.

—«¡Oh, atroz es mi delito! ¡Su corrompido hedor llega hasta el cielo!» —Salpicadura.

—«¡Huelo por todas partes a orines de caballo, lo que pone a mi nariz en gran indignación!» —Salpicadura.

—«¡El suyo es un olor deshonroso y escandaloso!» —Salpicadura.

Stephen negó repetidamente con la cabeza en señal de desconcierto. Todos eran candidatos para ingresar en el manicomio. Pero, maldita sea, su alegría era contagiosa. Inclinando la cabeza hacia atrás, Stephen se rió hasta que le empezó a doler la mandíbula. Sencillamente, no se podía contener. La familia al completo, desde Hayley, supuestamente adulta, hasta la pequeña Callie, estaba empapada, sucia y, evidentemente, pasándoselo en grande.

—¡Señor Barrettson! ¡Señor Barrettson! Usted es el tonto; todavía no se ha bañado en el lago. —Callie corrió hasta Stephen y le cogió la mano, tirando de él—. ¡Vamos! ¡Se está perdiendo toda la diversión!

Stephen dudó. «¿Juguetear en el lago? ¿Vestido?» Nunca había hecho nada tan indecoroso en toda su vida. Una cosa era verlo y otra muy distinta practicarlo.

Callie volvió a estirarle del brazo.

—No tenga miedo, señor Barrettson. No es más que agua.

Stephen estiró en sentido contrario.

—No tengo miedo.

Acercándose más, Callie le dijo en voz baja:

—Si Winston estuviera aquí, le diría: «Meta su asqueroso culo en el agua de una puñetera vez. No se le va a encoger.» Eso es lo que les dice a Andrew y Nathan cuando se niegan a bañarse.

Una serie de escandalosas carcajadas casi dejan a Stephen sin respiración. Entre horrorizado y divertido ante el desparpajo de Callie, Stephen dio un par de pasos hacia delante mientras se debatía entre si debía o no corregir a la pequeña.

Callie interpretó claramente aquel movimiento como un signo de recapitulación. Se colgó del brazo de Stephen y éste desistió. «¡Qué diablos! ¡Nadie se enterará!» Dejó que

Callie le arrastrara hasta la orilla. En el instante en que se unió al resto del grupo, una pared de agua le golpeó el rostro, cogiéndole desprevenido y dejándole farfullando.

—¡Ahí va eso! —Hayley le dirigió una sonrisa desafiante. Decidido a recuperar su dignidad, Stephen soltó un fuerte gruñido y golpeó la superficie del agua con ambas manos, salpicando agua con todas sus fuerzas. Sus doloridas costillas protestaron, pero él ignoró el dolor, empeñado como estaba en recuperar su honor. Callie y Andrew se pusieron de su lado, en contra de Nathan, Pamela y Hayley, y enseguida se declaró una guerra total.

Tras casi media hora, Hayley pidió un alto el fuego.

—¡Alto! —dijo sofocadamente, jadeando por el esfuerzo.

Stephen seguía agachado, con las manos bajo la superficie, preparado para atacar. Miró al bando opuesto con ojos achinados.

—¿Os rendís?

—Sí, yo me rindo. Ya no puedo más —dijo Hayley, apartándose el pelo mojado de la frente.

—Tampoco yo —dijo Pamela jadeando.

—¡Pero, Hayley! —protestó Nathan—. Yo todavía no me quiero rendir.

Hayley acarició a Nathan en la cabeza.

—Parte de ser un buen jefe consiste en saber cuándo te han derrotado. Ya les venceremos la próxima vez.

—Aceptamos vuestra rendición —dijo Stephen solemnemente. Los bandos opuestos se estrecharon las manos y salieron del lago chapoteando, riéndose y chorreando agua.

Acababan de pisar la orilla cuando les llegó una voz masculina procedente de la densa arboleda.

—¡Hola! ¿Es usted, señorita Albright?

Las miradas de todos se centraron en un grupo de personas que salían del bosque.

—¡Santo Dios, Hayley, es el doctor Wentbridge! —dijo Pamela en voz baja y con tono de preocupación—. ¿Qué pensará de mí si me ve en este estado? ¡Oh, Dios!

—Venga, deprisa. —Hayley cogió a Pamela de la mano

y corrió con ella hacia la colcha. Recogió una sábana limpia del suelo y la sacudió enérgicamente para que se desprendieran las hojas—. No podemos hacer nada con tu pelo, pero, por lo menos, te taparemos el vestido mojado. —Hayley envolvió a Pamela en la sábana, apartó con la mano un mechón empapado del rostro húmedo y ruborizado de su hermana y luego se giró hacia los recién llegados.

Stephen y los niños se unieron a Hayley y Pamela justo cuando ellas estaban a punto de saludar a dos caballeros y una dama. Cuando los recién llegados se encontraban a unos metros de ellos, se detuvieron.

—¡Señorita Albright! —dijo el más bajo de los hombres—. Pero... ¿qué clase de tragedia se ha cernido sobre usted?

Stephen miró de arriba abajo al hombre que acababa de hablar. Era un joven apuesto de cabello castaño claro y preocupados ojos azules. Stephen se dio cuenta de que la mirada de aquel hombre se detenía en Pamela, a quien inmediatamente se le ruborizaron las mejillas, adquiriendo un delicado color rosa. Volviendo a mirar a Hayley, a Stephen le extrañó que se hubiera puesto pálida y que guardara un silencio impropio de ella. Su atención estaba centrada en el otro hombre del trío.

El otro joven, de cabello rubio y ojos azul claro, también era bastante apuesto. Stephen se tensó cuando vio que aquel hombre examinaba la forma en que el empapado vestido de Hayley se pegada a las curvas de su cuerpo. Luego Stephen detuvo la vista en la dama que se encontraba entre ambos caballeros. Era bastante atractiva, aunque tenía una expresión un tanto malhumorada.

Hayley carraspeó.

—Estábamos jugando con los perros y acabamos todos en el lago, me temo.

—¡Qué desafortunado accidente, pero qué propio de usted, querida Hayley! —dijo la mujer arrugando la nariz. Stephen vio cómo la arrogante mirada de la mujer recorría a todo el grupo y se detenía en él. Sus ojos castaños se abrieron de par en par en señal de sorpresa, y luego se entornaron, visiblemente interesados en lo que veían—. Hayley, querida, creo que debería hacer las presentaciones de rigor —musitó la arrogante belleza, mientras sus ojos repasaban ávidamente cada centímetro de la húmeda anatomía de Stephen, aparentemente gustándole lo que veía.

—¿Presentaciones? —Hayley siguió la mirada de la mujer y vio a Stephen—. Oh, sí. Por supuesto. Les presento al señor Stephen Barrettson, de Londres. Es nuestro invitado y va a quedarse con nosotros varias semanas. —Hayley asintió y luego miró a Stephen—. Señor Barrettson, le presento a la señora Lorelei Smythe, vecina del pueblo —añadió sin el menor entusiasmo.

Stephen hizo una reverencia formal ante la mano que le tendía la mujer.

—Es un placer, señora Smythe.

—El placer es mío, señor Barrettson —asintió la señora Smythe con voz sedosa mientras volvía a deslizar la mirada por toda la estatura de Stephen.

Hayley prosiguió con las presentaciones:

—Le presentó al doctor Marshall Wentbridge, también vecino del pueblo. Marshall completó recientemente sus estudios y ahora es médico. Le visitó cuando estaba herido.

Marshall Wentbridge tendió amistosamente la mano a Stephen.

—Me alegra verle tan recuperado, señor Barrettson. Es evidente que ya ha conocido a *Winky*, *Pinky* y *Stinky* —dijo frunciendo irónicamente los labios.

—Triste pero cierto —asintió Stephen con una mueca.

Stephen soltó la mano del doctor Wentbridge y dirigió la atención al hombre de cabello rubio. Para su irritación, aquel hombre estaba mirando sin ningún disimulo los senos de Hayley, cuyos contornos se marcaban bajo la ropa mojada. Stephen arrugó inmediatamente la nariz.

Esperó a que Hayley hablara, y le sorprendió lo afectada que sonaba su voz.

—Señor Barrettson, déjeme presentarle a otro vecino del pueblo: el señor Jeremy Popplemore.

Aquel nombre le sentó a Stephen como una patada en la entrepierna. Jeremy Popplemore. Hizo un gran esfuerzo por permanecer inexpresivo mientras examinaba al hombre que había dejado plantada a Hayley.

Jeremy le tendió la mano.

—Encantado de conocerle, señor Barretson —dijo con visible falta de interés, sin apartar la mirada de Hayley.

Stephen dio un paso a un lado y se puso delante de Hayley, impidiendo de ese modo que Jeremy Popplemore siguiera recorriendo su cuerpo tan ávidamente con la mirada, y le estrechó la mano con la misma falta de interés.

—Bueno, me ha encantado volverles a ver a todos —dijo Hayley asomándose tras el hombro de Stephen—, pero, como pueden ver, estamos un poco indispuestos y debemos regresar a casa. Por favor, discúlpennos. —Se dio la vuelta, cogió a Callie de la mano y empezó a andar hacia la casa. No había dado más de dos pasos cuando la voz de Lorelei Smythe la hizo detenerse.

—Antes de que se vaya, Hayley, querida, debo explicarle el motivo que nos ha traído aquí —dijo mientras alargaba la mano para entregarle a Hayley un papel doblado lacrado en rojo—. Es una invitación para que usted y Pamela asistan a una pequeña fiesta que celebraré en mi casa dentro de una semana en honor al feliz regreso de Jeremy a Halstead. También me encantaría que asistiera usted —añadió dirigiéndose a Stephen—. Espero que, para entonces, todavía siga en Halstead, señor Barrettson. Será un placer para mí verlo en mi fiesta. —Una lenta sonrisa iluminó su rostro mientras sus ojos recorrían los músculos claramente visibles bajo la empapada camisa de Stephen.

Stephen percibió enseguida la sugerente invitación en la seductora mirada de la mujer. Parecía como si se lo fuera a comer literalmente como merienda.

Determinado a ser amable con los vecinos de Hayley, Stephen inclinó la cabeza hacia delante y contestó:

—Será un honor para mí asistir a su fiesta.

—Excelente. —La mirada de Lorelei seguía fija en Stephen. Luego miró puntualmente a Hayley—. Espero que para entonces ya haya podido secarse, mi querida Hayley —dijo con una carcajada. Luego se cogió con ambas manos a los brazos de sendos acompañantes—. Caballeros, volvamos al pueblo antes de que regresen esos salvajes perros.

Los dos hombres se despidieron y a Stephen le hizo gracia que Marshall Wentbridge no apartara la vista de Pamela hasta el último segundo. Sin embargo, no le hizo ninguna gracia que Jeremy Popplemore no apartara la vista de Hayley hasta el último segundo.

Ni la más mínima.

—Hayley, espera.

Stephen no quería que su petición sonara como una orden, pero fue incapaz de ocultar su irritación.

Hayley se giró hacia él con las cejas levantadas en señal de interrogación. El resto del desaliñado grupo continuó por el camino hacia la casa.

—¿Qué ocurre, Stephen?

Stephen repasó con la mirada el empapado vestido de Hayley, que se pegaba a su voluptuoso cuerpo como un guante de satén, y el más puro deseo masculino se adueñó de él. En vez de sangre, le corría fuego por las venas, y perdió completamente la calma.

—Tenemos que hablar sobre tu falta de... decencia.

A Hayley se le levantaron todavía más las cejas.

—¿Qué acabas de decir?

—Ese hombre, ese tal Popplecart*...

—Popplemore.

* En inglés, *cart* significa «carro o carrito de la compra». La «equivocación» de Stephen contiene cierta nota irónica que no se puede traducir al español. *(N. de la T.)*

—Eso. Le ha faltado poco para ponerse a babear cuando te ha visto el vestido pegado al cuerpo de una forma que sólo se puede describir como indecente.

A Hayley se le encendió el rostro.

—Seguro que le has malinterpretado. Jeremy nunca me ha faltado al respeto.

—Ya lo creo que lo ha hecho. Te ha desnudado con los ojos hace apenas cinco minutos. —«Y, maldita sea, yo también lo he hecho.» Su irritación dio paso a la ira—. Tu forma de vestir dista poco de lo escandaloso. Si no te exhibes en pantalones de montar hiperceñidos...

—¡Exhibirme! —exclamó Hayley irritada.

—... vas calada hasta los huesos y... —indicó su estado con un movimiento de mano— bueno, calada. Tu comportamiento dista muy poco de lo escandaloso.

Los ojos de Hayley echaban chispas azules.

—¿Ah, sí? Entonces, dime, ¿qué es exactamente lo que encuentras tan ofensivo?

—¡Todo! —dijo furioso. Toda la frustración que había ido acumulando en su interior explotó y salió a bocajarro—. La forma en que montas a caballo, a horcajadas. Que leas revistas de hombres. Que siempre lleves el pelo suelto. Por el amor de Dios, sólo las niñas y las cortesanas llevan el pelo de ese modo. —Empezó a dar vueltas nerviosamente delante de ella—. Siempre estás tocando a la gente. ¿Tienes alguna idea de lo inapropiado que fue que me afeitaras? ¿Pasear a solas conmigo por el jardín? ¿Dejar que te besara?

Stephen hizo una breve pausa para tomar aire y prosiguió:

—Y luego está la forma en que llevas la casa. Tus hermanos deberían estar en un internado, Callie necesita una institutriz y a todos les iría bien un poco más de disciplina y unas normas estrictas a seguir. Las clases se dan entre cuatro paredes, no sobre una colcha apolillada. Los niños y el personal de servicio no comen en el comedor ni en la misma mesa que los adultos. —Hizo una pausa en su invectiva y se pasó los dedos por el pelo mojado—. Winston necesita pulir su lenguaje y Pierre controlar su genio. Tu casa está a un paso del caos, y el comportamiento de toda tu familia a menudo roza los límites de la decencia.

Hayley seguía echando fuego azul por los ojos.

—¿Ya ha acabado el señor?

Stephen asintió tensamente.

—Sí, creo que eso lo abarca prácticamente todo.

—Excelente. —En vez de amedrentarse en vista del enfado de Stephen, como él esperaba, Hayley dio un paso hacia él y le golpeó fuertemente con el índice en el pecho. Stephen retrocedió sorprendido—. Ahora es usted quien me va a escuchar y a entender, señor Barrettson. Puede decir cuanto quiera sobre mí, pero no ose insultar a mi familia. —Volvió a golpearle en el pecho, esta vez más fuerte—. Tal vez nos salgamos un poco de lo habitual, pero sugerir que no somos decentes es un grave error. Todos y cada uno de los miembros de mi «caótica» familia, desde Winston hasta la pequeña Callie, son acogedores, afectuosos, amables y generosos, y yo estoy sumamente orgullosa de todos ellos. No permitiré que ni usted ni nadie digan una sola palabra en su contra.

»Y en lo que se refiere a sus otras quejas, no tuve otra elección que montar a *Pericles* a horcajadas cuando le rescatamos, puesto que usted no llevaba ninguna silla lateral en su caballo, y no creo que el Parlamento haya decretado que leer revistas de hombres sea ningún crimen. Sólo llevo pantalones de montar por las noches en la intimidad de mi propiedad, nunca en el pueblo. Que usted me viera con pantalones fue un accidente. Raramente pierdo el tiempo intentando «domar» mi pelo porque, me haga el recogido que me haga, siempre se me acaba soltando. Y, en lo que se refiere a tocar a la gente, no es más que mi forma de mostrar afecto. Mi madre y mi padre siempre tenían una caricia para cada uno de nosotros. Ellos me inculcaron esa tendencia con su ejemplo, y yo espero inculcársela también a mis hermanos en ausencia de mis padres. Si hubiera sospechado que lo encontraba tan desagradable, jamás le habría puesto una mano encima.

Hayley hizo ademán de volver a golpear a Stephen en el pecho, pero él se apresuró a dar un paso atrás. Ella seguía echando fuego por los ojos.

—Y, cuando me ofrecí a afeitarle, sólo estaba pensando en su comodidad. Según recuerdo, usted también participó en lo que ocurrió en el jardín. Estoy de acuerdo en que cometí un grave error al permitir que me besara, pero tenga por seguro que no se volverá a repetir, sobre todo teniendo en cuenta que usted lo encontró tan detestable.

—Hayley, yo...

—Todavía no he acabado —dijo, y su mirada sumió a Stephen en el más sepulcral de los silencios—. No dispongo de suficiente dinero ni para contratar a una institutriz ni para enviar a los chicos a un internado, pero quiero dejarle algo muy claro, aunque lo tuviera, jamás se me ocurriría enviar a Andrew y a Nathan lejos de casa.

»Tenemos muchas normas sobre las tareas domésticas y el comportamiento. Tal vez no estén a la altura de sus elevados estándares, pero eso no las convierte en inadecuadas. Imparto disciplina a mis hermanos con firmeza y afecto al mismo tiempo, y creo que son unos chicos estupendos. Revoltosos, sí, pero a mí me preocuparía mucho más que se estuvieran sentados, con la boca cerrada y las manos quietas.

Hayley frunció los labios y se golpeó el mentón con los dedos.

—Hummm... ¿Qué más ha encontrado ofensivo el señor?

Antes de que Stephen pudiera abrir la boca, ella se apresuró a añadir.

—Ah, sí. Nuestra colcha apolillada. Nos gusta hacer clase al aire libre. Me sorprende que, siendo usted tutor como es, no lo haga también con sus alumnos, pero es obvio que discrepamos bastante en la mayoría de las cuestiones. Los niños y los «sirvientes» comen en el comedor porque forman parte de la familia, un concepto sobre el que es obvio que usted no sabe absolutamente nada. Y, si Pierre despotrica de vez en cuando y a veces Winston habla de una forma un tanto grosera, yo los acepto tal y como son porque les quiero, otro tema del que usted parece saber bien poco, y por eso me da lástima.

Stephen la miró fijamente. Lo había dejado sin palabras. No le habían echado semejante rapapolvo en toda su vida. Hacía cinco minutos, se sentía dominado por una ira que él consideraba plenamente justificada. Ahora se sentía como un chiquillo ruborizado en pantalones cortos después de haber recibido un duro sermón.

Se sentía como un imbécil. Al dejarse dominar por el enfado, la frustración y, ¡maldita sea!, los celos, sólo había conseguido enfadar a Hayley, aparte de un pecho dolorido. Se frotó la piel que le palpitaba bajo la camisa. Desde luego, Hayley tenía fuerza en el dedo.

Dirigiéndole una última mirada que a Stephen se le clavó como una espada, Hayley empezó a subir el camino que llevaba a la casa. Stephen sintió una tremenda vergüenza, junto con una desazón que le agarrotó las entrañas.

Aceleró el paso para alcanzarla y la cogió por el brazo.

—Hayley, espera.

Ella se detuvo y miró inequívocamente la mano de Stephen sobre su brazo, y luego le miró directamente a los ojos.

—Por favor, déjeme. Acaba de dejar bastante claro lo mucho que detesta el contacto físico.

Él retiró lentamente la mano mientras se le revolvía el estómago. El problema no era que le desagradara su contacto, sino que le gustaba demasiado.

—Te debo una disculpa.

El silencio y una ceja levantada fueron toda la respuesta de Hayley ante aquella declaración.

—Estaba enfadado y me he pasado. —Y luego añadió—: Lo siento.

Ella lo miró fijamente durante un minuto largo. Luego ladeó afectadamente la cabeza y dijo con frialdad:

—Acepto sus disculpas, señor Barrettson. Ahora, discúlpeme, por favor, debo cambiarme de ropa, no puedo seguir vestida con este «escandaloso» atuendo.

Dio media vuelta y siguió caminando hacia la casa, arrastrando el vestido.

Stephen se quedó allí parado, mirándola fijamente mientras se alejaba. No lograba recordar la última vez que alguien se había atrevido a contradecirle. O la última vez que se había disculpado. Ni aquel desagradable remordimiento por haber hecho sufrir a otra persona. Ni tampoco que le importara que alguien pensara mal de él.

Lo único que sabía era que le dolía el corazón.

Y no tenía nada que ver con los golpes que Hayley le había dado en el pecho.

12

La mirada de Stephen se detuvo en Hayley y se le aceleró el pulso. Llevaba el pelo cuidadosamente recogido en la nuca con un pulcro moño. Sus miradas se cruzaron y, cuando ella le dedicó una breve sonrisa, a Stephen le invadió una reconfortante sensación de alivio por todo su cuerpo. Entonces se dio cuenta de que había estado conteniendo la respiración.

Aquella tarde le tocaba a Nathan dar las gracias por los alimentos y todo el mundo se dio la mano. Todo el mundo menos Stephen y Hayley. Callie deslizó su diminuta manita en la mano de Stephen, pero, aunque Hayley le dio la mano a Pamela, no hizo en ningún momento ademán de dársela a Stephen.

A Stephen le embargó una profunda sensación de pérdida. «Toca a la gente para mostrarle su afecto. Pero no me quiere tocar a mí.» Un padecimiento completamente desconocido para él le encogió el corazón. No podía culpar a nadie salvo a sí mismo. «Maldita sea, yo no me refería a que no quería que volviera a tocarme nunca más.»

Con un nudo en la garganta, Stephen tendió la mano a Hayley. Ella miró hacia abajo y en sus ojos brilló la sorpresa, pero no hizo ningún ademán de darle la mano.

En voz baja para que sólo ella le pudiera oír, Stephen dijo una palabra que el marqués de Glenfield raramente utilizaba, si es que la había utilizado alguna vez:

—Por favor.

Se volvieron a cruzar sus miradas y, tras varios latidos, ella depositó su mano en la de él. Sus palmas entraron en contacto y el calor fluyó súbitamente por todo el brazo de Stephen. Él apretó suavemente la mano de Hayley y una sonrisa iluminó sus labios cuando ella le devolvió el apretón. Después de todo, eso de tocarse, no era tan terrible. Por supuesto, él lo estaba soportando únicamente para hacer bien el papel de tutor. De hecho, estaba sumamente impresionado con sus recién descubiertas dotes de actor.

Mientras Nathan daba las gracias por los alimentos, Stephen dejó vagar la mente, evocando la imagen de Hayley tal y como había salido del algo, empapada y sucia, sonriendo y riéndose, luego con los ojos encendidos, desafiándole y golpeándole en el pecho. Volvió a apretar los dedos involuntariamente alrededor de su mano.

—Señor Barrettson, ahora ya puede soltar la mano de Hayley —dijo Callie estirando de la manga de Stephen—. La oración ya ha finalizado.

Stephen miró a la pequeña y soltó lentamente la mano de Hayley.

—Gracias, Callie —le dijo con una sonrisa.

Callie sonrió alegremente.

—No hay de qué.

La comida fue ruidosa y animada, con los niños explicando lo que habían hecho aquel día a tía Olivia, Winston y Grimsley.

—¡Que me cojan por los pantalones y me lancen de cabeza desde el nido del cuervo! —exclamó Winston negando con la cabeza—. Los asquerosos de... —Captó la mirada de aviso de Hayley y tosió—. Los locos de esos perros seguro que acaban provocando un accidente algún día.

Grimsley miró a Winston entornando los ojos.

—Si no recuerdo mal, fuiste tú quien animó a la señorita Hayley a quedarse con esas bestias indómitas. —Levantó la nariz con gesto altivo y añadió—: Yo habría...

—Pero si tú ni siquiera puedes ver a esos sarnosos perros callejeros, viejo bobo y ciego —espetó Winston—. No sabrías distinguir un perro de una mesita incluso aunque te cayeras encima de uno.

Grimsley enderezó sus delgados hombros.

—En calidad de ayuda de cámara personal del capitán Albright, nunca me he caído encima de ningún perro ni de ninguna mesita.

—Seguro que lo has hecho, pero no lo reconocerías nunca, miope saco de huesos.

Hayley se aclaró la garganta con un sonoro «ejem» y los dos hombres dejaron de discutir. Aunque no intercambiaron más que unas pocas palabras durante toda la cena, Stephen fue muy consciente de que Hayley estaba sentada a su lado. Cada vez que ella se movía, un sutil perfume a rosas inundaba sus fosas nasales. El suave sonido de su risa le acariciaba los oídos con la dulzura de la miel. Sus dedos se rozaron una vez cuando los dos fueron a coger el salero al mismo tiempo y a él casi se le para el corazón. Una oleada de calor le subió por el brazo, y él negó con la cabeza, aturdido por la intensidad de la reacción.

Tras la cena, el grupo se retiró al salón, donde Andrew retó a Stephen a una partida de ajedrez. Desesperadamente necesitado de estimulación mental, Stephen aceptó. Hayley, Pamela, Nathan y Callie se pusieron a jugar a cartas mientras tía Olivia se concentraba en su labor de punto. Stephen se quedó impresionado por lo bueno que era Andrew jugando al ajedrez. El chico jugó astuta e inteligentemente, y Stephen se lo pasó en grande.

Jaque mate —anunció Stephen al final, mientras movía el alfil—. Has jugado de maravilla, Andrew. Eres bueno —elogió al muchacho—. No me has dejado bajar la guardia. ¿Te enseñó a jugar tu padre?

—Sí, mi padre nos enseñó a todos, salvo a Callie, claro. Siempre gano a Nathan, pero todavía no he conseguido ganar a Hayley.

Stephen levantó las cejas en señal de sorpresa.

—¿Tu hermana juega al ajedrez?

—Hayley jugaba incluso mejor que mi padre, y mi padre era muy bueno, se lo aseguro—. Miró a Stephen con curiosidad—. Usted es bueno, pero apuesto lo que quiera a que Hayley le gana.

Stephen llevaba años sin perder una sola partida de ajedrez. Recordaba su última derrota. Debía de tener aproximadamente la edad de Andrew y perdió con su tutor privado. Aquella derrota le había granjeado el mordaz desprecio de su padre.

—Perderías, Andrew.

—¿Lo dice en serio? ¿Quiere que hagamos una apuesta? —peguntó Andrew con los ojos brillantes.

Las manos de Stephen hicieron una pausa en la tarea de guardar las piezas de ajedrez.

—¿Una apuesta?

—Sí, yo apuesto por que Hayley le gana al ajedrez.

—¿Cuáles son tus condiciones?

Andrew estuvo un rato pensando, con la frente arrugada. De repente, se le iluminó el rostro.

—Si usted pierde, tendrá que ayudarnos a Nathan y a mí a acabar de construir nuestro castillo en el prado que hay junto al lago.

Stephen arqueó una ceja.

—¿Y si gano?

—No ganará —afirmó Andrew taxativamente.

—Pero... ¿y si, por algún milagro, ganara yo?

—Bueno... —Era evidente que a Andrew aquella posibilidad no le cabía en la cabeza.

Stephen se inclinó hacia delante.

—Si gano yo, tú y tu hermano ayudaréis a vuestras hermanas a arrancar las malas hierbas del jardín.

Una expresión de verdadero horror se dibujó en el rostro de Andrew.

—¿Arrancar las malas hierbas del jardín? Pero eso es... es cosa de chicas —refunfuñó a modo de excusa poco convincente.

—Yo solía pensar como tú —dijo Stephen, sonriendo para sus adentros al pensar en la noche anterior—, pero hace poco he descubierto que las flores son algo sobre lo que debería saber todo hombre.

—¿Ah, sí? —Era obvio que Andrew no sabía si tomarse o no en serio aquel consejo de hombre a hombre.

Stephen se puso la mano en el pecho.

—Confía en mí, Andrew. Ayudar en el jardín también es cosa de hombres. Además —Stephen dirigió una sonrisita al muchacho—, si Hayley es tan buena jugando al ajedrez como tú dices, no hará falta que arranques ni una sola hierba del jardín.

—Tiene razón —dijo Andrew aliviado—. Me temo que va a tener que ayudarnos a construir el castillo. —Alargando la mano sobre el tablero de ajedrez, el chico estrechó la mano de Stephen y añadió—: Hecho. Apuesta cerrada.

Stephen devolvió al muchacho el fuerte apretón de manos.

—Hecho.

—¿Cuándo la retará? —preguntó el muchacho con impaciencia.

Stephen buscó a Hayley con la mirada, que en ese momento estaba mirando las cartas que tenía en la mano con expresión de seriedad.

—No te impacientes. La retaré esta misma noche —le contestó con voz pausada.

—Tengo entendido que eres muy buena jugando al ajedrez.

Hayley, cuando se dirigía al despacho para escribir después de que el resto de la familia se retirara a descansar, se detuvo sorprendida. Stephen estaba de pie junto a la puerta, apoyado en la jamba, soportando el peso de su larga figura con sus anchos hombros. Tenía los brazos cruzados sobre el pecho, y sus ojos verdes la estudiaban con interés. Ella anduvo hacia él mientras intentaba calmarse el pulso, que se le había acelerado súbitamente.

—Pensaba que todo el mundo se había retirado a descansar —dijo Hayley, deteniéndose ante él.

—Todo el mundo... salvo nosotros —dijo Stephen con dulzura—. Andrew me ha informado de que eres una excelente jugadora de ajedrez. ¿Puedo retarte a una partida?

Hayley levantó las cejas en señal de sorpresa.

—¿No se da cuenta de que no sería correcto que nos quedáramos los dos solos, mirándonos fijamente sobre un tablero de ajedrez? No soportaría recibir otro rapapolvo como el de antes.

—He reconocido que me he pasado de la raya. Creía que habías aceptado mis disculpas.

—Las he aceptado, pero...

—Entonces juega al ajedrez conmigo, y haz el favor de volver a tutearme como antes cuando estemos solos.

Hayley dudó un momento. Realmente necesitaba adelantar su trabajo de escritura. Pero la posibilidad de pasar un rato a solas con Stephen era sencillamente demasiado tentadora para ignorar aquella proposición. Las aventuras del capitán Haydon Mills podían esperar un par de horas.

Dirigiéndole una breve sonrisa, pasó de largo junto a él y entró en el salón.

—Me encantaría jugar.

Se sentaron uno enfrente del otro, separados por la mesita de ajedrez de madera de caoba que había delante de la chimenea.

Una lenta sonrisa arqueó las comisuras de los labios de Stephen.

—¿Qué nos jugamos?

Hayley le miró sorprendida.

—¿Que qué nos jugamos? ¿Se refiere a que nos apostemos algo? —Ella seguía sin tutearle.

—Exactamente. Eso hará la partida más interesante, ¿no te parece?

—Quizá —musitó Hayley, algo azorada por tener que admitir que no le sobraba precisamente el dinero para jugárselo—. Me temo que no me puedo permitir apostar demasiado.

—No me refiero a apostar dinero.

—¿Ah, no? ¿Qué otra cosa podemos apostar?

Stephen se dio varios golpecitos en la mejilla con los dedos.

—¡Ya lo tengo! Quien gane podrá pedir al perdedor que haga determinada tarea de su elección.

—¿Qué tipo de tarea? —preguntó Hayley, completamente despistada.

—Bueno, por ejemplo, si ganas tú, me puedes pedir que arranque las malas hierbas del jardín, y, si gano yo, te puedo pedir que me cosas la camisa. —En los labios de Stephen se dibujó una lenta y seductora sonrisa—. O quizá que me vuelvas a afeitar.

Hayley contuvo momentáneamente la respiración. Era evidente que le estaba tomando el pelo.

—Pero, Stephen, yo estaría encantada de hacer cualquiera de esas dos cosas por ti de todos modos. —Por fin, se dignó tutearle.

—Oh. Bueno, seguro que se me ocurre algo —dijo él agitando la mano para quitarle hierro al asunto.

—Suponiendo que me ganas, claro.

—Claro. —Stephen se acercó a la mesa y le preguntó en tono desafiante—: ¿Jugamos?

Hayley se moría de ganas por iniciar la partida. Hacía siglos que no jugaba al ajedrez con nadie aparte de los chicos. Le dirigió una sonrisa confiada.

—Prepárate a recibir la paliza del siglo.

Hayley enseguida se dio cuenta de que Stephen era un gran jugador de ajedrez. Disfrutando del reto, desplegó una ofensiva poco habitual que le había enseñado su padre, y contraatacó ante cada movimiento de Stephen. Con cada jugada, fueron recobrando la fresca y desinhibida camaradería que tenían antes de la discusión. La distancia que había entre ambos al principio de la partida se disipó hasta tal punto que no dejaban de pincharse, bromear y reírse entre movimiento y movimiento.

Cuando llevaban dos horas de un juego sumamente reñido, Stephen se reclinó sobre el respaldo del asiento con una mirada de suficiencia después de hacer un inteligente movimiento.

—Agárrate.

—Si te empeñas. —Hayley se inclinó hacia delante y movió la reina—. Jaque mate.

La sonrisa de suficiencia y satisfacción se desvaneció de los labios de Stephen. Bajó la mirada hacia el tablero y negó repetidamente con la cabeza, visiblemente asombrado. Luego la expresión de asombro dio paso a otra de clara admiración.

—Efectivamente, jaque mate —asintió—. No sé cómo lo has hecho, pero no te he visto venir. —Se reclinó sobre el respaldo de la silla y sonrió—. Quiero que sepas que hacía años que no perdía una partida de ajedrez.

—No pareces demasiado molesto por la derrota. Tal vez no estés tan contento cuando me cobre lo apostado.

—¿Por qué? ¿Acaso ya tienes pensado qué deseas que haga?

—Todavía no, pero lo de arrancar las malas hierbas del jardín tiene su atractivo.

Stephen se palpó el vendaje de las costillas y del hombro.

—Demasiado duro para un hombre en mi debilitado estado. —Tosió varias veces exageradamente en un intento de darle lástima.

Hayley frunció los labios en una mueca de fingida preocupación.

—Tienes razón, Stephen. Tal vez sea mejor que bañes a *Winky*, *Pinky* y *Stinky*. —Le faltó poco para reírse a carcajadas cuando vio que Stephen se ponía lívido.

—No, lo del jardín está bastante bien —se apresuró él a rectificar.

—Tranquilo. Te prometo no obligarte a hacer nada indecoroso.

—¡Gracias a Dios! —Stephen se levantó y se dispuso a coger la garrafa de brandy que había junto a la ventana—. ¿Te importa que me sirva una copa?

—Por supuesto que no. Ya te lo dije ayer, siéntete como en tu propia casa. Sírvete tú mismo, siempre que lo desees. Me alegra saber que alguien sabe apreciar el brandy de mi padre.

—Muy agradecido. —La miró con curiosidad. Un demonio interior, tal vez uno que quería demostrarle que él también podía comportarse de forma no convencional, le incitó a preguntarle—: ¿Te apetece acompañarme?

Ella levantó las cejas.

—¿Yo?

—Sí. Tu victoria bien merece un brindis. ¿Has probado el brandy alguna vez?

—No, pero el brandy no es una bebida de mujeres —contestó ella con una mirada maliciosa—. Seguro que tú ya lo sabes.

—Prometo no contárselo a nadie —contestó él en tono divertido e incitador—. ¿No sientes curiosidad por probarlo? Te aseguro que es un brandy excelente. Le alargó una copita. Pruébalo.

Hayley miró intrigada el líquido de color ámbar. El capitán Haydon Mills tomaba brandy a menudo, y Hayley pensó que, si escribía sobre ello, por lo menos debería probarlo. Con finalidad exclusivamente literaria, por descontado.

Espiró sonoramente en señal de resolución y dijo:

—Como diría Winston: ¡Arriba, abajo, al centro y «pa» dentro! —Y se tragó toda la copa de un solo trago.

El fuerte licor dejó un ardiente rastro en la garganta de Hayley, dejándola sin aliento y con lágrimas en los ojos.

—¡Santo Dios! —dijo respirando con dificultad. Y luego empezó a toser.

Stephen se levantó y la ayudó a ponerse de pie. Colocándose detrás de ella, le dio palmaditas en la espalda hasta que ella dejó de toser.

—¿Te encuentras bien? —le preguntó cuando vio que volvía a respirar con normalidad.

Hayley asintió sin demasiada convicción.

—Sí, ahora sí. —Dirigió a Stephen y a su copa de brandy todavía intacta una hosca mirada—. ¿Cómo puedes beberte algo tan asqueroso? Es repugnante.

Él contuvo una carcajada.

—Se supone que debe beberse a sorbos, no de un trago.

—Y me lo dices ahora. —Le dirigió una tímida sonrisa, que se desvaneció en cuanto sintió un repentino mareo—. ¡Dios mío! Me siento bastante indispuesta.

Stephen la tomó del brazo y la guió hasta un largo sofá de brocado que había delante de la chimenea.

—Siéntate —le dijo mientras la ayudaba a sentarse, y luego se sentó a su lado—. ¿Un poco mejor?

Hayley asintió.

—Lo siento, me he sentido tan rara durante un momento... —Se reclinó sobre el respaldo y cerró los ojos. Sintió una repentina oleada de calor y mareo al mismo tiempo, que le dejó con una extraña y líquida sensación de languidez—. ¡Santo Dios!

Stephen la estudió detenidamente, recorriendo lentamente su rostro con la mirada, fijándose en la delicada piel de sus pómulos, la sensual prominencia de sus labios, la elegante curvatura de su largo cuello.

—Te has bebido de un trago una generosa copa de brandy. Y el hecho de que apenas hayas probado la cena no va a ayudarte demasiado.

Hayley miró a Stephen visiblemente sorprendida.

—¿Cómo sabes que apenas he probado la cena?

«No podía apartar los ojos de ti.» Siguió repasándola con la mirada y se detuvo en su vestido. En vez de responder a su pregunta, le preguntó:

—¿Acaso el marrón es tu color favorito?

Ella abrió los ojos de par en par.

—¿Qué?

—Todos los vestidos que llevas son de color marrón. ¿Es ése tu color favorito?

Ella volvió a cerrar los ojos.

—No particularmente. El marrón está bien porque es un color muy sufrido, disimula la suciedad.

—¿No tienes ningún vestido de otro color? —le preguntó él, imaginándose el aspecto que debía de tener con un vestido azul claro, del mismo color que sus ojos.

—Por supuesto que sí, tengo dos vestidos grises.

«Dos vestidos grises.» Aquellas palabras se le clavaron a Stephen en el corazón. Ella las había dicho con una gran naturalidad, sin el menor signo de avergonzarse de ello. Jamás conocería a nadie tan poco vanidoso. Para contener el impulso de tocarla, ahuecó las palmas alrededor de la copa de brandy y apretó con fuerza contra el cristal.

—Pamela tiene vestidos de muchos colores —señaló él.

—Sí. ¿No son preciosos? —Una tierna sonrisa iluminó su rostro—. Pamela está en una edad en que los caballeros están empezando a fijarse en ella, especialmente uno de ellos. Es importante que se arregle para estar guapa. Le aconsejaré que se ponga su nuevo vestido verde claro para ir a la fiesta que dará Lorelei Smythe la próxima semana. —Abrió los ojos y sonrió a Stephen como si estuviera soñando despierta—. A Pamela le sienta estupendamente el verde claro, ¿sabes?

Incapaz de controlarse, Stephen alargó la mano y tocó suavemente la sonrojada mejilla de Hayley.

—¿Y tú irás también de verde claro?

Ella se rió y negó repetidamente con la cabeza.

—No. Me pondré uno de mis vestidos grises. —Como él seguía observándola, ella dejó de sonreír. Hizo un esfuerzo por incorporarse y le dijo—: Te has puesto serio. ¿He dicho o hecho algo que te haya molestado?

Él siguió recorriendo el rostro de Hayley con la mirada.

—Qué va. Sólo me estaba imaginando lo preciosa que estarías con un vestido verde claro. O azul claro, a juego con tus ojos.

A Hayley se le escapó una risita indecorosa seguida de un hipo nada femenino.

—¡Dios mío! ¿Qué diablos lleva ese brandy? —Se apretó las sienes con las yemas de los dedos—. ¿Y bien? ¿De qué estábamos hablando? Ah, sí. Vestidos. Gracias por tus amables palabras, pero hace falta algo más que un vestido de color claro para hacerme parecer preciosa.

Dejando su copa intacta sobre una mesita de caoba, Stephen ahuecó las palmas en torno al rostro de Hayley.

—Al revés —dijo con dulzura mientras le acariciaba suavemente las mejillas con los pulgares—. No se me ocurre nada que, de algún modo, pueda hacer sombra a tu hermosura, incluyendo los vestidos grises o marrones.

Ella lo miró con los ojos como platos, y él enseguida leyó la confusión en su mirada.

—No es necesario que me digas cosas bonitas, Stephen.

Aquellas palabras se le volvieron a clavar a Stephen en el corazón. Era tan preciosa. Por dentro y por fuera.

—Eres hermosa, Hayley. Absolutamente hermosa.

El rubor bañó el rostro de Hayley y se dibujó una tímida sonrisa en sus labios.

—¿Nunca te lo había dicho nadie? —preguntó él.

Su rubor se intensificó.

—Solamente mi madre y mi padre. Nunca un hombre.

—¿Ni siquiera Poppledink?*

—Popplemore. Y no.

—Ese hombre es estúpido.

A Hayley se le volvió a escapar otro hipo y una risita.

—De hecho, por lo visto es poeta.

—¿Poeta? ¿Y no te dijo nunca que eras hermosa?

—No. Al parecer, le dio por la poesía después de romper nuestro compromiso. —Se inclinó hacia delante y le confesó—: Es obvio que yo no era el tipo de mujer adecuado para despertarle la vena poética.

A pesar de su actitud aparentemente despreocupada, Stephen supo detectar cierta nota de amargura en aquellas palabras, una amargura que él se sentía impelido a desterrar.

—Te aseguro que tú podrías inspirar la vena poética en cualquier hombre.

—¿Ah, sí? —Una chispa de malicia iluminó los ojos de Hayley—. ¿Hasta en ti?

—Hasta en mí.

* En inglés, *dink* significa «tonto» o «tontorrón». La «equivocación» de Stephen contiene cierta nota irónica que no se puede traducir al español. *(N. de la T.)*

—No te creo.

—Me encantaría demostrártelo... pero te costará lo que nos hemos apostado.

—¿Te refieres a que entonces no podré obligarte a arrancar las malas hierbas del jardín?

—Exactamente.

Hayley se dio varios golpecitos en la mejilla con los dedos mientras consideraba ambas opciones.

—Está bien. —Levantando una ceja con malicia, añadió—: Así podré poner a prueba tus dotes como tutor, comprobando lo bien que manejas el lenguaje. —Se puso cómoda de una forma un tanto teatral, colocándose ruidosamente la falda alrededor del cuerpo y luego dijo—: Estoy lista. Soy todo oídos.

Stephen paseó lentamente la mirada por el rostro de Hayley, deteniéndose largamente en su boca y luego volviendo a reencontrarse con sus ojos.

Es como un rayo de luz,
con esa mirada transparente y azul.
Hay algo dulce y tierno en sus ojos,
que me hechiza y me hace sentir dichoso.
Hayley acogedora,
Hayley seductora,
Hayley angelical.
Tan imposible de definir como de ignorar.
Escapa a todo lo convencional,
pero yo no puedo evitar
querer besar la boca
de Hayley, la más hermosa.
Hayley objeto de mi deseo,
Hayley del prado de heno.

Stephen rozó suavemente sus labios con los de Hayley y luego se retiró. Ella lo miró fijamente, claramente aturdida.

—¿Y bien? —preguntó él—. ¿He pasado la prueba?

—¿Prueba? ¿Qué prueba?

—La de mis dotes como tutor. —Alargó el brazo y le acarició la tersa mejilla con un dedo.

Ella se quedó paralizada.

—Me has tocado.

—Sí.

—Pero creía que no te gustaba.

Él no podía dejar de mirarla.

—Sí que me gusta, Hayley. Mucho.

Los ojos de Stephen se detuvieron en un resplandeciente rizo que se había escapado del fino recogido que llevaba Hayley aquella noche. En vez de inspirarle decoro, lo único que le inspiraba aquel moño era el deseo de arrancarle todos aquellos alfileres de la sedosa melena y ver cómo se le desparramaba por la espalda. La necesidad de volverla a besar turbaba sus sentidos y le invadió el intenso deseo de fundirse con ella. Aquella mujer había tocado algo muy profundo en su interior, una parte de él que ni siquiera sabía que existía antes de conocerla.

—Gracias por el poema. Es precioso.

La suave caricia de la voz de Hayley en su oreja debilitó las defensas de Stephen. Apartando firmemente su sentido común, Stephen dio rienda suelta a sus deseos, largamente reprimidos. Introdujo los dedos entre los sedosos rizos de Hayley y cubrió sus labios con los suyos, buscando con la lengua la entrada de su boca.

Ella le rodeó el cuello con los brazos y abrió los labios, acogiendo el empuje de la lengua de Stephen y devolviéndole el beso con un abandono que todavía alimentó más el fuego que ardía dentro de él. Stephen hundió su boca en la de ella una y otra vez, aumentando la duración y la intensidad con cada beso hasta que sintió que iba a explotar. Sin separar su boca de la de Hayley, la sentó sobre sus muslos. Stephen contuvo un gemido cuando ella, al cambiar de postura, apretó involuntariamente las nalgas contra su creciente excitación.

«Tengo que parar. Parar de besarla. Parar de tocarla.» Pero, mientras se repetía aquellas palabras, empezó a acariciar la cálida y prominente redondez de su seno. El pezón se contrajo al entrar en contacto con su palma, y él supo que su conciencia acababa de perder la batalla. Con un hondo gemido, Stephen empujó la espalda de Hayley contra los cojines del sofá, recostándola y medio cubriéndola con su cuerpo.

Enredó los dedos en los sedosos cabellos de Hayley, luego recorrió sus costados con ambas manos y volvió a subir a los senos, acariciando sus tersos contornos y apresándolos con las palmas de las manos. Completamente perdido en la exquisitez de aquel tacto y de aquel embriagador perfume a rosas, sus labios recorrieron el cuello de Hayley y siguieron descendiendo, besándole los senos a través del fino tejido del vestido.

Él levantó la cabeza.

—Abre los ojos, Hayley.

Ella abrió lentamente los párpados y, al contemplar el brillo del deseo en sus acuosas profundidades, Stephen sintió que se le tensaban los genitales con un palpitante dolor. Se llevó la palma de Hayley a los labios y la besó ardientemente. Ella elevó la parte inferior del cuerpo, haciendo gemir a Stephen al apretar los muslos contra su excitación. Mirando fijamente aquellos luminosos ojos, rebosantes de deseo, nublados por el placer, Stephen apretó los dientes para contener el acuciante impulso de poseerla. Quería hacer muchísimo más que besarla.

Ella era una hembra acogedora y entregada que pedía más, y él un macho que ardía en deseos carnales, atormentado por aquel palpitante dolor en la entrepierna. El impulso de levantarle las faldas y hundirse en su calidez de terciopelo le estaba volviendo loco. «Es mía. En menos de diez segundos podría estar dentro de ella, poniendo fin a este incesante e insoportable dolor.»

Pero no podía hacerlo. Hayley era virgen y, sin lugar a dudas, estaba mareada y confusa a consecuencia de aquel generoso trago de brandy. Y ella merecía muchísimo más que un rápido revolcón en un sofá con un hombre que iba a marcharse dentro de poco, un hombre que le había pagado su bondad con mentiras y duras críticas.

Pero, ¡maldita sea!, Hayley no se parecía a ninguna de las vírgenes que él había conocido. Él era alérgico a las mujeres inocentes. Eran apocadas, aburridas, sosas y generalmente iban custodiadas por una madre obsesionada con encontrarles marido. Hayley le retaba, le provocaba, le confundía y le fascinaba. Y, lo peor de todo, le excitaba hasta el punto de provocarle dolor.

Nunca supo de dónde sacó las fuerzas para alejarse de Hayley, pero, murmurando una blasfemia contra sí mismo, se obligó a separarse de ella y se incorporó, sentándose en el sofá. «¡¡Maldita sea!! ¡¡Maldita sea!!»

Apoyando la cabeza en las manos, Stephen cerró los ojos e intentó calmar sus desquiciados nervios. Tenía que alejarse de aquella mujer. De alguna forma, ella había sido capaz de despojarle de su sentido común. Se moría por ella. Su cuerpo pedía a gritos el contacto con su piel. Le estaba volviendo completamente loco. «No debería haber iniciado esto. Debería haber dejado que siguiera enfadada conmigo.» Pero había preferido egoístamente volver a ver aquel brillo tentador en sus ojos.

Ella se incorporó y se apoyó en el brazo de Stephen.

—Oh... la cabeza —se quejó— ¡Cómo me late!

«Yo sé muy bien lo que es latir, créeme», pensó y, sacando fuerzas de flaqueza, se levantó.

—Subamos arriba —dijo lacónicamente. La cogió firmemente por las axilas, la ayudó a ponerse en pie y luego prácticamente la arrastró por el salón.

—¡Espera! —le dijo respirando con dificultad—. Todo me da vueltas.

Pero Stephen no esperó. No se atrevió a hacerlo. Sujetándola con firmeza con un brazo, medio la guió, medio la arrastró escaleras arriba. No se detuvo hasta que llegaron a la alcoba de Hayley. Abrió la puerta, la empujó dentro con delicadeza y luego cerró la puerta con un decidido clic.

Tras entrar en su propia alcoba, Stephen recorrió nerviosamente una y otra vez toda la longitud de la estancia, pasándose repetidamente los dedos por el pelo hasta que vio que se había arrancado varios mechones. Intentó desesperadamente no pensar en Hayley, Hayley ardiente y acogedora, Hayley entregada, tendiéndole los brazos, con los ojos rebosantes de deseo.

No podía pensar en otra cosa.

Podía haberla hecho suya.

Si su maldita conciencia no se hubiera interpuesto, ahora podría estar hundiéndose en las profundidades de sus suaves muslos, acariciando su piel con perfume a rosas, besando sus labios, aliviando aquel palpitante dolor que tenía en los genitales.

«¿Por qué diablos se habrá despertado mi conciencia, largamente dormida, justo ahora? ¡Vaya momento tan asquerosamente inadecuado para hacerse oír!» Hundiéndose en una butaca orejera, estuvo mirando fijamente el fuego con la frente arrugada hasta que las ascuas casi dejaron de brillar. Tras una hora de examen de conciencia, sólo fue capaz de llegar a dos conclusiones.

Primera, por mucho que intentara negarlo y por mucho que intentara convencerse a sí mismo de lo contrario, deseaba a Hayley Albright con una intensidad que le desconcertaba. Le afectaba como ninguna otra mujer le había afectado nunca.

Segunda, el único motivo de que en aquel preciso momento no estuviera hundido en sus acogedoras profundidades era que aquella mujer le importaba demasiado como para arrebatarle la inocencia y después abandonarla sin más.

Cerró fuertemente los ojos y negó con la cabeza.

«¡Maldita sea! Me importa; me importa mucho. No quiero que me importe, pero me importa.»

Le habría gustado no desearla hasta el punto de volverse loco, pero la deseaba.

Deseaba desesperadamente ser capaz de hacerla suya y largarse sin más, pero no podía hacerlo.

Girando la cabeza, miró fijamente la única rosa amarilla que reposaba sobre la mesita que había junto a su butaca. Cogió la flor marchita y tocó sus pétalos con dedos dubitativos.

Incluso con un asesino pisándole los talones, de algún modo sospechaba que estaría más seguro en Londres.

Necesitaba marcharse de allí.

Y cuanto antes mejor.

13

A la mañana siguiente, Hayley entró en la cocina bastante tarde.

—¿Dónde se ha metido todo el mundo? —preguntó a Pierre. Había pasado una noche movida e inquieta, sin poder conciliar el sueño hasta el amanecer. Necesitaba desesperadamente un café.

—Sus hegmanas ido con tía, Weenston y Grimsley al megcado —contestó el cocinero mientras preparaba la masa para hacer pan—. Los chicos llevan a monsieur Baguettson a pescag.

—¿A pescar? —preguntó Hayley sorprendida.

Pierre asintió.

—Se han ido a pgimega hoga de la mañana después de desayunag.

Tras disfrutar de una rápida taza de café, Hayley cogió a hurtadillas un trozo de pan recién hecho y entró en el despacho. En la casa reinaba una calma que era una verdadera bendición y, si conseguía mantener sus pensamientos alejados de Stephen, probablemente podría adelantar el trabajo que tenía pendiente.

Cerrando la puerta tras de sí, se sentó en el escritorio y extrajo sus papeles del último cajón. Intentó concentrarse, pero sus esfuerzos fueron infructuosos. Sólo podía pensar en la noche anterior. Se debatía entra la absoluta vergüenza y la incrédula evocación de una sensación maravillosa. La sensación de las manos de Stephen sobre su cuerpo, tocándola, explorándola, acariciándola, no se parecía a nada de lo que había experimentado antes. Ella no quería que parara, pero él se había alejado de ella sin darle ninguna explicación. De hecho, hasta parecía molesto con ella. Indudablemente, por su comportamiento escandaloso y excesivamente desinhibido.

Hayley estuvo reflexionando y, tras casi una hora de mirar fijamente una hoja en blanco, sólo fue capaz de llegar a dos conclusiones.

Primera, deseaba a Stephen Barrettson con una intensidad que la desconcertaba.

Segunda, el único motivo de que esa mañana siguiera siendo virgen era que él se había retirado la noche anterior. Ella habría continuado, deseosa de explorar y aprender más cosas sobre aquellas sensaciones increíblemente nuevas que la bombardeaban.

Cerró fuertemente los ojos y negó con la cabeza. Stephen se iba a marchar dentro de dos semanas porque tenía que trabajar para una familia que vivía lejos de Halstead. Sólo con pensarlo, se le partía el corazón.

Tenía que mantenerse alejada de él.

Justin Mallory estaba sentado en su despacho privado, mirando fijamente la carta que acababa de recibir. Releyó la escueta misiva tres veces, frunciendo el ceño y levantando alternativamente las cejas.

—Pareces muy desconcertado, cariño —dijo Victoria mientras entraba en el despacho.

Justin se guardó rápidamente la carta en el bolsillo del chaleco y sonrió a su mujer.

—No es más que un mensaje un tanto desconcertante de uno de mis socios —dijo quitándole importancia. Se levantó y se acercó a Victoria, rodeando su diminuto cuerpo con los brazos y dándole un breve beso en su tersa frente.

Hasta que conoció a Victoria, Justin siempre se había visto como el eterno soltero. Pero enseguida quedó prendado de los encantos de aquella joven menuda de brillantes ojos verdes, cabello castaño oscuro y una sonrisa que podría derretir la nieve en enero.

—Estaba pensando en cómo convencerte para que me lleves a Regent Street —dijo Victoria, reclinándose hacia atrás para apoyarse en los brazos de su esposo—. Llevo varios días encerrada en casa.

—Tú podrías convencer a las estrellas para que bajaran del cielo, mi amor —le susurró Justin mientras besaba la boca que ella le acababa de ofrecer—. Necesito un par de horas para ultimar unos cuantos asuntos y luego estaré a tu entera disposición.

—Gracias, cariño. —Victoria se puso de puntillas, rozó con los labios la mandíbula de Justin y salió de la habitación, cerrando la puerta detrás de ella con delicadeza.

En cuanto volvió a estar solo, Justin se sacó la carta del bolsillo y la volvió a leer. Junto con la petición de más mudas de ropa, Stephen le pedía algunas cosas que se salían de lo corriente. Y ni siquiera le preguntaba cómo iban sus indagaciones. Sólo una escueta nota pidiéndole una serie de raros artículos que quería que le llevara dentro de dos días. Justin rió entre dientes. Se moría de ganas por ver de nuevo a Stephen para averiguar cómo le estaba yendo en casa de los Albright.

Si la lista de artículos que le pedía Stephen era un indicador, su estancia debía de estar siendo de lo más pintoresca.

Y si Justin lograba imaginarse cómo conseguir los objetos que necesitaba, todo iría bien.

—¡Mira cuánto he pescado! —Stephen entró en el jardín pisando fuerte, deteniéndose ante Hayley con una sonrisa de oreja a oreja en el rostro—. ¡Mira! ¿Has visto alguna vez una pesca tan magnífica?

Hayley se levantó, se limpió las manos en el delantal y examinó el grupo de insignificantes pececillos que colgaban de un hilo de pescar que sostenía Stephen con orgullo.

—¡Impresionante! —dijo intentando parecer seria—. Es evidente que eres un experto pescador.

Stephen entornó los ojos con expresión de recelo, sin estar seguro de si Hayley se estaba burlando de él o no.

—No te estarás burlando de mí, ¿verdad? —dijo él en tono amenazador.

Ella abrió los ojos de par en par en señal de fingida inocencia.

—¿Yo? ¿Burlarme de ti? ¿Un hombre que, obviamente, es el mejor pescador que jamás ha recorrido las costas de Inglaterra? ¿Cómo se te puede ocurrir algo semejante?

—Debes saber que estoy bastante orgulloso de mí mismo. —Se inclinó hacia Hayley y ella contuvo una risita. Stephen apestaba a pescado—. Ésta ha sido la primera vez que he ido de pesca.

—Se ha caído dos veces al agua —intervino inesperadamente Andrew, mientras entraba, junto con Nathan, en el jardín.

La mirada de Hayley se centró en las costillas de Stephen.

—¿Te... se ha hecho daño?

—Unas pequeñas punzadas, nada más. Y no me caí, sino que me empujaron esos gamberros —informó Stephen a Hayley señalando con dedo acusador a los dos chicos, que se estaban riendo—. Tiene que enseñarle buenos modales —añadió mientras le guiñaba un ojo exageradamente.

—¿Nunca había ido de pesca hasta hoy? —preguntó Hayley sorprendida.

—Nunca. Yo soy tutor, no pescador. No se me había presentado la ocasión, hasta hoy. Y he de admitir que, para ser la primera vez, lo he hecho francamente bien. —Levantó su hilo de pescar y dirigió una mirada de admiración a su exigua captura.

Hayley los miró a los tres y sacudió la cabeza. No estaba segura de qué había ocurrido exactamente en aquella salida de pesca, pero era evidente que los tres se lo habían pasado en grande. Y Stephen era quien tenía la sonrisa más grande de todos.

—Venga, señor Barrettson —instó Nathan a Stephen estirándole del brazo—. Entreguémosle lo que hemos pescado a Pierre para que pueda empezar a preparar la cena.

—Ahora tengo que irme —informó Stephen a Hayley con una sonrisa de suficiencia—. Ya sabe, Pierre nos espera en la cocina. —Le dedicó otra radiante sonrisa y dejó que Nathan le guiara.

Hayley observó al trío y se tapó la boca con la mano para evitar estallar en carcajadas mientras se alejaban.

Stephen tenía una raja en los pantalones de montar justo a la altura de las nalgas.

—¿Qué plan tenéis para esta mañana, chicos? —preguntó Hayley a sus hermanos al día siguiente a la hora del desayuno—. Tenemos algunas clases pendientes.

Andrew y Nathan dirigieron sendas miradas anhelantes y suplicantes a Hayley.

—El señor Barrettson se ha ofrecido a darnos clase hoy. Habíamos pensado ir al prado. ¿Te parece bien?

Hayley miró a Stephen sorprendida.

—¿Clases al aire libre? ¿He oído bien?

Stephen la miró por encima del borde de la taza de café.

—Sí. Debo zanjar una deuda de honor con los chicos y he pensado que podría darles clase al mismo tiempo. Si usted no ve ningún inconveniente, claro.

—No. No veo ningún inconveniente —musitó Hayley, extrañada—. ¿Qué tipo de deuda de honor debe zanjar con los chicos?

—Andrew y yo hicimos una apuesta antes de ayer por la noche y perdí.

Hayley enarcó las cejas.

—¿Apostó... con Andrew? ¿Y perdió?

—Por lo visto, no era mi noche para las apuestas —dijo esbozando una sonrisa.

Hayley se ruborizó hasta las raíces del cabello cuando recordó en qué había desembocado su apuesta con Stephen.

Sin hacer ningún otro comentario, observó cómo los tres salían de la habitación. No tenía la más remota idea de qué hacer con Stephen. Desde la discusión que habían tenido hacía dos días y la posterior partida de ajedrez, lo encontraba cambiado. Menos reservado. Con todo el mundo, salvo con ella. A pesar de que había sido educado y atento con ella en todo momento, de algún modo, había erigido un muro invisible entre ambos.

Contrariamente, Stephen estaba mostrando un gran interés por Andrew y Nathan, primero acompañándoles a pescar y ahora embarcándose con ellos en una extraña aventura.

En la cena del día anterior Hayley se había sentado a la mesa dominada por los nervios anticipatorios, preguntándose si se volvería a encontrar a solas con Stephen. La cabeza le decía que se mantuviera alejada de él, pero su corazón le imploraba con la misma insistencia que lo buscara.

No tuvo que tomar ninguna decisión al respecto porque Stephen se excusó poco después de cenar y se retiró a su alcoba. Ella pasó todo el tiempo comprendido entre la cena y la hora de acostarse trabajando en el despacho, intentando con todas sus fuerzas no sentirse decepcionada o confundida. Seguro que era mejor así.

—Andrew y Nathan parecen haberle cogido mucho cariño al señor Barrettson —comentó tía Olivia, interrumpiendo los pensamientos de Hayley.

—Sí, es verdad.

—Y el señor Barrettson también parece haberse encariñado con ellos —añadió Pamela, volviéndole a llenar a Hayley la taza.

—¡Que me aten al travesaño del puerto y me golpeen con el sextante! —dijo Winston a voz en cuello—. ¿Por qué no iban a gustarle los muchachos? Son buenos chicos, como su padre, que en paz descanse. Porque, si a ese asqueroso gorrón no le gustaran los chicos, le obligaría a andar por el tablón de cubierta. —Luego dirigió una mirada fulminante a Grimsley—. ¿Acaso estás buscando la forma de llevarme la contraria, enano escuálido?

Grimsley se arregló la chaqueta.

—Desde luego que no, aunque no me puedo imaginar dónde vas a encontrar un tablón de cubierta donde hacerle andar.

—Tú no verías un tablón de cubierta aunque te golpearas la cabeza con uno —masculló Winston.

—Yo sé dónde hay una tabla —intervino inesperadamente Callie mientras acunaba a la señorita Josephine en sus brazos—. Hay una tabla grande ahí fuera, cerca del corral de las gallinas. —Se volvió hacia Winston—. La vimos el otro día, Winston. Usted se tropezó con ella y se cayó de morros sobre las cacas de las gallinas, ¿no se acuerda? Y entonces gritó: «¡Asquerosamente condenado trozo de madera! Menudo hijo de...»

—¡Callie! —se apresuró a interrumpir Hayley—. Estoy segura de que Winston no quería decir unas palabras tan inapropiadas. —Lo miró con seriedad— ¿Verdad que no, Winston?

El ceño de Winston indicaba claramente que quería decir cada una de las palabras que dijo y algunas más, pero suavizó su expresión cuando miró a Callie.

—Lo siento —susurró—. Me olvidé de que la chiquilla andaba cerca.

Grimsley murmuró algo entre dientes y empezó a quitar la mesa. Hayley soltó un profundo suspiro, rogó a Dios que le diera paciencia y cambió de tema.

—¿Qué creen que tienen pensado hacer hoy? —preguntó—. Espero que Andrew y Nathan no hayan pensado en nada demasiado cansado desde el punto de vista físico. Estoy segura de que a Ste... al señor Barrettson todavía le duelen las costillas, y el hombro aún no se le ha curado por completo.

—El señor Barrettson parece un ejemplar de lo más saludable —dijo Pamela con una risita guasona—. Estoy segura de que puede seguir el ritmo de Andrew y Nathan.

—Ya lo creo que sí —añadió tía Olivia—. El señor Barrettson es realmente un buen ejemplar. Tan viril, tan apuesto y tan ancho de hombros. ¿No te parece, Hayley, querida?

En los pómulos de Hayley empezaron a arder las llamas del infierno.

—Bueno... sí. Es bastante... eso, un buen ejemplar.

—Y es muy simpático; encantador, de hecho —prosiguió tía Olivia, obviamente sin darse cuenta de lo violenta que se sentía Hayley.

—No sabía que usted hubiera pasado tanto rato con él, tía Olivia —dijo Hayley levantando un poco la voz.

Tía Olivia cogió sus agujas de hacer punto para proseguir con su labor.

—Oh, sí. Pasamos un rato muy agradable ayer por la tarde. Mientras tú estabas en el establo con los niños, el señor Barrettson me ayudó con mis tareas domésticas.

Hayley y Pamela intercambiaron una mirada de extrañeza.

—Pero a usted le tocaba sacar el polvo de la biblioteca —dijo Pamela.

Una sonrisa de oreja a oreja iluminó el rostro de tía Olivia.

—Exactamente. Y el señor Barrettson utiliza el plumero bastante bien, y llega mucho más alto que yo. Bueno, he de admitir que al principio se mostró algo reacio, horrorizado, en realidad, pero el muchacho enseguida le cogió el tranquillo.

—¿Cómo consiguió convencerle para que sacara el polvo? —le preguntó Hayley entre risas.

—Bueno, me limité a pasarle el plumero y a pedirle que me ayudara. —Tía Olivia dirigió una mirada directa a Hayley y añadió—: Cuando uno quiere algo, mi querida Hayley, necesita expresar sus deseos. Después de todo, el señor Barrettson no sabe leer la mente.

Hayley miró fijamente a su tía y se preguntó si seguían hablando de quitar el polvo. Antes de que tuviera la oportunidad de contestarle, tía Olivia volvió a concentrarse en su labor, y Hayley prefirió dejar el tema antes de que empezaran a arderle literalmente las mejillas.

Al poco tiempo, Pamela y Hayley salieron del comedor y, seguidas de Callie, se dirigieron hacia el lago. Callie abrió su caballete y Hayley y Pamela se sentaron en la hierba, disfrutando de la cálida brisa y de una paz y un silencio poco habituales y bien recibidos, gracias a la ausencia de los chicos.

—¿Te hace ilusión ir a la fiesta de Lorelei Smythe? —preguntó Pamela, arrancando una larga brizna de hierba y jugueteando con ella entre los dedos.

Hayley puso mala cara y miró al cielo.

—Antes preferiría bañar a *Stinky*. Cada vez que me la encuentro, esa mujer me hace sentir como una gran intrusa, aparte de torpe, maleducada y que está de más. —Dirigió una mirada de reojo a Pamela—. Por supuesto, haré el sacrificio de soportar su compañía por ti. Nunca te negaría el placer de asistir a la fiesta, sobre todo teniendo en cuenta que asistirá un joven y apuesto médico.

Las mejillas de Pamela se sonrojaron intensamente.

—Oh, Hayley, casi me muero de vergüenza cuando Marshall me vio el otro día en el lago con el aspecto de un gato ahogado. Sabe Dios lo que debió de pensar de mí.

—No podía quitarte los ojos de encima —le aseguró Haylcy.

—No podía creerse que estuviera tan horrible.

—No podía creerse cómo podías estar tan hermosa, incluso calada hasta los huesos y vestida con una vieja sábana.

—¿Lo crees realmente? —preguntó Pamela con los ojos esperanzados.

—Es tan evidente que te adora, Pamela, que hasta Grimsley se ha dado cuenta, sin tener que ponerse las gafas. Confía en mí. Marshall Wentbridge está loquito por ti. —«Y pronto estarás felizmente casada, llevando una vida normal, lo que más deseo para ti.»

Pamela se abrazó a sí misma y emitió un hondo suspiro.

—Ay, hermanita, espero que tengas razón. Es el hombre más maravilloso. Tan atento y tan apuesto. Me deja... —Su voz se fue desvaneciendo poco a poco.

—¿Sin aliento? —Hayley completó la frase que su hermana había dejado a medias.

—Exactamente.

—Y se te acelera el pulso, se te desboca el corazón y apenas puedes pensar con claridad cuando él está cerca —susurró Hayley con dulzura, mientras dejaba vagar la imaginación. Una cascada de imágenes de Stephen la asaltó súbitamente: Stephen sosteniendo un hilo de pescar del que colgaban peces, Stephen riéndose, Stephen inclinándose sobre ella para besarla...

—Sí —dijo Pamela, trayendo a Hayley de nuevo al presente—. Así es exactamente como me hace sentir Marshall. ¿Cómo lo sabes?

Avergonzada por sus imprudentes palabras, Hayley bajó la mirada y permaneció en silencio.

Pamela alargó el brazo para tocar la manga de su hermana.

—¿Es así como te hacía sentir el señor Popplemore, Hayley? —le peguntó en tono compasivo.

—No —dijo Hayley rápidamente frunciendo el ceño—. Jeremy nunca influyó sobre mi pulso, sobre cómo me latía el corazón ni sobre mi capacidad para pensar con claridad.

—Entonces... ¿quién? —Los ojos de Pamela se abrieron de par en par mientras miraba fijamente a Hayley—. ¿Te hace sentir el señor Barrettson de ese modo? ¿Del modo en que Marshall me hace sentir a mí?

Al principio, Hayley no contestó, temerosa de decir aquellas palabras en alto, incluso a Pamela, pero no quería añadir una mentira más a su larga lista.

—Sí, eso me temo.

Una radiante sonrisa se dibujó en el rostro de Pamela.

—¡Hayley! ¡Eso es maravilloso! ¡Estoy tan contenta de que hayas encontrado a alguien que te importe! Yo...

—Él me importa —Hayley interrumpió las entusiastas palabras de su hermana—. No he dicho que yo le importe a él.

Pamela cogió la mano de Hayley y se la apretó fuertemente.

—No seas tonta. ¿Cómo no vas a importarle? Le salvaste la vida. Eres hermosa y encantadora y generosa...

—Pamela. —Una sola palabra de Hayley bastó para cortar el discurso de su hermana—. Valoro tu buena intención, pero debes afrontar la realidad, como he hecho yo. Stephen se marchará pronto. Tiene un trabajo lejos de aquí y, cuando se marche, probablemente no volveré a verle nunca más. Sé que me está agradecido, pero eso es todo.

—Tal vez cambie de opinión sobre el trabajo y decida quedarse —sugirió Pamela—. Seguro que no se va si se enamora de ti. Podría trabajar como tutor aquí en Halstead.

—Stephen no ha dado ningún indicio de que pretenda cambiar de planes.

—Tal vez lo haría si supiera que te importa.

—¡No! —contestó Hayley prácticamente chillando—. Me refiero a que él ya debe de saber que me gusta...

—¿Sabe que estás enamorada de él? —le preguntó Pamela—. ¿Estás enamorada de él?

Hayley empezó a sentir que el corazón le latía frenéticamente.

—No. Y sí. No, no lo sabe. Y sí, lo estoy... Estoy enamorada de él. —El hecho de decirlo en voz alta le produjo tanto alivio como tristeza—. Pero seguro que puedes ver lo desesperado de mi situación. Ya no soy ninguna niña.

—Pero... ¡Hayley! ¡Si sólo tienes veintiséis años!

Hayley sonrió ante la lealtad de su hermana.

—Hace tiempo que pasé la primera eclosión de la juventud, Pamela, y un hombre como Stephen... bueno, seguro que podría tener a cualquier mujer que deseara.

—¿Y si te desea a ti? —le preguntó Pamela con dulzura.

Hayley negó con la cabeza repetidamente, sin contestar a la pregunta de su hermana. Incluso aunque Stephen la deseara, ella tenía demasiadas responsabilidades y secretos para considerar siquiera la posibilidad de compartir su vida con alguien.

—Me encantaría poder ayudarte, Hayley. Tú siempre estás haciendo cosas por los demás, sin pedir nada a cambio.

Por primera vez en la vida deseas algo. Y yo rezaré para que lo consigas.

Al escuchar las tiernas palabras de su hermana, Hayley se derritió por dentro.

—Querida Pamela, tú ya me ayudas siendo feliz y compartiendo conmigo esa felicidad —le dijo sinceramente—. He cambiado de idea. Y me muero de ganas de asistir a la fiesta de Lorelei por la única razón de poder ver cómo a Marshall Wentbridge se le salen los ojos de las órbitas al verte con tu precioso vestido nuevo.

Pamela se sonrojó.

—Gracias por comprármelo. Es realmente precioso.

Hayley se inclinó y besó la sonrojada mejilla de su hermana.

—Igual que tú, Pamela. Igual de precioso que tú.

—Bueno. Voy a cruzar los dedos para que el señor Barrettson se dé cuenta de lo maravillosa que eres y decida quedarse en Halstead —dijo Pamela—. Tal vez si las dos lo deseamos con suficiente fuerza, acabará ocurriendo.

—¿Qué acabará ocurriendo? —preguntó Callie mientras se unía a Hayley y Pamela—. ¿Qué deseo habéis pedido? Me encanta pedir deseos.

Hayley acarició los rizos oscuros de la pequeña.

—Hemos pedido un deseo de amor. De amor y felicidad.

Callie rodeó a Hayley con sus rollizos y diminutos bracitos y la abrazó fuertemente.

—Yo os quiero a las dos y soy muy, muy feliz.

Hayley y Pamela se rieron.

—¿Has visto? —dijo Hayley—. Acabas de hacer realidad todos nuestros deseos. —Y luego estampó un beso en el pelo de Callie—. ¿Te parece que recojamos tu caballete e intentemos averiguar qué se traen entre manos esos hermanos nuestros y a qué travesura han arrastrado al pobre señor Barrettson?

Todas estuvieron de acuerdo y se dispusieron a buscar a Andrew, Nathan y Stephen.

—Aquí faltan más piedras —gritó Nathan mientras colocaba una piedra inmensa encima del muro que crecía rápidamente.

—¿Cuántas? —preguntó Andrew, también gritando.

—Tres o cuatro.

—De acuerdo.

Andrew levantó una piedra pesada y la transportó con un gran esfuerzo hasta donde estaba Nathan. Stephen levantó una piedra todavía más pesada, con una mueca de dolor e ignorando sus magulladas costillas. La transportó hasta donde estaban los niños y la colocó en lo alto del muro.

—¿Cómo va eso? —preguntó Stephen mientras se secaba el sudor de la frente con el antebrazo.

Llevaban toda la mañana trabajando en el «castillo» del rey Arturo, apilando piedras de todos los tamaños. El resultado de tantas horas de trabajo era el muro de una fortaleza bastante respetable.

—Es magnífico —dijo Nathan entusiasmado mientras rodeaba la estructura. Medía aproximadamente un metro y medio de alto por tres y medio de largo.

—Y nos ha costado lo nuestro —dijo Stephen dejándose caer sobre la hierba—. Entre el hombro y las costillas, creo que necesito un merecido descanso. —Se tumbó boca arriba y se protegió los ojos de los rayos del sol con el antebrazo.

—Pero ahora toca jugar a los Caballeros de la tabla redonda —protestó Nathan—. Tenemos que ponernos las armaduras.

Stephen emitió un leve quejido y dirigió una mirada furtiva por debajo del brazo a los dos chicos, que le miraban expectantes.

—Bueno, está bien, pero primero los caballeros necesitan descansar un poco. —Hizo una mueca cuando una punzada de dolor le atenazó el hombro, que había forzado demasiado—. Creo que se tercian unos refrescos.

—Iremos a coger agua al lago —se ofreció Andrew.

Los dos chicos se fueron corriendo a toda prisa y Stephen suspiró aliviado, disfrutando de aquella breve tregua.

El sol le calentaba la piel, y la suave brisa veraniega le traía el perfume de las flores silvestres.

Se le acercó un insecto y él lo espantó con un perezoso movimiento de la mano. A pesar de lo agotado que estaba, había disfrutado mucho de aquella mañana en compañía de Andrew y Nathan, igual que el día anterior. Al principio había procurado la compañía de los chicos en un intento desesperado de evitar a Hayley, pero enseguida había descubierto que eran unos muchachos alegres, inteligentes y sorprendentemente educados y que, a pesar de su tendencia a discutir, tenían buen corazón. Le habían enseñado a pescar, y se habían reído a carcajadas ante su reticencia a ensartar la pringosa y escurridiza lombriz en el anzuelo.

Pero, tras varios intentos, Stephen había acabado dominando la parte más truculenta de la pesca y se lo había pasado en grande. No podía recordar haberse reído tanto en toda su vida. «Los chicos —pensó Stephen— no son ni de lejos lo difíciles que yo creía que eran. De hecho, es un verdadero placer hablar y pasar el rato con ellos.»

Hoy les había estado ayudando a construir su «castillo». Ya habían construido varios «edificios» más, y Stephen no podía por menos de admirar el tiempo y esfuerzo que obviamente habían invertido en su Camelot. Durante su infancia, Stephen tuvo muy pocas oportunidades para jugar. Pasó la mayor parte del tiempo aprendiendo todo lo que su padre consideraba necesario para que en el día de mañana su hijo mayor pudiera heredar su ducado.

Gregory y Victoria habían tenido mucho más tiempo libre para jugar. Su padre era mucho menos estricto con su hija y con su segundo hijo varón. Les permitía correr por toda la finca y jugar —cualquier cosa que los mantuviera ocupados y alejados de él—, pero Stephen muy pocas veces podía unirse a ellos. Se pasaba la mayoría de los días encerrado en el cuarto de estudio bajo la estricta mirada de sus incontables tutores. «Y aquí estoy, con veintiocho años cumplidos, corriendo por el bosque como un chiquillo y pasándomelo condenadamente bien.»

En aquel preciso momento, los dos chicos llegaron con un cubo lleno de agua fresca. Stephen bebió con fruición y se secó la boca con el dorso de la mano. Los pelos de la barba le pincharon la piel de la mano y se dio cuenta de que llevaba varios días sin afeitarse. Se pasó las palmas por la recia mandíbula y recordó la sensación de los suaves senos de Hayley apretados contra su brazo mientras ella se inclinaba sobre él para rasurarle la cara. Pedirle que le volviera a afeitar probablemente no era una buena idea.

Andrew y Nathan se tumbaron en el suelo al lado de Stephen, y él se fijó en ellos. Reprimió una sonrisa cuando se dio cuenta de que los chicos se habían remangado las camisas y desabrochado los botones de una forma similar a la suya. Era evidente que le estaban imitando. Inesperadamente, sintió que una oleada de orgullo masculino le hinchaba el pecho.

Stephen observó cómo Andrew se pasaba las manos por la cara como acababa de hacer él.

—Supongo que pronto tendré que empezar a afeitarme —dijo el chico como quien no quiere la cosa.

Antes de que Stephen pudiera contestar, Nathan estalló en carcajadas.

—¿Estás tonto o qué? —Miró la cara de su hermano mayor con atento y exagerado interés—. Ni un solo pelo. Eres más imberbe que un huevo.

Andrew se sonrojó.

—No es verdad. Ya tengo bastante bigote. —Se giró hacia Stephen—. ¿Verdad que sí, señor Barrettson?

A Stephen le vino inmediatamente a la mente la imagen de sí mismo cuando tenía la edad de Andrew. Todavía un niño, tambaleándose en la delicada antesala de convertirse en hombre, impaciente y al mismo tiempo aterrado por cruzar esa frontera. Entonces habría necesitado y deseaba desesperadamente tener una charla de tú a tú con un hombre, pero su padre no tenía el tiempo ni la disposición necesarios para dedicarle unos minutos. Él sabía muy bien qué era crecer sin el amor y la atención de un padre; se le encogió el corazón y sintió una gran complicidad acompañada de una sincera compasión por aquellos dos chicos que habían perdido a su padre.

Con fingida concentración, Stephen inspeccionó atentamente el rostro de Andrew. Era tan imberbe como un bebé.

—Hummm. Es verdad, Andrew. Creo que te está empezando a salir bigote. Predigo que tendrás que empezar a afeitarte muy pronto. —Casi se le escapa una sonrisa ante el evidente alivio del chico—. Por supuesto —prosiguió Stephen—, cuando un hombre empieza a afeitarse, todo cambia drásticamente.

Los dos chicos se sentaron y enderezaron la espalda, con los ojos como platos.

—¿Todo cambia? —repitieron al unísono—. ¿En qué sentido?

Stephen dudó, intentando encontrar las palabras adecuadas, y maldijo para sus adentros su falta de experiencia para impartir algún tipo de sabiduría masculina a su entregado público. Sabiendo que se había metido en camisa de once varas, pero decidido a intentarlo, inspiró profundamente y se lanzó.

—Una vez que te haces hombre, la vida se vuelve... complicada. Hay innumerables normas que seguir y te asaltan muchas obligaciones y responsabilidades. Tienes que aprender a confiar en ti mismo. El mundo está lleno de gente de la que no te puedes fiar, que intentará aprovecharse de ti o hacerte daño. —«O matarte.»

Nathan se acercó rápidamente a Stephen hasta que chocaron sus rodillas y le dijo:

—Pero Hayley nunca permitiría que nadie nos hiciera daño. Ella nos protege y cuida de nosotros.

—Sí, es verdad —asintió Stephen—, pero, cuando te conviertas en un hombre, serás tú quien tendrá que cuidar de ella. Y también de Pamela y de Callie.

Andrew se puso serio de repente.

—Pero no tendré que asistir a las aburridas meriendas de Callie, ¿verdad que no?

—Cuando digo «cuidar de ellas», me refiero a ser considerado con ellas —aclaró Stephen—, respetarlas, hacer cosas por ellas sin protestar. Protegerlas de todo mal y de la gente mala. Creedme, no todo el mundo es tan bueno y generoso como vuestra familia, de modo que tenéis que estar atentos para protegeros y proteger a los vuestros. —Dudó un momento y luego añadió—: Y, por supuesto, luego está el tema de... las chicas.

Nathan soltó un bufido.

—¿Chicas? ¡Menuda lata! Yo no soporto a las chicas. Sólo quieren jugar con muñecas y no soportan ensuciarse.

Stephen le despeinó.

—Lo verás diferente dentro de unos años.

—¿Cuando necesite afeitarme?

Conteniendo una risita, Stephen contestó:

—Sí, Nathan. Ése es más o menos el orden de los acontecimientos. Primero te das cuenta de que te gustan las chicas, luego te empiezas a afeitar y luego te conviertes en un hombre.

Los ojos de Nathan brillaron como si, súbitamente, hubiera caído en la cuenta de algo.

—¡Por eso a Andrew le está empezando a salir bigote! ¡Es porque le gusta Lizzy Mayfield!

—¡No es verdad!

Intentando evitar la incipiente discusión, Stephen puso una mano en el hombro de cada uno de los chicos.

—Ya basta, caballeros. Nathan, haz el favor de dejar de meterte con tu hermano. Entenderás por qué cuando tengas catorce años. Y tú, Andrew, no hay nada malo en que te guste una chica. Tan sólo es una parte de hacerse mayor. —Y, dirigiéndole un guiño de complicidad, añadió—: La mejor parte.

Andrew esbozó una sonrisa.

—Gracias, señor Barrettson. Yo...

—¡Ahí están!

Stephen se giró y vio a Hayley, Pamela y Callie avanzando entre las altas hierbas del prado.

Nathan se puso de pie de un salto y dijo:

—Voy a coger la armadura de nuestro escondite secreto antes de que lleguen. —Y desapareció entre los árboles.

—Parece ser que nuestra conversación de hombre a hombre ha llegado a su fin —dijo Stephen.

—¿De hombre a hombre? —preguntó Andrew, con los ojos como platos.

Stephen asintió.

—De hombre a hombre. —Luego tendió la mano a Andrew. La mirada del chico se deslizó del rostro a la mano de Stephen. Tragó saliva visiblemente y luego estrechó con fuerza la mano de Stephen. La gratitud que brillaba en los ojos de Andrew llenó a Stephen de orgullo.

—¡Mirad qué castillo! —chilló Callie, batiendo palmas mientras corría hacia la estructura.

Hayley y Pamela inspeccionaron el muro y lo declararon una maravilla arquitectónica. Luego se reunieron con Andrew y Stephen.

Apoyándose en los codos, Stephen decidió concederse una satisfacción y se permitió mirar a Hayley. Deslizó la mirada hasta su rostro y se le desbocó el corazón al comprobar que ella estaba mirando fascinada su camisa medio desabrochada.

Inmediatamente Stephen se la imaginó tocándolo, deslizándole las suaves manos por el pecho, los hombros, y descendiendo luego por la espalda. El dolor le atenazó las partes íntimas y se sentó de golpe, con expresión de seriedad. «¡Santo Dios! ¡Esta mujer es capaz de endurecer mi virilidad sólo con mirarme! Si no vuelvo pronto a Londres y hago una visita a mi amante, voy a volverme loco.»

—¿Dónde está Nathan? —preguntó Pamela, escudriñando el prado con la vista.

—Ha ido a buscar la armadura a nuestro escondite secreto —contestó Andrew.

—Voy a buscarlo —dijo Callie, corriendo hacia el bosque—. Ya sé dónde está vuestro escondite secreto.

—¿Cómo lo sabes? —le gritó Andrew.

Callie se limitó a reír entre dientes y se dirigió hacia el bosque.

—¿Está lejos? —preguntó Hayley viendo que Callie cruzaba el prado corriendo y entraba en el bosque.

—No, está justo después de pasar ese grupo de árboles —dijo Andrew señalando un denso robledal.

—Dígame, señor Barrettson —le preguntó Pamela sonriéndole—, ¿cómo le han convencido Andrew y Nathan para que les ayude a construir Camelot? En el desayuno ha mencionado que había perdido una apuesta.

Stephen dirigió una mirada de soslayo a Andrew.

—Andrew apostó que su hermana me ganaría al ajedrez. Yo no le creí, aunque debería haberlo hecho. —Su mirada se cruzó con la de Hayley—. Ella me dio una paliza. Y construir Camelot ha sido el precio que he tenido que pagar por dejarme ganar.

—¡Qué lástima que no te apostaras nada con el señor Barrettson, Hayley! —dijo Andrew entre risas.

—Sí, ya lo creo que lo hizo —dijo Stephen regodeándose con una lenta sonrisa, sin poder evitar pinchar a Hayley. Le encantaba ver cómo se le sonrojaban las mejillas—. Ya he zanjado mi deuda con tu hermana —contestó a Andrew sin apartar los ojos del ruborizado rostro de Hayley—. Ella no es ninguna negrera, como tú y Nathan.

Andrew miró a Stephen con una gran curiosidad.

—¿Qué le hizo hacer?

—Me hizo...

—¡Santo Cielo! Se está haciendo tarde. —Interrumpió Hayley, con un tono de voz que denotaba una mezcla de vergüenza y desesperación. Frunció el ceño y dirigió una mirada de aviso a Stephen—. Deberíamos ir volviendo a casa.

Antes de que Andrew pudiera satisfacer su curiosidad, la atención del grupo se centró en Callie. Acababa de salir del bosque y estaba corriendo por el prado mientras agitaba los brazos frenéticamente.

—¡Hayley! ¡Hayley! ¡Ven, deprisa!

El miedo se apoderó de Hayley cuando vio los ojos abiertos de par en par de Callie y percibió el pánico en su voz. Corrió inmediatamente hacia la niña, alejándose de Andrew, Stephen y Pamela.

Cuando llegó hasta Callie, se arrodilló y apartó los rizos del asustado rostro de la pequeña.

—¿Qué pasa, Callie? ¿Qué ha ocurrido?

—Es Nathan —dijo Callie jadeando y con los ojos como platos—. Se ha caído, creo que de un árbol, y está herido. Le he oído quejarse y lo he encontrado, pero no me contesta cuando le hablo.

A Hayley se le cayó el alma a los pies.

—Llévame adonde está —le ordenó, intentando mantener la calma.

—¿Qué ha pasado? —preguntaron Stephen, Andrew y Pamela sin aliento y al unísono.

—Nathan se ha caído de un árbol y está herido —dijo Hayley lacónicamente—. Guíanos hasta él, Callie.

El grupo siguió a la pequeña, que entró en el bosque, pasó de largo un alto robledal y señaló:

—Ahí está, al pie de ese árbol.

Hayley corrió hacia allí y al cabo de varios minutos encontró a Nathan, hecho un ovillo debajo de un árbol, con un saco entre los brazos.

—¡Dios mío! —susurró Hayley mientras se le aceleraba el pulso. Nathan tenía un hilillo de sangre en la sien y el rostro de una palidez mortecina.

—¿Está bien? —preguntó Stephen visiblemente preocupado, arrodillándose junto a Hayley.

—No... no lo sé —susurró, apenas capaz de pronunciar palabra con el pesado nudo que se le había hecho en la garganta. Alargando el brazo, colocó un dedo en el cuello de Nathan, rezando para encontrarle el pulso. Cuando palpó un latido regular y fuerte, casi se desmaya del alivio.

—El pulso es normal —consiguió decir.

—Gracias a Dios —dijo Pamela. Tomó a Callie y a Andrew de la mano y dejó que Hayley examinara a Nathan.

Con la ayuda de Stephen, Hayley examinó al niño en busca de posibles huesos rotos.

—Por lo que he visto —dijo Hayley al cabo de varios minutos— creo que no se ha roto ningún hueso. Parece que sólo se ha dado un golpe en la cabeza.

—¿Y si tiene una hemorragia interna? —preguntó Andrew aterrado, con los ojos abiertos de par en par.

—No lo creo —dijo Hayley intentando aparentar una calma que estaba lejos de sentir. Tenía ganas de gritar, llorar, tirarse de los pelos, pero no podía perder el control y asustar a los demás. Se volvió hacia Stephen y preguntó:

—¿Puedes llevar a Nathan a casa? Yo iré en busca del médico.

Stephen asintió.

—Por supuesto. —Se agachó y cogió con suma delicadeza al niño con sus fuertes brazos. Nathan emitió un leve gemido.

Hayley tocó la frente de Nathan y luego volvió a mirar a Stephen, consciente de que su mirada era la de una mujer aterrada.

Stephen le mantuvo la mirada, con ojos preocupados pero serenos.

—Yo cuidaré de él, Hayley. Va a ponerse bien. Coge a *Pericles* y ve a buscar al médico.

Incapaz de pronunciar palabra alguna con aquella angustia que se le clavaba en la garganta, Hayley asintió nerviosamente con la cabeza y desapareció corriendo a toda velocidad hacia el establo. Cuando llegó, ensilló rápidamente a *Pericles* y, sin pensar ni por un momento en lo poco femenino de su comportamiento, se levantó la falda hasta los muslos, saltó sobre el caballo y lo montó a horcajadas.

Apretó las rodillas contra los flancos de *Pericles*, y galoparon hacia el pueblo como alma que lleva el diablo.

14

Media hora después, Hayley entraba como un rayo en casa de los Albright con el doctor Marshall Wentbridge pisándole los talones.

—¿Dónde están? —preguntó a Grimsley jadeando.

—En la alcoba del señorito Nathan —dijo Grimsley retorciéndose las nudosas manos, visiblemente preocupado.

Hayley subió las escaleras de tres en tres, seguida de Marshall. Cuando llegaron a la puerta de la alcoba, entró Marshall y ordenó que saliera todo el mundo.

—Les diré algo en cuanto le haya examinado —dijo con firmeza, y luego les cerró la puerta en las narices, dejándolos angustiados en el pasillo.

—¿Ha recuperado la conciencia mientras yo estaba fuera? —preguntó Hayley mirando alternativamente a Stephen y a Pamela, temiéndose la respuesta que se reflejaba en la expresión de ambos.

Stephen negó repetidamente con la cabeza.

—No. Se ha quejado un par de veces, pero no ha llegado a abrir los ojos.

—¿Se va a morir? —preguntó Callie con un hilillo de voz y expresión asustada. Apretó a la señorita Josephine contra su pecho y miró a Hayley con los ojos como platos.

Intentando desterrar sus propios miedos, Hayley se arrodilló y abrazó a la pequeña.

—No, cariño, Nathan no se va a morir —le contestó, intentando con todas sus fuerzas que no le temblara la voz.

«Me niego a dejarle morir.» Le dio un beso en la frente y añadió—: El doctor Wentbridge va a dejar a Nathan como nuevo. De hecho, estoy segura de que va a despertarse pronto, ¿y qué te apuestas a que lo primero que querrá hacer será comerse una de las galletas de azúcar de Pierre?

—Seguro que sí, Callie —intervino Pamela—. ¿Por qué no nos vamos las dos a la cocina y preparamos una merienda con todas las pastas preferidas de Nathan?

Callie inspiró haciendo ruido por la nariz y luego se la frotó con el dorso de la mano.

—¿Una merienda con pastas? —preguntó, mirando a todos los presentes.

—La merienda más maravillosa del mundo —le prometió Hayley con una sonrisa.

—De acuerdo —dijo Callie, dándole la mano a Pamela y dejándose guiar hacia la cocina.

Hayley se volvió hacia Andrew.

—¿Por favor, te importaría ir a ver cómo están *Pericles* y el caballo del doctor Wentbridge? Los hemos dejado atados en la entrada. Los dos necesitan agua y pienso, y *Pericles* que lo cepillen.

Andrew miró de soslayo la puerta cerrada.

—¿Me explicaréis lo que diga el médico? —preguntó, visiblemente reacio a marcharse.

—En cuanto salga de la habitación —le prometió Hayley. Dio a Andrew lo que intentaba ser una palmadita tranquilizadora en el hombro y luego observó cómo se alejaba. En cuanto su hermano estuvo fuera del alcance de su vista, a Hayley se le desplomaron los hombros y hundió el rostro en las manos.

Stephen sabía que estaba luchando por no perder el control, y eso le encogió el corazón. Estaba intentando con todas sus fuerzas parecer entera ante todo el mundo, pero él sabía que estaba aterrada. ¡Maldita sea! Nunca se había sentido tan impotente en toda su vida. No lograba recordar la última vez que había pedido algo a Dios, pero desde que habían encontrado a Nathan no había dejado de rezar para que el niño estuviera bien. Alargó el brazo y tocó la manga de Hayley.

—Hayley —le dijo con dulzura, sufriendo por ella.

Ella levantó la cabeza de las manos y lo miró, mientras le resbalaban por las mejillas todas las lágrimas que llevaba rato intentando contener.

—Por Dios, Hayley, no llores, por favor. —A Stephen, la visión de aquellos ojos acuosos, anegados de lágrimas, y de aquel rostro pálido de miedo le partía el corazón. Abrió los brazos y ella, con un sollozo entrecortado, se refugió en ellos.

Stephen la apretó contra su pecho y sus brazos la rodearon como dos barras de metal. Ella lo cogió por la cintura y se apretó contra su torso, hundiendo la cara en su hombro y mojándole la camisa con las lágrimas. Dándole delicados besos en el pelo, Stephen le susurró palabras dulces con el afán de consolarla. No sabía cómo ayudarla más que abrazándola. Las lágrimas de Hayley atravesaron a Stephen, calándole primero la camisa y mojándole luego la piel hasta llegarle al centro del alma. Escuchando sus sollozos amortiguados, Stephen pensó que el corazón le iba a estallar en mil pedazos.

Cuando los sollozos acabaron y dieron paso a una serie de hipidos, Stephen se dio cuenta de que había pasado lo peor y se le escapó un suspiro de profundo alivio.

Rebuscando en el bolsillo del vestido, Hayley extrajo un pañuelo. Se reclinó hacia atrás apoyándose en los brazos de Stephen y se sonó sonora y nada femeninamente.

—¿Mejor? —le preguntó Stephen mientras una leve sonrisa tiraba de la comisura de sus labios. Cuando ella levantó la cabeza y lo miró, la sonrisa de Stephen se desvaneció completamente. Tenía los ojos enrojecidos y todavía se leía el miedo en su mirada.

—Estoy tan asustada, Stephen —susurró—. Primero mi madre, luego mi padre... —Se le escapó un sollozo—. No podría soportar si Nathan...

—Va a ponerse bien, Hayley —dijo Stephen con firmeza, y él sabía que habría dado cualquier cosa para que sus palabras se hicieran realidad. Vio cómo una lágrima solitaria se escapaba de las pestañas de Hayley y le resbalaba por la mejilla. Alargó el brazo y la capturó con un dedo. «No sabía que los ángeles lloraran.»

Hayley hizo ruido con la nariz y se volvió a secar los ojos con el pañuelo.

—Siento haber perdido el control de esta manera. No suelo hacerlo. Gracias por estar aquí. Por ser mi amigo. Por ayudar a Nathan. Por consolarme.

—No se merecen. —¡Dios! Parecía tan asustada, tan vulnerable, mirándole fijamente con aquellos inmensos ojos de agua.

Hayley alargó la mano y acarició la mejilla de Stephen.

—Eres un hombre maravilloso, Stephen —le susurró.

Un fuerte impulso de protección se adueñó de él. Sintió la abrumadora necesidad de derribar la puerta de la alcoba y sacudir al médico hasta que les asegurara que Nathan iba a ponerse bien.

Quería talar el odioso árbol que había derribado a Nathan de sus ramas. Le invadieron emociones completamente desconocidas para él... emociones que le hacían querer destruir a cualquier persona o cualquier cosa que osara lastimar a aquella mujer que le estaba mirando como si él fuera una especie de héroe. Como si él importara. Como si tuviera algo más que un título y un montón de dinero. «Eres un hombre maravilloso, Stephen», repitió para sus adentros.

Cerró momentáneamente los ojos y dejó que aquellas palabras resonaran en su interior. «Eres un hombre maravilloso, Stephen.» Nadie, ni siquiera su hermana, le había dicho nada parecido en toda su vida. Y él sabía perfectamente que no tenía nada de maravilloso. Después de todo, había alguien que le odiaba lo suficiente como para querer verle muerto.

A Stephen se le hizo un nudo en la garganta. Quería decirle algo a Hayley, desengañarla, explicarle que lo que ella creía no era verdad, pero no le salían las palabras.

—Sí, lo eres —le dijo ella con dulzura, como si le hubiera leído el pensamiento—. Tal vez no lo creas, pero lo eres. No sólo eres maravilloso, eres noble, generoso y bueno. —Le puso la mano justo encima del corazón—. Lo que hay aquí dentro, en lo más hondo de tu corazón, en tu alma, eso es lo que cuenta. —En sus labios se dibujó una trémula sonrisa—. Yo nunca te mentiría. Confía en mí. Lo sé.

Stephen ahuecó las manos en torno al rostro de Hayley y la miró con ojos sombríos. Su mirada sondeó la de Hayley, buscando no sabía muy bien qué, pero, de repente, se sintió confundido y, en cierto modo, vulnerable. «Yo nunca te mentiría.» Todo lo que él le había contado sobre su vida era mentira. Se sentía como un verdadero canalla.

—Hayley, yo...

Se abrió la puerta de la alcoba y Marshall Wentbridge salió al pasillo. Si le sorprendió encontrarse a Hayley y Stephen tan cerca el uno del otro, las palmas de Hayley sobre el tórax de Stephen y él rodeándole el rostro con ambas manos, no lo demostró.

—¿Cómo está Nathan? —preguntó Hayley separándose de Stephen—. ¿Está bien?

—Sí. Está bien —la tranquilizó Marshall con una sonrisa.

Stephen la vio frotarse los ojos durante varios segundos. Él mismo sintió como si le hubieran quitado un enorme peso de encima.

—¡Gracias a Dios! —dijo ella, tomando la mano de Stephen y apretándosela fuertemente.

—No tiene ningún hueso roto, y se ha despertado mientras le estaba examinando —prosiguió Marshall—. Es un chico muy afortunado. Le he curado el corte de la frente, que, a propósito, era poco más que un rasguño, y le he prohibido con toda la dureza de que soy capaz que se vuelva a subir a un árbol.

—Quizás a usted le haga caso —dijo Hayley con una risita trémula—. Desde luego, a mí no me lo ha hecho.

—Si quieren verle, ahora está despierto. Le he dado un poco de láudano, de modo que no lo estará por mucho tiempo. Necesita guardar cama un día o dos, y luego estará como nuevo.

Hayley tomó las manos de Marshall entre las suyas.

—Gracias, Marshall, de todo corazón. Muchísimas gracias. ¿Puede explicarle a los demás que Nathan está bien? Y tal vez le apetezca quedarse a tomar el té.

—Me encantaría. Ambas cosas —dijo Marshall con una sonrisa de oreja a oreja, y luego se dirigió hacia las escaleras.

Hayley abrió la puerta y miró a Stephen al verle dudar.

—Vamos —le instó. Cuando vio que seguía igual de dubitativo, le cogió de la mano y tiró de él—. Has ayudado a rescatar a Nathan. Eres parte de la familia, Stephen. Entra conmigo.

«Eres parte de la familia.» Stephen observó la mano que le había cogido Hayley, sus dedos estaban entrelazados con los de ella, y dejó que lo arrastrara al interior de la alcoba de Nathan.

«Eres parte de la familia», se repitió.

15

Hayley vio la preocupación reflejada en el rostro de Winston en cuanto éste se unió al grupo en el salón tras visitar la alcoba de Nathan.

—¡Que me encierren en el camarote de proa y me golpeen con una copa de ron! —masculló entre dientes y luego se sonó la nariz en un inmenso pañuelo—. A quién se le ocurre trepar a un árbol como un estúpido mono, caerse y casi romperse la crisma... —Se giró y miró a Hayley con solemnidad—. Su padre, que en paz descanse, me daría una buena reprimenda por permitir que los chicos tuvieran un escondite tan estúpido e inseguro si se enterara de lo ocurrido.

Hayley se levantó para tranquilizar al alterado marinero, pero se detuvo cuando Grimsley puso su endeble brazo sobre los fornidos hombros de Winston.

—Vamos, vamos, Winston —dijo Grimsley dándole palmaditas delicadamente en la espalda—. El capitán Albright sabía que los muchachos hacen travesuras. ¿No recuerdas cuando a Andrew le dio por ponerse encima una sábana y hacer ver que era un fantasma?

Winston soltó una carcajada.

—No levantaba dos palmos del suelo, según creo recordar, pero tú te asustaste tanto que casi te cagas en los pantalones —se volvió a sonar—, cobarde saco de huesos.

—Creo que se tercia un traguito de oporto —dijo Grimsley, instando amablemente a Winston a salir del salón—. Para celebrar la recuperación del señorito Nathan.

Winston asintió y olfateó.

—Me parece una buena idea, Grimmy. Tú primero.

Los dos hombres salieron del salón y los presentes reanudaron la conversación y siguieron tomando el té.

—¿Esos dos se aprecian de verdad? —preguntó Stephen a Hayley—. No me lo puedo creer.

—Haz ver que no te das cuenta. Además, jamás lo reconocerían. —Hayley tomó un sorbo de té y observó disimuladamente a Pamela y a Marshall, que conversaban en el otro extremo de la habitación. Por lo menos ella creía que lo hacía disimuladamente pero, por lo visto, estaba equivocada, porque, al cabo de un par de minutos, Stephen le comentó:

—Parece ser que Wentbridge tiene a tu hermana en gran estima, algo que a ti parece agradarte mucho, debería añadir.

—¡Vaya! ¿Tanto se me nota? —le preguntó ella, consternada.

Stephen asintió, con un brillo malicioso en los ojos.

—Me temo que sí, querida. Tus ojos son sumamente expresivos.

Hayley lo miró fijamente, sin estar segura de haber oído correctamente la palabra cariñosa que había salido de la boca de Stephen. ¿La había llamado querida? No podía ser. Probablemente acababa de tener una ilusión auditiva.

—Marshall Wentbridge es un joven encantador —dijo Hayley en voz baja, sin quitar ojo a la pareja—. Hace bastante tiempo que tiene debilidad por Pamela, y ella está encantada con él. No me extrañaría que en breve anunciaran su compromiso.

—¿Y eso te haría feliz?

Ella asintió.

—Ya lo creo que sí. Que Pamela se enamore y forme su propia familia es uno de mis mayores deseos.

—Lo puedo entender.

—¿Qué? Sí. Quiero más té —interrumpió súbitamente tía Olivia, acercando su taza a Stephen—. Es muy amable de su parte preguntármelo, señor Barrettson.

Hayley observó cómo Stephen servía el té galante pero torpemente a tía Olivia. Cogió la tetera como si fuera la primera vez que lo hacía en toda su vida. Evidentemente servir el té no era una tarea en la que se supone que debe destacar un tutor.

Tía Olivia clavó la mirada en el rostro de Stephen.

—¿Acaso está intentando dejarse barba, señor Barrettson?

Stephen se pasó la mano por el rostro hirsuto.

—No, no particularmente, aunque lo pueda parecer.

—Bueno, si le interesa conocer mi opinión... —Dejó la frase a medias y miró directamente a Stephen.

—Me sentiría muy honrado de escuchar su opinión sobre el tema, querida dama —le aseguró Stephen inclinando la cabeza hacia delante.

Tía Olivia le dedicó una sonrisa de oreja a oreja.

—En tal caso, debo decir que, aunque estoy bastante segura de que estaría bastante imponente con barba, su rostro es demasiado atractivo para ocultarlo tras una capa de vello facial. —Hizo un coqueto movimiento de pestañas mientras miraba a Stephen y luego añadió—. ¿No crees, Hayley, querida?

Hayley casi se atraganta con el té. Si no la conociera mejor, juraría que su tía estaba coqueteando con Stephen.

—Bueno... yo, eh... Sí, supongo que sí. —Notó que una oleada de calor le subía por el cuello.

Stephen se recostó en el respaldo de la silla y dirigió una sonrisa devastadora a tía Olivia.

—Bueno, entonces, si me prefiere recién afeitado, tía Olivia, tendré que deshacerme de estos repugnantes pelos.

Tía Olivia parecía que se iba a derretir como un cubito de hielo bajo el recio sol de verano.

—Excelente, querido muchacho.

—Gracias por el té —dijo Marshall, uniéndose al grupo sentado junto al fuego—. He disfrutado mucho de la merienda —su mirada se centró en Pamela—, pero realmente tengo que irme.

Hayley se levantó y estrechó la mano de Marshall.

—Gracias por todo lo que ha hecho por Nathan. ¿Le veremos este viernes en la fiesta que da la señora Smythe?

—Oh, por supuesto. Tengo muchísimas ganas de ir. —Marshall le dio la mano a Stephen, hizo una reverencia a tía Olivia y dijo adiós con la mano a Callie y a Andrew, que estaban jugando a cartas.

—¿Pamela, te importaría acompañar a Marshall? —le preguntó Hayley con una sonrisa—. Estoy terriblemente cansada después de tantas emociones.

—Por supuesto que no. —Pamela cogió tímidamente a Marshall del brazo y lo guió hacia la puerta.

—Preguntarle a Pamela si le importa acompañar al doctor Wentbridge a la puerta es como preguntarle a Callie si le gusta invitar a la gente a tomar el té, ¿no crees? —preguntó tía Olivia con los ojos abiertos de par en par en señal de inocencia.

Hayley sonrió y movió repetidamente la cabeza en gesto de negación. Al parecer, tía Olivia se enteraba de mucho más de lo que todo el mundo creía.

Más tarde aquella misma noche, después de que todo el mundo se hubiera retirado a su alcoba, Hayley se dirigió al despacho de su padre. Aquélla era una magnífica oportunidad para adelantar el trabajo atrasado. Había escrito muy poco desde la llegada de Stephen. Si no escribía, no vendería sus relatos. Y sin ventas, no había dinero.

Cuando pasó junto a la biblioteca de camino al despacho, miró hacia abajo y vio el suave resplandor de la luz colándose por debajo de la puerta. Empujó la puerta y entró en la habitación. La escena que vieron sus ojos la llenó de ternura.

Había estado tan ocupada acostando a los niños y controlando el estado de Nathan que había supuesto que Stephen se había retirado pronto a su alcoba como la noche anterior. Pero era obvio que no lo había hecho porque estaba tumbado en el largo sofá acolchado que había delante de la chimenea. El fuego estaba encendido y el cálido resplandor de las llamas proyectaba sombras suaves y una luz parpadeante por toda la habitación.

Tras cerrar la puerta, Hayley se acercó al sofá sin hacer ruido, se detuvo delante de Stephen y se quedó mirando fijamente cómo dormía. Su chaqueta y su chaleco estaban pulcramente doblados en una silla que había al otro lado de la chimenea. Se había alzado las mangas de la camisa, dejando al descubierto sus musculosos brazos, y tenía la camisa desabrochada casi hasta la cintura.

Hayley miró fijamente la piel bronceada que brillaba entre ambos lados del cuello de lino. Stephen se había quitado el vendaje que le cubría las costillas, lo que permitía ver su musculoso torso sin impedimentos. El remolino de vello rizado del tórax se convertía en una fina veta oscura que partía en dos su terso y plano estómago antes de desaparecer de nuevo bajo la camisa. En el suelo había un número de *Gentleman's Weekly.* Hayley se dio cuenta de que la revista estaba abierta por la página de *Las aventuras de un capitán de barco*, de H. Tripp.

La mirada de Hayley se detuvo en la cara de Stephen. «¡Qué rostro tan perfecto! ¿Cómo puede ser tan atractivo?», se dijo para sus adentros. Relajados por el sueño, sus rasgos se suavizaban y casi parecía un muchacho, con un mechón oscuro cayéndole sobre la frente.

A Hayley le embargó una ternura abrumadora e indescriptible por aquel hombre que, a pesar de sus heridas, se había agotado construyendo un muro de piedra para hacer felices a dos muchachos, había cargado a Nathan y la había consolado como nadie más podría haberlo hecho.

Le quería.

«¡Que Dios me ayude! ¡Cómo le quiero!»

Incapaz de detenerse, se arrodilló junto al sofá mientras devoraba con los ojos a aquel hombre que le había robado el corazón, un corazón que ella nunca había pensado entregar a nadie, ni creído que ningún hombre quisiera aceptar. Dudaba que Stephen lo quisiera, pero, de todos modos, ya era suyo.

La cabeza le decía que se marchara, no tenía ningún sentido alargar más aquella dulce agonía de desear lo que no podía tener, pero sus deseos se rebelaron contra la razón y ganaron la batalla. Por una vez en la vida, Hayley escuchó a su cuerpo, y lo que su cuerpo le pedía era que tocara a Stephen. No como lo había tocado cuando había cuidado de él mientras estaba herido, con el tacto impersonal de una enfermera, sino como una mujer toca a un hombre, a un hombre a quien ama.

Sin apenas atreverse a respirar, alargó el brazo y le apartó suavemente el mechón de pelo de la frente. Las pestañas proyectaban sombras crecientes sobre sus pómulos. Tenía los labios ligeramente abiertos, la respiración lenta y profunda. Hayley deslizó con suma delicadeza la yema de un dedo por la mejilla de Stephen, cubierta por una recia barba de tres días, disfrutando de aquel áspero roce en su piel. Se quedó inmóvil durante varios maravillosos minutos, arrodillada, extasiada, mientras su mirada deambulaba entre el pecho de bronce y el perfecto rostro de Stephen. «Tengo que parar. Tengo que detener esto. No quiero arriesgarme a que se despierte y me encuentre aquí arrodillada, como una esclava adorando a su amo.» Segura de lo que tenía que hacer, aunque reticente a hacerlo, Hayley se empezó a levantar.

—No pares.

Hayley se quedó helada ante aquellas palabras dichas en un suave susurro. Su asustada mirada se detuvo en el rostro de Stephen. Tenía los ojos medio abiertos y la estaba mirando con una expresión insondable, impenetrable. De repente, sintió una oleada de calor por todo el cuerpo, acompañada de una profunda vergüenza, que la dejó sin habla.

Stephen alargó el brazo, cogió la mano de Hayley con delicadeza y se la llevó al pecho, cubriéndola con la suya. Ella notó el vello suave y ensortijado bajo la palma de la mano, y el calor de aquella piel palpitante la atravesó por completo hasta llegarle al alma.

—No pares —volvió a susurrar él, dirigiéndole una mirada intensa y penetrante—. Tócame. —Apretó fuertemente la mano de Hayley contra su pecho y luego la deslizó sobre la densa mata de vello pectoral—. Así.

Hayley lo miró fijamente, hipnotizada por las llamas que se reflejaban en sus ojos. Su ardiente mirada se fundió con la de ella, suplicándole que hiciera lo que le pedía. El sentido común de Hayley, que nunca le había fallado, la voz interior que debería estar diciéndole que se detuviera, que pensara en su reputación, que considerara las consecuencias de sus actos, se empeñaba en guardar silencio. La mujer que tenía dentro, a quien había sepultado y olvidado durante tanto tiempo, había emergido del olvido, pletórica de amor y necesidades y deseos; deseos por aquel hombre cuyo corazón latía fuertemente bajo las yemas de sus dedos.

Hayley observó su mano sobre el tórax de Stephen y luego la deslizó con inseguridad sobre su cálida piel, mientras el vello ensortijado que la cubría le hacía cosquillas en la palma.

A él se le escapó un grave gemido y ella, alarmada, volvió a buscar su mirada.

—¿Te he hecho daño? —le susurró preocupada.

Él negó lentamente con la cabeza.

—No.

—¿Entonces por qué has gemido?

—Porque... porque me ha gustado... muchísimo. Hazlo otra vez.

A Hayley se le secó la boca. Volvió a acariciarle el tórax delicadamente, con la mirada clavada en la de él. Lo observó entre aturdida y asombrada mientras los ojos de Stephen, nublados por el deseo, se iban oscureciendo a verde ahumado.

Se envalentonó y volvió a deslizar la mano lentamente sobre el torso de Stephen, palpando con los dedos sus tersos músculos. Cuando las yemas de Hayley rozaron uno de los pequeños pezones de Stephen, él inspiró sonoramente, pero ella sabía que no le había hecho daño.

Fascinada, le puso la otra mano sobre el torso y dejó que

sus dedos curiosos fueran explorándolo, deslizándose entre la oscura mata de pelo que cubría la ardiente piel de Stephen. Observó gratamente sorprendida cómo él iba tensando y contrayendo los músculos ante sus delicadas caricias.

Hayley siguió acariciándolo, con movimientos amplios y lentos. Pronto la camisa, a pesar de estar abierta, se reveló como un impedimento para las ávidas manos de Hayley. Sin mediar palabra, Stephen se desabrochó los últimos botones, estiró del faldón de la camisa apresado bajo los pantalones y volvió a guiar las manos de Hayley hacia su cuerpo.

Separando el fino tejido con ambas manos, Hayley desnudó completamente el torso de Stephen, deleitándose ante aquella visión. «¡Tiene un cuerpo magnífico!» Todos aquellos músculos cubiertos de piel dorada salpicada de vello oscuro. Sin asomo de duda, ella deslizó ávidamente ambas manos por el cuerpo de él. Los suspiros de Stephen cada vez eran más largos y sus gemidos de placer más hondos con cada nueva caricia.

Hayley sintió que su cuerpo se había convertido en un ascua incandescente. Se sentía tan bien, tan llena de energía y tan viva... Aquel olor tan masculino embargaba todos sus sentidos; aquella fragancia tan limpia y salvaje al mismo tiempo que sólo le pertenecía a él. Sintió la acuciante necesidad de hundir los labios en aquella carne palpitante, de probar el sabor de aquella maravilla que estaban palpando sus manos.

Pero, antes de que pudiera dejarse llevar por aquel impulso, él la agarró de las muñecas. Cogiéndole ambas manos, Stephen se incorporó hasta quedarse sentado, apoyó la frente en las yemas los dedos de ambos, ahora entrecruzados, y respiró de forma entrecortada.

—Creía que no querías que parara —susurró Hayley. «Yo no quiero parar. Por favor, no me obligues a hacerlo. Sólo por esta vez, déjame obtener lo que deseo.»

Él levantó la cabeza y sus miradas se cruzaron.

—No, no quería. No quiero —dijo con voz ronca—. Sólo es que...

Sus palabras se desvanecieron cuando Hayley le tocó el vendaje del brazo.

—¿Te he hecho daño?

Stephen dejó escapar un sonido ahogado y apartó la mano de Hayley.

—¡Qué va, Hayley! No, no me has hecho daño. Al revés. Me has dado placer. Mucho placer. Demasiado.

—Entiendo. —Pero no entendía nada. Ella ansiaba tocarlo otra vez y él, sin embargo, evitaba su contacto. Le decía que le gustaba que lo tocara, pero le obligaba a parar. De repente, la embargó una espantosa sensación de vergüenza. «¡Santo Dios! ¿Qué debe de pensar de mí?» Tenía que alejarse de él antes de hacer todavía más el ridículo. «¿En qué estaba pensando?» Parecía como si, con sólo mirar a aquel hombre, fuera a perder completamente la cabeza.

Separando las manos de las de Stephen, Hayley se puso de pie e hizo un gran esfuerzo para contener las lágrimas y hablar con el nudo que se le estaba haciendo en la garganta.

—Siento haberte despertado. Te dejaré con tu lectura. —Se dio la vuelta para marcharse, pero no había dado ni un paso cuando él la retuvo, rodeándole la cintura con sus fuertes manos.

Ella miró hacia el sofá y volvió a ver la misma expresión insondable en los ojos de Stephen.

—¡Al diablo con intentar actuar tan noblemente! —murmuró él. La cogió de la mano y tiró de ella hasta que la sentó sobre sus muslos.

—Rodéame el cuello con los brazos —susurró, con los labios a pocos milímetros de la boca de Hayley.

Ella dudó un momento, pero cuando él murmuró un «por favor», ella ya estaba perdida. En el instante en que lo abrazó, recibió un largo, lento y profundo beso que los fundió en uno y despojó a Hayley de todo asomo de sentido común.

Stephen la volvió a besar una y otra vez, y a cada segundo que pasaba perdía más el control. El tacto de las finas manos de Hayley, la sedosa caricia de su lengua contra la suya, su piel con perfume a rosas, le estaban volviendo loco. La palpitante rigidez de su erección chocaba dolorosamente contra sus apretados pantalones, torturándole con un ardiente deseo. Debería haber dejado que se marchase cuando se presentó la oportunidad, pero aquella mirada dolida y confusa al mismo tiempo en el rostro de Hayley se le había clavado en el corazón.

Ella suspiró su nombre, él la tumbó de espaldas sobre los blandos cojines del sofá, inclinándose hacia delante hasta estirarse completamente sobre ella. Su voz interior le gritaba: «¡No! ¡Para ya! ¡Retírate! Déjala sola. ¡Maldita sea! Esto no está bien.»

Pero se sentía tan bien.

Intentando apaciguar su conciencia, se dijo mentalmente que sólo quería besarla, nada más. Sólo un beso... sólo un beso más...

Pero le resultó imposible contentarse con un beso.

Ella le abrumaba en todos los sentidos, sin dejarle pensar coherentemente. Stephen apresó los senos de Hayley con ambas manos y, con los pulgares, le acarició los pezones, que inmediatamente se transformaron en dos montículos duros, enhiestos. Hayley gimió y enredó los dedos en el pelo de Stephen, instándole a acercársele todavía más. Incapaz de detenerse, él deslizó una mano hacia abajo, cogiendo el dobladillo del vestido y levantándolo lentamente. Introdujo la mano bajo la fina muselina y fue ascendiendo con los dedos por la pantorrilla. Cuando llegó a la rodilla, se encontró con el obstáculo de las bragas de algodón, una barrera que franqueó rápidamente.

Mientras los dedos de Stephen proseguían su placentera exploración pierna arriba, él se deleitaba escuchando los gemidos guturales y los suspiros entrecortados que se le iban escapando a Hayley. Cuando la mano de Stephen alcanzó la unión entre los muslos, todo el cuerpo de Hayley se tensó.

—Stephen... —susurró ella en sus labios.

Levantando la cabeza, él miró directamente aquellos ojos luminosos y dilatados por el placer. Y luego la acarició delicadamente con los dedos.

—Separa las piernas para mí, Hayley. Quiero tocarte. Necesito sentirte.

Sin apartar ni un momento la mirada de la de él, Hayley obedeció.

Los dedos de Stephen siguieron ascendiendo y acariciaron los suaves pliegues de carne femenina de Hayley, provocando en él un hondo gemido de placer masculino. Ella estaba húmeda y resbaladiza, caliente y tersa, y él se perdió en aquel contacto tan íntimo, aquella visión de Hayley con la cabeza echada hacia atrás, deleitándose con aquellas nuevas sensaciones.

Mientras ella se retorcía bajo las caricias de Stephen, aferrándose a sus hombros, él introdujo suavemente un dedo en su interior, observándola todo el rato. ¡Estaba tan mojada y suave por dentro! Él desplazó el dedo lentamente, entrando y saliendo del cuerpo de Hayley, viendo cómo crecía su pasión, cómo la respiración se le aceleraba y se le hacía más profunda. Stephen introdujo un segundo dedo en el interior de Hayley y emitió un grave gemido cuando notó que las paredes de terciopelo se contraían con fuerza.

Ella se apretó contra la mano de Stephen, y él supo lo que quería, consciente de lo ardiente y desesperada que se sentía en aquel momento. Exactamente como se sentía él.

—Stephen —le susurró, su voz convertida en un acelerado jadeo—, me siento tan rara, tan dolorida y tan maravillosamente bien al mismo tiempo, y... ¡ohhhhh! —exclamó entre jadeos.

Él la observó, completamente extasiado, mientras ella llegaba al clímax. Ella reaccionó abandonándose totalmente, la espalda arqueada, las caderas fuertemente apretadas contra él. Cuando se cayó de espaldas sobre los cojines, saciada, él retiró los dedos de su cuerpo. Stephen se tumbó a su lado y la apretó contra su palpitante corazón, hundiendo el rostro en su pelo y aspirando su perfume. Stephen nunca había visto nada más erótico, más sensual, que Hayley en su primer éxtasis pasional. Era un milagro que él no hubiera explotado también, aunque le había faltado bien poco.

Al poco rato, ella se inclinó hacia él y le tocó la cara. Él la miró y se quedaron mutuamente prendados de sus miradas.

Stephen giró la cara y le dio un ardiente beso en la palma de la mano.

—¡Caramba, Hayley! Eres hermosa. Tan suave y tan ardiente, tan acogedora. —Su excitación aumentó y volvió a notar que los pantalones cada vez contenían menos su tiesa virilidad, un recordatorio de lo desesperadamente que deseaba hundirse en ella.

—¿Qué me ha pasado? Nunca había experimentado nada semejante.

—Has experimentado el placer femenino —susurró él.

—¡Ha sido... increíble! No tenía ni idea de que fuera así. —Acarició el rostro de Stephen con suavidad y dejó escapar un hondo suspiro—. ¡Qué sensación tan maravillosa, tan indescriptible!

Stephen apoyó la frente en la de ella y cerró los ojos, intentando tragarse el nudo de culpabilidad que se le había hecho en la garganta y amenazaba con ahogarle. Ahora que otra vez podía pensar con claridad, estaba profundamente enfadado consigo mismo. «Dios, soy un canalla asqueroso.» Acababa de comprometer la reputación de Hayley más allá de toda esperanza y, todavía peor, sabía que, si no se alejaba de ella, la comprometería todavía más. «Y, ¡maldita sea! Ella se merece mucho más que un revolcón en el sofá de un despacho con un hombre que la acabará dejando.»

Apoyándose en un hombro, Stephen apartó delicadamente un rizo de la frente de Hayley.

—Hayley, yo... —«¡Dios!» Sabía que debía disculparse, pero se sentía incapaz de hacerlo. Había sido demasiado hermoso. Ella era demasiado hermosa. Le embargó una profunda ternura. Tragó saliva y lo volvió a intentar—. No podemos seguir así, Hayley. No podemos seguir viéndonos a solas. Echarás a perder completamente tu reputación, y yo voy a acabar perdiendo la cabeza. No quiero comprometerte más de lo que ya lo he hecho. —«¡Maldita sea! En el fondo, me habría gustado llegar hasta el final. Me gustas demasiado, tanto que apenas puedo pensar con claridad.»

Las mejillas de Hayley se tiñeron de rojo carmesí, y ella hizo ademán de incorporarse.

—Por supuesto, tienes razón. Lo siento...

Stephen le puso un solo dedo en los labios, impidiéndole acabar la frase.

—No tienes que disculparte por nada, Hayley. Yo asumo toda la responsabilidad de lo ocurrido. Pero no soy más que un hombre, y no quiero poner en peligro tu reputación. Y, si volvemos a quedarnos solos como hoy, lo haré. No creo que me pueda controlar otra vez.

Haciendo un gran esfuerzo para separarse de ella, Stephen se sentó y luego ayudó a sentarse a Hayley. Se pasó los temblorosos dedos por el pelo y emitió un largo suspiro. Las partes íntimas le seguían palpitando y doliendo, pero él sabía que Hayley era la única persona que le podría saciar, y era la única que no podía tener. Menuda ironía que todas sus riquezas, haciendas y títulos no pudieran darle lo que realmente deseaba. Él sabía que podría tomarlo sin más, pero ¿a qué precio? «Me odiaría a mí mismo. Y, todavía peor, me odiaría ella. Tal vez no ahora, pero sí más adelante. Cuando me marchara.»

Al girarse hacia ella, vio que se estaba arreglando la ropa. Se veía vulnerable, confundida y más hermosa que ninguna otra mujer en quien él había posado los ojos. Tenía los labios enrojecidos e inflamados por los besos y los pómulos irritados por el roce con la barba. La melena castaña le caía con un atractivo desorden sobre los hombros. El resplandor del fuego proyectaba un halo dorado a su alrededor. Era evidente que tenía que alejarse de ella. Ya.

Levantándose, le tendió la mano.

—Vamos. Te acompañaré hasta tu alcoba.

Antes de que ella pudiera responder, la puerta de la biblioteca se abrió de par en par. Era Callie. Estaba de pie en el umbral, llorando como una magdalena.

—¡Hayley, Hayley! ¡Por fin te encuentro!

Hayley fue corriendo hasta la pequeña, se arrodilló ante ella y ésta se le abrazó fuertemente.

—¿Qué pasa, cariño? ¿Te duele algo?

Callie se aferró al cuerpo de su hermana mayor y sollozó en su cuello.

—He tenido una pesadilla, con monstruos peludos que se comen a las niñas pequeñas. Te he buscado por todas partes, pero no te encontraba. Estaba muy asustada.

—Oh, mi preciosidad. Lo siento. Lo siento mucho. Ahora ya me has encontrado.

Hayley miró a Stephen con ojos afligidos. Él casi podía leerle el pensamiento... «Mira lo que he hecho. Yo aquí, comportándome como una fresca mientras Callie me necesitaba. Le he fallado. ¡Qué tremenda equivocación! ¿Y si nos hubiera interrumpido hace cinco minutos?»

Hayley miró inequívocamente hacia la puerta y Stephen supo que ella quería que se fuera antes de que Callie se percatara de su presencia. Sin decir nada más, Stephen se fue, cerrando la puerta silenciosamente detrás de él y sabiendo que dejaba un trozo de su alma allá dentro.

16

—¿Interrumpo algo? —preguntó Justin al día siguiente por la tarde. Entró en el patio de la casa de los Albright y enseguida se dibujó una mirada entre incrédula y divertida en su rostro.

Stephen trató de mirar a su amigo con mala cara, pero era sumamente difícil parecer amenazante con una diminuta tacita de té entre los dedos. Todavía resultaba más difícil teniendo en cuenta que estaba sentado a una mesa de tamaño infantil, con el cuerpo replegado sobre sí mismo, con las rodillas en contacto con el mentón y las nalgas apretadas en una diminuta sillita. Dirigió a Justin la mirada más seria que logró esbozar en tales circunstancias.

—¿Por qué? No, qué va, Justin. No interrumpes nada. De hecho, llegas justo a tiempo para unirte a nosotros. —Señaló una sillita vacía levantando levemente la barbilla—. Por favor, toma asiento.

Stephen casi se ríe a carcajadas al ver la expresión de horror en el rostro de Justin.

—Oh, no —dijo Justin—. No es nece...

—No digas tonterías —le interrumpió Stephen—. Insistimos. Justin, permíteme que te presente a la señorita Callie Albright, la mejor anfitriona de todo Halstead. Callie, te presento al señor Justin Mallory, un buen amigo mío.

Callie miró a Justin desde debajo del ala de un inmenso sombrero adornado con plumas de colores.

—Encantada, señor Mallory —le dijo con una dulce sonrisa—. Siéntese, por favor. Estábamos a punto de empezar a tomar el té. —Rodeó la mesa y sacó una sillita para Justin—. Puede sentarse aquí, al lado de la señorita Josephine Chilton-Jones.

Stephen vio cómo la mirada de Justin deambulaba entre la minúscula silla, la muñeca no demasiado limpia y la expresión expectante de la pequeña Callie. Consciente de que había perdido la batalla, Justin se acercó a la diminuta silla y se sentó con suma cautela. Las caderas le chocaban con los brazos de madera y, al igual que Stephen, las rodillas le llegaban a la altura del mentón.

—¡Maravilloso! —exclamó Callie, batiendo palmas entusiasmada—. Serviré el té mientras esperamos a que Grimsley nos traiga las pastas. —Callie vertió el té ceremoniosamente en cuatro tazas y se las pasó a sus cuatro invitados. Justin miró perplejo su taza, del tamaño de un dedal, y contuvo la risa.

Grimsley llegó con una bandeja de pastas y la dejó en el centro de la mesa.

—Buenas tardes, señor Mallory.

Justin miró hacia arriba desde su postura encorvada.

—Buenas tardes, Grimsley.

—¡Qué suerte que haya llegado a tiempo para tomar el té! —dijo el lacayo con expresión de absoluta seriedad. Hizo una reverencia y salió del patio.

Callie pasó la bandeja de pastas a los invitados, sin dejar de conversar, y fue rellenando las tacitas en cuanto se vaciaban —con un sorbo bastaba—, comportándose como una perfecta anfitriona. Cuando se dio cuenta de que la tetera estaba vacía, se excusó para volverla a llenar.

Solos en el patio, Justin miró a Stephen de soslayo.

—No lo digas, Justin.

—¿Que no diga qué?

—Lo que estás pensando.

Justin miró a su amigo entornando los ojos.

—De hecho, me estaba preguntando qué diablos te ha pasado en la cara.

Stephen lo fulminó con la mirada.

—Me he afeitado, por si te interesa.

Justin se quedó boquiabierto.

—¿Que te has afeitado? ¿Con qué diablos lo has hecho? ¿Con un hacha oxidada?

—Con una navaja de afeitar. Y te diré una cosa, creo que he hecho un buen trabajo. No es nada fácil afeitarse solo. Te recomiendo que valores más a tu ayuda de cámara. En cuanto llegue a Londres, pienso doblarle el sueldo a Sigfried.

—¿Y por qué no te has limitado a dejarte barba? —preguntó Justin pasándoselo en grande.

Stephen suspiró para sus adentros y deseó que Justin se limitara a guardar silencio.

—Tía Olivia me prefiere recién afeitado —dijo entre dientes—. Y Callie también.

—Ah, ya entiendo —dijo Justin asintiendo con la cabeza. Luego miró la mano de Stephen—. ¿Y ese rasguño en la mano? ¿Otra marca de la batalla contra la barba?

—Es un recuerdo del día que salí a pescar con los chicos.

Justin enarcó las cejas.

—¿A pescar?

—Sí, pesqué ocho peces y sólo me caí dos veces al río.

A Justin casi se le salen los ojos de las órbitas. Luego estalló en carcajadas. Rió hasta que empezaron a caerle lágrimas por las mejillas.

—¡Santo Dios, Stephen! —dijo por fin, secándose las mejillas con una servilleta de lino—. Pero... ¿qué demonios te está pasando? Tomas el té con niñas pequeñas. Te vas de pesca con muchachos. Te destrozas la cara. ¡Dios mío! Pero si no tienes ni idea de afeitarte, ni de pescar. Aún tienes suerte de no haberte rebanado el cuello. O de haberte ahogado en el río. ¿Acaso sabes nadar?

Sintiéndose insultado, Stephen contestó:

—Por supuesto que sé nadar.

Justin volvió a estallar en carcajadas.

—Justin —el tono de aviso de la voz de Stephen era inconfundible.

—¿Sí?

—La única razón de que no te haya lanzado de bruces contra el suelo es que tengo el culo permanentemente pegado a esta maldita sillita de muñecas. Tal vez no pueda volverme a levantar nunca más. Pero, si lo hago, ten por seguro que haré que te arrepientas de tu falta de respeto.

Justin dio un mordisco a una pasta, haciendo caso omiso de las amenazas de su amigo.

—Lo dudo. Podría sacarte hasta la última libra que posees haciéndote chantaje con lo que he visto hoy. A propósito, estas pastas están para chuparse los dedos —añadió guiñando exageradamente el ojo a Stephen.

Callie regresó con una tetera humeante, y el grupo se pulió una taza tras otra, o un sorbo tras otro, del caliente brebaje y otra bandeja de pastas. Cuando se acabó la segunda tetera, Callie se levantó.

—Muchísimas gracias por acompañarme a tomar el té —dijo con una reverencia. Cogió a la señorita Josephine Chilton-Jones de la silla y la abrazó fuertemente—. Ahora debo acostar a la señorita Josephine. Buenas tardes, caballeros. —Y, asintiendo educadamente, salió del patio.

Stephen y Justin se miraron mutuamente. Al final, Stephen suspiró y dijo:

—Necesito levantarme de esta silla. Tengo todo el cuerpo agarrotado.

Justin intentó incorporarse, en vano.

—Me temo que el culo se me ha quedado enganchado entre los brazos de la silla.

Stephen intentó levantarse, pero no lo consiguió.

—Bueno, esto es un verdadero tostón —comentó entre dientes—. Y, encima, necesito aliviarme desesperadamente. He debido de beber por lo menos cuarenta y tres tazas de té.

Justin rió.

—Cuarenta y siete. Pero, ¿para qué contarlas?

—¿Por qué están ahí sentados? —preguntó Andrew mientras entraba en el patio.

Miró boquiabierto a los dos hombres y se dibujó una expresión de horror en su rostro.

—¡Ah, ya! Déjenme que lo adivine. ¡Callie les ha invitado a tomar el té! ¿Verdad?

Stephen esbozó una mueca de arrepentimiento.

—Eso me temo.

Justin se inclinó y se quedó mirando fijamente al chico.

—Pero... Andrew, ¿qué diablos te ha pasado en la cara?

Andrew se palpó la mejilla y dirigió una tímida sonrisa de complicidad a Stephen.

—El señor Barrettson me ha enseñado a afeitarme.

—¿Que el señor Barretsson te ha enseñado...? —Justin sacudió enérgicamente la cabeza—. Ya puedes darle las gracias a Dios, chico. Tienes mucha suerte de poderlo contar. Stephen no tiene ni idea de...

—¡Ejem! —Stephen dirigió a su amigo una mirada asesina para hacerle callar y luego se volvió hacia Andrew.

—¿Y si nos echaras una mano para levantarnos?

—Con mucho gusto —dijo Andrew. Se inclinó hacia delante y primero ayudó a Stephen y luego a Justin a desencajar las caderas de las diminutas sillas, intentando no romper éstas.

Justin levantó una de las sillas después de liberar las nalgas y dijo:

—Resistente, para ser tan pequeña. Es increíble que haya podido soportar mi peso.

—Gracias, Andrew —dijo Stephen frotándose los agarrotados muslos.

Andrew dirigió a los dos amigos una sonrisa de complicidad.

—No hay de qué. He tenido que soportar más de una de las dichosas meriendas de Callie y estoy bastante familiarizado con esas horribles sillitas. —Cogió una pasta de la bandeja prácticamente vacía, se la llevó a la boca y entró en la casa a paso lento.

Justin recogió del suelo el paquete que había traído y apremió a Stephen:

—Vamos, Stephen. Salgamos de aquí antes de que nos ocurra algo más.

Stephen asintió, y tomaron un sendero de piedra que se alejaba de la casa. Tras andar durante un rato, se detuvieron y se sentaron en un banco de piedra.

—¿Dónde está el resto de los Albright? —preguntó Justin, apoyándose en el respaldo del banco y estirando las piernas.

—Hayley, Pamela y tía Olivia están en el pueblo, y Nathan guardando cama. Ayer se cayó de un árbol.

—¿Está bien? —preguntó Justin.

—Sí, pero el médico le recomendó guardar cama durante todo el día de hoy. —A Stephen se le escapó una risita—. Creo que tanto encierro está matando al pobre muchacho.

Justin miró a su amigo con curiosidad.

—Pareces estar adaptándote bastante bien a la familia —dijo como quien no quiere la cosa—. Cuando hablamos por última vez parecías opinar de los hermanos Albright que eran unos gamberros ruidosos e ingobernables.

—Son unos gamberros ruidosos e ingobernables. Sencillamente, en cierto modo, me he acostumbrado a ellos. —Sonrió para sus adentros, pensando en la radiante y encantadora sonrisa de Callie cuando él le dijo que aceptaba su invitación para tomar el té. A pesar de las diminutas sillas, había disfrutado, y la alegría de la pequeña le había enternecido de una forma hasta entonces desconocida para él—. A los muchachos les falta pulir un poco los modales —comentó Stephen—, pero todos tienen un gran corazón. —«De hecho, son maravillosos.» Deslizó la mirada hasta el paquete que Justin había dejado en el suelo—. ¿Son ésas las cosas que te pedí?

Justin asintió con la cabeza y alargó el paquete a Stephen.

—Sí.

—Excelente. Necesitaba desesperadamente varias mudas de ropa más. —Se lamentó en silencio de la raja que se había hecho en uno de sus pantalones.

Justin arqueó una ceja.

—¿Ah, sí? ¿Por eso me pediste que te trajera un vestido? ¿Un vestido de muselina azul claro? ¿Con zapatos y complementos a juego?

Stephen dirigió a Justin una gélida mirada.

—El vestido es para la señorita Albright.

—¿Ah, sí? ¿Cuál de ellas? Hay varias, como tú bien sabes.

—Es para Hayley —dijo Stephen con voz tirante.

—Ah. Un regalo que se sale de lo corriente. Muy personal. Y bastante caro, para venir de un tutor. Has de saber que necesité una cantidad considerable de tiempo, esfuerzo, dinero e inteligencia para conseguir ese vestido. De hecho, casi necesito un acta parlamentaria para traértelo.

—Por descontado, te lo pagaré, hasta el último penique —dijo Stephen gélidamente.

—Preferiría que satisficieras mi curiosidad.

—Olvídalo, Justin —le avisó Stephen.

—Como quieras —dijo Justin sonriendo—. Sólo espero que Victoria no se entere de mi compra. Si llegara a enterarse, podría tener graves problemas. ¿Cómo demonios quieres que le explique que compré el vestido para ti? Seguro que cree que tengo una amante.

—Eres un hombre de recursos. Seguro que se te ocurre alguna excusa plausible. Ten por seguro que nunca oirá la verdad de mis labios. Ahora, cuéntame. ¿Cómo van las cosas por Londres?

—Ha habido bastante movimiento —contestó Justin—. De hecho, aunque no me hubieras pedido que viniera, tenía pensado venir. Uno de nuestros sospechosos, Marcus Lawrence, está muerto.

Stephen miró fijamente a Justin.

—¿Muerto?

Justin asintió.

—Suicidio. Lo encontraron en su despacho hace un par de días. Aparentemente, se metió una pistola en la boca y apretó el gatillo. El magistrado estaba a punto de levantar cargos contra él por el asunto del cargamento ilegal. Eso, junto con su ruina financiera, aparentemente le llevó al límite.

Stephen entornó los ojos.

—¿Y cómo sabes que no fue un asesinato?

—Al parecer, varios testigos le vieron la noche de su muerte. Estaba como una cuba, divagando sobre sus pérdidas financieras y profundamente abatido. Según explicó su mayordomo, Lawrence llegó a su casa a medianoche y se fue directo al despacho. El mayordomo oyó el disparo varios minutos después.

—¿Y si había entrado alguien por una ventana? —preguntó Stephen.

Justin negó con la cabeza.

—Imposible. Sólo había una ventana y estaba cerrada por dentro. Además dejó una breve nota a su mujer, pidiéndole perdón. Sin lugar a dudas, fue un suicidio.

—O sea que, en el caso de que Lawrence fuera nuestro hombre —reflexionó Stephen en voz alta—, entonces ya no estoy en peligro.

—En el caso de que Lawrence fuera nuestro hombre —asintió Justin.

Stephen miró a su amigo y una oleada de complicidad fluyó entre ambos sin mediar palabra.

—Siguiendo nuestro plan, expliqué a tu personal y a tu familia que te habías ido de viaje al continente —informó Justin—. Nadie cuestionó mi relato, pero Gregory me ha preguntado varias veces por tu paradero exacto. Yo le he dicho que preferías mantenerlo en secreto porque estabas disfrutando de unas vacaciones íntimas con tu nueva amante.

Al oír las palabras de Justin, a Stephen le subió por el cuello una oleada de calor. Se aclaró la garganta y dijo:

—Con Lawrence muerto, Gregory es nuestro principal sospechoso.

—Heredar varios millones de libras, junto con numerosas propiedades y títulos nobiliarios es un buen motivo para asesinar a alguien —afirmó Justin.

—Pero Gregory no necesita dinero.

—Yo no estaría tan seguro de eso, Stephen. He oído que debe una cantidad considerable en el club White, y ha estado frecuentando algunos locales de juego de mala reputación. Pero, de todos modos, creo que ya va siendo hora de que vuelvas a Londres. Si Lawrence era nuestro hombre, tu vida ha dejado de estar en peligro. Si el culpable es Gregory, necesitamos desenmascararlo. —Miró el torso de Stephen—. ¿Cómo tienes las costillas para montar a caballo?

Stephen asintió con mirada ausente.

—Supongo que bien. Pero ¿y si nuestro hombre no es ni Lawrence ni Gregory?

—Pues también debemos desenmascararlo —contestó Justin—. Aunque no es mi intención ponerte en peligro, no vamos a conseguir nada si te quedas aquí. Es hora de volver a casa, Stephen.

«Casa.» La realidad golpeó a Stephen como una descarga eléctrica. Durante las dos últimas semanas se había involucrado tanto con Hayley y su familia que casi se había olvidado de su vida en Londres, una vida que incluía a un asesino a sangre fría.

«Casa.» Una inmensa casa de ciudad en la avenida Park Lane de Londres, una casa que funcionaba a la perfección. El paradigma de la elegancia, con un personal perfectamente formado que satisfacía todas sus necesidades. Sin niños revoltosos, perros indómitos, tías sordas ni sirvientes irreverentes.

Stephen asintió lentamente.

—Sí, supongo que ha llegado el momento de volver a casa. —Aquellas palabras le produjeron una dolorosa sensación de vacío.

—Excelente. ¿Te espero mientras recoges tus cosas? ¿O prefieres que te eche una mano con la maleta? —le preguntó Justin mientras se levantaba.

Stephen lo miró sin entender nada.

—¿Qué has dicho?

—Que si necesitas ayuda para preparar el equipaje.

Stephen se levantó lentamente mientras arrugaba la frente.

—No puedo irme hoy contigo, Justin.

Justin levantó las cajas en señal de sorpresa.

—¿Por qué no?

—Tengo un par de cosas pendientes antes de marcharme —dijo Stephen vagamente, molesto al darse cuenta de que se estaba empezando a sonrojar.

—¿Como por ejemplo? —Justin lo miró intrigado—. ¡Caramba, chico! Pero... ¡si se te han subido los colores!

—No es verdad —dijo Stephen irritado, mientras caminaba hacia la casa—. Sencillamente no puedo marcharme hoy.

—Está bien. Entonces mañana.

—No puedo irme hasta pasado mañana.

—¿Por qué?

—No es de tu incumbencia —contestó Stephen de malos modos, pero luego se retractó—. Prometí a Hayley y a su hermana acompañarlas a una fiesta mañana por la noche, de ahí que te pidiera que me trajeras el vestido. No puedo faltar a mi promesa.

—Ya entiendo —dijo Justin repasándolo con la mirada—. ¿Y qué tal te llevas con la señorita Albright?

—Pamela Albright es una joven encantadora —dijo Stephen simulando haber interpretado erróneamente la pregunta de Justin mientras aceleraba el paso.

—Pamela no es la señorita Albright a quien me refería, como tú muy bien sabes —dijo Justin, siguiéndole al mismo paso.

—Hayley y yo nos llevamos bien —contestó Stephen con una brusquedad que habría disuadido a cualquiera de seguir haciéndole preguntas.

Pero Justin ignoró completamente aquel tono.

—Siento no haber podido verla esta vez.

—Ella no sabía que venías.

—¿Ah, sí? ¿Por qué no se lo dijiste? ¿Lo hiciste a propósito para que no me cruzara con ella? ¿Acaso temías que notara algo raro en su comportamiento? ¿O tal vez en el tuyo?

Stephen se paró de golpe y dirigió una mirada pretendidamente imperturbable a su amigo. «¡Maldito seas, tú y tu condenada perspicacia!»

—No tengo ninguna intención de hablar contigo sobre Hayley, Justin.

Justin se detuvo y analizó atentamente a Stephen. Stephen intentó poner cara de póquer. Si ni tan siquiera él entendía lo que sentía por Hayley, ¿cómo iba a intentar explicárselo a Justin?.

—Como quieras, Stephen —dijo bajando la cabeza. Reanudaron la marcha—. Pero, como no quieres hablar conmigo sobre la señorita Albright, supongo que no te interesará conocer una curiosidad que he averiguado sobre ella.

—¿Sobre Hayley? —preguntó Stephen incapaz de ocultar la sorpresa en su voz.

—Ajá —dijo Justin paseándose pausadamente delante de Stephen como si tuviera todo el tiempo del mundo.

—¿Y bien? —preguntó Stephen impacientemente cuando comprobó que su amigo guardaba silencio.

—Creía que no querías hablar sobre ella.

—He cambiado de opinión —espetó Stephen. «¡Maldita sea! A veces Justin sabe sacarme de quicio.»

—Ah, bueno. En tal caso, te lo contaré. He hecho algunas indagaciones, con suma discreción, descuida, y he descubierto que el padre de Hayley los dejó en la ruina cuando murió.

Stephen frunció el ceño y miró a Justin con rostro preocupado.

—¿Eso hizo?

—Sí. Al parecer, vendiendo su barco consiguieron reunir suficiente dinero para pagar las deudas de Tripp Albright. La herencia de la familia ascendía a menos de cien dólares en total.

—Entonces, ¿cómo se las han arreglado para sobrevivir? —preguntó Stephen sumido en la confusión—. Deben de recibir dinero de alguna parte. ¿Tal vez de la familia materna? ¿O de algún abuelo? ¿Quizá de tía Olivia?

—No lo creo —dijo Justin negando con la cabeza—. En ninguna de mis indagaciones averigüé nada semejante.

—Sé que no nadan en la abundancia, pero reciben dinero de algún sitio. Se te debe de haber escapado algo, Justin.

—Tal vez.

Paseando, los dos amigos habían llegado al establo. Tras desatar su caballo, un magnífico ejemplar castrado, Justin se subió a la silla de montar.

—Te espero de vuelta pasado mañana, Stephen. —Justin se ladeó el sombrero y guiñó el ojo a Stephen exageradamente—. Pásatelo bien en la fiesta.

Stephen observó cómo Justin se alejaba galopando y luego se encaminó hacia la casa, apretándose contra el pecho el paquete que le había traído Justin.

Estaría en Londres dentro de sólo dos días.

Debería estar ilusionado.

Entonces... ¿por qué se sentía tan abatido?

17

Hayley entró en su alcoba más tarde aquel mismo día, y una expresión de confusión se dibujó en su rostro. «¿De dónde diablos ha salido este paquete?»

Cogiendo el paquete, que estaba envuelto con un sencillo papel de regalo, estiró de una tarjetita que había debajo de la cinta del paquete. Rompió el precinto lacrado del sobrecito y leyó la nota: «Para Hayley, con mi más profunda gratitud, Stephen.»

Stephen le había hecho un regalo.

Llevaba todo el día intentando quitárselo de la cabeza, a él y el apasionado encuentro de la noche anterior, pero él llenaba todos y cada uno de los rincones de su mente. Su sonrisa, sus ojos, maliciosos y juguetones en un momento, nublados por el deseo en el momento siguiente. El tacto de sus manos, el sabor de su boca... Hayley cerró fuertemente los ojos. Tenía que dejar de pensar en él. Pero ¿cómo?

Apretó el paquete contra su pecho, soltando un profundo suspiro. Volvió a dejar el paquete sobre la cama y desató la cinta con dedos temblorosos. Retiró el envoltorio, miró con admiración el contenido del paquete y luego levantó el vestido más bonito que había visto jamás. Metros y metros de una muselina del matiz más claro de azul imaginable caían sobre el suelo. El vestido tenía las mangas cortas y abullonadas, adornadas con cintas de color crema. El corpiño tenía un generoso escote y estaba adornado con una cinta color marfil justo debajo del busto, con un ribete de flores color crema y violeta oscuro.

Las flores eran pensamientos.

El mismo ribete de pensamientos adornaba el dobladillo del vestido, y había enredaderas de color verde claro bordadas a lo largo de los pliegues de la falda. Hayley se puso el vestido a la altura del cuello y miró hacia abajo sin creer lo que veían sus ojos. Parecía justo de su talla, la línea del dobladillo le rozaba la parte superior de sus sufridos zapatos marrones de piel.

Se deshizo rápidamente de su polvoriento vestido marrón y deslizó con reverencia aquella creación azul sobre su cabeza. El vestido le iba como anillo al dedo, como si se lo hubieran hecho a medida. Sin apenas poder respirar, Hayley se acercó al espejo de cuerpo entero que había en la esquina de la habitación.

El generoso escote dejaba al descubierto una considerable extensión de piel que la hizo sonrojar. El fino material le caía sobre los pies desde la cinta color marfil que había bajo el busto. Hayley resiguió con un dedo uno de los pensamientos bordados en el corpiño, todavía sin creerse que llevara puesto un vestido tan bonito. Se sentía como una princesa.

Alguien llamó a la puerta.

—Adelante —dijo aturdida, sin poder apartar la vista del espejo.

—Hayley, podrías... —Pamela se paró en seco en cuanto vio a su hermana delante del espejo—. ¡Hayley! ¡Qué vestido tan exquisito! ¿De dónde lo has sacado?

Hayley se dio la vuelta y miró fijamente a su hermana.

—Es un regalo.

—¿Un regalo? ¿De quién? —Pamela tocó la fina muselina con un dedo.

—De Stephen —dijo Hayley con un hilo de voz—. Me lo ha regalado Stephen.

Pamela abrió la boca de par en par.

—¿Dé dónde diablos lo ha sacado? ¿Ycómo ha podido

pagar un vestido así? Ha debido de costarle una pequeña fortuna.

Hayley sacudió repetidamente la cabeza.

—No tengo ni idea. Lo único que sé es que me he encontrado este paquete encima de la cama al regresar del pueblo. Llevaba una tarjeta. Está ahí, sobre la cama.

Pamela se acercó a la cama, cogió la tarjeta y leyó lo que había escrito. Luego observó el paquete y volvió a quedarse boquiabierta.

—¿Has visto el resto?

—¿El resto? ¿Qué resto? —preguntó Hayley ausente. No podía dejar de pensar en el vestido el tiempo suficiente para atender a cualquier otra cosa.

—Mira esto —dijo Pamela sofocada—. ¿Has visto alguna vez una cosa tan preciosa?

Hayley se giró y miró boquiabierta la combinación que le mostraba su hermana. Aquella prenda de ropa interior era de un blanco resplandeciente y estaba tejida con tal delicadeza que casi parecía transparente.

—¡Santo Dios! —exclamó Hayley acercándose a su hermana. Juntas fueron extrayendo uno a uno los demás artículos que había en el paquete. Unas medias de pierna entera de pura seda, un liguero de raso color marfil adornado con una cinta azul claro, y un par de zapatos azules satinados. Hayley deslizó un pie en uno de ellos. Eran justo de su número.

—¡Oh, Hayley! —exclamó Pamela con voz entrecortada—. Debe de habértelo comprado para que te lo pongas en la fiesta de mañana. ¡Qué increíblemente romántico!

—No me lo puedo creer —dijo Hayley aturdida—. ¿Cómo lo ha hecho? ¿De dónde lo ha sacado? ¿Cómo ha sabido exactamente qué talla comprar? —Se sonrojó al recordar que Stephen había tocado prácticamente todos los rincones de su cuerpo. Él, mejor que nadie, podía estimar con bastante exactitud sus medidas.

—Tienes que importarle mucho —dijo Pamela con dulzura. Cogió las manos de Hayley y se las apretó con fuerza—. Estoy tan contenta por ti. El señor Barrettson me cae de maravilla y, si te hace feliz, yo le recibiré con los brazos abiertos.

Hayley levantó la cabeza y desplazó su anonadada mirada de los preciosos zapatos al radiante rostro de Pamela.

—¿De verdad crees que le importo?

—Por supuesto —dijo Pamela sin asomo de duda—. Un hombre no le regalaría algo así a una mujer a menos que le importara muchísimo. —Su mirada se detuvo en la ropa interior desparramada sobre la cama—. Tienes que importarle mucho.

Hayley cerró los ojos e inspiró profundamente.

—Oh, Pamela. Ojalá tengas razón. ¡Dios! Ojalá la tengas.

—Por descontado que la tengo. —Pamela le dio un breve abrazo—. Ahora vamos a quitarte el vestido antes de que se estropee. —Ayudó a Hayley a quitarse la prenda y a colgarla en el armario.

—Espera a que el señor Barrettson te vea con este vestido. Se arrodillará ante ti y te declarará amor eterno —predijo Pamela, alargándole la ropa interior, que Hayley guardó con sumo cuidado en el cajón de la cómoda.

—Espero que la conmoción de verme con algo distinto que un vestido de estar por casa no haga que se le pare el corazón —dijo Hayley con una risa.

—Creo que el corazón del señor Barrettson va a estar demasiado ocupado latiendo desbocadamente para plantearse siquiera la posibilidad de pararse.

Hayley no pudo borrar la radiante sonrisa que sabía había iluminado su rostro al oír las palabras de Pamela. Se volvió a vestir rápidamente con la idea de dirigirse al establo.

Cogidas del brazo, ella y Pamela salieron de la habitación y bajaron las escaleras. En el vestíbulo, se encontraron con Stephen. Con una tímida sonrisa, Pamela se excusó y dejó a Hayley a solas con él.

Hayley abrió la boca con la intención de darle las gracias por el regalo, pero se quedó sin palabras al contemplar la multitud de costras que salpicaban la mandíbula de Stephen.

—¡Santo Dios! ¿Qué te ha pasado en la cara?

A Stephen se le escapó una risita de arrepentimiento.

—Me he afeitado.

—¿Te has hecho daño?

—Sólo a mi orgullo. Me temo que afeitarme no es una actividad en la que destaco.

—Entonces, ¿por qué?... —Su voz se desvaneció cuando cayó en la cuenta del motivo—. ¿Te has afeitado por lo que te dijo tía Olivia?

Él se encogió de hombros.

—Tal vez. Y Andrew me había pedido que le enseñara a afeitarse. Me temo que el pobre ha acabado con la cara tan llena de cortes como yo, pero, al fin y al cabo, nos las hemos arreglado bastante bien.

Hayley se derritió por dentro. «¡Dios mío, es encantador! Destrozarse la cara para complacer a una anciana y a un adolescente.» Por un momento, se preguntó por qué sería tan poco hábil en una actividad tan típicamente masculina que probablemente llevaba años realizando, pero no le dijo nada. Era evidente que a Stephen le avergonzaba su falta de habilidades, y ella no tenía ninguna intención de hacerle sentirse violento.

Poniéndole la mano en la manga, le dijo:

—Por favor, déjame ayudarte la próxima vez. Me estremezco con sólo pensar en que tú o Andrew podríais rebanaros el cuello en el intento.

—Te tomo la palabra.

Hayley notó que le subía una oleada de calor por el cuello y supo que se estaba sonrojando.

—Stephen, he encontrado el vestido. Es el vestido más bonito que he visto en mi vida..., que jamás podría llegar a imaginar. Nadie me había hecho nunca un regalo tan maravilloso, o que se sale tanto de lo corriente. —Al pensar en las medias y la ropa interior, se sonrojó todavía más—. No sé qué decir, o cómo agradecértelo.

Stephen le tocó suavemente la cara con un dedo.

—No hace falta que me digas nada, y me lo puedes agradecer poniéndotelo mañana por la noche en la fiesta de la señora Smythe.

—¿De dónde lo has sacado? ¿Cómo lo has conseguido? ¿Por qué?

—Escribí a Justin, le expliqué con sumo detalle lo que quería y él me lo ha traído hoy. En lo que se refiere al porqué, bueno, supongo que tenía ganas de que tuvieras un vestido que no fuera marrón o gris. Quería que estuvieras tan hermosa como eres. Me preguntaba cómo te sentaría un vestido del color de tus ojos.

A Hayley se le escapó una risita nerviosa.

—Espero no decepcionarte.

Stephen negó con la cabeza y la miró fijamente con ojos sombríos y serios.

—Tú nunca podrías decepcionarme, Hayley.

Al oír aquellas palabras, Hayley se sintió la mujer más afortunada del mundo. Antes de que ni siquiera pudiera pensar en la respuesta, él se inclinó hacia delante con la mirada fija en su boca. «¡Dios mío! Va a besarme. Aquí, en medio del vestíbulo.»

Con el corazón desbocado, ella levantó el rostro. Sólo les separaba una respiración. Estaba...

—¡Que me aten a la lancha salvavidas y me tiren al mar! —bramó Winston.

Hayley jadeó y dio un paso atrás para separarse de Stephen con tal rapidez que casi tropieza. Se dio la vuelta y respiró aliviada al ver que el ex marinero se estaba peleando con varias cajas que bloqueaban la visión del vestíbulo.

Winston se percató de la presencia de Hayley y Stephen.

—¿Tiene un minuto, señor Barrettson? Estas cajas no pesan, pero son grandes, y no sé dónde se ha metido ese enclenque saco de huesos.

—Me encantaría ayudarle —dijo Stephen. Se giró hacia Hayley—. ¿Adónde ibas?

—Al establo. Pensaba sacar a *Pericles* a dar un paseo. —«¡Santo Dios! Ha estado a punto de besarme en el vestíbulo a plena luz del día.» Pero todavía le sorprendía más el hecho de que ella había deseado desesperadamente que lo hiciera. Si Winston no les hubiera interrumpido, probablemente ella se habría colgado de su cuello y lo habría besado hasta olvidarse de su propio nombre.

—Ayudaré a Winston y luego iré a ver cómo te va. Que disfrutes de la cabalgada.

—Gracias. —Intentando disimular su azoramiento, Hayley se dirigió hacia la puerta. «Casi nos besamos en el vestíbulo. ¡Por el amor de Dios! He perdido la cabeza. Callie casi nos cogió in fraganti ayer por la noche, un error que me juré no repetir, y ahora he estado a punto de hacer lo mismo.» Negando con la cabeza, se recordó a sí misma que se suponía que estaba intentando mantenerse alejada de Stephen, una misión que parecía ser incapaz de cumplir durante más de dos segundos seguidos. Cuanto más lo conocía y más tiempo pasaba con él, más insoportable se le hacía la idea de su partida.

«¡Que Dios me ayude! ¡Quiero que se quede!»

«Pero él pronto tendrá que reemprender su vida.»

Fue entonces cuando Hayley descubrió que, a pesar de sus mejores intenciones, nunca aprendería a dejar de desear lo que no podía tener.

Tras ayudar a Winston con las cajas, Stephen fue al establo, pero no había ni rastro de Hayley o *Pericles*. Volvió a entrar en la casa, fue a la biblioteca y cogió un número atrasado de *Gentleman's Weekly*. Sentándose cómodamente en el sofá de brocado, buscó la página de *Las aventuras de un capitán de barco*. Estaba a medio relato, cuando un párrafo le hizo detenerse súbitamente. Volvió a leerlo, seguro de que le estaban engañando los ojos.

> —No hay nada más maravilloso que los hijos —dijo el capitán Haydon a su tripulación—. Cuando nació cada uno de mis hijos, mi esposa y yo lo miramos y recordamos el momento en que lo habíamos concebido. —Su risa retumbó en la calma de la brisa marina—. Les pusimos nombres en honor al lugar donde nos habíamos

amado. ¡Menos mal que ninguno fue concebido junto a un riachuelo o el pobre se habría llamado «Aguado» o «Riachuelo»!

Miró fijamente la página, boquiabierto, mientras las piezas empezaban a encajar. ¿«Aguada»? ¿Elegir el nombre de los hijos en honor al momento en que fueron concebidos? H. Tripp, Tripp Albright, capitanes de barco, las indagaciones de Justin sobre la situación financiera de los Albright... «¡Maldita sea! Si Hayley no es la autora de los relatos, desde luego tiene alguna relación con ellos.»

¿Era así como mantenía a toda la familia? ¿Vendiendo relatos basados en las experiencias de su padre a *Gentelman's Weekly*? Stephen recordó la conversación que habían mantenido sobre *Las aventuras de un capitán de barco.* Hayley se ofendió cuando él cuestionó las habilidades literarias de H. Tripp. Y reconoció que se leía todos los relatos. Por supuesto que los leía, los escribía ella misma. O, por lo menos, ayudaba a alguien a escribirlos.

Empezó a dar vueltas a las implicaciones de todo aquello. Era evidente que Hayley tenía que mantener en secreto su participación en los relatos. *Gentleman's Weekly* era la revista de mayor prestigio entre los miembros masculinos de la alta sociedad. Cada lord que Stephen conocía la leía asiduamente, de cabo a rabo. Si los preciados miembros de la aristocracia llegaran a descubrir algún día que los relatos por capítulos de su revista favorita eran obra de una mujer, se escandalizarían y horrorizarían, aparte de dejar de comprar inmediatamente la revista. Un escándalo de ese calibre arruinaría a la revista... y dejaría a la familia de Hayley sin lo que Stephen imaginaba que era su única fuente de ingresos.

Debería haberse escandalizado. Que una mujer vendiera relatos a una revista para hombres era algo que estaba fuera de toda norma, algo completamente inaceptable. Pero, de algún modo, la admiración superaba con creces la conmoción que le había provocado aquel descubrimiento. Cuando tuvo que enfrentarse a circunstancias adversas, Hayley había sabido encontrar la forma de sacar adelante a su familia. Pero, ¿era Hayley el mismo H. Tripp, o simplemente la asesora del verdadero autor de los relatos?

La imperiosa necesidad de conocer la respuesta a aquella pregunta sorprendió a Stephen. Necesitaba ver a Hayley, hablar con ella. ¿Sería capaz de leer la verdad en sus ojos? Sólo había una forma de averiguarlo. La forma en que Hayley se ganaba la vida no era de su incumbencia, pero no podía aplacar la imperiosa necesidad de saber la verdad.

Decidido a hablar con Hayley, se dirigió hacia la terraza. En el vestíbulo se encontró a Grimsley echando una cabezada en una butaca. Dos semanas antes, la visión de un sirviente durmiendo en el vestíbulo le habría enfurecido y consternado. Pero en aquel lugar y en aquel momento, le parecía, en cierto modo, apropiado. Intentando no hacer ruido para no molestar a Grimsley, Stephen se dirigió hacia la puerta que daba al jardín, moviendo repetidamente la cabeza en gesto de negación. Lacayos miopes durmiendo en el vestíbulo, groseros ex marineros vociferando por los pasillos, cocineros lanzando por los aires cazos y sartenes, niños revoltosos rebosantes de energía...; la casa de los Albright y sus ocupantes eran lo más opuesto a aquello a lo que él estaba acostumbrado. Pero, aunque al principio se había sentido aturdido ante aquel caos, ahora sabía que aquel caos no era más que otra forma de llamar al paraíso. Y le iba a resultar muy duro tener que marcharse de allí.

Una vez en el exterior, vio dos figuras en la distancia acercándose a la casa. Enseguida supo que eran Hayley y Callie. Se acomodó en una silla de hierro forjado para esperarlas e inspiró profundamente el aire con olor a tierra. Apoyando la cabeza en el respaldo de la silla, disfrutó del suave picor de los cálidos rayos del sol en la cara. Dentro de dos días estaría de vuelta en Londres, reanudando su vida normal, intentando dar caza a un asesino. «Debo decirle a Hayley que me voy al día siguiente de la fiesta. No puedo posponerlo más, por mucho que lo desee. Se lo explicaré esta misma tarde.»

Sus pensamientos fueron interrumpidos por el sonido de

unas voces femeninas. Irguiéndose en la silla, Stephen se protegió los ojos del fuerte sol con una mano. Hayley y Callie estaban corriendo por el césped con los brazos abiertos. Incapaz de resistir la atracción que aquellas risas ejercían sobre él, se levantó de la silla y se acercó a la barandilla del patio para tener mejor perspectiva.

—¿A que no me pillas? —chillaba Callie, corriendo todo lo deprisa que le permitían sus cortas piernas.

—Oh, sí. ¡Ya lo creo que te voy a pillar! —dijo Hayley mientras la perseguía y simulaba estar a punto de cogerla—. Esta vez no te me escaparás.

Callie siguió dando grititos y riéndose mientras se acercaba al patio, con Hayley pisándole los talones. Stephen observó sus payasadas, y una extraña sensación, una indescriptible nostalgia, le embargó por completo, filtrándosele por las venas. ¿Cómo debía de ser una infancia llena de juegos y risas? ¿De abrazos y sonrisas? Le bastaba con mirar el rostro de Callie, radiante de felicidad, para saber que tenía que ser maravillosa. Hayley estaba siendo una madre excelente para sus hermanos y, si sus sospechas eran correctas, los quería con una profundidad y una generosidad que él creía que no podían existir.

La mirada de Stephen la buscó, siguiéndola mientras perseguía a su escurridiza hermanita simulando que la quería pillar. Se le había soltado el pelo, y sus brillantes rizos castaños flotaban tras ella en un salvaje desorden mientras corría. Stephen sintió que se le agarrotaba la garganta. ¡Era tan condenadamente bonita! Una fascinante combinación de inocencia y naturalidad.

Pero ya no era sólo su hermoso rostro lo que cautivaba a Stephen. Era su belleza interior. Su limpia sonrisa, sus cariñosas caricias. Su corazón generoso, su paciente fortaleza. Si las cosas fueran diferentes...

Stephen cortó en seco sus pensamientos. Las cosas no eran diferentes. Nada era diferente. Y él debía tenerlo presente.

Las risas se hicieron más fuertes, Callie corrió a toda velocidad hacia la casa, pero, justo antes de llegar a los escalones del patio, Hayley la cogió por la cintura y la levantó por los aires.

—¡Te pillé! —anunció Hayley—. ¡Ya tengo a mi preciosidad! —Cubrió de besos la cara de Callie, y las risitas de felicidad de la pequeña resonaron en la estancia.

Stephen carraspeó, tanto para que ellas se percataran de su presencia como para deshacer el nudo de emoción que se le había formado en la garganta. Dos pares idénticos de ojos azul claro se giraron hacia él. Su mirada se cruzó con la de Hayley, y a él se le aceleró el pulso inmediatamente.

A Hayley se le habían subido los colores del esfuerzo y la piel le brillaba con un intenso color rosa. La mirada de Stephen descendió enseguida hasta la boca, aquella boca carnosa, seductora, que parecía hacerle señas, pidiéndole a gritos que se olvidara de dónde estaban y que la besara hasta la saciedad. Él supo que ella le había leído el pensamiento cuando se esfumó la sonrisa de su rostro y empezaron a temblarle los labios. Casi podía oírla decir: «Sí, quiero que me beses.» Casi podía notar el contacto de sus labios, el sabor de su lengua...

—¡Señor Barrettson! —Callie se escabulló de los brazos de Hayley y corrió hasta Stephen—. ¡Estamos jugando a «pillar a la chica más guapa»! Yo soy esa chica.

Aquella dulce voz infantil rebosante de entusiasmo interrumpió la sensual ensoñación de Stephen. Él miró al radiante rostro de Callie y no pudo evitar devolverle la sonrisa.

—Ya lo creo que lo eres. Y ya veo que te han cogido.

—Ésa es la mejor parte —le confió con un susurro lleno de complicidad.

La mirada de Stephen volvió a centrarse en Hayley.

—Sí, me lo puedo imaginar.

—¿Le apetece jugar con nosotras? —preguntó la pequeña.

Antes de que Stephen pudiera contestar, intervino Hayley.

—Callie, tanto correr de aquí para allá podría lastimar el hombro o las costillas del señor Barrettson. Podrá jugar con nosotras dentro de una semana o dos, cuando esté completamente recuperado.

—Tal vez —susurró Stephen mientras le invadía una profunda sensación de melancolía.

A partir de pasado mañana, probablemente no la volvería a ver nunca más.

«Díselo. Díselo.» Pero tras contemplar el sonriente rostro de Hayley, radiante de felicidad, Stephen no consiguió hilvanar ninguna palabra.

«Luego. Se lo diré luego.»

—¿Puedo hablar con usted a solas, Hayley?

Hayley se detuvo cuando se disponía a entrar en la casa. Stephen estaba apoyado en la barandilla del patio, un tobillo sobre el otro y los brazos cruzados sobre el pecho. La cálida brisa le había despeinado, y el sol proyectaba sutiles reflejos en su cabello de ébano. «¡Santo Dios! Se me hace un nudo en la garganta sólo con mirarlo», se dijo Hayley para sus adentros. Tras acompañar a Callie hasta el interior de la casa con la promesa de leerle un cuento después de la cena, Hayley se reunió con Stephen. Estaba a punto de sonreírle, cuando la seriedad de su mirada la paralizó.

Miró hacia abajo y se dio cuenta de que Stephen llevaba en la mano un ejemplar de *Gentleman's Weekly*. Tuvo un mal presentimiento, y se le puso piel de gallina.

—¿Va algo mal, Stephen?

Él la miró con una expresión insondable.

—No sé cómo preguntarte esto más que preguntándotelo. ¿Qué relación tienes con H. Tripp?

Las palabras de Stephen hicieron temblar el suelo bajo los pies de Hayley y ella enderezó las rodillas para mantenerse en pie. Notó que se estaba poniendo lívida, pero hizo un esfuerzo para ocultar su angustia y su aturdimiento.

—¿Qué me acabas de preguntar?

—H. Tripp, el escritor, ¿qué tipo de relación tienes con él?

Hayley empezó a darle vueltas a la cabeza, buscando

desesperadamente las palabras adecuadas. «¿Cuánto sabe? ¿Y cómo diablos lo ha averiguado?» Tragándose la angustia y rezando por que su voz sonara serena, preguntó:

—¿Y por qué crees que tengo alguna relación con él?

En vez de contestarle, Stephen abrió la revista y leyó.

... cuando nació cada uno de mis hijos, mi esposa y yo lo miramos y recordamos el momento en que lo habíamos concebido. [...] Les pusimos nombres en honor al lugar donde nos habíamos amado. ¡Menos mal que ninguno fue concebido junto a un riachuelo o el pobre se habría llamado «Aguado» o «Riachuelo»!

Cerró la revista.

—Seguro que ahora entiendes mi pregunta.

Hayley notó que estaban a punto de fallarle las piernas y se dejó caer en una silla de hierro forjado. Abrió la boca con la intención de hablar, pero no le salían las palabras. Había guardado su secreto durante tanto tiempo que no sabía cómo reaccionar. Y, si Stephen se lo había imaginado, ¿cuánto tardaría el resto de la gente en averiguarlo? Si perdía su única fuente de ingresos... Entrelazó los dedos de ambas manos sobre el regazo y apretó fuertemente hasta que los nudillos se le pusieron blancos. Aquello no podía ocurrir. Ella no lo permitiría. Pero, dadas las circunstancias, no tenía ningún sentido intentar mentir a Stephen.

Cogiendo aire con fuerza en señal de determinación, buscó los ojos de Stephen y le miró sin pestañear.

—Yo soy H. Tripp.

Ella esperaba que su confesión molestara a Stephen o le disgustara, pero él se limitó a asentir.

—¿Lo sabe alguien más?

—No. El editor me ha exigido que lo mantenga en el más estricto secreto...

—Con un buen motivo —la cortó él.

—Sí. —Ella miró a Stephen a los ojos en busca de alguna pista sobre sus sentimientos, pero su rostro seguía igual de impenetrable—. Cuando mi padre murió, necesitábamos dinero desesperadamente. Me negaba a obligar a los chicos a trabajar cuidando niños o como personas de compañía. Los ingresos que recibo de *Gentelman's Weekly* me permiten mantenerlos. —Restregó las palmas sudadas contra la falda—. Seguro que estás bastante escandalizado.

—No, no lo estoy.

Ella esperaba que Stephen dijera algo más, pero guardó silencio. Tal vez no estaba escandalizado, pero parecía bastante evidente que no lo aprobaba. Y la posibilidad de que su secreto se difundiera la llenaba de pavor.

—Espero que me hagas el favor de no contárselo a nadie. Mi medio de vida depende de que se mantenga mi anonimato.

—No tengo ninguna intención de hacer nada que pueda poner en peligro tu forma de ganarte la vida, Hayley. No revelaré tu secreto. Te doy mi palabra.

Hayley sintió un inmenso alivio y soltó una espiración que ni siquiera se había dado cuenta de que estaba conteniendo.

—Gracias. Yo...

—No hay de qué. Por favor, discúlpame.

Antes de que ella pudiera decir una palabra más, Stephen abrió la puertaventana y entró en la casa. Hayley lo siguió con la mirada mientras se alejaba y se mordió el labio inferior para impedir que le siguiera temblando.

Aunque él no había dicho nada más, su brusca y fría despedida lo había dicho todo.

18

Aquella tarde, Stephen se pasó toda la cena mirando de soslayo a Hayley, que se sonrojaba cada vez que se cruzaban sus miradas. Él intentaba centrarse en la charla distendida que había a su alrededor, pero le resultaba imposible. Sus pensamientos deambulaban constantemente entre el sorprendente descubrimiento de que Hayley era H. Tripp y la conversación que sabía tenía que mantener con ella sobre su inminente marcha de Halstead.

Aquella noche Nathan se unió al resto de la familia y, como fue el centro de atención tras su accidente, Stephen no tuvo que hablar mucho. Y a él ya le iba bien así.

Hayley estaba sentada a su lado, ataviada con un sencillo vestido. A pesar de que hablaba con todo el mundo, Stephen pensó que, en cierto modo, se la veía apagada. Ella intentó varias veces implicarlo en la conversación, pero los comentarios de Stephen fueron, en el mejor de los casos, lacónicos.

«Mañana. Se lo diré mañana. Si me quedo a solas con ella esta noche, sólo Dios sabe lo que puede pasar.» Tras tomar esa decisión, Stephen se excusó inmediatamente después de la cena, alegando un fuerte dolor de cabeza. Se dirigió hacia las escaleras, pero sólo había subido la mitad del largo tramo de escaleras cuando Hayley lo abordó.

—¿Te pasa algo, Stephen? —le preguntó, tocándole la manga.

Stephen bajó la mirada y miró la mano de Hayley, luego sus ojos. Parecía preocupada.

—Sólo estoy cansado y me duele la cabeza —le mintió. «No sé cómo decirte que me voy. Y tengo que alejarme de ti o acabaremos otra vez en el sofá del despacho y concluiré lo que empecé la otra noche. Créeme, lo hago por tu bien. No estás segura conmigo.»

—¿Quieres que te prepare una infusión?

Stephen negó con la cabeza.

—No, gracias. Sólo necesito descansar. —Se giró para irse.

—¿Stephen?

Stephen se detuvo y la miró, y casi pierde su determinación. Aquella mirada de sincera preocupación en el hermoso rostro de Hayley casi le hace renunciar a sus nobles intenciones.

—¿Sí?

—Sobre la conversación que hemos mantenido esta tarde... —Su voz se fue desvaneciendo y bajó la cabeza—. Espero que no pienses mal de mí.

«Si lo hiciera, esto me resultaría mucho más fácil.» Levantándole el mentón con dos dedos, Stephen le sonrió.

—Nunca podría pensar mal de ti, Hayley. Por lo que a mí respecta, esa conversación está olvidada.

Hayley suspiró, visiblemente aliviada.

—Menos mal. Me alegra saberlo. Que duermas bien, Stephen.

—Gracias. —Siguió subiendo las escaleras, entró en su alcoba y cerró la puerta tras él.

«¿Que duerma bien? Lo dudo mucho.»

Aquel «lo dudo mucho» resultó profético. A las dos de la mañana aún no había ni rastro de sueño en el futuro inmediato de Stephen.

Deambulaba incansablemente por su dormitorio, engullendo el excelente brandy de Tripp Albright a un ritmo alarmante. Estaba tenso y sumamente molesto.

Y frustrado sexualmente como nunca lo había estado en su vida.

Deseaba con todas sus fuerzas salir de los confines de su alcoba, pero no se atrevía a hacerlo, temiendo abalanzarse sobre Hayley en el despacho, el salón o el jardín. Stephen sabía a ciencia cierta que, si se topaba con ella, su conciencia perdería la batalla. La deseaba vehementemente. Murmurando una blasfemia, echó leña al fuego y se sirvió otro brandy.

Justo cuando estaba llevándose la copa a los labios, oyó que alguien golpeaba suavemente la puerta de su alcoba. Creyendo que le habían engañado los oídos, Stephen se quedó quieto, con la copa a medio camino de la boca y escuchó.

Volvieron a llamar a la puerta.

«¡Maldita sea! Ella ha venido a mí. ¿De dónde voy a sacar las fuerzas para no dejarle entrar en mi alcoba?» Con el corazón en un puño, fue hasta la puerta y la abrió.

Pero allí no había nadie.

Entonces oyó un lloriqueo. Miró hacia abajo.

Callie estaba en el pasillo, apretando su muñeca contra el pecho, con su pequeño rostro anegado por las lágrimas. Una combinación de alivio, decepción y alarma se apoderó de Stephen.

Agachándose, apartó un rizo de la frente de la pequeña y le preguntó:

—¿Qué ha pasado, Callie? ¿No se supone que deberías estar en la cama?

Ella lo miró con los ojos llenos de lágrimas.

—Es la señorita Josephine —susurró con voz débil y trémula—. Ha tenido un terrible accidente.

—¿Ah, sí? ¿Qué tipo de accidente?

Callie le alargó la muñeca sorbiendo lágrimas por la nariz.

—Mira.

Stephen tomó en brazos a la muñeca con suma delicadeza. En efecto, la señorita Josephine había sufrido un accidente. Un grave accidente. Tenía el vestido hecho jirones y los dos brazos arrancados de cuajo. Su cara, nunca muy limpia, estaba francamente sucia. Y olía a perro muerto.

—¿Qué le ha pasado? —preguntó Stephen.

—*Stinky* ha debido de hacer de las suyas —dijo Callie

mientras le temblaba la barbilla—. Me he despertado y no la encontraba. Luego me he acordado de que me la había dejado olvidada en el patio, la he ido a buscar y así es como me la he encontrado. Sé que *Stinky* no quería hacerle daño, pero no creo que la señorita Josephine vuelva a ser la misma.

Callie empezó a sollozar como si se le fuera a partir el corazón. Stephen la miró fijamente, con la muñeca en las manos, y se sintió completamente impotente. Dio palmaditas a Callie en la espalda torpemente.

—Bueno, bueno. Pero... ¿por qué no la acuestas? Tal vez mañana por la mañana Hayley o Pamela o tu tía te la puedan arreglar —sugirió él, sin tener ni idea de cómo afrontar la situación.

Callie negó insistentemente con la cabeza.

—No puedo meter en la cama a la señorita Josephine en este estado. Se encuentra fatal. ¿Cómo va a dormirse con los brazos arrancados? —Se le escapó un hondo sollozo—. Está sufriendo terriblemente. Tenemos que ayudarla.

«¿Tenemos? También me incluye a mí.» A Stephen le entró pánico sólo de pensarlo.

—¿Por qué no vas a ver si alguna de tus hermanas está despierta...? —Mientras Stephen pronunciaba aquellas palabras, Callie levantó la mirada y Stephen se encontró con sus acuosos ojos inundados de lágrimas.

—A Hayley no le gusta que la despierte por las noches. Y a Pamela tampoco.

—Tonterías. No me puedo imaginar a ninguna de las dos enfadándose contigo por ese motivo.

—Sé que me dirán que me espere a mañana por la mañana, pero yo no puedo esperar. —Lo miró con ojos esperanzados—. ¿Puede ayudarnos?

Stephen miró fijamente a la pequeña. «¿Yo?» Lo que él sabía sobre muñecas podría caber en la cabeza de un alfiler y todavía sobraría espacio. Se preguntó si parecía tan horrorizado como se sentía.

Las lágrimas seguían cayendo por las mejillas de Callie, y otro sollozo desgarrador estremeció su cuerpecito.

—Por favor, señor Barrettson. Por favor.

Stephen tragó saliva y reprimió el deseo desesperado de huir. La visión de Callie llorando a lágrima viva, lo desmontó por completo. Él supo que iba a perder la batalla en cuanto la vio.

—Por favor, Callie, no llores más. —Le pasó la mano por el pelo—. Supongo que puedo ayudarte a arreg... curar a la señorita Josephine.

—¡Oh, gracias, señor Barrettson! —Callie se lanzó a sus brazos y le dio un abrazo tan fuerte que casi lo tira al suelo. Los brazos de Stephen rodearon automáticamente el cuerpo de la niña. Era tan pequeña. Y tan confiada. Y tan dulce. Inspiró, y una sonrisa iluminó sus labios. Olía como siempre había imaginado que olían los niños: a rayos de sol y nata fresca.

La pequeña dio un paso hacia atrás y lo miró con ojos llorosos.

—¿Cree que la podemos curar? —le preguntó con voz esperanzada.

—Estoy seguro. —No tenía ni idea de cómo conseguirlo, pero haría todo lo necesario para que Callie volviera a sonreír—. Veamos. ¿Por qué no la llevamos a tu cuarto y la lavamos un poco? Seguro que se encontrará mejor cuando le quitemos toda esa porquería.

—De acuerdo. —Callie se frotó los ojos con el dorso de la mano. Stephen rebuscó en su bolsillo y extrajo un pañuelo de lino blanco. Callie lo cogió y se sonó ruidosamente.

—¿Mejor? —le preguntó Stephen con una sonrisa.

Ella asintió con la cabeza.

—Sí.

—Excelente.

Callie deslizó su diminuta mano en la de Stephen y lo guió hasta su alcoba. Una vez allí, la pequeña le quitó a la muñeca el vestido hecho jirones y se lo alargó a Stephen, quien lo sumergió con sumo cuidado en una jofaina llena de agua. Vertió un poco de jabón en la prenda y la frotó enérgicamente, luego la escurrió y la tendió cerca del fuego para que se secara.

A continuación, Callie sostuvo a la señorita Josephine mientras Stephen le lavaba con gran delicadeza la carita de porcelana. Cuando acabaron, Stephen la secó con cuidado con una toalla.

—¿Y ahora qué? —preguntó Callie, acunando a la muñeca envuelta en una toalla—. La ropa de la señorita Josephine todavía está mojada, y sigue sin brazos.

—¿Tienes más ropita? —preguntó Stephen, en un mar de confusiones.

—No, la señorita Josephine sólo tiene un vestidito.

—Hummm... —Stephen se frotó la barbilla con la mano, preguntándose cómo podía resolver el problema de la falta de vestuario de la señorita Josephine.

—Tal vez podríamos coserle los brazos —sugirió Callie.

—¿Coser?

—Sí. Creo que eso sería lo mejor.

—¿Tienes los, eh... utensilios adecuados para coser? —preguntó él, rezando para que la respuesta de Callie fuera negativa.

—Sí. —Callie cogió lo necesario de una cestita que tenía junto a la cama y se lo pasó a Stephen.

Stephen observó el hilo y la aguja que reposaban sobre la palma de su mano. Su consternación no habría sido mayor si le hubieran puesto una tarántula en la mano.

Aunque era evidente que los brazos de la señorita Josephine tenían que coserse a su cuerpo, Stephen no tenía ni la más remota idea de cómo hacerlo.

—¿Sabes enhebrar agujas? —preguntó.

—Por supuesto que sí. —Callie cogió el hilo y la aguja, se acercó al fuego y, sumamente concentrada, enhebró la aguja e hizo un nudo en un extremo del hilo—. Aquí la tiene —añadió mientras alargaba la aguja enhebrada hacia Stephen.

Stephen cogió la aguja y la miró como si se tratara de una serpiente. «¡Dios mío! ¡En menudo lío me he metido!»

Pero, por difícil que pareciera la empresa, él se tenía por un hombre de recursos. Seguro que se las podía arreglar para dar un par de puntos. Echó una rápida mirada a su alrededor, como si pretendiera asegurarse de que ninguno de los miembros más preciados de la alta sociedad londinense estuviera agazapado tras las sombras, preparado para pillarle in fraganti y censurarle por conducta impropia. El marqués de Glenfield cosiéndole los brazos a una muñeca. Stephen sabía que, si era lo bastante imbécil como para explicarle a alguien aquel episodio, de todos modos, no le creerían.

—Bueno, vamos allá. —Flexionando las piernas, se sentó en el suelo cerca del fuego.

Callie se sentó a su lado, y los dos juntos fueron cosiéndole los brazos a la señorita Josephine. La pequeña sostenía los brazos mientras Stephen daba una serie de torpes e irregulares puntadas, haciendo un gran esfuerzo por mantener los labios cerrados cada vez que se clavaba la puntiaguda aguja en el dedo.

—Es mejor que no se pinche demasiado, señor Barrettson, o acabará con un tatuaje.

—¿Qué?

—Así es como se hacen los tatuajes, ¿sabe? Con agujas. Oí a Winston y a Grimsley hablar sobre ello. Primero te bebes algo que se llama Blue Ruin hasta que te sientes un poco atontado, luego te pinchan con agujas y después te vas con tus amigos a una casa de citas. —Ladeó la cabeza en señal de interrogación—. ¿Qué es una casa de citas?

Stephen soltó la muñeca y estuvo a punto de atragantarse.

—Es un lugar adonde, bueno... van caballeros y señoritas a... eh, a... jugar.

—¡Qué divertido! Me encantan los juegos. ¿Crees que en Halstead habrá alguna casa de citas adonde pueda ir yo?

Stephen se tapó la boca con las manos y musitó una palabrota para sus adentros.

—Sólo está permitida la entrada a los adultos. —La mera idea de que aquel tipo de vulgaridades pudiera manchar algún día a aquella inocente niña le revolvió las tripas.

Callie lo miró decepcionada.

—Bueno... Tal vez cuando sea mayor.

Poniéndole las manos en sus estrechos hombros, Stephen la miró a los ojos y se esforzó por encontrar las palabras adecuadas.

—Las señoritas decentes y... limpias no van a casas de citas. Nunca.

A Callie se le pusieron los ojos como platos.

—¿Qué? ¿Quiere decir que es un lugar adonde van las señoritas que no se bañan?

—¿Bañarse? Eh, bueno, sí. Eso.

Callie arrugó su naricita chata.

—Entonces no me verán por allí. Me encanta jugar en la bañera. Hayley me deja quedarme hasta que se me empieza a arrugar la piel. —Bajó la mirada y se fijó en la muñeca que estaba en la alfombrilla entre ellos dos—. ¿Y si acabamos de curar a la señorita Josephine?

Stephen aprovechó la oportunidad y cogió la muñeca con el mismo celo con que un perro hambriento corre tras un hueso. Y empezó a coser como si le fuera en ello la vida, rezando por que a Callie no se le ocurriera hacerle más preguntas.

—Ya está —dijo él por fin, haciendo un nudo y cortando el hilo con los dientes. Levantó la muñeca para que Callie la pudiera inspeccionar. «No está mal. Nada mal.» Aunque le dolían los dedos, estaba orgulloso de sí mismo. «¿Y qué más da si los brazos de la muñeca están un poco torcidos y uno es más largo que otro? La cuestión es que ahora tiene brazos.»

—¡Tiene un aspecto magnífico! —dijo Callie y después emitió un hondo suspiro. Sus ojos rebosaban gratitud.

Una profunda sensación de logro y autocomplacencia invadió a Stephen.

—Sí, lo tiene. Ahora veamos cómo está su ropa. Tal vez ya se haya secado.

Callie fue a buscar el vestidito de la muñeca.

—Sólo tiene los bordes un poco húmedos.

—Perfecto. Sugiero que vistamos a la señorita Josephine y la acostemos.

—Opino lo mismo. Ha tenido una noche agotadora.

Stephen sujetó la muñeca mientras Callie le introducía el vestido por la cabeza. Y se lo abrocharon entre los dos.

—Gracias, señor Barrettson —dijo Callie, abrazando a la muñeca contra su pecho—. Le ha salvado la vida a la señorita Josephine y siempre le estaré agradecida. —Se acercó la muñeca al oído y escuchó, con los ojos abiertos de par en par. Luego miró a Stephen—. A la señorita Josephine le gustaría darle un beso y un abrazo.

Stephen hincó una rodilla en el suelo enfrente de Callie. Ella acercó la carita de porcelana de la muñeca a la mejilla de Stephen e hizo el sonido de un beso.

—Gracias, señor Barrettson —dijo Callie con voz aguda, simulando ser la señorita Josephine—. Le quiero.

A Stephen se le hizo un nudo en la garganta, un nudo que le resultó casi insoportable cuando Callie se abalanzó sobre él, le rodeó el cuello con sus bracitos y lo abrazó con todas sus fuerzas. Al principio, Stephen dudó, pero luego apretó a la pequeña contra su pecho, mientras sentía que se le expandía el corazón ante semejante muestra de gratitud. «¡Qué sensación tan distinta abrazar a un niño. Distinta, increíble y maravillosamente enternecedora.»

—Yo también le quiero, señor Barrettson —le susurró en el cuello. Le dio un jugoso beso en la mejilla sacando mucho los labios y luego se retiró y le sonrió, con los ojos brillantes.

«¡Maldita sea! Esta niña va a acabar por desmontarme.» Stephen carraspeó y, de algún modo, consiguió esbozar una sonrisa.

—Creo que ya es hora de que tú y la señorita Josephine os vayáis a la cama —dijo con voz ronca, embargado por la emoción.

Callie se subió a la cama y Stephen las arropó a ella y a la señorita Josephine. No estaba seguro de haberlo hecho correctamente, pero Callie bostezó inmediatamente y cerró los ojos. Al poco rato, tenía la respiración profunda y regular propia del sueño.

Stephen se quedó de pie junto a la cama durante varios

minutos, observándola. Un halo resplandeciente de rizos oscuros y brillantes rodeaba la preciosa carita de Callie, las pestañas proyectaban sombras en forma de media luna sobre sus regordetas mejillas, y su boquita de piñón parecía robada de un querubín.

«Yo también le quiero, señor Barrettson.» «Que Dios me ayude.»

Stephen salió del dormitorio, cerrando silenciosamente la puerta tras él.

Cuando entró en su alcoba, Stephen se fue directo a la garrafa de brandy. «¡Estoy perdido! Los habitantes de esta casa van a acabar volviéndome loco.» No sabía cómo había ocurrido, pero cada uno de ellos se las habían apañado para, de alguna manera, colarse con la habilidad de un experto ladrón en su hastiado corazón y robarle un pedacito.

Pero ninguno lo había logrado tan completamente como Hayley. «¡Dios! Ni siquiera creía que tuviera un alma hasta que ella me la despertó con su valiente compasión, su ternura y su afecto.» Ella era un ángel que le tentaba más allá de lo imaginable y le hacía sentir cosas que nunca había experimentado antes, cosas que ni tan siquiera era capaz de describir, que le estremecían íntimamente y le hacían sentir que iba a estallarle el corazón.

Dominado por la inquietud, Stephen se bebió una copa de brandy y volvió a servirse otra enseguida. Era una buena cosa que tuviera que abandonar pronto la casa de los Albright. Se había implicado demasiado con aquella gente, en sus vidas y sus problemas. No podía permitir que le importaran.

No. Era demasiado tarde.

«¡Maldita sea! Ya me importan. Todos ellos.»

Intentó alejar sus pensamientos del rato que acababa de pasar con Callie, pero no lo consiguió. No sabía absolutamente nada sobre niñas pequeñas, pero, cuando la encontró llorando por su querida muñeca, notó que estaba a punto de partírsele el corazón. Si hubiera sido necesario, habría luchado contra dragones para que la pequeña volviera a sonreír.

Y lo había conseguido. Bajó la mirada y contempló sus dedos doloridos y no pudo evitar esbozar una sonrisa. Por lo menos no «le había salido» un tatuaje. «¡Dios mío! Qué hermosura de niña. Tan abierta, sincera e inocente.» «Yo también le quiero, señor Barrettson.»

Nadie le había dicho antes aquellas palabras. Ni su madre, ni su padre, ni su hermana, ni ninguna de sus numerosas amantes. Nadie. Lo cierto era que él nunca había concedido ninguna importancia a aquellas tres breves palabras hasta que las había oído en boca de una niña de seis años que lo miraba con ojos brillantes y llenos de admiración, unos ojos que eran un duplicado exacto de los de su hermana mayor. «Qué extraordinario que una niña tan pequeña haya experimentado el amor cuando yo, alguien que se supone que lo tiene todo, no lo ha hecho nunca.»

Stephen dio un buen trago al brandy, el fuerte licor le dejó un ardiente rastro de camino al estómago. Fuera como fuese, tenía que dejar de pensar en Hayley. Pero, por mucho que lo intentaba, no podía alejar sus pensamientos de ella. Recordó el rato que habían pasado a solas la noche anterior; Hayley entregada y temblorosa entre sus brazos, experimentando su primer éxtasis pasional. La sedosa textura de su piel, con olor a rosas, la aterciopelada calidez de su feminidad contrayéndose alrededor de sus dedos, sus suspiros de placer, la caricia de sus labios...

Dentro de cuarenta y ocho horas estaría de vuelta en Londres, fuera de la vida de Hayley. Se le revolvieron las tripas sólo de pensarlo y sintió un dolor que no se atrevió a nombrar. ¡Maldita sea! Aquella mujer se le había metido debajo de la piel y no sabía cómo sacársela de allí. Tenía que marcharse, por el bien de los dos.

Musitando con rabia una obscenidad, cogió la garrafa de brandy, se sirvió otra copa y se hundió en la butaca orejera que había enfrente de la chimenea con un sonoro suspiro.

Casi eran las cuatro de la madrugada. Se bebió el brandy y volvió a llenarse la copa.

¿Acabaría aquella noche alguna vez?

Hayley estaba tumbada sobre un costado, con los ojos como platos, mirando fijamente el vestido que colgaba de su armario abierto, pensando en el hombre que se lo había regalado.

Stephen.

Emitiendo un hondo suspiro, cerró los ojos y dibujó mentalmente su atractivo rostro. Casi podía oler su fragancia, limpia y salvaje al mismo tiempo, sentir sus manos explorando su cuerpo, la caricia de sus labios.

Nunca había sospechado que en ese punto tan tardío de su vida podría enamorarse tan loca y desesperadamente. Lo único que ahora se preguntaba era qué debía hacer, en el caso de que debiera hacer algo.

Stephen tenía una vida, un trabajo, lejos de Halstead. Y para ella su familia era su principal preocupación.

¿Se plantearía él la posibilidad de buscar trabajo en Halstead? ¿Se atrevería ella a pedírselo? Si no se lo pedía, ¿se pasaría el resto de su vida lamentándose y preguntándose qué habría respondido él? Pero ¿y si se atrevía a pedírselo y él le daba una negativa?

«Se me partiría el corazón.»

Pero ¿y si decidía quedarse?

Hayley cerró los ojos con fuerza y negó con la cabeza, temerosa de soñar siquiera con que Stephen pudiera quedarse, aterrada de desear tan intensamente que se enamorara de ella, que pudieran tener un futuro juntos. ¿Estaría dispuesto a cargar con el peso de toda su familia?

Mucho riesgo, mucho que perder.

Pero mucho más que ganar.

Hayley barajó mentalmente sus opciones una y otra vez sin llegar a una decisión casi hasta el amanecer.

Cuando despuntaron los primeros rayos del sol tras el

horizonte, tiñendo el cielo de un resplandor anaranjado, por fin logró conciliar el sueño, tras haber tomado una decisión.

Iba a decirle a Stephen lo que sentía por él y a pedirle que se estableciera en Halstead. E iba a rezar para que le contestara que sí.

«Mucho riesgo, pero mucho más que ganar.»

19

A la mañana siguiente, Stephen se despertó muy tarde, con una de las peores resacas que había tenido en años. Parecía como si la cabeza le fuera a explotar, y las sienes le latían con tal fuerza que casi le resultaba imposible pensar. Se levantó de la cama, avanzó con paso vacilante hasta la ventana y descorrió con sumo cuidado las pesadas cortinas.

Craso error.

La fuerte luz del sol le golpeó los ojos, y retrocedió tambaleándose, apartándose de los hirientes rayos con un hondo gemido. Categóricamente, la abstinencia no estaba hecha para él. Sintió que se le revolvían las tripas y volvió a gemir. Pensándolo bien, el brandy tampoco estaba hecho para él.

Jurándose a sí mismo no beber nada más que té hasta el fin de sus días, se vistió lentamente. Cada movimiento le repercutía en la cabeza, como si le estuvieran clavando afilados dardos en el cerebro. ¡Dios! Necesitaba desesperadamente uno de los asquerosos brebajes que le preparaba Sigfried en las contadas ocasiones en que bebía más de la cuenta.

Cuando, por fin, se hubo vestido, Stephen bajó las escaleras ansiando desesperadamente un café. Tras asomarse al comedor y encontrarlo desierto, se dirigió hacia la cocina, donde se encontró a Pierre limpiando pescado. Al percibir aquel fuerte olor a pescado, casi le fallan las rodillas.

—Tiene aspecto de pagueceg *mal de mer,* monsieur Baguettson —dijo Pierre.

—Me encuentro incluso peor, se lo aseguro —contestó Stephen, sentándose con cuidado en una silla de respaldo rígido delante de una mesa grande de madera. Dejó caer la dolorida cabeza sobre las manos—. ¿Le importaría prepararme un café?

Pierre dejó el cuchillo y se secó las manos en el delantal.

—¿Demasiado bgandy fgancés del capitán? —preguntó con una sonrisa de complicidad.

Stephen asintió y luego deseó no haberlo hecho. Y pensó que alguien debería decirle al maldito gato que dejara de pasearse por allí.

—Pierre sabe cómo ayudag a monsieur. Dentgo de poco se sentigá mejog. Ya vegá.

Stephen no contestó, se limitó a apoyar su palpitante cabeza en las manos y luego gruñó.

Al cabo de cinco minutos Pierre colocó un vaso delante de Stephen. Éste levantó la cabeza y lo miró con ojos legañosos.

—¿Qué es? —preguntó, en el fondo sin importarle.

—Limítese a bebégselo —le ordenó Pierre en tono imperativo.

Stephen olió su contenido.

—¡Puaj! ¿Qué demonios es esto?

—Una gueceta secgueta. Bébaselo.

«¿Y qué más da? Si no me cura, tal vez me mate. De todos modos, me encontraré mejor.» Cogió el vaso y engulló el brebaje. Era con diferencia la pócima más repugnante que había bebido en su vida. Se preguntó si el plan de Pierre consistiría realmente en quitarle el dolor aniquilándole.

Pierre cogió el vaso vacío y volvió a su pescado.

—Se sentigá mejog muy pgonto. Pierre es un maestgo.

Stephen se quedó completamente inmóvil sentado en la silla, con los ojos cerrados y la cabeza apoyada en las palmas. No había bebido tanto brandy desde que era un joven imberbe. Si se descuidaba, los Albright acabarían matándolo. En aquel momento se sentía morir.

Pero, al cabo de unos minutos, francamente no se sentía

tan mal. De hecho, se fue encontrando mejor a cada minuto que pasaba. Al cabo de diez minutos, se sentía casi humano. Levantó la cabeza, moviendo el cuello tentativamente. El persistente dolor de cabeza se le había ido. Miró a Pierre estupefacto.

—¿Se encuentga mejog, monsieur Baguettson? —preguntó Pierre, sin levantar la cabeza de la pila de pescado.

—Me encuentro bastante bien —dijo Stephen sorprendido. Ni siquiera el elixir de Sigfried lograba un efecto tan espectacular—. ¿Qué diablos me ha dado?

—Una gueceta familiag secgueta. Es lo mejog, ¿vegdad?

—Lo «mejog» —asintió Stephen.

—Me imagino que ahoga le empezagá a entgag hambgue —predijo Pierre asintiendo con una gran seguridad.

—Me muero de hambre —dijo Stephen sorprendido. Hacía sólo diez minutos, pensaba que no volvería a comer nunca más.

Sin decir nada, Pierre le preparó una comida ligera mientras Stephen iba dando sorbos a un café bien cargado. Stephen miró a su alrededor con interés, y comprobó que en aquella cocina había un inmenso horno de leña y decenas de cacerolas, sartenes y otros utensilios colgados de las paredes. De repente, se dio cuenta de que aquella habitación era cálida, acogedora y agradable. También cayó en la cuenta de que era la primera vez en su vida que ponía los pies en una cocina.

—*Voilà!* —dijo Pierre, colocando una bandeja delante de Stephen—. Coma y se encontgagá *très bien* paga la cena de esta noche.

—Gracias —dijo Stephen, atacando los huevos con un entusiasmo fuera de lo común. Le supieron a gloria y devoró hasta el último bocado. Luego se recostó en el respaldo de la silla, satisfecho y encontrándose mucho mejor de lo que hacía un rato creía posible. Saboreó otra taza de café mientras observaba cómo Pierre limpiaba un pez tras otro—. Parece ser que Andrew y Nathan se han ido de pesca esta mañana —comentó Stephen al cabo de un rato.

—*Oui*. Ha ido toda la familia. Tgaído montones de pescados. Pierre muy ocupado.

—¿Dónde están ahora?

Pierre se encogió de hombros.

—Cgueo que en el lago con los pegos. —Arrugó exageradamente la nariz en señal de disgusto— ¡Esos pegos! *Quelle horreur!* Lo desogdenan todo. Huelen fatal. A Pierre no gustag que entguen en la cocina.

—Perfectamente comprensible —murmuró Stephen, estremeciéndose sólo de pensar en el estropicio que aquellas bestias podrían hacer en la cocina. Se levantó y se acercó a Pierre, observando fascinado cómo aquel hombre menudo limpiaba el pescado.

El cuchillo de Pierre se movía de un lado a otro con una gran economía de movimientos, y la pila de pescados limpios iba creciendo a la misma velocidad. Tras observarle atentamente durante varios minutos, Stephen sintió el repentino impulso de probarlo por sí mismo.

—¿Puedo ayudar? —preguntó con aire despreocupado.

Pierre se detuvo y lo miró de soslayo durante un momento antes de hablar.

—¿Ha limpiado pescado alguna vez?

—No.

—Le enseñagué. —Le pasó a Stephen un cuchillo y un pez pequeño—. Pguimego le cogta la cabeza —dijo Pierre, y se lo demostró con el pescado que tenía en la mano.

Stephen lo cogió por la cola e imitó las acciones de Pierre.

—Luego cogta aquí abajo y le aganca las tguipas.

Stephen imitó a Pierre, haciendo una raja en el abdomen del pez y extrayéndole las vísceras.

—Luego, sosténgalo pog aquí y gasque con el cuchillo.

Stephen observó cómo Pierre cogía el pez por la cola y lo descamaba deslizando el borde romo del cuchillo a lo largo del cuerpo del pez.

—Luego cogta aquí y *voilà*. Ya está. —Pierre golpeó fuertemente la cola contra el poyo de la cocina y añadió el pez al montón de pescados limpios—. Usted se encagga del guesto y mientgas tanto Pierre hace otgas cosas.

Stephen cogió el cuchillo, primero torpemente, y estuvo a punto de rebanarse un dedo de cuajo, pero al final le cogió el tranquillo a la tarea, aunque sin igualar la velocidad y la destreza de Pierre.

Al principio, Stephen no entendía muy bien qué impulso se había adueñado de él para ofrecerse voluntariamente a ayudar a Pierre, aparte de una curiosidad insana por aprender una actividad completamente desconocida para él. Pero, para su sorpresa, comprobó que en el fondo le gustaba limpiar pescado. Cuando acabó y dejó el cuchillo sobre el mármol, se sentía bastante orgulloso de sí mismo.

Pierre examinó su trabajo y dijo:

—Ha hecho un buen tgabajo. Ahora le enseñagué a cocinag.

Stephen se pasó la próxima hora en la cocina con su maestro, aprendiendo los detalles de preparar la comida para una familia hambrienta. Codo con codo, frieron la pila de pescados, hicieron al vapor una enorme cacerola de hortalizas y hornearon varias barras de pan mientras Pierre iba explicando anécdotas sobre sus años como cocinero a bordo del barco del capitán Albright.

Escuchando aquellas divertidas anécdotas, Stephen experimentó un desconocido sentimiento de pertenencia, algo que nunca le había ocurrido en su propia casa. Iba acompañado de una agradable sensación de logro y satisfacción. Algo tan sencillo como limpiar pescado o trocear verdura era capaz de inspirarle una camaradería que nunca había sentido hasta entonces. ¿Era aquello lo que hacían sus sirvientes? ¿Charlar y reír mientras trabajaban? ¿Establecían lazos de amistad entre ellos? Stephen sacudió la cabeza. No tenía la más remota idea, y el hecho de saber tan poco sobre la gente que trabajaba para su familia le llenó de vergüenza. Tenían sus vidas y sus familias, pero él nunca se había interesado por ellas. Por supuesto, si el marqués de Glenfield se hubiera ofrecido para ayudar en la cocina, sus sirvientes se habrían muerto del susto.

Poco antes de llevar la comida al comedor, Pierre preparó un plato con cabezas de pescado y lo dejó en el suelo para *Berta*, la gata.

—Creía que odiaba a la gata —comentó Stephen con una sonrisa mientras veía cómo el cocinero acariciaba cariñosamente al felino en la cabeza mientras éste se le restregaba entre las piernas.

—*Begta* es buena. Y mantiene a gaya a los gatones —contestó Pierre con una breve sonrisa—. Pero no se lo diga a mademoiselle Hayley. Es nuestgo secgueto, *oui*?

Stephen asintió y luego ayudó a Pierre a llevar las fuentes llenas de humeante comida al comedor. Llegaron justo cuando los Albright entraban en la habitación.

Hayley miró a Stephen sorprendida cuando lo vio cargando con sus manos una pesada fuente, que dejó en el centro de la mesa.

Stephen se dio cuenta de que ella lo miraba y sonrió:

—Quiero informar a todo el mundo de que he ayudado a preparar la comida —anunció, incapaz de ocultar el orgullo en su voz.

—¿Ah, sí? —Hayley miró a Pierre, quien confirmó las palabras de Stephen asintiendo solemnemente.

—Él buen cocinego. No *très magnifique* como Pierre, pego bueno. —Dirigió una sonrisa de oreja a oreja a Stephen—. Segá bien guecibido en la cocina de Pierre siempgue que usted quiega.

Hayley miró azorado al cocinero.

—Nunca permite que nadie le ayude en la cocina.

Pierre miró a Hayley enarcando las cejas y luego se volvió hacia Stephen.

—Ella ni siquiega sabe poneg agua a calentag —confesó a Stephen simulando hacerle una confidencia en voz alta.

Hayley miró a Pierre con fingida seriedad, pero Stephen la vio torcer el labio.

—Reconozco que no soy muy buena cocinera.

Pierre puso los ojos en blanco.

—*Sacrebleu!* Es una cocinega pésima. Si cocina ella, salga coguiendo de esta casa.

Stephen rió al imaginar a los Albright saliendo en estampida de la casa. Rodeó la mesa y se sentó en su sitio, a la derecha de Hayley, con Callie al otro lado. Tras tomar asiento, Stephen se inclinó hacia Callie.

—¿Cómo se encuentra la señorita Josephine esta mañana? —le preguntó en voz baja.

Callie le dedicó una sonrisa radiante.

—Se encuentra bastante bien, gracias. Ahora está descansando.

—Es comprensible —dijo él en tono solemne—. Ayer vivió una experiencia terrible.

—Sí. Pero ahora está bien. Gracias a usted. —Callie lo miró sin poder ocultar su admiración—. Usted es un héroe, señor Barrettson.

Stephen se detuvo a medio camino cuando se estaba llevando el tenedor a la boca. «¡Un héroe!» Si no se le hubiera hecho un nudo en la garganta, se habría reído a carcajadas ante una idea tan absurda. «Vaya ocurrencias tienen los niños y qué cosas tan tiernas les hace decir su inocencia.»

«Aunque no tengan absolutamente nada que ver con la realidad.»

Hayley observó a Stephen durante toda la comida, estupefacta ante lo que veían sus ojos. Stephen rió abiertamente las payasadas de Andrew y Nathan, hechizó a tía Olivia hasta reducirla a un estado de azoramiento y tartamudeo que lindaba con la incoherencia, y hasta mantuvo una conversación con Grimsley y Winston sobre las maravillas de la pesca. Conversó con Pamela sobre música, y se inclinó repetidamente sobre Callie, sonriendo ante todo lo que la pequeña le susurraba al oído.

De hecho, habló y se metió literalmente a todos y cada uno de los miembros de la familia Albright en el bolsillo.

A todos menos a ella.

Al principio, Hayley pensó que era ella quien se estaba imaginando que él la ignoraba, pero, cuando le tocó la manga para atraer su atención, él apartó el brazo, le contestó con un monosílabo y volvió a centrar su atención en Andrew y Nathan.

Bien podría haberle dado una bofetada. Primero la invadió un intenso azoramiento que enseguida dio paso a una oleada de enfado. ¿Qué demonios le había hecho ella para merecer tal rechazo? «¡Dios mío! Este hombre es absolutamente imposible. En un momento me besa como si no quisiera parar nunca y en el momento siguiente me evita como si tuviera la peste. Me hace regalos caros sólo para darse la vuelta e ignorarme al día siguiente. ¿Y todo sólo porque sabe que soy H. Tripp? Me aseguró que había olvidado aquella conversación. ¿Acaso me mintió?»

Cuanto más pensaba en ello, más enfadada y ofendida se sentía Hayley. Ya la había hecho sufrir un hombre, y no iba a permitir que le ocurriera otra vez lo mismo. Cuando acabaron de comer, a Hayley le dominaba la rabia, y la sangre le hervía en las venas. ¿Cómo podía haber sido tan estúpida de creer que se había enamorado de un hombre así? Atento en un momento, frío al momento siguiente. Era obvio que aquel hombre era incapaz de aclararse sobre nada.

—¿Vas a quedarte ahí sentada todo el día?

Las palabras de Stephen, dichas en un tono claramente jocoso, interrumpieron las elucubraciones de Hayley. Mirando a su alrededor, se percató de que todo el mundo se había levantado de la mesa y había salido del comedor.

—Llevas un buen rato ahí sentada, mirando al vacío, con cara de pocos amigos —comentó Stephen desde la puerta.

Dirigiéndole una mirada fulminante, Hayley se levantó con toda la dignidad de la que pudo hacer acopio.

—No veo por qué te tiene que importar que me quede o no aquí sentada todo el día.

Stephen levantó las cejas. Anduvo hacia Hayley y se detuvo cuando les separaba menos de un paso, bloqueándole la salida del comedor.

—Por favor, ¿puedes ser tan amable de apartarte? —dijo ella con voz tirante intentando esquivarle.

Él dio un paso al lado para bloquearle la salida.

—Estás molesta conmigo. ¿Por qué?

Ella le dio un codazo en el pecho y él se quejó.

—¡Ay!

—¿Y a ti qué más te da si estoy o no molesta contigo? No me has dirigido la palabra en toda la comida. ¿A qué viene esta repentina muestra de interés?

Stephen repasó el rostro de Hayley con la mirada, y le invadió una oleada de culpabilidad. La había ignorado durante la comida. No con la intención de enfadarla o de herir sus sentimientos, sino sólo por instinto de conservación. En un intento de evitar la tentación, era evidente que había ofendido y enfadado a Hayley. Sintió una punzada de remordimiento.

Ahuecando ambas palmas alrededor de la barbilla de Hayley, le acarició las mejillas con los pulgares.

—Lo siento.

Vio cómo el enfado se esfumaba de sus ojos para dar paso a una mirada de absoluta confusión.

—Creía que nos llevábamos bien. ¿Qué he hecho mal? ¿Es por... por quién soy?

Stephen le puso un dedo en los labios.

—No, Hayley. No has hecho nada mal. Sólo estaba intentando evitar la tentación.

—¿La tentación?

—Ejerces sobre mí una atracción irresistible. Eso me temo. Pensé que, si te ignoraba, no me sentiría tan intensamente atraído por ti y evitaría caer en la tentación. —Stephen sonrió—. Mi plan no sólo ha sido un estrepitoso fracaso, sino que además te he hecho sufrir en el proceso. —Sin poder controlarse, se inclinó y rozó sus labios con los de ella—. Lo siento. Tú te mereces algo mejor. «Mucho mejor de lo que yo te puedo dar.» Dio un paso atrás y analizó el rostro de Hayley. La cálida oleada de ternura que a menudo le invadía cuando la contemplaba hizo que se le encogiera el corazón—. ¿Podrás perdonarme?

Ella le miró durante varios segundos y luego sonrió.

—Por supuesto.

«¡Lo que faltaba! Otra faceta suya que admirar. Te ofrece su perdón sin hacerse rogar.» Stephen se frotó allí donde Hayley le había dado el codazo.

—Ésta es la segunda vez que te veo enfadada. Pare evitar futuras agresiones contra mi persona, tal vez convendría que me dijeras qué cosas te molestan.

—¿Aparte de los hombres testarudos que son cariñosos y amables en un momento y fríos y distantes al momento siguiente?

—Sí. Pero yo no soy testarudo.

—Eso es opinable —dijo ella, mientras se le hacían sendos hoyuelos en las mejillas.

—Tal vez. ¿Y qué otras cosas hacen que te enfades?

Ella apretó los labios y reflexionó sobre la pregunta durante unos instantes.

—La falta de consideración —respondió al cabo—. El egoísmo. La crueldad. Las mentiras —dijo finalmente con expresión de seriedad.

Aquellas palabras le calaron muy hondo a Stephen, llenándole de vergüenza. «Falta de consideración, egoísmo, crueldad, mentiras.» Él era culpable de todas ellas. Especialmente de las mentiras, en lo que se refería a su relación con Hayley.

Forzando un tono despreocupado, le dijo:

—Deberé hacer un esfuerzo para evitar participar en cualquiera de esas actividades. —«Demasiado tarde, Stephen», le gritó su voz interior.

—No tengo ningún miedo de que alguna vez puedas actuar sin consideración, con egoísmo o crueldad, o engañando a la gente. Sé que no lo harás —le dijo dulcemente, con el corazón en la mirada.

Stephen sintió otra oleada de culpabilidad, que le comprimió tanto el pecho que tuvo que hacer un gran esfuerzo para respirar. La miró con seriedad. «Díselo. Díselo ahora.»

—Hayley, yo no soy el dechado de virtudes que pareces

creer que soy. De hecho, yo... —Sus palabras se perdieron en el aire cuando ella alargó el brazo y le tocó la mano.

—Sí, lo eres, Stephen. —Lo miró con ojos brillantes—. Sí, lo eres.

Suspirando hondamente, él la estrechó entre sus brazos, apretándola contra su palpitante corazón. Hundió el rostro en el perfume de su cabello y cerró los ojos intentando luchar contra la culpa y la vergüenza que le carcomían por dentro. Hayley le acababa de mirar como le había mirado Callie la noche anterior. La admiración brillaba en sus inmensos y límpidos ojos azules, una admiración que a Stephen le hizo sentir, por primera vez en la vida, que tal vez no era tan canalla, después de todo. Y sabe Dios lo mucho que le gustó aquella sensación.

Demasiado.

Pero él no era digno de aquella admiración.

«Aléjate de ella. Dile que te vas mañana.»

En lugar de ello, se acercó todavía más. La abrazó más fuerte e intentó absorber parte de su bondad, sabiendo que al día siguiente, cuando él ya no estuviera allí, aquella mirada de admiración desaparecería de los ojos de Hayley. Le invadió una profunda sensación de pérdida y la abrazó todavía más fuerte, disfrutando de la ternura de aquel momento, tan hermoso como fugaz.

«Pasado mañana todo se habrá acabado.»

—Está preciosa, señorita Albright —dijo Stephen a Pamela aquella misma tarde cuando la vio entrar en el salón. La repasó con la mirada de arriba abajo, fijándose en su vestido verde pastel y su favorecedor recogido—. Seguro que es el foco de las miradas de todos los hombres de la fiesta.

Un rubor rosado encendió las mejillas de Pamela.

—Muchas gracias, señor Barrettson. Usted también está excepcionalmente elegante.

—Gracias... —la voz de Stephen se desvaneció en cuanto vio a Hayley de pie en el umbral de la puerta, toda una visión con su vestido azul claro. Era exactamente del mismo color que sus ojos. El escotado corpiño resaltaba sus senos, dejando al descubierto una tentadora extensión de piel color crema. Sus rizos castaños estaban recogidos con suma habilidad en un elegante moño en la parte superior de la cabeza. Una cinta de color azul claro adornaba el fino recogido, y un par de resplandecientes zarcillos enmarcaban su hermoso rostro.

«¡Dios mío!» A Stephen se le quedaron los pulmones sin aire. Hayley le quitó literalmente el aliento. Avanzó hacia ella, con la mirada clavada en su rostro ruborizado. Cuando llegó a su lado, le tomó la mano y le dio un tierno beso en los enguantados dedos.

—Estás exquisita —dijo tiernamente—. Absolutamente exquisita.

Ella todavía se ruborizó más.

—El vestido es bonito, Stephen.

—La mujer que lo lleva es bonita. —Incapaz de contenerse, le besó la cara interna de la muñeca.

Ella dijo en voz baja y ligeramente sofocada:

—¿No te parece que el escote es un poco escandaloso?

La mirada de Stephen descendió al torso de Hayley. Efectivamente, el corpiño era escotado, pero no exagerado ni indecente. De hecho, aquel escote era incluso moderado en comparación con los que llevaban las mujeres de la ciudad.

La piel color crema de Hayley resplandecía bajo la muselina azul claro, y el contorno de sus enhiestos senos cautivó la vista de Stephen. Él deseaba con todas sus fuerzas palpar aquellas tentadoras curvas, y sólo una considerable determinación le impidió hacerlo.

—Es perfecto —le aseguró, con voz ronca, intentando contener el deseo—. Pareces un ángel.

—Me encantan los pensamientos. Le dan un toque de elegancia.

—Si, ya sabes, «ocupas mis pensamientos». —«Como has hecho tú desde la primera vez que te vi», pensó.

—¿Estamos listos para salir? —preguntó Pamela desde el otro extremo de la habitación.

—Por supuesto —dijo Stephen forzándose a apartar la vista de Hayley. Ofreció un codo a cada una de sus dos acompañantes y las condujo hasta la calesa que les estaba esperando. Grimsley sostuvo las riendas mientras Stephen ayudaba a las damas a acomodarse. Luego tomó asiento entre ellas y cogió las riendas. La calesa estaba pensada para dos pasajeros, de modo que los tres se tuvieron que apretujar, muslo con muslo, en el asiento. Stephen nunca había conducido un vehículo semejante, y cruzó los dedos para que no se notara su falta de experiencia. Puso la calesa en movimiento y deseó lo mejor.

Hayley entró en la elegante casa señorial de Lorelei Smythe con el corazón latiéndole fuertemente en señal de anticipación. La forma en que Stephen la había mirado, y la seguía mirando, con aquellos ojos verdes oscuros y tormentosos y aquella mirada tan cálida e irresistible, le dificultaba la respiración.

Las fiestas siempre le habían dado pavor. Las pocas a las que había asistido no le habían aportado nada más que malos ratos y un gran apuro. Era demasiado alta, nadie le pedía para bailar y su ropa siempre parecía pasada de moda.

Pero aquella noche era diferente. Aquella noche se sentía como una princesa. Llevaba un vestido precioso, y el hombre más apuesto y maravilloso del mundo era su acompañante.

—Hayley y Pamela —dijo Lorelei en tono de afectación mientras les tendía la mano—. ¡Cómo me alegra verlas! ¡Y, señor Barrettson, qué divino que también haya venido! —dirigió a Pamela una mirada superficial y luego clavó los ojos en Hayley—. ¡Santo Dios! ¡Qué vestido tan precioso, Hayley! —exclamó mientras tomaba nota de todos los detalles de su aspecto—. Creo que nunca la había visto tan elegante. —Colando sigilosamente el brazo del codo de Stephen, con un inequívoco gesto de posesión, prosiguió—: Hayley suele vestir de marrón oscuro y se lava con agua de lago. Sería bastante escandaloso si todo el mundo no estuviera acostumbrado a sus... excentricidades. Ahora, permítame que le presente a mis otros invitados, señor Barrettson. —Luego se dirigió a Pamela y a Hayley—. ¿Me disculpan, por favor? —Y pegándose todavía más a Stephen lo guió hacia la entrada del edificio.

—No soporto la forma en que te trata esa mujer —susurró Pamela a Hayley visiblemente enfadada—. Me gustaría borrar esa mirada arrogante y suficiente de su cara. ¿Cómo se atreve a llevarse a tu señor Barrettson de ese modo? ¿Por qué...?

—Pamela, no es mi señor Barrettson —le susurró Hayley al oído mientras intentaba dominar los celos que le empezaban a corroer. La visión de las manos de Lorelei encima de Stephen le despertó el imperioso deseo de romper algo, tal vez las horrendas figuras pastorales de porcelana que había sobre una lujosa mesita de cerezo.

Pero tenía que pensar en Pamela, de modo que se quitó la idea de la cabeza. Conteniéndose, le dijo:

—Deja de poner mala cara, Pamela, Marshall nos acaba de ver y se dirige hacia aquí.

—Señorita Hayley, señorita Pamela —dijo Marshall en cuanto llegó hasta ellas. Hizo una reverencia a la primera y añadió—: Está preciosa esta noche, señorita...

—Gracias, Marshall.

Marshall se volvió hacia Pamela, y Hayley le vio tragar saliva con dificultad.

—Y usted está francamente... hermosa. —Le hizo una reverencia formal y luego ofreció sendos codos a ambas hermanas—. ¿Me permiten que las acompañe?

—¿Quizás Hayley me concedería ese placer? —preguntó una voz grave detrás de Hayley.

Hayley se volvió para encontrarse cara a cara con Jeremy Popplemore. Él le sonrió cordialmente, y Hayley le devolvió la sonrisa. No le guardaba rencor y, si él quería que fueran amigos, ella no tenía ningún inconveniente.

—Buenas noches, Jeremy. Es muy amable de tu parte, pero Marshall...

—Me temo que ya ha entrado con tu hermana en el salón —dijo Jeremy en tono jocoso. Le ofreció su codo—. ¿Me concedes el honor?

Con pocas opciones entre las que elegir, Hayley apoyó sin demasiado entusiasmo su enguantada mano en el brazo de Jeremy y permitió a éste que la acompañara hasta el salón donde tenía lugar la recepción. Moquetas de Axminster cubrían los suelos de mármol pulido, y había elegantes mesas de madera de cerezo y caoba que realzaban la media docena de sofás de brocado. Debía de haber unas cuarenta personas en el inmenso salón, reunidas en corrillos, tomando vino de Madeira o ponche servidos por los mayordomos.

—Estás preciosa esta noche, Hayley —le dijo Jeremy, repasándola con la mirada y deteniéndose en el escote—. Realmente encantadora.

Hayley no pudo evitar que se le escapara la risa.

—Gracias, Jeremy, aunque debo admitir que todo el que me lo dice lo hace con una expresión de asombro en el rostro. Debo de estar bastante horrorosa la mayor parte del tiempo.

Jeremy inclinó la cabeza hacia atrás y se rió.

—En absoluto, querida —le aseguró, volviéndola a repasar con la mirada—. En absoluto.

En el otro extremo del salón, Stephen oyó la risa de Jeremy Poppleport*. Había observado disimuladamente cómo aquel hombre entraba con Hayley en el salón y luego el modo en que la devoraba con los ojos. Stephen conocía demasiado bien el significado de aquella mirada. Era la mirada de un hombre a quien le gustaba lo que veía, que lo deseaba.

Los dedos de Stephen se apretaron contra la base de la copa de vino que tenía en la mano. Luchó con todas sus fuer-

* En inglés, *port* significa, entre otras cosas, «oporto». La «equivocación» de Stephen contiene cierta nota irónica que no se puede traducir al español. *(N. de la T.)*

zas para no dejarse llevar por el deseo de aporrear a Popple-dink hasta convertirlo en polvo. Y, para empeorar todavía más las cosas, Lorelei Smythe volvía a estar a su lado, cada vez más pegada a él e intentando conducirlo hacia un íntimo rincón del salón. Se había dejado guiar por ella al principio porque le había cogido desprevenido y no quería ser grosero con la gente con la que se relacionaba Hayley y su familia. Pero ya había decidido que iba a darle a aquella pesada exactamente dos minutos más de su tiempo y luego prescindiría de tan molesta compañía.

—¿Le gusta mi casa, señor Barrettson? —le preguntó Lorelei cuando se encontraban en una relativa intimidad cerca de las ventanas.

Él ni siquiera se había fijado en el color de las paredes.

—Sí. Es preciosa, señora Smythe.

—Llámeme Lorelei. Mi marido, que en paz descanse, me compró esta casa varios años antes de su muerte prematura.

—Le acompaño en el sentimiento —musitó Stephen, con la atención puesta en la pareja que había en el otro extremo del salón.

—Oh, ya hace dos años de su muerte —dijo haciendo un gesto con la mano para quitarle importancia—. Ya tengo el luto bastante superado.

Stephen se forzó a mirarla directamente. Era innegablemente atractiva, con cabello marrón claro y avispados ojos castaños rebosantes de sensualidad. Su cuerpo era exuberante, un hecho patentizado por sus voluptuosos senos, insinuantemente comprimidos contra el brazo de Stephen, y la pasmosa cantidad de carne que le sobresalía por encima del escote. Hubo un tiempo, no muy lejano, en que probablemente Stephen habría mostrado por ella el mismo interés que ella demostraba por él, y la noche habría culminado en un encuentro sexual mutuamente satisfactorio.

Pero las cosas habían cambiado.

Stephen miraba a Lorelei Smythe de forma desapasionada, experimentando nada más que una ligera molestia ante sus empalagosas atenciones. Estaba tenso y aburrido, y no había nada que le apeteciera más que cruzar el salón a toda velocidad y lanzar a Jeremy Popplepuss* por la ventana. El muy canalla estaba prácticamente desnudando a Hayley con los ojos.

Los ojos de Stephen se achinaron hasta reducirse a meras ranuras cuando vio que Jeremy se inclinaba sobre Hayley para decirle algo al oído. Independientemente de lo que le hubiera dicho, un atractivo rubor tiñó inmediatamente las mejillas de Hayley. Poppledop**, sin lugar a dudas, iba a salir despedido por la ventana. De cabeza.

—Hacen buena pareja. ¿No cree? —le susurró Lorelei al oído.

—¿Quiénes?

—Jeremy y Hayley, por supuesto, aunque debo decir que me sorprenden un poco los gustos de Jeremy. Creo que le pega mucho más Pamela. Es mucho más adecuada para él que Hayley.

Stephen se volvió hacia Lorelei.

—¿Eso cree? ¿En qué sentido?

A Lorelei se le escapó una sonora carcajada.

—Bueno, Hayley es tan... no sé muy bien cómo expresarlo. Tan larguirucha y tan poco femenina. Pamela es mucho más señorita, pero parece ser que su corazón ya está ocupado por otro hombre. —Su mirada se detuvo en Pamela y Marshall, que estaban conversando junto a la chimenea.

»En el caso de que Jeremy esté realmente interesado por Hayley —prosiguió Lorelei—, ella sería estúpida si rechazara su proposición. Ya no es ninguna niña, y no puedo imaginarme a ningún otro hombre cortejándola. —Miró a Stephen a los ojos—. ¿Sabe que no hace mucho Hayley y Jeremy tuvieron una relación... muy estrecha?

* En inglés, *puss* significa «minino». La «equivocación» de Stephen contiene cierta nota irónica que no se puede traducir al español. *(N. de la T.)*

** En inglés, *to dope* significa «narcotizar, drogar». La «equivocación» de Stephen contiene cierta nota irónica que no se puede traducir al español. *(N. de la T.)*

—Sí, pero tenía la impresión de que Popplepart* no estaba dispuesto a hacerse cargo de toda la familia de la señorita Albright. —«Es evidente que es un completo idiota.»

—Popplemore... Jeremy me ha confiado que, puesto que lo más probable es que Pamela se case pronto, y los niños ya no son tan pequeños, cree que podrá convencer a Hayley para que delegue parcialmente el cuidado de sus hermanos en Pamela.

—¿Ah, sí? —preguntó Stephen con una calma sólo fingida. Si Poppledart** estaba barajando la idea de que Hayley dejara tirada a su familia, aquel tipo todavía era más estúpido de lo que él creía. Un impulso arrollador de agarrar a aquel desgraciado por el cuello y sacudirlo hasta que le castañearan los dientes se adueñó de Stephen. Mientras contemplaba la posibilidad de dejarse llevar por ese impulso, le interrumpió su fastidiosa voz interior. «Déjalos en paz. Ella merece ser feliz y, si Popplepuss es el hombre que va a hacerla feliz, es mejor que te mantengas al margen. Te vas de Halstead mañana. No la volverás a ver nunca más. No estropees lo que podría ser su última oportunidad para ser feliz.»

Stephen aspiró profundamente y se obligó a relajarse, a luchar contra aquellos celos que le corroían ante la idea de que Hayley estuviera con otro hombre. Ella no era suya, no le pertenecía. No tenía ningún derecho a impedir que Hayley estuviera con otro hombre. De hecho, lo mejor que podía hacer por ella era lanzarla en los brazos de Jeremy. Sólo con pensarlo se le revolvían las tripas. «¡Maldita sea. No creo que sea capaz de ser tan considerado.»

—¿Le importaría traerme otro vaso de vino? —le preguntó Lorelei con una voz ronca que pretendía ser seductora.

* En inglés, *to part* significa «romper, partir, separar». La «equivocación» de Stephen contiene cierta nota irónica que no se puede traducir al español. *(N. de la T.)*

** En inglés, *dart* significa, entre otras cosas, «dardo». La «equivocación» de Stephen contiene cierta nota irónica que no se puede traducir al español. *(N. de la T.)*

Stephen hizo un esfuerzo por centrarse en su acompañante. La mirada de sugerente invitación en los ojos de Lorelei era inequívoca. La mejor forma de incitar a Hayley a pasar la velada con Poppledart sería ocuparse en otra actividad.

—¿Un vaso de vino? Por supuesto. —Cruzó el salón y se dirigió hacia la mesa de las bebidas, contento de poder alejar puntualmente la atención de sus mortificantes pensamientos.

Hayley estuvo sonriendo, aunque sólo por fuera, durante toda la cena, pero, por dentro, estaba furiosa. Lorelei presidía la mesa, con Jeremy a su derecha y Stephen a su izquierda. Sentada al lado de Jeremy y prácticamente enfrente de Stephen, Hayley observó, sumida en la desdicha y la desesperación, cómo Lorelei coqueteaba descaradamente con este último durante toda la cena, sonriéndole con los ojos y apretando su escandaloso escote contra su brazo.

Pero lo que más le dolía de todo era que Stephen también estaba coqueteando con ella. Aquella encantadora y devastadora sonrisa dirigida a Lorelei, aquellos ojos verdes que la miraban con sensualidad y admiración, hicieron que a Hayley le entraran ganas de gritar.

Intentaba negárselo a sí misma, pero estaba celosa. Completa, absoluta y desagradablemente corroída por los celos. Cada vez que la risa ronca pretendidamente seductora de Lorelei llegaba a los oídos de Hayley y cada vez que oía el sensual rumor de la voz rasgada de Stephen, Hayley tenía ganas de romper algo. Nunca se había sentido tan mal y tan fuera de sitio en toda su vida.

Desesperada, se volvió hacia Jeremy, incapaz de seguir escuchando u observando a Stephen y Lorelei durante más tiempo. Jeremy estuvo divertido, solícito y muy pendiente de ella durante toda la cena. Hayley habló brevemente con Marshall, pero Pamela estaba sentada al otro lado del médico, de modo que la atención de Marshall estaba en otra parte.

Hayley hizo un esfuerzo por disfrutar de aquella suntuosa comida, que constaba de faisanes a la brasa, guisantes a la crema y surtido de pescado, pero todos aquellos manjares no le supieron a nada. Por puro orgullo, se esforzó en conversar con Jeremy, pero su corazón estaba en otra parte. Por el rabillo del ojo, vio cómo Lorelei deslizaba lentamente un dedo por la manga de Stephen y que él respondía a su gesto rozando la copa de su solícita acompañante con la suya.

No. El corazón de Hayley estaba, sin lugar a dudas, en otra parte.

Y se le estaba haciendo añicos.

20

Tras la cena, había baile en el salón. Mientras los invitados estaban comiendo, los sirvientes habían retirado los muebles y se había instalado una orquesta de tres músicos en una esquina del gran salón.

Jeremy tendió la mano a Hayley.

—¿Me concedes el honor de este baile, Hayley?

A Hayley no le apetecía nada bailar. Quería irse a casa. Quería despojarse de aquel maldito vestido y lanzárselo a la cara al sinvergüenza que se lo había regalado.

Forzando una sonrisa, contestó:

—Por supuesto. —Tomó la mano de Jerermy y bailaron una cuadrilla. Hayley consiguió olvidar momentáneamente el enfado mientras se concentraba en los pasos del intrincado baile. Al acabar de bailar, Jeremy se separó de ella para ir a buscarle un ponche.

Los ojos de Hayley inspeccionaron el salón. Una sonrisa iluminó sus labios cuando divisó a Pamela y a Marshall riéndose juntos cerca de la orquesta. Pamela irradiaba felicidad, y Hayley se alegró sinceramente por ella.

La mirada de Hayley siguió vagando por el salón hasta que se detuvo, por casualidad, en las puertaventanas. La sonrisa se le petrificó cuando vio a Stephen saliendo sigilosamente por la puerta que conducía a los jardines. Segundos después, tras dirigir una rápida y disimulada mirada al salón, Lorelei se coló por la misma puerta.

—Ahí la tienes —murmuró Hayley en voz baja. Tan enfadada que apenas podía hablar y tan dolida que apenas podía respirar, se abrió paso por el salón hasta el rincón donde se encontraban Pamela y Marshall.

—¿Marshall, sería tan amable de acompañar a Pamela a casa esta noche? Me siento indispuesta y preferiría retirarme.

Una mirada de preocupación se dibujó inmediatamente en el rostro de Marshall.

—Está un poco pálida —ratificó Marshall—. ¿Es el estómago? ¿Quiere que le traiga una infusión?

Hayley negó con la cabeza, desesperada por salir de allí cuanto antes.

—No, gracias. De hecho, es la cabeza. —«Mejor dicho, el corazón»—. Ya me prepararé una infusión al llegar a casa. Sólo necesito saber si usted se encargará de que Pamela llegue a casa sana y salva.

—Te acompaño —dijo Pamela enseguida, visiblemente preocupada.

Hayley se volvió hacia Pamela y le cogió las manos.

—Por favor —imploró—, quiero que disfrutes de la fiesta. Pero yo debo irme. —Su voz se convirtió en un angustiado susurro—. Debo irme. —«Ahora. Inmediatamente. Antes de que me ponga a llorar y haga el ridículo.»

—Te acompaño hasta la puerta —dijo Pamela, tomando a Hayley del brazo. Anduvieron hasta el vestíbulo, donde esperaron a que el lacayo les trajera la calesa.

—Sé lo que te molesta tanto, Hayley. Ya he visto cómo esa insoportable coquetea descaradamente con el señor Barrettson. Pero eso no significa que él...

—Están fuera, en el jardín, juntos —dijo Hayley con un susurro entrecortado.

—Oh, Hayley. —Pamela la rodeó con ambos brazos y le dio un fuerte abrazo. Hayley casi sonríe cuando oyó decir a su hermana una palabrota de la cosecha de Winston.

—Disfruta de la compañía de Marshall —dijo Hayley, separándose de Pamela—. Quiero que mañana me lo cuentes todo con pelos y señales.

El lacayo anunció la llegada de la calesa, y Hayley se dirigió rápidamente hacia la puerta de salida. Se subió al asiento, cogió las riendas y partió como alma que lleva el diablo. No permitió que le cayeran las lágrimas hasta que estuvo lejos de la casa de Lorelei Smythe.

—¿Dónde está Hayley? —preguntó Stephen a Pamela casi media hora más tarde.

Había salido a fumarse un puro y casi inmediatamente se encontró en compañía de Lorelei. Stephen reprimió una palabrota. Aquella mujer no sólo era molesta y aburrida, sino que encima era tenaz. Le recordaba a las mujeres de la ciudad a quienes tanto detestaba. Había tolerado su compañía durante la mayor parte de la velada, pero ya había tenido suficiente. Siguió fumando, ignorando su vacua conversación, y se deshizo de ella con brusquedad, antes de haberse fumado siquiera medio puro.

En cuanto entró en el salón, sus ojos inquisidores buscaron a Hayley, pero no la pudo encontrar. Divisó a Jeremy en la otra punta del salón, pero no había ni rastro de Hayley. Finalmente, se acercó a Pamela, que estaba sola junto a una ventana.

—Me sorprende que se atreva a preguntarme por el paradero de Hayley, señor Barrettson —contestó Pamela con voz gélida.

Stephen la miró fijamente, sin poder ocultar su sorpresa ante aquel gélido tono.

—¿Y por qué le extraña tanto?

Pamela le dirigió una mirada inequívocamente reprobatoria.

—Quizá porque, hasta ahora, llevaba toda la noche ignorándola completamente y parecía encontrarse bastante a gusto haciéndolo.

—Estaba bien acompañada —dijo Stephen con la boca pequeña.

—La ha humillado delante de esa odiosa mujer —dijo

Pamela echando fuego por los ojos—. Hayley sólo le ha dado bondad. ¿Cómo ha podido ser tan cruel con ella?

A Stephen le embargó un intenso sentimiento de culpa. No había sido su intención hacerla sufrir. Sólo había intentado hacer lo que él creía que era mejor para ella. Mantenerse alejado y dejar que otro hombre —un hombre que no la iba a abandonar— se fijara en ella.

—Le aseguro que no era mi intención hacerla sufrir.

—Pero lo ha hecho. Le ha hecho mucho daño.

—Dígame dónde esta. Quiero pedirle disculpas.

—Se ha ido.

Stephen miró a Pamela fijamente.

—¿Qué?

—Se ha ido. Supongo que no se dio cuenta de su marcha porque estaba demasiado ocupado en el jardín con la señora Smythe. —Miró a Stephen de arriba abajo con evidente deprecio—. Sinceramente, señor Barrettson, me ha sorprendido. Hasta esta noche, le tenía por un hombre bueno, considerado, un hombre digno de la admiración de Hayley. Es obvio que estaba equivocada. —Se volvió para alejarse, pero Stephen la retuvo cogiéndola del brazo.

Lo cierto es que le había sorprendido mucho el breve discurso de Pamela. Al parecer, estaba destinado a recibir duras reprimendas de las hermanas Albright. Pero su sorpresa quedó eclipsada por la profunda y dolorosa sensación de pérdida que le invadió inmediatamente. Le molestaba tremendamente que Pamela le estuviera mirando como si fuera un perro abandonado. Debía de estar realmente enfadada para hacer semejante exhibición de genio.

Y la mera idea de que Hayley estuviera sufriendo por su culpa, de que ya no le tuviera en tan alta estima, le oprimía el pecho y le llenaba de remordimientos. Le dolía muchísimo que cualquiera de aquellas dos mujeres pudiera pensar mal de él, especialmente Hayley.

—No estaba equivocada —contestó él dulcemente—. Le aseguro que tengo a su hermana en la más alta estima y que jamás le haría daño a propósito.

La mirada de Pamela no se suavizó ni un ápice.

—Entonces, ¿por qué...?

—No lo sé. —Una sonrisa de arrepentimiento apareció en el rostro de él—. Soy un imbécil.

Pamela lo miró sin parpadear, con expresión implacable.

—No pienso llevarle la contraria —dijo con brutal sinceridad—, pero se lo está explicando a la señorita Albright equivocada. —Se liberó de los dedos de Stephen con un ademán brusco—. Ahora, por favor, discúlpeme.

Stephen observó cómo Pamela se reunía con Marshall. La orquesta empezó a tocar una nueva melodía, y los dos se dirigieron hacia la pista de baile. Stephen entró a pasos largos en el vestíbulo y salió del edificio a toda prisa.

La caminata de tres cuartos de hora hasta la casa de los Albright ofreció a Stephen la oportunidad que tanto necesitaba para pensar.

Sabía que aquella noche había hecho lo mejor que podía hacer por el bien de Hayley, pero, de todos modos, se sentía como un canalla. Estaba tan hermosa, con el rostro ruborizado e irradiando felicidad, tan increíblemente encantadora con su nuevo vestido. Había deseado tanto tocarla, besarla, cogerla en brazos y llevársela a un lugar íntimo donde pudieran estar los dos solos...

Pero ¿cómo iba a hacerlo yéndose a la mañana siguiente? Era un canalla, pero no tan canalla como para eso.

La idea de su inminente marcha le llenó de una profunda sensación de vacío, y sintió una fuerte opresión en el pecho. Se había encariñado mucho con los Albrigth en aquella breve estancia en su casa. Con todos ellos.

Sobre todo con Hayley.

«¡Maldita sea!», pensó. Encariñarse era un eufemismo rayano con el ridículo. La admiraba. La respetaba. Le gustaba tremendamente.

Le importaba. Muchísimo.

Entró en la casa de los Albright. Grimsley no estaba en la

puerta, de modo que Stephen asumió que se había retirado a su alcoba. Buscó a Hayley en la biblioteca y en el despacho, pero los dos estaban vacíos, de modo que supuso que se había acostado. Decidió esperar. Ya hablaría con ella a la mañana siguiente antes de partir. Así tendría toda la noche para pensar en las palabras adecuadas, aunque dudaba que existieran.

Mientras subía las escaleras, se aflojó el cuello de la camisa. Cuando entró en su alcoba, se quitó rápidamente la chaqueta y la dejó caer, junto con la corbata, sobre la butaca que había junto a la chimenea. Estaba desabrochándose la camisa cuando vio la cama por el rabillo del ojo. Sus dedos se detuvieron súbitamente y miró fijamente en aquella dirección.

El vestido que le había regalado a Hayley estaba desparramado sobre la cubierta.

Como si estuviera hipnotizado, se acercó a la cama. El precioso vestido estaba cuidadosamente extendido sobre la cama, con una nota encima del suave tejido. Al lado del vestido, perfectamente apilados, Hayley había dejado la combinación, las medias y los zapatos. Stephen alargó el brazo y cogió la nota.

> Señor Barrettson,
>
> Quiero darle las gracias por este precioso vestido y sus complementos, pero tras reconsiderarlo, opino que sería impropio aceptar un regalo tan elaborado y personal.
>
> Mañana debo ir a un pueblo vecino para visitar a una amiga de la familia que está enferma y pasaré allí la noche. Puesto que sus heridas parecen estar bastante curadas, creo que sería mejor que usted se hubiera ido para cuando yo esté de vuelta pasado mañana.
>
> Cuidarle ha sido un placer para mí y para toda mi familia y estamos muy contentos por su pronta recuperación. Por favor, acepte mis felicitaciones por su buena salud y mis más sinceros deseos de que siga así.
>
> Cordialmente,
>
> HAYLEY ALBRIGHT

Stephen volvió a leer la nota, mientras su opresión en el pecho iba en aumento hasta que sitió como si un piano le estuviera aplastando los pulmones. Le estaba echando. Le había devuelto su regalo y le pedía que se marchara antes de que ella volviera a casa.

La cabeza le decía que Hayley estaba haciendo lo correcto. Era mejor así. Cuando ella regresara, él se habría marchado. Sin tristes despedidas. Sin tener que admitir sus mentiras.

Pero su corazón sabía que no podía marcharse de ese modo.

Sin saber lo que iba a decirle, Stephen cogió precipitadamente el vestido y los complementos, salió de la alcoba y cerró la puerta tras él.

21

Stephen oyó los llantos en cuanto se acercó a la alcoba de Hayley.

Llamó suavemente a la puerta, pero, al no obtener respuesta, hizo girar el pomo con delicadeza. La llave no estaba echada. Entró en la habitación y cerró la puerta tras de sí.

Hayley se hallaba de pie junto a la ventana, dándole la espalda y con la cara hundida en las manos.

Stephen sintió que aquellos sollozos ahogados le destrozaban el corazón.

—Hayley.

Hayley dio un respingo y se volvió, con los ojos anegados en lágrimas y abiertos de par en par. Se secó las lágrimas con dedos temblorosos.

—¿Qué estás haciendo aquí?

—He venido a devolverte tu regalo...

Ella miró las prendas por un instante, luego se le endureció la mirada y se volvió.

—Ya te he dicho que no puedo aceptarlo —dijo—. Ahora, por favor, vete.

Stephen dejó las prendas sobre una silla.

—Ya lo habías aceptado.

—Sí. Pero eso era antes —dijo ella con voz cortante.

—Sí —ratificó Stephen, colocándose justo detrás de ella—. Eso era antes de que yo me comportara como un imbécil. Antes de que te ignorara. Antes de que te hiciera daño. —Le puso las manos sobre los hombros y la instó a girarse.

Ella primero se resistió, pero él ejerció una suave presión hasta que ella se dio la vuelta. A pesar de que estaba de cara a él, Hayley seguía mirando al suelo.

—Mírame, Hayley. —Colocándole un dedo en la barbilla, la obligó a levantar la cara. Las lágrimas seguían manando, dejando regueros plateados en sus mejillas color crema.

A él se le hizo un nudo en la garganta cuando vio cómo una sola lágrima resbalaba por el rostro de Hayley.

—Me he comportado mal esta noche. Por favor, perdóname. Te prometo que no quería hacerte daño. Jamás querría hacértelo.

Ella respiró hondo y tragó saliva con dificultad.

—No lo entiendo —susurró con voz temblorosa—. ¿Por qué le has tenido que seguir el juego? —Se le escapó un sollozo ahogado—. Me he puesto un vestido adecuado. Me he arreglado el pelo, me he comportado como una dama. Pero seguía sin ser suficientemente buena para ti. ¿Qué tengo de malo?

A Stephen se le escapó un atormentado suspiro y la estrechó entre sus brazos, hundiendo el rostro en el suave cabello de Hayley con olor a rosas.

—Hayley... Hayley —le susurró al oído—. ¡Dios! No tienes nada malo. Eres la mujer más extraordinaria que he conocido. Eres dulce y buena y generosa... —Dio un paso atrás y ahuecó ambas palmas alrededor de sus mejillas, apartándole delicadamente las lágrimas con los pulgares—. Eres un ángel. Lo juro por Dios, un verdadero ángel.

—¿Entonces por qué...?

—Estaba pensando en ti, en tu felicidad. No quería echar a perder tu oportunidad de rehacer tu vida con Popplepuss.

—Popplemore.

—En serio. —Stephen sondeó la mirada de Hayley y se forzó a decir las palabras que sabía iban a hacerle daño—. Los dos sabemos que tendré que irme. Pronto. —«¡Santo Dios! Si supieras lo pronto que me voy a ir!»

—Lo sé —susurró ella.

—No quería echar a perder tu oportunidad de rehacer

tu vida con otro hombre. Créeme cuando te digo que he tenido que hacer un esfuerzo sobrehumano. Quería estar contigo, Hayley. Te lo prometo. Lorelei Smythe no te llega a la suela del zapato. —Negó repetidamente con la cabeza—. La primera vez en mi vida que actúo con nobleza y lo echo todo a perder.

—¿La...? ¿La has besado?

—No. No tenía el menor deseo de hacerlo. —Sintió un gran alivio cuando vio que parte del dolor desaparecía de los ojos de Hayley.

—A ver si lo he entendido correctamente. Querías estar conmigo, pero has hecho un esfuerzo por comportarte con nobleza alejándote de mí y dejando el campo libre a Jeremy porque vas a irte pronto de Halstead y no querías interferir en mi oportunidad de ser feliz con otro hombre. —Lo miró con expresión interrogativa—. ¿Correcto?

—Sí, más o menos, eso viene a resumirlo todo.

Ella sacudió repetidamente la cabeza.

—¡Dios mío! ¡Vaya plan tan enrevesado! ¿Cómo se te ocurrió tramar algo tan ridículo?

—Me pareció una gran idea, al principio —musitó Stephen—. De hecho, podría haber funcionado perfectamente, salvo por un detalle.

—¿Qué detalle?

Él le cogió las manos y se las acercó a los labios, probando el sabor salado de las lágrimas que le impregnaban las yemas.

—Cada vez que Popplepart te tocaba, cada vez que te miraba o te hablaba, tenía ganas de estrangularlo, al muy canalla.

—Popplemore.

—Ya lo creo. Poco me ha faltado para cruzar el salón, agarrarlo por su escuálido cuello y hundirlo en la ponchera.

A Hayley se le pusieron los ojos como platos.

—¿En serio?

Stephen asintió con expresión solemne.

—Completamente en serio. —Consciente de que estaba

jugando con fuego, pero incapaz de contenerse, besó los dedos de Hayley y pasó suavemente la lengua por su piel con olor a rosas. «Déjalo ya. Dile que te vas mañana. Díselo ahora y sal de su alcoba. Antes de que sea demasiado tarde. Antes de que hagas algo de lo que ambos os arrepentiréis.»

—Entonces, ¿podrías... podrías plantearte la posibilidad de quedarte?

Él levantó despacio la mirada buscando la de ella. A Hayley le ardían las mejillas, y sus ojos, todavía húmedos, eran dos inmensos estanques de agua que reflejaban una combinación de incertidumbre y esperanza.

—¿Qué?

—Si es eso realmente lo que sientes, entonces no te vayas de Halstead. Puedes buscar trabajo en el pueblo o alguna localidad vecina. Si no encontraras nada, siempre te podría contratar yo para que dieras clases a los chicos y a Callie. —Con labios temblorosos, esbozó una dubitativa sonrisa—. Mis hermanos te han cogido muchísimo cariño, y tía Olivia cree que el sol sale y se pone sólo para ti. Hasta has conseguido ganarte a Pierre, una gran hazaña, te lo puedo asegurar. Todos queremos que te quedes. —Su voz se convirtió en un susurro—. Yo quiero que te quedes.

Stephen la miró fijamente, completamente sin habla. ¿Por qué no había previsto que le pediría aquello? Según él mismo le había explicado, podía trabajar en cualquier sitio. Entonces, ¿por qué no en Halstead? «¡Dios mío! ¡Hasta qué punto he liado las cosas!» Tenía que decirle inmediatamente que no podía hacer lo que le pedía.

—Hayley yo...

—Me he enamorado de ti, Stephen. Te quiero.

Aquellas palabras, dichas con una inmensa dulzura, calaron muy hondo en Stephen, dejándole sin habla, anulando absolutamente su capacidad para pensar. Completamente. Irrevocablemente. La miró y vio claramente aquellas palabras reflejadas en sus ojos.

Hayley le quería.

Aquel maravilloso, generoso y hermoso ángel le quería. Se sentía como un completo canalla. «¿Qué voy a hacer ahora?»

—Hayley debo decirte...

Ella le puso la yema de un dedo sobre los labios, sin dejarle continuar.

—No te lo he dicho para que te sientas obligado a decirme lo mismo. Te lo he dicho sólo porque ya no podía callármelo más tiempo. Y quería que supieras, que supieras sin ninguna duda en absoluto, que quiero que te quedes. Y que, si te quedas, siempre serás bien recibido en esta casa y formarás parte de nuestra familia.

A Stephen se le hizo un inmenso y pesado nudo en la garganta. Intentó alejarlo de allí, pero estaba firmemente alojado, como un trozo de pan seco. Cerró los ojos e hizo un esfuerzo por controlar la batalla que se estaba librando en su interior entre sus nobles intenciones y sus deseos. Si no se alejaba de ella rápidamente, sabía quién saldría victorioso. Pero le resultaba imposible pensar con el eco de las palabras de Hayley resonando en su interior. «Me he enamorado de ti. Te quiero, Stephen. Te quiero, Stephen.»

Él no merecía su amor. «¡Dios mío! ¡Si ni tan siquiera sabe quién soy!» Ella se había enamorado de Stephen Barrettson, tutor. Le rechazaría si supiera que le había estado mintiendo todo el tiempo, que en el fondo era un noble de vida disoluta, con una larga lista de amantes, una excusa superficial como familia y un asesino pisándole los talones. Sólo de pensar en que ella pudiera mirarle con desprecio, esfumándose el amor y la confianza de su mirada y dando paso al rechazo, Stephen sentía un dolor desgarrador, como si estuvieran partiéndole en dos.

Tenía que hacer lo que era mejor para ella. Por mucho que le costara.

Stephen soltó un suspiro y apoyó decididamente las manos en los hombros de Hayley. Mirándola directamente a los ojos, rezó para que ella percibiera la profundidad de su tristeza.

—Hayley, no tengo nada que ofrecerte. No puedo darte todo lo que te mereces, lo que querría darte, como querría dártelo. No puedo.

Aquellas palabras apagaron el tenue brillo de la esperanza en los ojos de Hayley, extinguiendo sus tiernos anhelos, instaurando el vacío donde había latido el deseo hacía sólo un momento. A Stephen el sufrimiento que traslucía aquella mirada se le clavó en las entrañas como una fría puñalada.

Zafándose de él, Hayley se acercó a la ventana y miró fijamente la negra noche con la mirada perdida. Él se quedó mirándole fijamente la espalda y tuvo que hacer de tripas corazón para no lanzarse sobre ella, estrecharla entre sus brazos. Hacerla suya.

Cuando por fin Hayley se dio la vuelta y se encaró a Stephen, tenía los dedos de ambas manos fuertemente entrelazados y la mirada clavada en el suelo.

—Lo entiendo. Disculpa mi desmesurado atrevimiento. Es obvio que no deseas... —Su voz se fue desvaneciendo y cerró fuertemente los ojos.

La visión de Hayley, destrozada y humillada, destruyó a Stephen, haciéndole añicos por dentro. Cruzó el espacio que los separaba con dos largas zancadas y la agarró por los hombros.

—¿Qué no deseo? ¿Que no te deseo...? —Respiró entrecortadamente y se le escapó una risa llena de amargura—. ¡Por el amor de Dios, Hayley! Te deseo tan terriblemente que estoy temblando. Te deseo tanto que no puedo dormir por las noches. Sufro por ti constantemente.

Le cogió la mano y se la restregó lentamente por la entrepierna de los pantalones, presionando la palma de Hayley contra la dura prominencia de carne palpitante.

—Así es como te deseo. Pienses lo que pienses, no se te ocurra decirme que no te deseo.

Hayley se quedó helada, sintiendo cómo la turgente virilidad de Stephen palpitaba en su palma. Las emociones la bombardeaban por todos los flancos, como un barco vapuleado por la furia de un huracán. Él la deseaba. No del mismo modo en que ella lo deseaba a él, pero la prueba de su deseo era real e inconfundible, literalmente palpable. Y demasiado irresistible.

La cabeza de Hayley se rebeló contra el deseo de su cuerpo, gritándole que era demasiado arriesgado, que tenía demasiado que perder. Su reputación, el respeto de su familia. ¿Y si se quedaba embarazada?

Pero no podía acallar a su corazón. Ya tenía veintiséis años. Y durante toda su vida había sido muchas cosas: hermana, amiga, enfermera, cuidadora.

Pero nunca había sido, sencillamente, mujer.

Hayley miró aquellos hermosos ojos, atormentados por la pasión contenida, aquella mirada tan intensa que transmitía una necesidad que ella jamás había soñado con provocar en un hombre. No podía seguir esquivándolo, huyendo de aquella ardiente promesa sensual que manaba de todos y cada uno de sus poros, del mismo modo que no podía arrancar la luna del cielo.

Quería experimentar la pasión, y no quería hacerlo en las manos de ningún otro hombre más que él.

Stephen estudió el rostro ruborizado de Hayley y casi se cae de rodillas al comprender lo que le estaban diciendo sus ojos. Bastó con una sola mirada para sellar su destino.

Un impulso irrefrenable se apoderó de él y entregó su conciencia al mismísimo diablo. La atrajo fuertemente hacia sí y tomó su boca, abriendo con la lengua la entrada a aquella cálida gruta. Temió que su intensidad la asustara, pero ella le devolvió el beso con la misma pasión, enredando los dedos en su pelo y poniéndose de puntillas para apretarse más contra él. Cada parte de ella se adaptaba perfectamente al cuerpo de él, todos sus picos y valles encajados en su cuerpo como si los dioses los hubieran tallado expresamente el uno para el otro. Él la rodeó fuertemente con ambos brazos, pero parecía no tenerla lo bastante cerca. Deseaba absorberla literalmente, metérsela en la piel. En el alma.

Los labios de Stephen dejaron un ardiente rastro en el fino cuello de Hayley, mientras él se dejaba embargar por su embriagador perfume a rosas y sus gemidos entrecortados. Cuando los labios de Stephen llegaron al escote del camisón, él levantó la cabeza.

Mirándola a los ojos, Stephen le desabrochó lentamente los botones del camisón hasta la cintura, con dedos temblorosos pero decididos.

Cuando hubo acabado, separó el tejido hacia ambos lados, lo deslizó sobre los hombros de Hayley y luego se lo bajó por los brazos. Soltó el camisón y éste cayó sobre los tobillos de Hayley hecho un remolino.

Bajó la mirada y se quedó sin respiración. Ella era increíble. Absolutamente perfecta.

Sus enhiestos senos apuntaban a Stephen con orgullo, sus crestas de color coral endureciéndose bajo su ardiente mirada masculina. Su estrecha cintura daba paso a unas voluptuosas caderas que desembocaban en dos largas y esbeltas piernas. La visión del triángulo de rizos castaños en el vértice de los muslos amenazó con eliminar el poco control que Stephen creía que poseía todavía. Cogiéndole las manos, entrelazó sus dedos con los de ella.

—Eres hermosa, Hayley. Increíblemente hermosa.

Stephen sentía como si le fuera a estallar el corazón. Le bombardeaban emociones completamente desconocidas, atacándole por todos los flancos. Ella estaba allí delante, alta y orgullosa, pero sus ojos abiertos de par en par y el rápido ascenso y descenso de su pecho delataban su nerviosismo.

Desentrelazando los dedos, Stephen deslizó las manos sobre los brazos de Hayley describiendo un movimiento ascendente, y luego le acarició la espalda. Bajó la cabeza y la besó, muy lentamente y con una gran ternura, para ayudarle a relajarse. Siguió el contorno de sus labios con la lengua, saboreándola, tentándola hasta que ella fundió su boca con la de él y le rodeó el cuello con ambos brazos.

Él la sedujo poco a poco, con la boca y con las manos, intentando hacer de aquella experiencia todo cuanto ella deseaba, cuanto ella merecía. Los ángeles merecen el cielo, y aunque sólo fuera por aquella única y maravillosa noche, Stephen estaba decidido a dárselo o a morir en el intento.

Stephen se colocó detrás de ella y le deslizó ambas manos por la espalda hacia arriba y hacia abajo, desde los hombros hasta las nalgas, acariciando con los dedos la suavidad de su piel. Ella se retorcía de placer, restregándose contra el cuerpo de Stephen, la respiración, irregular, los suspiros, entrecortados. Aquéllos eran los sonidos más eróticos que Stephen había oído nunca.

Cuando le acarició con las palmas los lados de los senos, él supo que había tocado la tecla adecuada cuando ella respiró brusca y profundamente. Inclinándose hacia delante para verla mejor, deslizó los pulgares suavemente sobre los pezones de Hayley. Ella le recompensó con un gemido de placer.

Llenándose las manos con la turgencia de aquella carne tan sensible, él la siguió atormentando con los dedos, y luego bajó la cabeza y le rozó levemente los erectos pezones con la lengua. Ella emitió un largo y hondo suspiro, enredó los dedos en el pelo de Stephen, tiró de su cabeza y la atrajo hacia sus senos.

Él se dejó guiar por Hayley, se colocó delante de ella y le lamió el pezón, acariciándoselo suavemente con la lengua, luego se introdujo el palpitante ápice en la boca y succionó. Los labios de Stephen se movían frenéticamente hacia dentro y hacia fuera, alternando entre ambos senos, hasta que los quejidos de Hayley se fusionaron en un largo y efusivo gemido de placer.

Stephen deslizó una mano hacia abajo y enredó los dedos en los suaves rizos que cubrían las partes íntimas de Hayley.

—Separa las piernas para mí, Hayley.

Ella obedeció y él acarició su humedad, separando los protuberantes pliegues de carne femenina. Una carne que sólo él había tocado, una carne que ya estaba caliente y húmeda. Para él. Una oleada de posesividad se adueñó súbitamente de Stephen. Aquella mujer era suya. Sólo suya. Deslizó suavemente un dedo dentro de ella, gimiendo de placer cuando sus aterciopeladas paredes se contrajeron en torno a él.

Hayley cerró los ojos y se aferró a los hombros de Stephen mientras susurraba su nombre.

La visión de su rostro ruborizado, sus labios húmedos y enrojecidos por los besos, y aquella palpitante presión en su dedo hicieron que Stephen perdiera el control por completo. Quería, necesitaba sentir las manos de Hayley sobre su cuerpo. Por todo su cuerpo. Deseaba sentirlas sobre su piel. Se despojó rápidamente de sus ropas y se quedó de pie, inmóvil ante ella, dejando que los ojos de Hayley captaran todos los detalles, dándole tiempo para que observara su virilidad. Hayley lo miró de arriba abajo con pasión y él apretó los dientes, ansiando su tacto, pero dejándole que se tomara el tiempo que necesitaba... hasta que no podía aguantar ni un segundo más.

—Tócame, Hayley.

En los ojos de Hayley parpadeaba el reflejo de la duda.

—No sé cómo hacerlo.

—Sólo... tócame. Quiero que percibas con tu tacto lo mucho que te deseo. —Tendió el brazo y guió las manos de Hayley hasta su pecho.

Ella extendió los dedos bajo los de él.

—Te late muy fuerte el corazón —susurró—. Y te arde la piel.

Él deslizó las manos de Hayley hacia los costados de su cuerpo.

—No tengas miedo.

Ella deslizó las palmas por el torso de Stephen, primero con inseguridad, luego con mayor atrevimiento, acariciándole también los hombros y la espalda. Los músculos de Stephen se tensaban y contraían bajo las caricias, delicadas e inexpertas, de Hayley, volviéndole loco. Cuando ella empezó a descender, acariciándole el vientre, él no pudo contener un gemido.

Ella se detuvo en seco.

—¿Te he hecho daño?

«¡Me estás matando!»

—No, mi ángel. No pares.

Visiblemente envalentonada por la respuesta, Hayley deslizó las manos por el cuerpo de Stephen una y otra vez. Él soportó aquella dulce tortura, consciente de que el entusiasmo y la admiración ante aquel sensual descubrimiento que se reflejaba en los ojos de Hayley compensaba con creces cualquier tormento. Cuando ella se inclinó hacia delante y apretó sus labios contra el pecho de Stephen, éste respiró hondo y apretó los puños.

—¿Te gusta?

—¡Dios! ¡Sí!

Una maliciosa sonrisa femenina arqueó los labios de Hayley. Besó el tórax de Stephen lentamente, encendiéndole la piel hasta el punto de que parecía que un infierno ardiera en su interior. Cuando le rozó el pezón con la lengua, él no pudo soportar más aquel delicioso tormento.

Cogiéndola en brazos, la llevó hasta el lecho y la tumbó delicadamente sobre la colcha. Estaba a punto de estirarse a su lado, cuando se detuvo, completamente paralizado ante la expresión que vio en el rostro de Hayley. La mirada de Hayley traslucía una mezcla de sensualidad, curiosidad y poder femenino recientemente descubierto. Hayley se arrodilló y miró fascinada su enhiesta virilidad.

Todavía de rodillas, se desplazó hasta el borde de la cama con los ojos clavados en aquella parte de la anatomía de Stephen que parecía a punto de explotar.

Excitado más allá de lo soportable, Stephen le cogió la mano y la guió hacia su prominente miembro.

—Tócame, Hayley. No tengas miedo.

Dubitativa y tan hermosa que a él se le antojaba increíble, le tocó suavemente la punta del miembro con el índice. El gemido de Stephen retumbó en el silencio de la habitación. Nunca una caricia íntima le había hecho alcanzar tan doloroso placer. Moriría si ella continuaba. Moriría si se detenía.

—Tócame otra vez —le suplicó con voz ronca—. No pares, por favor.

Ella deslizó los dedos a lo largo de la tensa virilidad de Stephen y él tuvo que apretar los dientes ante aquella maravillosa sensación. Cuando Hayley rodeó su erección con los dedos y presionó suavemente, a él casi se le detuvo el corazón. Hayley deslizó la mano a lo largo del miembro varias veces más hasta que Stephen le cogió la muñeca. Si ella no paraba, Stephen corría el riesgo de derramar el elixir de su pasión sobre la palma. Y no era eso lo que deseaba. No era lo que ninguno de los dos deseaba. Stephen ya no podía aguantar mucho más.

Empujándola suavemente hacia atrás, se tendió sobre ella, mirando sus luminosos ojos.

—Probablemente esto te dolerá...

—Tú nunca podrías hacerme daño, Stephen.

—Inclinándose sobre ella, la besó en la boca, y el imperioso deseo eliminó toda posibilidad de conversación. Abriéndose paso entre sus muslos, Stephen la penetró suavemente, muy poco a poco, hasta que topó con una barrera... Intentó franquearla con delicadeza, pero fue inútil. Sólo tenía dos opciones: retirarse o embestir.

La cogió por las caderas.

—No quiero hacerte daño —le dijo apretando los dientes.

—No me importa —contestó ella entre jadeos. Empujó hacia arriba en el mismo momento en que él se hundía profundamente entre sus piernas, y juntos rasgaron la fina barrera que separaba a la niña de la mujer.

Stephen apoyó la frente en la de Hayley y se quedó completamente inmóvil. O todo lo inmóvil que le permitían su respiración agitada y su palpitante corazón. ¡Dios! Estaba tan húmeda y se contrajo con tal fuerza alrededor del miembro de Stephen... Como una mano que lo estrujase enfundada en un guante de terciopelo.

Gotitas de sudor salpicaron la frente de Stephen mientras se esforzaba por permanecer inmóvil para dejar que ella se fuera acostumbrando a la sensación de tenerlo dentro.

—¿Estás bien, Hayley? —dijo con un ronco susurro.

—Nunca he estado mejor. ¿Hay más o esto ha sido todo?

Stephen levantó la cabeza y la miró a los ojos. No pudo evitar sonreír.

—Hay más.

Ella le rodeó el cuello con los brazos y se retorció bajo su cuerpo.

—Enséñamelo. No te olvides de nada.

Dejando de lado cualquier duda, él empezó a moverse lentamente dentro de ella, retirándose casi por completo, sólo para volverse a hundir completamente en sus profundidades otra vez. La mirada de Stephen estaba clavada en la de ella, hipnotizado por el juego de emociones que reflejaba su expresivo rostro. Aceleró el ritmo de las embestidas, temblándole los brazos bajo su peso, decidido a darle a ella placer antes de encontrar el suyo.

Stephen observó cómo la tensión iba creciendo dentro de ella. Hayley se aferró a sus hombros, buscando sus embestidas, con la respiración entrecortada. Cuando alcanzó el clímax, arqueó la espalda, tiró la cabeza hacia atrás e hincó las uñas en la piel de Stephen.

—Stephen. Oh, Dios... Stephen...

Gritó su nombre una y otra vez. Stephen observó cómo Hayley se dejaba llevar por el placer, devorando con ojos y orejas aquella respuesta tan desinhibida. Las contracciones de Hayley estrujaron el miembro de Stephen, llevándole al límite. Volviendo a embestir, derramó su semilla dentro de ella, entregándole un trozo de sí mismo, un trozo de su alma.

Cuando, al final, remitieron los espasmos, Stephen la rodeó con ambos brazos y los dos se tumbaron sobre el costado, todavía unidos íntimamente. Él hundió la cabeza en los despeinados rizos de Hayley y respiró profundamente, llenándose los sentidos de aquel dulce perfume a rosas y del olor a almizcle de sus sexos.

Ella se acurrucó contra el cuerpo de Stephen y le dio un tierno beso en el cuello.

Al notar el beso, Stephen buscó la mirada de Hayley. Los ojos le brillaban con una cálida languidez. Tenía el aspecto de una mujer a la que acaban de hacer bien el amor.

—¿Te ha dolido? —le susurró él al oído.

—Sólo durante un momento. Luego, ha sido... —Su voz se desvaneció en un suspiro de éxtasis.

Él le acarició el puente de la nariz con un dedo.

—¿Cómo ha sido?

—Indescriptible. Increíble. —Un brillo malicioso iluminó sus ojos—. ¿Acaso estás esperando algún tipo de elogio, Stephen?

Él soltó una risita y negó con la cabeza.

—No. Ya sé lo maravilloso que ha sido. Yo también estaba ahí, contigo.

—Sí, lo estabas. —Luego arrugó la frente y añadió—: No es que pretenda meterme donde no me llaman, pero supongo que no es la primera vez que haces... esto, ¿verdad?

Stephen reaccionó con recelo. Lo que menos le apetecía en aquel momento era hablar con Hayley sobre su disoluto pasado.

—¿Por qué lo quieres saber?

—Me estaba preguntando si siempre es tan maravilloso, tan mágico. Puesto que es la primera vez que hago algo semejante y no tengo con qué compararlo, esperaba que tú me lo aclararas.

Stephen pensó brevemente en sus experiencias pasadas, la larga lista de mujeres hermosas con quienes había compartido lecho. No recordaba los nombres de la mitad de ellas, y en aquel momento no conseguía evocar el rostro de ninguna. Todas eran como él, aristócratas egoístas en busca de placer cuya única meta era la gratificación sexual.

—No, Hayley. No siempre es tan maravilloso ni tan mágico. Hasta hoy, nunca lo había sido para mí.

—Entonces ya habías hecho antes el amor —dijo ella con la boca pequeña—. Sabía que debías de haberlo hecho. Me has desnudado con una facilidad indicativa de una gran experiencia.

Stephen sintió una fuerte opresión en el pecho. Comparar lo que acababa de compartir con Hayley con las experiencias sexuales que había tenido con las mujeres que la habían precedido le resultaba repugnante. No había comparación posible, y él sabía por qué. Más allá de la mera atracción física, nunca habían desempeñado ningún papel las emociones, ni por su parte ni por la de sus compañeras de cama.

—No, Hayley. Ahí te equivocas. Sí, me he acostado con otras mujeres, pero nunca he hecho el amor con ninguna de ellas. —Ahuecó ambas manos alrededor de su rostro y le acarició el carnoso labio inferior con los pulgares—. Nunca había hecho el amor. Hasta hoy. Hasta ti. —Su voz denotaba un gran asombro, como si él mismo no se acabara de creer sus propias palabras. Pero eran ciertas.

Una trémula sonrisa curvó los labios de Hayley.

—Amor... Eso es lo que siento por ti, Stephen.

Él cerró los ojos y tragó saliva.

—Lo sé.

—Hazme otra vez el amor.

Stephen abrió los ojos de par en par y la miró fijamente.

—¿Otra vez? ¿Ahora? —Pero, aunque él lo creía imposible, su virilidad volvía a estar a tono.

Una chispa de malicia brilló en los ojos de Hayley.

—¿Se te ocurre un momento mejor? Tengo mucho que aprender. —Luego frunció los labios—. Creía que lo tuyo era la enseñanza. Tal vez necesite otro profesor.

La imagen de otro hombre compartiendo lecho con Hayley, de Hayley estirada bajo otro cuerpo, mirándolo con amor, riéndose y bromeando con otro hombre llenó a Stephen de unos celos tan intensos que estuvo a punto de ahogarse en ellos. Era suya, ¡maldita sea! Era su ángel. Su parte racional le decía que no tenía ningún derecho a sentir aquello, pero no podía evitar sentirlo. Era como si pudiera matar a cualquier hombre que osara ponerle las manos encima.

Incapaz de reconciliar aquellas emociones contradictorias, la besó casi violentamente en la boca.

—No, no necesitas ningún otro profesor —refunfuñó. Enfadado consigo mismo e irrazonablemente enfadado con ella por hacerle sentir tan inquieto e inseguro de sí mismo, la empujó para estirarla boca arriba y la penetró de una sola y fuerte embestida.

—¡Stephen!

—¡Oh, lo siento! —«¿Qué diablos me pasa?», pensó. Acababa de penetrarla con la falta de delicadeza propia de un escolar sobreexcitado en su primer encuentro sexual. Había estado a punto de partirla en dos—. ¿Te he hecho daño?

Una lenta sonrisa iluminó el rostro de Hayley.

—¿Te has dado cuenta de que no paramos de preguntarnos el uno al otro si nos hemos hecho daño?

Stephen se relajó y la arruga que se había formado en su frente se suavizó.

—Sí, me he dado cuenta, pero supongo que es bastante normal entre nuevos amantes, sobre todo teniendo en cuenta que uno de ellos es virgen.

—Era virgen —le corrigió ella con una sonrisa maliciosa. Súbitamente, adoptó una expresión de fingida seriedad—. Supongo que no debería estar demasiado satisfecha de ello. Probablemente debería estar avergonzada y consternada por mi escandaloso comportamiento y debería echarte a patadas de mi lecho. Por lo visto, vuelvo a merecerme el sermón que me soltaste sobre mi falta de decencia.

—¿Ah, sí? —Stephen se retiró casi por completo y volvió a embestir, hundiéndose en la sedosa y acogedora calidez de Hayley—. No sé cómo se me ocurrió semejante tontería.

—Oooh... —gimió ella—. Afortunadamente no estoy nada avergonzada y no tengo la menor intención de echarte a patadas de mi cama.

—¡Menos mal! —Stephen volvió a retirarse y luego embistió hasta el fondo.

—Me ha gustado bastante lo que has dicho antes —susurró ella mientras se movía debajo de él.

Stephen volvió a retirarse y a penetrarla.

—¿Qué he dicho?

—Has dicho que éramos amantes. Me gusta cómo suena eso.

Stephen se retiró y la penetró de nuevo.

—¿Y cómo se siente esto?

Él se inclinó hacia delante y se introdujo en la boca el pezón de Hayley, contraído por la excitación, provocándole un largo gemido de placer. Empezó a succionar, primero con delicadeza, incrementando luego la presión y deteniéndose justo antes de que a ella le resultara doloroso. Hayley se agitaba violentamente bajo el cuerpo de Stephen, levantando las caderas para buscar el encuentro con él en cada embestida.

—Rodéame la cintura con las piernas —le instruyó él con la respiración entrecortada.

Ella obedeció sin dudarlo, abriéndose todavía más para él. Él se balanceó sobre ella, aumentando la duración y la profundidad de las embestidas hasta que ella empezó a gritar su nombre sofocadamente.

Stephen volvió a penetrar la acogedora calidez de Hayley, incapaz de controlarse por más tiempo. Una fuerza inexplicable se había apoderado de él. Por completo. Su cuerpo se movía involuntariamente, entrando y saliendo de ella, cada vez más deprisa, cada vez con más intensidad. El sudor le salpicaba la frente y le cubría la espalda, resbalándole por la piel. Cuando sintió que las aterciopeladas paredes de Hayley se contraían a su alrededor, perdió el control por completo. Embistió una y otra vez, cegado por la pasión, dominado por un torrente de sensaciones. Cuando alcanzó el clímax, sus espasmos fueron increíblemente fuertes. Y la penetró por última vez, con ímpetu salvaje.

Cuando por fin cesaron los espasmos, Stephen se desplomó sobre ella, incapaz de moverse, apenas capaz de respirar. Sabía que probablemente la estaba aplastando, pero no podía mover ni un músculo.

Hayley lo rodeó con los brazos, acariciando su resbaladiza espalda, empapada de sudor, y se apretó contra su pecho.

—Quiero hacer otra vez el amor —le susurró al oído al cabo de varios minutos.

Si Stephen hubiera sido capaz de reír, lo habría hecho. «¡Por Dios! ¡Esta mujer me va a matar! Pero vaya forma tan maravillosa de morir.»

22

Varias horas después, mientras Hayley dormía, Stephen yacía en la misma cama, con los ojos como platos, mirando el techo. Se sentía más vivo de lo que se había sentido en toda su vida, pero su estado de euforia enseguida dio paso a un profundo sentimiento de aborrecimiento y odio contra sí mismo.

Hacer el amor con Hayley había sido algo imperdonable, estúpido, aparte de absolutamente egoísta, pero no le sabía mal haberlo hecho. Intentó sentir remordimientos, pero le resultaba imposible. La noche había sido demasiado hermosa, demasiado mágica para estropearla con autorreproches.

En cierto modo, había sido inevitable. Había deseado a Hayley desde el primer momento en que la vio dormida en el sofá, agotada de tanto cuidarle. Había algo en ella que le había atraído desde el principio.

Las emociones que Hayley era capaz de despertar en él le aturdían sobremanera. Él nunca había sentido nada más que deseo carnal por cualquiera de sus ex amantes, mujeres que se le acercaban porque sabían que era marqués. Ninguna de aquellas mujeres superficiales le había conmovido o provocado ninguna emoción. ¿Se le habrían acercado si no hubieran sabido que era un marqués? Tal vez, pero seguro que sólo en busca de placer sexual.

Pero Hayley no sabía quién era él. Y le había hecho sentir cosas que él habría jurado que era incapaz de sentir.

Como los celos. Stephen había experimentado su primer ataque de celos la primera vez que Hayley mencionó el nombre de Poppledart. La mera idea de que otro hombre, cualquier hombre, pudiera tocarla le ponía furioso, llenándole de una rabia gélida y malsana.

Y luego estaba aquel repentino e inaudito encariñamiento con los niños, las ancianas y los sirvientes irreverentes. ¿De dónde diablos había salido todo aquello?

Y luego estaba aquella maldita palabra.

Callie le quería. Y Hayley le quería. Un nudo del tamaño de una taza de té se le alojó en la garganta. «¡Dios! ¡Tengo casi treinta años y nadie me había dicho nunca esas palabras hasta que llegué aquí!» Su propia familia, exceptuando a Victoria, apenas le soportaban y, sin embargo, los Albright, a quienes hacía sólo unas semanas que conocía, le querían.

Stephen negó repetidamente con la cabeza. La mujer que tenía entre sus brazos le importaba mucho. ¿Cómo no iba a importarle? No tenía ni un ápice de maldad o mentira. Pero, ¿la quería? Stephen dudaba de su capacidad de querer realmente a alguien. La vida entre miembros de la alta sociedad que intentaban ascender cada vez más en la escala social y que, si te descuidabas, te asestaban una puñalada por la espalda le había vuelto demasiado cínico, demasiado hastiado y demasiado descreído. Estaba demasiado corrompido desde el punto de vista moral para creer en ese cuento de hadas al que cantan universalmente los poetas: el amor.

Hayley se agitó en sueños y los brazos de Stephen se apretaron con más fuerza alrededor de su cuerpo. Él sabía que ella sufriría mucho cuando se enterara de su marcha, pero tenía que irse. Tenía un asesino que desenmascarar, un detalle que parecía olvidar con pasmosa facilidad. Tenía que concentrar todas sus energías en descubrir la identidad de su enemigo, o sería hombre muerto. Una vez que apresaran a la persona que quería verlo muerto, él podría reanudar su vida.

Y Hayley reanudaría la suya. Ella creía estar enamorada de Stephen Barrettson, tutor, pero Stephen sabía que aborrecería a Stephen Barrett, marqués de Glenfield. «Tal vez encuentre la felicidad al lado de Poppledink.»

Aquella idea llenó a Stephen de una rabia incandescente, pero luchó contra ella con todas sus fuerzas. Ella se merecía ser feliz. Él no podía quedarse allí, y sabía que su estilo de vida superficial y disoluto entre la gente de la ciudad horrorizaría a Hayley.

Ella no aguantaría ni cinco minutos entre las mujeres libertinas e inmorales de Londres. La ciudad la despojaría de todas aquellas cosas maravillosas y fascinantes que la hacían única. Sí, ella merecía a alguien mejor que él. Fuera quien fuese el hombre que acabara con ella, iba a ser un canalla con suerte.

«Siempre y cuando yo no le vea ponerle las manos encima. O se convertirá en un canalla muerto.»

A la mañana siguiente, Hayley se despertó lentamente. La cálida luz del sol se colaba entre las cortinas de su alcoba. Se desperezó y sus músculos protestaron por un dolor sumamente placentero. Le inundaron los recuerdos de la noche anterior, y un ardiente rubor la bañó de pies a cabeza. Volvió la cabeza, esperando ver a Stephen estirado a su lado, pero la cama estaba vacía. Se dio la vuelta, apoyando la cabeza en la impronta que había dejado Stephen en la almohada junto a la suya y respiró hondo.

El lino blanco de la almohada olía exactamente como él. A limpio, con toques de madera y almizcle. Colocándose la almohada sobre la cara, la abrazó y suspiró de pura felicidad.

La noche anterior Stephen la había hecho mujer. Y se sentía mujer. Una sonrisa de complicidad curvó los labios de Hayley, al evocar el tacto de las manos de Stephen, el sabor de su piel, la sensación de tenerlo en su interior, clavado en sus entrañas. Un placentero escalofrío atravesó todo su cuerpo. ¿Cómo iba a impedir que el resto de la familia se enterara? Seguro que su rostro la delataba.

Se levantó de un salto y corrió hasta el tocador. Se miró

fijamente en el espejo en busca de signos visibles de su recién estrenada condición de mujer. Extrañamente, tenía el mismo aspecto de siempre, con la salvedad de los labios hinchados y aquel brillo de felicidad en los ojos.

Sintiéndose como si estuviera flotando en una nube, Hayley se vistió a toda prisa. No estaba segura de lo que iba a decirle a Stephen aquella mañana; lo único que sabía era que se moría de ganas de verle. Seguro que, después de la maravillosa noche que habían pasado juntos, podría convencerle para que se quedara en Halstead. Era imposible que siguiera pensando en marcharse después de lo que habían compartido.

Él le había dicho que no tenía nada que ofrecerle, pero ella sólo lo quería a él. Se abrazó a sí misma y empezó a dar vueltas por la habitación, girando como una peonza. ¡Nada era imposible aquella mañana! Tenían que encontrar un trabajo para Stephen como tutor cerca de Halstead; él tenía que escribir una carta renunciando al trabajo que tenía programado. ¿Y hasta se atrevería a soñar con posibles planes de boda? Un hormigueante escalofrío la atravesó de pies a cabeza ante la mera idea. ¡Había tantas cosas maravillosas que hacer!

Acababa de abrocharse el último botón del vestido cuando oyó que alguien llamaba a la puerta.

—Adelante —dijo.

Pamela entró en la alcoba, con una mirada extraña e inquietante en el rostro.

—¡Pamela! —Hayley corrió hacia ella y le dio un abrazo—. ¿Qué tal fue el resto de la fiesta con Marshall? ¿Te lo pasaste bien?

Pamela sonrió.

—Fue maravilloso. Hayley...

—Me muero de ganas de oírlo —la interrumpió—. Quiero que me lo cuentes todo con pelos y señales. Venga, vamos abajo para hablar sobre ello delante de una humeante taza de té.

—Luego, Hayley. Ahora tengo algo que contarte.

Por primera vez desde que Pamela había entrado en la

habitación, Hayley se percató de su expresión preocupada.

—¿Va algo mal, Pamela?

Pamela entregó a Hayley un sobre lacrado.

—¿Qué es esto? —preguntó Hayley, visiblemente desconcertada mientras le daba la vuelta al sobre. Iba dirigido a ella.

—Se ha ido, Hayley.

—¿Quién?

—El señor Barrettson.

Hayley se quedó de piedra.

—¿A qué te refieres con que se ha ido?

—Su caballo ya no está en el establo...

—Tal vez alguno de los chicos o el mismo Stephen lo ha sacado a dar una vuelta —la interrumpió Hayley mientras una punzada de miedo empezaba a tensarle los omóplatos.

Pamela negó con la cabeza.

—Fueron precisamente Andrew y Nathan quienes se dieron cuenta de la ausencia de *Pericles*. Yo fui a la alcoba del señor Barrettson para ver si había salido a cabalgar. La puerta estaba abierta, de modo que entré. —Pamela respiró hondo, entrelazó los dedos de las manos y los apretó fuertemente entre sí—. La habitación estaba vacía, la cama sin deshacer. Esta carta, dirigida a ti, estaba en la repisa de la chimenea.

—Eso no significa que se haya ido.

—Se ha llevado toda su ropa, Hayley.

Hayley tuvo una náusea y se apretó el vientre con las manos.

—¿Cómo lo sabes?

—Los cajones de la cómoda están vacíos, y también lo está el armario. —Pamela tocó el brazo de Hayley—. Lo lamento.

—Debo... debo leer la carta —dijo Hayley, que estaba hecha un mar de dudas—. Seguro que hay una explicación razonable. ¿Me disculpas un momento, por favor, Pamela?

—Por supuesto. ¿Quieres que te prepare un té?

—Sí —dijo Hayley forzando una sonrisa—. Una taza de té me irá de maravilla.

Pamela salió de la habitación, cerrando la puerta con suavidad tras de sí. Hayley rompió inmediatamente el precinto lacrado, le temblaban tanto los dedos que estuvo a punto de rasgar el papel. Sentía las rodillas demasiado débiles para sostenerse en pie, de modo que se derrumbó sobre una silla y extrajo dos cuartillas.

> Mi queridísima Hayley,
>
> Cuando leas estas líneas, yo ya estaré lejos de Halstead, una decisión que sé que no entenderás, pero que ruego a Dios llegues a perdonarme algún día.
>
> Déjame empezar diciéndote que la noche pasada fue la noche más hermosa de toda mi vida. Debido a mi repentina partida, soy consciente de que probablemente no me creerás, pero te aseguro que es verdad. Sé que mi marcha te dolerá, como me duele a mí. Por favor, quiero que sepas que odio tener que hacerte daño, pero no tengo forma posible de evitarlo. Mi marcha no es bajo ningún concepto culpa tuya ni podrías haber hecho nada para impedirla. Yo sabía, los dos sabíamos, que me iría algún día. Ese día, simplemente, ha llegado antes de lo esperado.
>
> O quizás haya llegado demasiado tarde. Si me hubiera marchado antes, lo que ocurrió ayer por la noche nunca habría sucedido. Siempre acariciaré con gran estima los recuerdos de la increíble noche que compartimos. Soy un canalla egoísta por haber permitido que ocurriera, pero, de todos modos, no puedo arrepentirme ni tener remordimientos. Es evidente que no soy tan maravilloso como creías, aunque, de hecho, yo nunca dije que lo fuera.
>
> Eres una mujer sorprendente y con una inmensa capacidad para amar —la única persona que he conocido en toda mi vida que es realmente buena—. Por favor, busca a otra persona a quien amar, alguien que te merezca de verdad.
>
> Si las circunstancias fueran diferentes —si mi vida no

fuera tan complicada—, tal vez las cosas podrían haber sido distintas, pero hay cosas sobre mí, sobre mi vida, que no conoces, cosas que hacen imposible mi permanencia en Halstead.

Por favor, perdóname por marcharme de este modo, por despedirme con una carta, pero quería que mi última imagen de ti fuera la que ahora tengo, un ángel dormido entre mis brazos. No podría soportar ver el dolor y la pena reflejados en tus ojos.

Te agradezco a ti y también a tu familia toda la amabilidad y el cariño que me habéis dado. Siempre te estaré agradecido por haberme salvado la vida. Me has llegado muy hondo, Hayley, más hondo de lo que nadie me había llegado nunca. Y, por si quieres saberlo, nunca te olvidaré.

Con todo mi afecto,

STEPHEN

Hayley se quedó un buen rato mirando fijamente la carta, con los ojos secos, aparentemente vacía e insensible. Hizo un esfuerzo por seguir respirando regularmente, resistiéndose a dejarse llevar por aquel dolor desgarrador que amenazaba con partirla en dos. «Si consigo no sentir nada, sobreviviré. Si empiezo a llorar, no pararé jamás.»

Todavía podía oír la voz de Stephen preguntándole con ternura desde la noche anterior: «¿Te ha dolido? ¿Te he hecho daño?» Lágrimas de puro dolor se apretaban fuertemente contra el fondo de sus globos oculares mientras ella luchaba por contener el llanto.

«Sí, Stephen. Me has hecho daño. Y mucho.»

De todos modos, sólo podía culparse a sí misma. Él nunca le había prometido nada y sólo le había dado lo que ella deseaba: la oportunidad de convertirse en mujer. Con un supremo esfuerzo, dobló las dos cuartillas con serenidad y se dispuso a introducirlas en el sobre.

Tuvo dificultades al intentar cerrar el sobre, de modo que miró en el interior para ver cuál era el impedimento. Había algo en el fondo. Invirtió el sobre y su contenido cayó revoloteando sobre su palma.

El fondo del sobre estaba lleno de pensamientos marchitos.

Y Hayley no pudo contenerse más las lágrimas.

23

Stephen estaba sentado en su despacho londinense, revisando las cuentas de sus propiedades con su secretario, Peterson. Se masajeó las sienes a fin de aliviarse el palpitante dolor de cabeza que le estaba torturando, pero el masaje no surtió efecto. La voz de Peterson le zumbaba monótonamente en los oídos, intentando ponerle al corriente sobre lo que había ocurrido durante su ausencia. Stephen llevaba en su casa de Londres casi dos semanas, pero todavía no se había puesto al día con las finanzas.

Miraba, fijamente pero sin ver nada, los papeles que tenía delante; las pequeñas filas de números le bailaban ante los ojos sin que nada tuviera sentido. Por primera vez en la vida, le traían sin cuidado sus intereses financieros. Para ser francos, le importaban muy pocas cosas.

—¿Le gustaría revisar las cuentas de sus propiedades de Yorkshire, milord? —le preguntó Peterson, observándole por encima de las gafas.

—Disculpe, ¿qué me acaba de preguntar?

—Las propiedades de Yorkshire. ¿Quiere revisar...?

—No —Stephen se levantó con brusquedad y se pasó las manos por el pelo—. Tendremos que acabar esto mañana por la mañana, Peterson.

—Pero, milord —protestó Peterson—, las propiedades de Yorkshire...

—Haga lo que crea conveniente —le dijo Stephen, tajante, mientras le indicaba con la mano que podía irse. Peterson, sin palabras, cogió precipitadamente el fajo de papeles y salió del despacho visiblemente consternado.

Stephen vació su copa de brandy y se alejó de la chimenea para volver a llenarla. Las dos últimas semanas habían sido la peor época de su vida. En su casa de Londres todo funcionaba a la perfección. Tenía un servicio impecable, y sus comidas, formales y aburridas, eran obras maestras del arte culinario. Sin niños, sin perros, sin ruidos y sin caos.

Odiaba cada minuto de aquella asquerosa vida.

El día de su regreso había entrado en la cocina, sembrando el pánico entre el abnegado personal del servicio con tan impropia visita. Un marqués nunca entraría en la cocina a menos que hubiera encontrado algo horrible o imperdonable en la comida.

El segundo día Stephen le había pedido a Sigfried que le enseñara a afeitarse. Su ayuda de cámara le miró como si se hubiera vuelto loco y pidió inmediatamente una infusión reconstituyente para su señoría.

En aquel preciso momento, mientras apuraba su segundo brandy, la mente de Stephen retrocedió hasta la velada que había pasado con Hayley en el despacho de la casa de los Albright. Una sonrisa iluminó su rostro cuando la recordó bebiéndose el brandy de un trago y estando a punto de ahogarse cuando el fuerte licor le quemó la garganta. Luego él le había recitado un poema. Y la había besado. Stephen cerró los ojos y casi pudo notar la suave caricia de aquellos labios en los suyos, aquellas manos rodeándole el cuello, aquella lengua...

—No tengo ni idea de en qué estás pensando —la voz rota de Justin venía de la puerta—, pero debe de ser fascinante. Llevo casi un minuto intentando captar tu atención. —Entró en la habitación y se sirvió un brandy—. ¿Quieres compartir conmigo tus pensamientos?

—No —espetó Stephen arrugando la nariz, y luego ignoró completamente a su amigo.

—Creía que estarías poniéndote al día con las finanzas —comentó Justin con aire despreocupado. Dio un sorbo a su brandy y estudió a Stephen por encima del borde de la copa.

—He despachado a Peterson por el resto del día.

—¿Ah, sí? ¿Por qué?

—Porque no podía concentrarme y estaba malgastando tanto su tiempo como el mío. —Stephen miró con dureza a su amigo—. ¿Has invadido mi intimidad por alguna razón en particular, aparte de para beberte mi brandy?

—Ya que lo preguntas, hay dos razones. La primera es que tenemos que hablar sobre el último atentado contra tu vida.

Stephen suspiró sonoramente.

—¿Y qué sentido tiene que hablemos sobre ello?

Justin arqueó una ceja.

—Alguien intentó atropellarte ayer por la noche a la salida del club White. ¿No te parece un suceso digno de comentar?

—Creía que lo habíamos comentado ayer por la noche.

—El hecho de que alguien haya intentado asesinarte otra vez bien merece nuestra atención. Es evidente que tenemos que vigilar a Gregory de cerca.

—Gregory estaba dentro del club cuando ocurrió el incidente —le recordó Stephen—. No hacía ni cinco minutos que yo le había dejado sentado en la mesa del farolito.

—Es fácil contratar a alguien —señaló Justin.

Stephen se encogió de hombros.

—Supongo que sí.

—La verdad es que se te ve bastante tranquilo, dadas las circunstancias.

—¿Cómo se supone que debería comportarme? —preguntó Stephen—. ¿Quizá preferirías que me desmayara o que estallara en llanto?

—Me tranquilizaría si te viera por lo menos un poco preocupado —dijo Justin—. Debemos averiguar quién está detrás de todo esto antes de que vuelva a atacar. Tal vez no tengamos tanta suerte la próxima vez. Ya lo hemos retrasado bastante. Gregory es nuestro principal sospechoso.

Stephen volvió a encogerse de hombros.

—Sí, supongo que lo es.

—Entonces ya es hora de que le tendamos una trampa. Me he tomado la libertad de organizar una situación donde los dos podréis estar juntos y a solas. Tú te dejarás ver y, cuando él haga un movimiento para atacarte, lo cogeremos.

—Vale —dijo Stephen, trayéndole sin cuidado lo que le acababa de decir su amigo.

—Sé que es peligroso —dijo Justin poniéndose serio—, pero debemos hacer algo, y rápido. Si nuestro plan sale bien, lo cogeremos y a ti nadie te tocará ni un pelo.

—Pero... ¿y si sale mal? —dijo Stephen sarcásticamente—. Me imagino que en tal caso me tocarán bastante más que un pelo.

—Eso no ocurrirá, Stephen —le prometió Justin solemnemente.

—¿En qué has pensado concretamente?

—En una fiesta. En la casa que tengo a las afueras de Londres. Grandes espacios. Mucha gente. Probablemente Gregory intentará llevarte a algún lugar apartado de las miradas de la gente para atacarte.

Stephen levantó las cejas.

—¿No crees que es bastante improbable que intente algo con tanta gente alrededor?

—Creo que lo verá como la perfecta oportunidad para atacar. Creo que se adherirá al axioma de «ocultarse a la vista de todos». Hay más confusión en una multitud, más oportunidades para escabullirse sin que nadie se dé cuenta, como ayer por la noche. Podría haberse levantado de la mesa, haber salido de la sala, matarte, volver en cuestión de minutos y encontrar a media docena de testigos que jurarían que había estado allí todo el rato.

»Si esto falla —prosiguió Justin—, sencillamente te haremos salir a pasear solo por los jardines, lejos de la casa, para que quienquiera que desee acabar contigo tenga la oportunidad de seguirte. Ni yo ni varios agentes de la ley* te

* A principios del siglo XIX, en Londres no había cuerpo de policía propiamente dicho, sino un pequeño grupo de «ayudantes» reclutados

quitaremos la vista de encima. Con medio Londres en la fiesta, aunque Gregory resultara no ser nuestro hombre, seguro que el verdadero culpable estará presente.

Stephen reflexionó sobre las palabras de Justin.

—De acuerdo. Terminemos de una vez. ¿Cuándo es la fiesta?

—Dentro de cuatro días. Yo quería celebrarla inmediatamente, pero Victoria insistió en que necesitaba ese tiempo para organizarlo todo. Bueno, de hecho insistió en que necesitaba dos semanas, pero yo sólo le di cuatro días.

—Ella no sabe nada de...

—Por supuesto que no —le interrumpió Justin—. Pero no podía organizar una fiesta sin ella. También he contratado a varios agentes de la ley para que vigilen a tu hermano.

—Parece que lo tienes todo controlado —comentó Stephen entre sorbos de brandy.

—Alguien tiene que hacerlo. Es evidente que tú tienes la cabeza en otra parte.

Stephen dirigió a su amigo una mirada represora.

—Dijiste que habías invadido mi santuario por dos motivos. ¿Cuál es el otro? ¿O acaso no lo quiero saber?

—Mi querida esposa me ha encargado que te pida que nos honres con tu presencia en la cena de esta noche.

—Podía haberme enviado una invitación con un mensajero.

—Sabía que la rechazarías, de modo que me ha convencido para que te lo pida en persona. Has rechazado sus tres últimas invitaciones.

—No puedo ir.

—Le darás un disgusto a Victoria —dijo Justin—. Y a mí también.

Stephen apuró su brandy y dejó bruscamente la copa sobre la mesa. Avanzó a pasos largos hasta la ventana y miró

---

por el juez de paz de Wesminster, a los que se les conocía como Bow Street Runners. Se dedicaban a investigar crímenes y posteriormente evolucionarían al cuerpo de policía de Scotland Yard. *(N. de la T.)*

hacia fuera. Al otro lado de la calle se extendían los caros terrenos que rodeaban los prados de Hyde Park. Ante sus ojos ciegos desfilaban lujosos carruajes con elegantes caballos que transportaban a destacados miembros de la aristocracia londinense.

—¿Te esperamos a las siete? —preguntó Justin.

Stephen quería rechazar la invitación. No le apetecía nada conversar educadamente con nadie. De hecho, se sentía completamente incapaz de hacerlo. Pero había pocas cosas que podía negarle a su hermana, y como ya había rechazado sus últimas invitaciones, se sintió obligado a aceptar.

—¿Habrá alguien más?

—De hecho, sí. Hemos invitado también a tus padres y a Gregory y a Melissa.

A Stephen se le escapó una carcajada.

—¿Una íntima cena familiar? Olvídalo, Justin.

—Quiero observar cómo reacciona Gregory en la intimidad. Tú no tendrás que hacer nada más que estar sentado, comer y beber brandy.

—¿Cuánto brandy tenéis?

—Suficiente.

Stephen dudaba que hubiera suficiente brandy en todo el asqueroso reino para aliviar su dolor.

—De acuerdo. Allí estaré, a las siete. Seguro que es una velada encantadora.

El lujoso carruaje avanzaba lentamente por Hyde Park mientras su único ocupante miraba fijamente por la ventana con los ojos llenos de odio. «Has vuelto a salir con vida, indeseable. ¿Por qué no te mueres de una vez?» Sus manos, enfundadas en guantes negros, se cerraron en apretados puños. «Tú eres la única cosa que se interpone entre mí y todo lo que siempre he deseado y merecido. No habrá más errores. Ni más estúpidos asesinos a sueldo. Te mataré con mis propias manos.»

—Estás bastante pálido —comentó la madre de Stephen mientras lo observaba por encima del borde del vaso de vino—. ¿Estás enfermo?

Stephen miró fijamente al otro lado de la mesa, donde se sentaba la mujer que le había traído al mundo y enseguida se había olvidado de que tenía un hijo salvo cuando a ella le convenía. Estaba innegablemente estupenda, y era una anfitriona encantadora, así como un miembro honorable de las listas de invitados de todas las celebraciones de la alta sociedad. Pero también era el egoísmo personificado y no se esforzaba por disimular que le traía sin cuidado todo lo que no estuviera directamente relacionado con su persona. Stephen sabía que, en el fondo, no le preocupaba en absoluto su salud, sólo la posibilidad de que le pudiera contagiar alguna enfermedad, obligándole a interrumpir sus numerosos compromisos sociales. Se percató de que llevaba una nueva gargantilla, una gran esmeralda tallada en forma de cuadrado flanqueada de diamantes. Obviamente, un obsequio de su último amante, su marido hacía años que había dejado de comprarle joyas.

—Estoy bien, madre. Es muy amable de su parte preocuparse por mi salud. —Podía palparse el sarcasmo en sus palabras, como él bien sabía, pero su madre sonrió, visiblemente aliviada por la respuesta.

—¿Tienes las cuentas de las propiedades de Yorkshire listas para que las revise?

Stephen se volvió hacia su padre. Con cincuenta y dos años, el duque de Moreland, alto y espigado, todavía tenía una figura imponente. Vetas grises salpicaban su pelo oscuro, y profundas líneas enmarcaban una boca incapaz de esbozar una sonrisa. Tenía la mirada más fría que Stephen había visto en toda su vida.

—No, necesito un día más para concluirlas.

—Ya entiendo. —El duque acompañó aquellas dos palabras con una larga, silenciosa y gélida mirada que indicaba claramente su desaprobación. Volvió a centrarse en la cena, despreciando a su hijo mayor como si le hubiera cerrado una puerta en las narices.

Stephen se dio cuenta de que aquel breve intercambio había sido la conversación más larga que había mantenido con su padre desde su regreso a Londres.

—He oído una noticia interesante esta tarde en el club White —dijo Gregory mientras asentía para que un lacayo le sirviera otra copa de vino—. El libro de apuestas está al rojo vivo.

La mirada de Stephen recorrió la larga mesa hasta detenerse en su hermano. El estilo de vida disipado de Gregory estaba empezando a pasarle factura, estropeando su atractivo rostro; la expresión somnolienta provocada por el alcohol nunca desaparecía completamente de sus ojos. El color de sus mejillas anunciaba un estado de inminente embriaguez. Si Gregory no fuera un indeseable completamente inmoral, Stephen hasta le tendría lástima.

—¿Qué has oído? —preguntó Victoria.

—Se rumorea que el autor de una serie de relatos que se publican por capítulos en *Gentleman's Weekly* es una mujer.

Stephen se quedó helado.

—¿Qué?

Gregory dio un sorbo a la copa, salpicando su corbata blanca de gotas de vino de Borgoña.

—¿Soléis leer *Las aventuras de un capitán de barco*, escritas por H. Tripp en *Gentleman's Weekly*?

—Ya lo creo que sí —dijo Justin desde la cabecera de la mesa—. Tú también las lees, Stephen.

—Sí. Prosigue, Gregory.

Claramente convencido de que tenía cautivados a sus oyentes, Gregory dijo:

—De todos los autores de los relatos por capítulos que se han publicado en la revista, H. Tripp es el único escritor que nunca ha aparecido en público. ¿Por qué no es miembro de ninguna sociedad de autores? ¿Por qué no asiste a ninguna reunión social? Se especula que la razón es que se trata de una mujer.

—Tal vez sea tímido o esté enfermo o viva demasiado lejos —sugirió Melissa con la boca pequeña.

Gregory fulminó a su esposa con su hosca mirada.

—¡Vaya sugerencia tan aguda! —se mofó con evidente sarcasmo—. No me puedo imaginar cómo podríamos proseguir la velada sin tus ocurrentes intervenciones.

Sendas pinceladas de roja humillación colorearon los escuálidos pómulos de Melissa mientras bajaba la mirada.

Poniendo cara de póquer para ocultar sus sentimientos, intervino Stephen.

—Lo que acaba de sugerir Melissa explica con suma lógica por qué nadie ha visto nunca a H. Tripp.

—Entonces explícame por qué el señor Timothy, editor de la revista, se altera visiblemente cuando sale el nombre de H. Tripp en la conversación —le desafió Gregory—. Se pone lívido y le empieza a sudar la frente.

Una amarga sonrisa curvó los labios de Stephen.

—Tal vez el alcohol que emana de tu aliento le hace sentirse indispuesto.

El rostro de Gregory se tiñó de rojo carmesí. Hizo el ademán de levantarse de la silla, pero Melissa le puso la mano sobre el brazo para retenerlo.

—Gregory, por favor, no montes una escenita.

La atención de Gregory se centró en su esposa, a quien dirigió una mirada asesina.

—¡Quítame la mano de encima! ¡Ahora!

El pálido rostro de Melissa adquirió el mismo color carmesí que el de su marido. Retiró la mano y, durante un breve instante, antes de que volviera a bajar la mirada, Stephen creyó ver un destello de odio en sus ojos.

Gregory hizo el gesto de cepillarse con la mano la manga donde su esposa le había puesto la mano.

—Tu contacto me pone enfermo. Limítate a quedarte sentadita y a mantener tu estúpida boca cerrada.

Los dedos de Stephen se apretaron alrededor de su copa de vino.

—Ya basta, Gregory. Y, en lo que respecta a tu teoría sobre H. Tripp, espero que no te hayas apostado más de lo que te puedes permitir perder.

—¿Ah, sí? ¿Por qué motivo?

—Porque yo conozco bastante bien a H. Tripp, y te aseguro que lleva pantalones.

Stephen supo inmediatamente por la expresión de consternación que se dibujó en el rostro de Gregory que su hermano se había excedido en sus apuestas.

Pero la beligerancia sustituyó rápidamente a la consternación, y Gregory lo miró con los ojos entornados.

—¿Dónde lo conociste?

—No estoy autorizado a decirlo.

—¿Y cómo sé que estás diciendo la verdad?

—¿Acaso estás poniendo en duda mi palabra, Gregory? —preguntó Stephen en un tono gélido y fingidamente sereno.

Los ojos acuosos de Gregory se movían nerviosamente.

—¿Me das tu palabra de caballero?

—Absolutamente —dijo Stephen sin atisbo de duda—. De hecho, pienso pasarme por el club en cuanto me sea posible para poner fin a esas habladurías.

Con una indiferencia que estaba lejos de sentir, Stephen se volvió hacia Victoria y le preguntó sobre la fiesta que estaba organizando, sabiendo que ella se extendería sobre los preparativos por lo menos durante un cuarto de hora.

Se aseguraría de pasarse por el club de camino a casa aquella misma noche para acallar aquel maldito rumor. Nadie se atrevería a cuestionar la palabra de honor del marqués de Glenfield.

Se dio cuenta de que probablemente aquélla era la primera vez en toda su vida que se sentía agradecido por el título que ostentaba.

—Una cena encantadora, Justin —comentó Stephen varias horas después cuando él y su amigo se retiraron a la biblioteca. El duque y la duquesa se habían excusado, sin duda ansiosos por encontrarse con sus respectivos amantes, y Gregory había salido del comedor tambaleándose y echando pestes contra Melissa, quien lo siguió sumisamente. Victoria se había retirado a su alcoba alegando un fuerte dolor de cabeza. A Stephen no le extrañó nada, pues a él también le latían las sienes a consecuencia de la tensión que se podía palpar en aquella atmósfera tan viciada.

Sirviéndose una generosa copa de brandy, Stephen se la bebió de un trago. El licor le quemó la garganta y le relajó los tensos músculos. Enseguida volvió a servirse otra copa y se la llevó, junto con la garrafa, a la butaca orejera que había cerca del fuego, dejando el licor en una mesita baja de caoba, al lado del sillón.

Justin se sirvió un dedo de brandy y tomó asiento en la butaca que había enfrente de la de Stephen. Los dos hombres permanecieron en silencio durante varios minutos, mirando fijamente la danza de las llamas.

Justin se aclaró la garganta.

—Si continúas bebiendo a ese ritmo, vas a acabar en un estado incluso peor que el de Gregory al marcharse. —Miró la copa de brandy que Stephen tenía en la mano—. Tal vez ya lo estés.

—Todavía no, pero ésa es mi meta —contestó Stephen. Apuró la copa y se sirvió otra.

—Ya entiendo. Entonces, antes de que lo consigas, ¿quieres oír mis observaciones sobre la cena de hoy?

—Por supuesto, aunque estoy seguro de que coincidirán con las mías.

—¿Cuáles son las tuyas?

—Mi hermano es un borracho ambicioso, ofensivo y endeudado que estoy seguro de que ha deseado verme muerto por lo menos una docena de veces durante la cena. —Volvió a dar otro trago al brandy, deseoso de alcanzar la insensibilidad—. ¿Tienes algo que añadir?

Justin negó con la cabeza.

—No. —Tras varios minutos de violento silencio, preguntó—: ¿Quieres hablar sobre lo que realmente te preocupa?

El nudo que se le hizo a Stephen en la garganta estuvo a punto de cortarle la respiración.

—No. —Dando un buen trago al brandy, miró fijamente las llamas. «¿Por qué diablos no consigo mitigar el dolor? ¿Cuánto brandy necesitaré beber para que desaparezca de una vez por todas?»

—No es mi intención criticarte, Stephen, pero... ¿consideras que beber hasta la inconsciencia es el mejor remedio a seguir? —le preguntó Justin con voz serena—. Sea quien sea, la persona que ha intentado matarte está ahí fuera, esperando otra oportunidad. Apenas podrás defenderte si estás como una cuba.

Stephen apoyó la cabeza en el respaldo de la butaca y cerró los ojos. El fuerte licor se iba filtrando en su interior, y él estaba empezando a alcanzar el estado de vacío mental que buscaba. Tal vez el alcohol no le ayudaría a encontrarse bien, pero, por lo menos, le evitaría encontrarse tan mal. De hecho, con un poco de suerte y unas cuantas copas más, dejaría de recordar cualquier cosa que le resultara dolorosa.

—Te importa. Ella te importa, ¿verdad? —La afirmación de Justin, formulada con una gran delicadeza, golpeó a Stephen como un jarro de agua fría—. Por eso te sientes tan desgraciado.

Stephen abrió los ojos e inmediatamente se percató de su estado de embriaguez. Tres Justins flotaban en el aire delante de él. Volvió a cerrar fuertemente los ojos.

—No sé de qué me estás hablando —le dijo arrastrando la voz.

—Sí, lo sabes —dijo Justin implacablemente—. No has sido el mismo desde que volviste a Londres. Estás triste, enfadado, con un humor de perros, y saltas a la más mínima contra todo el que se te acerca. No es que te merecieras ganar ningún premio de sociabilidad antes de tu estancia en Halstead, pero ahora estás insoportable, casi imposible.

—No me adules tanto que luego no pasaré por la puerta.

—Si te importa tanto esa mujer, ¿por qué no vas a verla? Dile quién eres en realidad. Sé sincero con ella. Si le importabas cuando no eras más que un tutor, le encantará saber que eres un marqués y el heredero de un ducado.

—Me detestaría por haberla mentido —dijo Stephen en tono sepulcral y desapasionado. Dio un buen trago al brandy—. Hayley valora la sinceridad y la honestidad por encima de todo. Créeme, Justin, ella está mucho mejor sin mí.

—En tu estado actual, no lo dudo. Pero está más claro que el agua que tú no estás mejor sin ella.

—Aunque quisiera volverla a ver, no puedo. No en mi actual situación —dijo Stephen con voz gangosa y cansina—. Mi vida corre peligro. Si Hayley estuviera conmigo, ella también correría peligro. Si yo volviera ahora a Halstead, pondría a toda su familia en peligro. Si me siguieran, guiaría a un asesino hasta su puerta.

Justin lo miró fijamente, con un destello de comprensión en los ojos.

—¡Por Dios, Stephen! No sólo te importa, estás enamorado de ella, la quieres.

Stephen negó con la cabeza y se arrepintió inmediatamente de haberlo hecho cuando el movimiento le desencadenó al instante un fuerte martilleo en las sienes.

—No digas ridiculeces. El amor no es más que un conjunto de palabras biensonantes recitadas por hombres como lord Byron.

—Tal vez pensaras eso antes, pero me apuesto lo que quieras a que últimamente has cambiado de opinión.

Stephen hizo un gran esfuerzo por abrir sus pesados párpados y miró el fuego. Ante él danzaban bellas imágenes, imágenes que llevaba las dos últimas semanas tratando de olvidar. Pero no lo conseguía. Por mucho que trabajara o por mucho que bebiera, no podía quitarse a Hayley de la cabeza.

Hayley riéndose, Hayley jugando con los niños, Hayley leyéndole un cuento a Callie, Hayley dando clases sobre Shakespeare a los chicos, Hayley riñendo sin enfadarse a sus salvajes perros, Hayley envolviendo a Pamela con una colcha apolillada para ocultar su vestido mojado de la mirada de Marshall Wentbridge.

No podía dejar de dar vueltas a los días que había pasado en la casa de los Albright, y se dio cuenta de que aquélla había sido la época más feliz de toda su vida. A los Albright les importaba él. No su fortuna. Le habían incluido en todos los aspectos de sus vidas, habían compartido con él cuanto tenían. Nunca se había sentido tan a gusto en toda su vida. Y todo se había acabado.

Todo.

«¡Maldita sea! ¡Cómo lo echo de menos!»

Stephen echaba de menos el ruido, la confusión y el caos general que reinaba en la casa de los Albright. Echaba de menos el sonido de las risas y el calor de las sonrisas que se intercambiaban en la mesa del desayuno. Echaba de menos coger la diminuta mano de Callie durante la oración de la cena. Y sobre todo, echaba de menos a Hayley.

«¡Por todos los santos! ¡Cómo la echo de menos! Añoro su ternura y su bondad. Me muero por sentir el tacto de sus manos, el sabor de sus besos, la sensación de su cuerpo contra el mío, piel con piel, aquella mirada de amor y admiración brillando en sus expresivos ojos.»

—Les echas de menos.

Las palabras de Justin reflejaron con tal precisión los pensamientos de Stephen que éste no se pudo contener una risa llena de amargura. Luego tragó saliva y asintió.

—Sí. —«Les echo muchísimo de menos. No te imaginas hasta qué punto.»

Le costó un gran esfuerzo decir aquella palabra con el inmenso nudo que se le había hecho en la garganta. Tras engullir el poco brandy que le quedaba en la copa, Stephen dejó con cuidado la copa junto a la garrafa que había en la mesa de caoba. Se inclinó hacia delante, apoyó los codos en las rodillas y hundió el rostro en las palmas. Se sentía vacío, triste, desgraciado, increíblemente culpable y mucho más que un poco borracho.

—Me dijo que se había enamorado de mí. Que me quería —dijo Stephen arrastrando la voz, incapaz de contener las palabras—. Me dijo que no tenía por qué irme, que podía buscarme un trabajo como tutor en Halstead y ser un miembro más de la familia. —Se pasó las manos por la cara y luego entrelazó fuertemente los dedos de ambas manos entre las rodillas abiertas, bajando la cabeza en un gesto de profunda aflicción.

Súbitamente, levantó la cabeza y clavó su apagada mirada en Justin.

—¿Y sabes qué hice yo cuando me dijo que me quería? ¿Sabes qué le di yo a cambio de lo bien que se había portado conmigo? ¿A cambio de haberme salvado la vida? ¿De ofrecerme su amor? —Se le escapó una risa amarga—. Ahora te explico lo que hice, lo que le di yo a cambio. Le robé la inocencia y me marché a la mañana siguiente. Sin una palabra. No, eso no es del todo cierto. Le dejé una carta en la que le decía que se buscara a otro hombre a quien amar.

Justin lo miró fijamente, visiblemente impresionado.

—¿Comprometiste la reputación de la señorita Albright?

—Completamente.

Justin miró a Stephen con los ojos como platos. Abrió la boca, pero no le salieron las palabras.

—¿Nada que añadir? —dijo Stephen con una rancia sonrisa en los labios—. ¿He conseguido impresionarte?

—He de reconocer que sí —admitió Justin. Tras una larga pausa, preguntó—: ¿Has considerado la posibilidad de que hayas podido dejarla embarazada?

Stephen sintió como si faltara oxígeno en la habitación. «¡Dios! ¿Cómo no he pensado en eso antes? Porque estaba demasiado abatido para pensar con claridad.» No, no lo había considerado.

—¿Y si está embarazada?

El brandy estaba haciendo que a Stephen le diera vueltas la cabeza a gran velocidad.

—No lo puedo saber. Ya haré mis averiguaciones discretamente dentro de varios meses para saber cómo está y si está esperando un hijo.

—¡Dios mío, Stephen! Creí que era una posibilidad factible que la señorita Albright perdiera la cabeza por ti, pero debo admitir que, a pesar de mis bromas, nunca pensé seriamente que tú pudieras perderla por ella.

—Es un ángel —dijo Stephen, arrastrando tanto la voz que apenas se le entendía. Se le cayeron los párpados y luego añadió—: Hermosa Hayley, del valle de heno. ¡Dios, cómo la echo de menos...! —Su voz se fue desvaneciendo y se le desplomó la cabeza hacia un lado.

Justin negó repetidamente con la cabeza, visiblemente sorprendido. No se podía creer que Stephen estuviera reducido a un estado tan lamentable. Y estaba francamente sorprendido por lo que Stephen acababa de reconocer en pleno estupor etílico. «Debo ayudarle a recuperar la sensatez e intentar mantenerlo sobrio o, si no, sea quien sea la persona que quiere verlo muerto, seguro que logra su objetivo.»

Cogió a Stephen por las axilas y lo levantó de la butaca. «¡Dios! Pesa una tonelada. Una tonelada de peso muerto empapado en brandy.» Stephen se enderezó un poco y Justin medio lo empujó y lo arrastró escaleras arriba. Lo llevó a una de las habitaciones para invitados y lo dejó caer sin demasiados miramientos sobre la cama.

Justin miró a su amigo con el corazón encogido y embargado por la lástima. En vista de las palabras de Stephen y de su estado actual, tan impropio de él, Justin sólo podía concluir que su amigo estaba enamorado de Hayley hasta la médula. Se preguntaba cuánto tiempo tardaría él en darse cuenta. Lo único que Justin deseaba es que no tardara demasiado.

Victoria Mallory no podía dormir.

Se había retirado poco después de la cena, esperando que su ausencia ofreciera a Justin la oportunidad de estirar a Stephen de la lengua y quizá sonsacarle lo que tanto le preocupaba.

Estaba muy preocupada por su hermano. Desde su regreso hacía dos semanas, no había vuelto a ser el mismo. El Stephen de antes era cínico y arrogante y parecía estar de vuelta de todo, pero también sabía ser simpático, divertido e ingenioso y siempre tenía una palabra cariñosa para ella.

Ahora apenas hablaba con nadie y, cuando lo hacía, siempre respondía en tono cortante y con monosílabos. Si decía más de dos o tres palabras seguidas, las acompañaba de una mirada gélida y daba por concluida la conversación. Cuando no estaba mirando a alguien con cara de pocos amigos, estaba bebiendo.

Pero lo que más alarmaba a Victoria era aquella mirada de apesadumbrada resignación en sus ojos. Era casi como si nada ni nadie le importara lo más mínimo.

Cuando llevaba una hora dando vueltas en la cama, Victoria no podía aguantar aquella inactividad por más tiempo. Sencillamente, tenía que saber qué estaba ocurriendo. Se puso la bata y bajó cautelosamente las escaleras.

Se detuvo fuera del salón y pegó la oreja a la puerta. Silencio. Hizo girar lentamente el pomo intentando no hacer ruido y vio que el salón estaba vacío. Avanzó por el pasillo hasta la biblioteca.

Se deslizó con sigilo, el sonido de sus pasos amortiguado por la gruesa alfombra persa. Al detenerse junto a la puerta de la biblioteca, oyó un inconfundible murmullo de voces. Triunfante y sin el menor atisbo de culpa, se arrodilló y miró a través del ojo de la cerradura. Oscuridad. «¡Maldita sea! Debe de estar puesta la llave.» Apretó la oreja contra la puerta, pero las palabras se oían apagadas y distorsionadas.

Sin darse por vencida, Victoria se dirigió a toda prisa hacia el despacho teniendo cuidado de no derribar o golpear ninguna mesa. Cuando llegó a la puerta que unía ambas habitaciones, contuvo la respiración e hizo girar apenas el pomo. Para su regocijo, éste no se resistió. Abrió la puerta con sumo cuidado un par de centímetros y apretó la oreja contra la rendija. Le llegó la voz de Justin: «¿... consideras que beber hasta la inconsciencia es el mejor remedio a seguir? Sea quien sea, la persona que ha intentado matarte está ahí fuera, esperando otra oportunidad. Apenas podrás defenderte si estás como una cuba».

A Victoria se le heló la sangre y se cubrió la boca con la

mano para enmudecer un grito sofocado. «¡Santo Dios! Alguien está intentando matar a Stephen!» Volviendo a pegar la oreja a la rendija, escuchó atentamente toda la conversación, aumentando su asombro con cada minuto que pasaba.

Cuando finalizó la conversación, Victoria miró por la abertura de la puerta y vio a Justin intentando levantar de la butaca a Stephen, que parecía estar borracho como una cuba. Cerró silenciosamente la puerta y se encaminó hacia su aposento.

Corrió por el pasillo de una forma bastante impropia de una condesa. Luego, utilizando un método que escandalizaría a las damas de la alta sociedad, se levantó el camisón y la bata hasta los muslos y subió las escaleras de dos en dos, sin detenerse en su loca carrera hasta que estuvo bien oculta bajo las sábanas de su cama.

Cerró los ojos e hizo un esfuerzo por respirar más pausadamente, pues sabía que Justin vendría a hablar con ella. Su esposo sabía las ganas que ella tenía de saber qué era lo que tanto le preocupaba a Stephen. Al cabo de varios minutos, oyó abrirse la puerta que conectaba su suite con la de su esposo.

Victoria notó cómo se hundía el borde de la cama bajo el peso de Justin cuando éste se sentó. Abrió los ojos y le sonrió en la semioscuridad.

—Debía haber imaginado que todavía estarías despierta —dijo él en tono risueño.

—Me muero de ganas de saber lo que te ha contado Stephen —le contestó incorporándose—. ¿Te ha explicado qué es lo que tanto le preocupa?

Justin dudó un momento y luego dijo:

—Me temo que Stephen ha bebido demasiado. Le he ayudado a subir las escaleras y lo he dejado en la habitación de invitados azul.

—Entiendo —dijo Victoria. Era evidente que Justin no pensaba repetirle la conversación que acababa de mantener con Stephen. «Debe de formar parte del código de honor entre caballeros no contar las confidencias hechas con unas copas de más.» Afortunadamente Victoria no necesitaba que nadie se lo explicara. Y, por descontado, tampoco tenía por qué contarle ella a Justin lo que sabía.

—Tenía tantas esperanzas de que averiguaras lo que tanto parece atormentar a mi hermano —dijo Victoria fingiendo el mejor de sus suspiros—. Me gustaría tanto poderle ayudar.

Justin la abrazó y le dio un beso en la frente.

—Stephen se pondrá bien —le dijo intentando tranquilizarla—. Créeme, no hay nada que puedas hacer para ayudarle, salvo tener paciencia con él. Pronto volverá a ser el mismo Stephen de siempre.

Victoria se acurrucó contra el pecho de su marido, con una sonrisa furtiva en los labios. «¿Que no hay nada que pueda hacer para ayudarle?»

«Eso ya lo veremos.»

24

Hayley caminaba por el bosque a pasos silenciosos a lo largo del sendero de tierra compacta. La luz del sol se filtraba entre las ramas de los árboles, caldeando el ambiente fresco y húmedo, oscurecido por la densa vegetación. Cuando llegó al lago, encontró una zona cubierta de hierba y se dejó caer en el suelo, apoyando el peso en las manos, y miró fijamente al agua de un azul oscuro centelleante.

«¡Dios mío! ¿Volveré alguna vez a ser feliz?» Cogió una piedrecita y la lanzó al lago, observando las serie de ondas circulares que se iban extendiendo por la superficie del agua. Normalmente encontraba la paz en aquel lugar, en el olor a musgo de las sombras y el suave crepitar de las hojas. Pero no hoy. Ni en las dos últimas semanas. Desde que él se fue.

Había tenido dos largas semanas para recuperar fuerzas, ordenar sus pensamientos y luchar contra el profundo malestar que había sido su constante compañía desde la marcha de Stephen. Pero había fracasado estrepitosamente. Seguía doliéndole al respirar. Le dolían las entrañas, y tenía el corazón hecho añicos y el alma herida, como si la hubiera arrollado una manada de caballos salvajes. La vida ya no era como antes de la llegada de Stephen.

No había sido capaz siquiera de mirar el jardín. No soportaba ver las flores, sobre todo los pensamientos. Y no había dormido en su cama desde que él se fue, incapaz de acostarse donde habían pasado la noche haciendo el amor.

Puesto que tampoco conseguía conciliar el sueño, se pasaba la mayor parte de las noches en el despacho de su padre, escribiendo hasta la madrugada. Cuando despuntaban los primeros rayos de sol en el horizonte, se acostaba durante una hora en el sofá y dormía a rachas.

Consciente de que su familia estaba muy preocupada por ella, Hayley se había forzado a poner buena cara y parecer alegre durante los últimos días para ofrecer la impresión de que estaba bien. Ya no soportaba más las miradas de lástima de Pamela.

Durante las dos últimas semanas, sus emociones habían recorrido toda la gama comprendida entre el enfado y la rabia, por un lado, y la amargura y la desesperación por el otro. A veces estaba furiosa, con Stephen, por sus palabras vacías y por la forma en que la había abandonado, y también consigo misma, por haberse enamorado perdidamente de él. Otras veces se sentía tan profunda y completamente triste y hundida que apenas podía mantenerse en pie. Le temblaban las rodillas de la vergüenza que sentía cada vez que evocaba su desinhibido comportamiento en la noche previa a la marcha de Stephen.

Se le encogía el corazón al pensar que le había declarado su amor. Se había pasado la primera semana posterior a la partida de Stephen temiendo haberse quedado embarazada, pero, gracias a Dios, había comprobado que no lo estaba.

«No puedo culpar a nadie más que a mí misma. Le ofrecí todo lo que tengo —mi corazón, mi alma, mi inocencia— pero, al parecer, todo eso no le bastaba.» Había releído la carta que Stephen le había dejado cien veces, hasta que ya no pudo mirarla más. La noche anterior la había echado al fuego. Ya era hora de reanudar su vida. Tenía una familia que dependía de ella y responsabilidades que atender. Ellos le daban un motivo para seguir adelante. Era hora de dejar de sumirse en la autocompasión y unirse de nuevo a la vida. Era hora de volver a su vida anterior.

Como era obvio que había hecho Stephen.

—¿Sí? ¿Quién es? —preguntó Grimsley, abriendo la puerta principal. Cegado por el fuerte resplandor, entornó los ojos para protegerse de la luz solar—. ¿Quién es usted? ¿Le conozco? ¿Dónde he puesto mis gafas? —Se dio un cachete en la parte superior de la cabeza e hizo una mueca de dolor cuando la montura de alambre se le clavó en la piel.

Se puso las gafas en la punta de la nariz y volvió a mirar, esta vez con los ojos abiertos de par en par en señal de asombro.

Un lacayo, ataviado con librea, la más elegante que Grimsley había visto nunca, esperaba de pie ante la puerta.

Winston eligió justamente aquel momento para entrar a zancadas en el vestíbulo.

—¿Quién diablos es usted y qué diablos quiere? —dijo vociferando.

—Tengo un mensaje para la señorita Hayley Albright —dijo el lacayo sin inmutarse—. ¿Está en casa?

Grimsley se arregló tímidamente el chaleco.

—Sí, la señorita Albright está en casa. Espere aquí, por favor.

Winston, claramente receloso, dirigió una mirada fulminante al lacayo.

—Ve a buscar a la zeñorita Hayley, Grimsley. Yo vigilaré a este tipo. Si me plantea problemas, lo echaré con mis propias manos.

Haciendo acopio de toda la dignidad de que fue capaz dadas las circunstancias, Grimsley salió del vestíbulo en busca de la señorita Hayley. No tenía ni idea de dónde encontrarla.

Tardó casi veinte minutos en dar con ella. Tras una búsqueda exhaustiva, por fin la encontró en el huerto, arrancando malas hierbas con Callie y Pamela. Cuando les habló de la presencia del elegante lacayo, las tres lo siguieron hasta la casa.

—¿La señorita Hayley Albright? —preguntó el lacayo, mirando alternativamente a Hayley y a Pamela.

—Yo soy Hayley Albright —dijo Hayley, dando un paso adelante.

El lacayo le alargó un trozo de papel vitela color marfil lacrado en rojo.

—Tengo un mensaje para usted de la condesa de Blackmoor. La condesa me ha pedido que esperara para recibir su respuesta.

—¿La condesa de Blackmoor? —repitió Hayley completamente desorientada. Cogió el grueso trozo de papel y le dio varias vueltas—. Nunca había oído ese nombre hasta hoy. ¿Está seguro de que el mensaje es para mí?

—Absolutamente —contestó el lacayo.

—¿Qué dice? —preguntó Callie estirando del vestido de Hayley.

—Veamos. —Hayley rompió el precinto lacrado y leyó rápidamente la nota—. ¡Qué extraordinario!

—¿Qué? —preguntaron Callie y Pamela al unísono.

—La condesa de Blackmoor me invita mañana a su casa de Londres a tomar té. Dice que, aunque no nos conozcamos, recientemente ha descubierto que tenemos amigos comunes y que le encantaría conocerme personalmente.

—¿Qué amigos comunes? —preguntó Pamela, intentando leer la nota asomándose tras el hombro de Hayley.

—No lo menciona.

Callie aplaudió entusiasmada mientras daba saltitos.

—¡Tomar el té con una condesa! ¿Podré ir contigo? ¡Por favor, Hayley!

Hayley negó con la cabeza sumida en un mar de dudas.

—No, cariño, me temo que no. —Se dirigió al uniformado lacayo—. Así pues ¿la condesa espera mi respuesta?

—Sí, señorita Albright. En caso de que aceptara la invitación, le enviarían un coche de caballos a buscarla para que la acompañe a la residencia de la condesa.

—Ya entiendo. —Hayley miró a Pamela inquisidoramente—. ¿Qué hago?

—Creo que debes ir —dijo Pamela sin dudarlo ni un momento.

—Yo también —intervino Callie.

—Después de todo, ¿cuántas oportunidades tendrás en la vida de tomar el té con una condesa? —dijo Pamela con una incitante sonrisa—. Te irá de maravilla salir de casa. Además, ¿no te pica la curiosidad por saber quiénes son esos amigos comunes?

—Sí, debo admitirlo. —Hayley releyó la invitación por última vez, sin acabar de creerse que fuera dirigida a ella—. Muy bien —le dijo al lacayo—. Puede decirle a la condesa que acepto encantada su invitación.

—Gracias, señorita Albright. El coche de caballos de la condesa estará aquí mañana a la once en punto de la mañana. —El lacayo hizo una reverencia y se marchó.

Hayley, Pamela, Callie, Grimsley y hasta Winston se agolparon alrededor de la ventana, pegando las narices al cristal, y observaron cómo el elegante coche de caballos desaparecía en la distancia.

—¡Que me cuelguen del palo mayor y me ondeen al viento! —resopló Winston—. No había visto un anillo tan lujoso en toda mi vida.

—Desde luego —dijo Pamela entre risas—. ¡Santo Dios! Hayley, ¿qué diablos te pondrás?

Hayley miró fijamente a su hermana, confundida.

—No tengo ni idea. Disto mucho de tener algo apropiado para la ocasión.

—¿Y qué me dices del vestido azul claro...?

—No. —La tajante respuesta de Hayley cortó el aire—. Me refiero a que es demasiado ostentoso para tomar el té —se apresuró a rectificar. No quería ni pensar en aquel vestido. Le recodaba a Stephen y a la noche en que lo había llevado, y aquellos recuerdos le hacían daño.

—Puedes ponerte alguno de mis vestidos —le ofreció Pamela.

—Es muy amable de tu parte, pero soy demasiado alta para llevar ropa tuya —dijo Hayley—. Me podré uno de mis vestidos grises.

—No lo harás —dijo Pamela con firmeza. Tomó a Hayley de la mano y la arrastró hasta las escaleras—. Callie, por favor, ve a buscar a tía Olivia. Dile que coja el costurero, y luego venid las dos a mi alcoba.

Callie se fue corriendo a hacer sus recados, y Hayley dejó que Pamela la guiara escaleras arriba.

—¿Qué estás tramando? —le preguntó Hayley.

—Vamos a buscarte algo para que te lo pongas mañana —dijo Pamela, abriendo de par en par las puertas de su armario. Sacó varios vestidos y los inspeccionó con mirada crítica antes de tirarlos sobre la cama—. No, ninguno de éstos servirá —dijo volviendo a mirar el armario—. ¡Ajá! —dijo, con expresión triunfante. Sacó un vestido color melocotón claro y se lo ofreció a Hayley—. Éste te quedará precioso.

—Pero me irá corto —protestó Hayley negando repetidamente con la cabeza—. Además, éste es uno de los vestidos que te compré para que estés bien guapa cuando te venga a buscar Marshall.

—Podemos alargarlo —dijo Pamela sin titubear—. Bastará con coserle un volante en los bajos. Los volantes están muy de moda ahora.

—Pero... ¿y Marshall?

—Marshall detesta el color melocotón —dijo Pamela, pero el rubor de sus mejillas delató su mentira.

A Hayley le embargó una gran ternura ante aquel evidente deseo de complacerla.

Tía Olivia y Callie aparecieron en la puerta de la alcoba y, antes de que Hayley supiera qué estaba ocurriendo, le habían quitado el sencillo vestido que llevaba puesto y estaban poniéndole el vestido color melocotón por la cabeza. Pamela le explicó a su tía lo de la invitación para tomar el té con la condesa y la falta de vestimenta apropiada.

A Hayley, el vestido le iba bastante bien, exceptuando que le apretaba un poco en la parte del corpiño y que le faltaban unos quince centímetros de largo. Pamela y tía Olivia se desplazaron alrededor de Hayley, soltando costuras por aquí, clavando alfileres por allá y comentando las posibles opciones. Cuando, por fin, decidieron lo que había que hacer, le quitaron rápidamente el vestido a Hayley y las tres se pusieron manos a la obra.

Estuvieron cosiendo el resto de la tarde, parando solamente para cenar. A Nathan y Andrew les impresionó bastante la invitación que había recibido Hayley. Tras la cena, las tres mujeres siguieron trabajando durante las oscuras horas de la noche, charlando jovialmente, cortando y cosiendo. Callie se quedó con ellas, junto con la señorita Josephine, hasta que no pudo mantener los ojos abiertos. Se quedó dormida en el sofá del salón, abrazada a su muñeca.

—¡Ya está! —dijo Pamela, levantándose y desperezándose. Miró el reloj de sobremesa que había en la repisa de la chimenea. Casi era medianoche.

—Pruébatelo, Hayley, querida —dijo tía Olivia.

Ayudaron a Hayley a ponerse el vestido encima de la combinación. Tía Olivia había cosido hábilmente un paño de puntilla en la espalda para que el corpiño le quedara más holgado. Un volante color crema, cuyo tejido habían extraído de un antiguo vestido que se le había quedado pequeño a Pamela, adornaba los bajos del vestido. Y tía Olivia había añadido una cinta de terciopelo color crema debajo de la línea del busto.

—¡Te sienta de maravilla! —dijo Pamela entusiasmada mientras daba la vuelta alrededor de su hermana—. Es absolutamente perfecto.

—La condesa se quedará impresionada —predijo tía Olivia con una sonrisa.

—Siempre y cuando yo no haga nada que me haga quedar en ridículo —dijo Hayley.

—Tonterías. Seguro que te adora —dijo Pamela ayudándola a quitarse el vestido—. Como todo el mundo.

A Hayley le embargó una profunda tristeza.

«No, no todo el mundo.»

Al día siguiente, un elegante coche de caballos, con puertas lacadas y adornadas con el blasón de la familia Blackmoor, llegó a la finca de los Albright exactamente a la once en punto de la mañana. La familia Albright al completo, incluyendo a Pierre, escoltó a Hayley hasta la puerta del coche de caballos. Ella los abrazó a todos, prometiéndoles que les explicaría hasta el último detalle cuando volviera a casa al atardecer.

Un lacayo uniformado con librea ayudó a Hayley a subirse al coche de caballos y partieron, entre chillidos de los niños y agitar de manos.

En cuanto su familia se perdió en la distancia, Hayley se acomodó en el asiento e inspeccionó el interior del coche de caballos. Nunca había viajado en un vehículo tan lujoso. Deslizó la mano sobre los voluminosos cojines de terciopelo color vino y hundió los dedos en su suavidad.

Con un suspiro, se apoyó en el respaldo, observando cómo pasaba rápidamente el paisaje ante sus ojos. Una vez en Londres, observó cómo iban cambiando los alrededores conforme iban saliendo de los arrabales de la ciudad y entrando en los barrios de más postín. Hayley vio a damas y caballeros elegantemente vestidos paseándose, lujosas tiendas y magníficos edificios. El coche de caballos se detuvo finalmente ante una impresionante construcción de ladrillo. El lacayo le abrió la puerta y la ayudó a bajar.

Subiendo lentamente la escalinata, la mirada de Hayley se fijó en la magnífica estructura del edificio, desde sus envejecidos ladrillos color rosa hasta el pequeño pero hermoso jardín de flores. Justo antes de que pisara el último escalón, se abrió uno de los dos inmensos porticones.

—Buenas tardes, señorita Albright —dijo un mayordomo de rostro impasible mientras daba un paso atrás para dejarle entrar en el vestíbulo.

—Buenas tardes —contestó ella con una sonrisa. Entró en el vestíbulo y contuvo la respiración. Una enorme araña, la mayor que Hayley había visto en su vida, colgaba del techo. Una majestuosa escalera describía una curva y luego ascendía al segundo piso. El suelo del vestíbulo era de mármol verde oscuro y brillaba tanto que Hayley podía verse reflejada.

—¿Quiere que le guarde el abrigo? —La voz del mayordomo volvió a captar súbitamente la atención de Hayley, y ella le entregó el chal.

—Gracias.

—La condesa está en su sala de estar privada. Por favor, sígame.

Mientras seguía al mayordomo por el pasillo, Hayley fue observando la decoración con sumo interés, intentando no parecer patosa. Lujosas mesas de caoba se extendían a lo largo del vestíbulo, todas ellas adornadas con inmensos arreglos florales elaborados con flores frescas. Admiró las flores y fue nombrando mentalmente cada una de ellas a medida que iba avanzando. Varios espejos realzaban las paredes tapizadas con seda color marfil. Se miró disimuladamente en uno de ellos y sintió un gran alivio al comprobar que el viaje no le había estropeado el peinado.

El mayordomo se detuvo en seco ante una puerta, y Hayley estuvo a punto de chocar contra su espalda de lo concentrada que estaba fijándose en cuanto la rodeaba. Él señaló la puerta y le indicó, con un solemne ademán de la cabeza, que podía entrar en la habitación.

Un fuego crepitaba en el hogar, creando una atmósfera sumamente acogedora. La habitación estaba agradablemente iluminada y decorada en tonos alegres, la luz del sol entraba por unos altos ventanales estilo Palladian. Varios óleos sobre escenas pastoriles decoraban las paredes tapizadas en seda de color verde claro. Dos butacas flanqueaban el sofá, y en un rincón de la habitación había un escritorio de cerezo. También había varios jarrones de cristal llenos de flores frescas, cuya dulce fragancia perfumaba el aire de la sala. Hayley tuvo la sensación de acabar de entrar en un jardín encantado.

—¿Señorita Hayley? —preguntó una dulce voz a su espalda—. Muchísimas gracias por aceptar mi invitación, sobre todo teniendo en cuenta la brevedad de la nota que la acompañaba.

Hayley se volvió para saludar a su anfitriona, y la sorprendió gratamente la primera visión que tuvo de la condesa. No estaba muy segura del aspecto que esperaba que tuviera la condesa de Blackmoor, pero, desde luego, no se había imaginado nada parecido a aquella joven encantadora que se le acercaba con una cordial sonrisa en su hermoso rostro.

La condesa le tendió la mano.

—Encantada de conocerla, señorita Albright.

Hayley consiguió recordar los buenos modales e hizo una desgarbada reverencia. Luego estrechó la mano de la condesa.

—Es un placer conocerla, lady Blackmoor. Y soy yo quien debe estarle agradecida por su amable invitación.

—Por favor, venga conmigo y tome asiento —la invitó la condesa guiándola hasta el sofá—. Pensé que podríamos conversar unos minutos antes de que nos sirvan el té.

—Esta habitación es una preciosidad —comentó Hayley cuando se hubo sentado.

—Gracias. Es mi favorita. Por frenético que sea mi ritmo de vida, siempre que puedo me refugio aquí para encontrar un poco de paz. —La condesa se inclinó hacia delante y examinó a Hayley sin disimular su interés—. Debo admitir, señorita Albright, que no es exactamente como esperaba. —El rostro de Hayley debió de delatar su consternación porque la condesa se apresuró a añadir—: Oh, no me malinterprete, por favor. Estoy muy sorprendida, gratamente sorprendida, se lo aseguro. —Alargó el brazo y le dio un breve apretón en la mano.

Hayley dejó escapar un suspiro de alivio. Luego devolvió a la condesa su cordial sonrisa y le confesó:

—En tal caso, debo admitir que usted tampoco es exactamente lo que me esperaba encontrar.

—¿Ah, sí? ¿Y qué se esperaba encontrar? —preguntó con expresión de genuina curiosidad.

—¿Sinceramente?

—Por supuesto.

—Bueno, me la imaginaba ataviada con algún tipo de impresionante vestido oscuro y unos quevedos colgando de la nariz. Varios collares de perlas, un moño sumamente serio de cabellos grises, y tendiendo a la obesidad. Me imaginaba que cojearía y que sería muy, muy anciana —concluyó Hayley con una tímida sonrisa en los labios.

La condesa estalló en carcajadas.

—¡Santo Cielo! ¿Y aun así aceptó mi invitación?

—Para serle franca, me planteé la posibilidad de rechazarla, pero mis hermanas menores no me dejaron hacerlo —confesó Hayley, relajándose en presencia de la condesa. A pesar del noble linaje de su anfitriona, era cordial y acogedora, y a Hayley le gustó en cuanto la vio—. Están muertas de envidia porque estoy tomando el té con una condesa. Mi hermana pequeña, Callie, vive para invitar a la gente a tomar el té. Ahora estará en casa, dando vueltas nerviosamente, esperando ansiosa mi regreso para que le cuente cómo sirve el té una condesa.

—¿Qué edad tiene?

—Seis años. Cumple siete dentro de dos semanas.

—¡Qué encanto! —La condesa llamó para que le trajeran el carrito del té—. Por favor, prosiga, estoy deseosa de oírlo todo sobre usted y su familia. —Escuchó con sumo interés mientras Hayley le hacía un breve resumen sobre los Albright, incluyendo a Grimsley, Winston y Pierre.

En cuanto hubo terminado, llegó el té.

—¿Y qué me dice de sus padres? —preguntó la condesa, sirviendo dos tazas.

—Fallecieron los dos.

—¡Qué terrible desgracia! ¿Y quién cuida de sus hermanos? ¿Su tía?

A Hayley se le escapó una risita.

—No, tía Olivia es un amor, pero me temo que no sería capaz de cuidar de una pandilla tan movida como la que forman mis hermanos.

—Entonces... ¿tienen una institutriz?

—No, sólo estoy yo. Y, por supuesto, Pamela.

La taza de té de la condesa se detuvo súbitamente a medio camino antes de llegar a sus labios.

—¿Se refiere a que usted está a cargo de toda la casa?

Hayley asintió, divertida ante la expresión de asombro de su anfitriona.

—A veces resulta difícil, pero no los cambiaría por nada del mundo. ¿Tiene hermanos o hermanas, milady?

—Tengo dos hermanos —contestó, cambiando inmediatamente de tema para volverse a centrar en Hayley. Le hizo literalmente decenas de preguntas sobre Halstead, los Albright y los intereses de Hayley. A cambio, la condesa explicó multitud de divertidas anécdotas sobre el fulgurante mundo de la alta sociedad. Hayley se preguntaba por qué la condesa no había mencionado todavía quiénes eran sus amigos comunes, pero era reticente a sacar el tema antes de que lo hiciera su anfitriona. No quería que la condesa pensara que era maleducada.

Cuando acabaron la segunda tetera, Hayley miró por casualidad el reloj de sobremesa y estuvo a punto de volcar la taza.

—¡Dios mío! No puede ser más tarde de la cinco, ¿verdad?

La condesa se rió.

—Estaba disfrutando tanto de la conversación que no puedo creerme que el tiempo haya pasado tan deprisa.

Hayley se acabó la taza y empezó a levantarse.

—He disfrutado mucho tomando el té con usted, pero debo irme. Si no, mi familia empezará a preocuparse.

—Por favor, no se vaya todavía —le dijo la condesa mientras la retenía tocándole suavemente el brazo—. Todavía no hemos hablado de nuestros amigos comunes.

Volviendo a tomar asiento en el sofá, Hayley dijo:

—Debo admitir que, al principio, me corroía la curiosidad por saber de quiénes se trataba, pero ya hace un buen rato que me he olvidado completamente de ellos, sean quienes sean. —Sonrió—. Es muy extraño, pero tengo la sensación de que hace mucho tiempo que la conozco.

La condesa le devolvió la sonrisa.

—Me ocurre exactamente lo mismo. De hecho, me encantaría que fuéramos amigas.

Normalmente a Hayley le habría desconcertado bastante la idea de entablar una relación de amistad con una dama de tan ilustre cuna. Pero, tras aquella tarde con la condesa, se sentía muy a gusto y relajada en su presencia.

—Sería un honor para mí, lady Blackmoor.

—En tal caso, insisto en que me llame Victoria. Todos mis amigos me llaman así.

—De acuerdo... Victoria. Usted puede llamarme Hayley.

—Excelente. Hayley, creo que es hora de que hablemos sobre nuestros amigos comunes.

Hayley esperó, corroída por la curiosidad.

—Soy toda oídos.

—Creo que usted conoce a mi marido.

La curiosidad de Hayley dio paso a la confusión.

—¿Su marido?

—El conde de Blackmoor.

Hayley sacudió la cabeza.

—Estoy segura de que no he tenido nunca ese placer.

—Tal vez le conozca por su nombre de pila —sugirió Victoria.

—Es del todo improbable.

—Se llama Justin Mallory.

Hayley miró fijamente a Victoria, muda de asombro ante sus desconcertantes palabras. Tardó un minuto entero en recuperar la voz.

—Conozco a un señor Justin Mallory, pero debe de tratarse de una coincidencia. El señor Justin Mallory que yo conozco no es un miembro de la nobleza.

Victoria se levantó del sofá y cruzó la habitación hasta llegar al elegante escritorio que había en un rincón. Volvió con un cuadrito enmarcado y se lo entregó a Hayley.

—Éste es mi marido, Justin Mallory, conde de Blackmoor.

Hayley miró la diminuta pintura y sintió como si no le llegara la sangre a la cabeza. El apuesto caballero que la miraba era, sin lugar a dudas, el mismo Justin Mallory que ella conocía. Consternada y confundida, dijo:

—No tenía ni idea de que el señor Mallory fuera conde. Ni, obviamente, que usted fuera su esposa.

Victoria se sentó al lado de Hayley y le dijo con delicadeza:

—Creo que también conoce al mejor amigo de Justin, Stephen Barrett.

Hayley se tensó. Un dolor abrasador le atenazó las entrañas, pero consiguió hablar sin que le temblara la voz.

—Conozco a un tal señor Stephen Barrett... son.

—Su nombre de pila es Stephen Barrett. No creo que lo conozca por su otro nombre.

De repente, Hayley sintió que la habitación se había hecho pequeña y que le faltaba el aire. «¿Otro nombre?»

—Pero ¿cuántos nombres tiene? —«Dios mío, tengo que salir de aquí antes de que pierda el control», pensó.

—Bastantes, de hecho, pero no le voy a aburrir con su lista de títulos menores. Es el marqués de Glenfield.

Hayley la miró absolutamente confusa.

—Debemos de estar hablando de dos personas diferentes. El hombre que conocí era un tutor.

—No. El hombre que usted conoce es Stephen Barrett, marqués de Glenfield. También es mi hermano.

A Hayley se le empezó a nublar la vista y se le cortó la respiración. Miró boquiabierta a Victoria, completamente sin habla.

—Siento haberle dado la noticia así, tan bruscamente...

—Debo irme —dijo Hayley, poniéndose en pie de un salto y buscando con la vista desesperadamente su ridículo. No entendía lo que estaba ocurriendo, pero sabía que tenía que irse. ¿Stephen, un marqués? ¿Victoria, su hermana? Él le había dicho que era tutor y que no tenía familia. «Más mentiras... como cuando me dijo que yo le importaba.»

La profundidad de su decepción le golpeó como un ladrillo en la cabeza. «¿Tutor?» Un sonido extraño, medio risa, medio sollozo, salió de su garganta.

«Y con razón su latín era pésimo y no sabía afeitarse. Sus formalismos, sus críticas a cómo llevo la casa... Ahora lo entiendo todo perfectamente. ¡Dios mío, probablemente son dueños de media Inglaterra! ¡Cómo debe de haberse reído de nosotros, de todos nosotros, especialmente de mí!»

Hayley sintió náuseas y se apretó el estómago. No quería oír ni una palabra más. Viendo dónde había dejado el ridículo por el rabillo del ojo, lo cogió con un movimiento brusco y cruzó prácticamente corriendo la sala, desesperada por salir de allí.

—¡Espere! —Victoria corrió hacia ella y la retuvo por los hombros—. Por favor, no se vaya así. He de hablarle sobre mi hermano.

—No tengo nada que decir sobre su hermano.

—Por la forma en que se fue, lo comprendo. Pero hay tantas cosas que usted no sabe, cosas que necesito contarle. Por favor. No tiene que decir nada. Basta con que me escuche.

Hayley se quedó de pie, clavada donde Victoria la había detenido, agarrotada y mirando fijamente al suelo.

—Por favor —repitió Victoria.

Levantando la barbilla, Hayley vio que Victoria parecía muy seria y personalmente muy interesada en que se quedara. También se dio cuenta de que sus ojos verdes se parecían muchísimo a los de Stephen y le estaban suplicando que no se marchara.

—¿Sabe él que estoy aquí? —preguntó Hayley, no estando dispuesta a quedarse si había alguna posibilidad de encontrarse cara a cara con él.

—No. Ni tampoco Justin. Nadie nos molestará.

Sin estar convencida de no estar cometiendo un grave error, Hayley volvió con desgana al sofá y se sentó.

—Está bien. Escucharé lo que tenga que decirme.

Victoria se sentó a su lado.

—Primero quiero darle las gracias. Le salvó la vida a Stephen y le estaré eternamente agradecida. —Alargando el brazo, tomó las manos húmedas y temblorosas de Hayley y las estrechó entre las suyas.

—No entiendo nada —dijo Hayley con un hilillo de voz—. Me dijo que era tutor. Me dijo que no tenía familia.

—Alguien intenta matarle, Hayley.

A Hayley se le heló la sangre.

—¿Qué ha dicho?

—Alguien intentó matarle la noche que usted le encontró. Por lo que entendí, creo que no es la primera vez que atentan contra su vida.

—¡Dios mío! —susurró Hayley mientras se apretaba el estómago con la mano—. ¿Se lo ha explicado él mismo?

—No, Stephen vino a cenar anteayer por la noche. Él y Justin tuvieron una conversación muy reveladora que, bueno... yo acerté a oír, por pura casualidad. Stephen estaba como una cuba y habló bastante sobre sus sentimientos.

—¿Habló sobre un complot para matarlo?

—Sí. Y también habló sobre usted.

—¿Sobre mí?

—Sí. Así fue como supe quién era usted y dónde vivía. Hayley, quiero que sepa que, desde que Stephen volvió a Londres, parece un alma en pena. La echa de menos. La necesita.

Hayley negó con la cabeza.

—No. Está equivocada.

—No lo estoy —dijo Victoria efusivamente—. Lo he oído de su propia boca. Conozco muy bien a Stephen. Exceptuando a Justin, soy la persona que mejor le conoce. Justin está muy preocupado por Stephen. No duerme, apenas come. Y está bebiendo más de la cuenta. Todo le trae sin cuidado, y su mirada... Hayley, su mirada es la de un hombre desdichado y atormentado.

—¿Y por qué me cuenta a mí todo eso? —susurró Hayley haciendo un gran esfuerzo por contener las lágrimas.

—Porque está enamorado de usted, aunque es demasiado estúpido para darse cuenta.

Hayley dejó caer la cabeza sobre sus temblorosas manos. Las palabras de Victoria se le estaban clavando en el corazón, atormentándola, confundiéndola.

—Desea estar con usted, Hayley, pero sabe que no puede hacerlo, no con alguien intentando matarlo. No quiere ponerla a usted ni a su familia en peligro.

Hayley levantó la cabeza.

—¿Por eso no me dijo la verdad sobre quién era en realidad?

—Francamente, no lo sé. Sólo sé lo que acerté a oír.

—Tal vez debería explicarme qué fue exactamente lo que oyó.

—Por supuesto.

Cuando Victoria hubo acabado, Hayley se sentía tan vapuleada como si se hubiera caído desde lo alto de un precipicio. Estaba enfadada con Stephen por su doblez y sus mentiras, aterrada por su seguridad, y con el corazón destrozado por la falta de esperanzas sobre su amor por él.

Victoria se le acercó más, tomó sus manos entre las suyas y le dio un cariñoso apretón.

—Stephen nunca ha sido un hombre feliz, Hayley. Mi padre siempre ha sido muy duro con él, exigiéndole siempre la perfección absoluta por ser el heredero. Como consecuencia, Stephen es bastante frío y distante con la mayoría de la gente. Pero, desde que volvió de Halstead, está profundamente abatido. Alguien quiere verle muerto y me temo que, a este paso, lo va a conseguir, porque se lo está poniendo en bandeja.

La idea de que alguien pudiera matar a Stephen hizo que a Hayley se le helara la sangre en las venas.

—Pero... ¿y qué puedo hacer yo? Le ofrecí todo cuanto podía darle, pero, de todos modos, se marchó.

—¿No lo entiende? Tenía que irse. Tenía que volver a Londres para averiguar quién intentaba matarle.

—Sigo sin saber qué puedo hacer yo.

—Puede hacerle feliz. ¿Le quiere?

Hayley respiró hondo ante aquella repentina pregunta. «¿Le quiere?» Un centenar de imágenes de Stephen bombardeó su mente, imágenes que había intentado borrar infructuosamente.

Imágenes del hombre de quien se había enamorado, del hombre a quien todavía quería.

Incapaz de negarlo, susurró:

—Sí. Pero seguro que usted es consciente del poco sentido que tiene ese amor. Stephen y yo pertenecemos a mundos completamente diferentes. ¡Dios mío! Él es un marqués. Yo nunca encajaría en...

—Tonterías —la interrumpió Victoria agitando la mano en el aire para quitar importancia a las palabras de Hayley—. Encajaría si quisiera encajar. Lo único que necesitaría es el apoyo y la protección adecuados, y eso ya lo tiene.

—¿Ah, sí? ¿Quién me los podría proporcionar?

—Yo, por supuesto. —La mirada de Victoria era seria y resuelta—. Quiero ver feliz a Stephen. Incluso aunque no la encontrara encantadora, que no es el caso, usted es la mujer a quien él quiere. Y eso me basta. Ahora bien, ¿está segura de que le quiere?

—Absolutamente.

—Entonces, ayúdeme a salvarlo.

—¿Cómo?

Una chispa de determinación brilló en los ojos de Victoria.

—Tengo un plan.

25

Dos noches más tarde las luces brillaban en las ventanas de la residencia de campo de los Blackmoor. Elegantes carruajes adornados con blasones nobiliarios ascendían por la avenida que llevaba a la entrada de la mansión, y los lacayos ayudaban a bajar de sus asientos a miembros de la alta sociedad. Cuando Hayley entró en el vestíbulo de suelo de mármol, la fiesta se hallaba en su apogeo.

Habían asistido más de doscientos invitados, algunos estaban en la pista de baile de parquet, otros charlaban en corrillos. Hayley divisó a Victoria en el lugar acordado, junto al tiesto de una palma, al lado de un ventanal.

Victoria vio a Hayley y fue en su busca.

—Está preciosa —le dijo en cuanto llegó a su lado—. Lleva un bonito vestido.

—Gracias. —Hayley se había puesto el vestido azul claro que le había regalado Stephen. Se apretó el estómago, que tenía algo revuelto, con ambas manos—. Estoy un poco nerviosa.

—Y yo —reconoció Victoria mientras llevaba a Hayley a un rincón—. ¿Ha visto a Stephen?

A Hayley se le humedecieron las palmas de las manos ante la idea.

—No. ¿Está por aquí?

Victoria asintió.

—Sí. Ha llegado hace unos veinte minutos, y me alegra decirle que parece estar bastante sobrio.

—Todavía no estoy segura de que esto sea una buena idea...

—Tonterías —interrumpió Victoria—. Ya lo hemos hablado un montón de veces. Cuando Stephen la vea, cuando haya hablado con usted, todo se arreglará. —Dio a Hayley un apretón de manos para animarla—. Basta con que recuerde que él la quiere. Sólo necesita darse cuenta de sus sentimientos.

—¿Y si no lo hace? —preguntó Hayley, sintiendo una súbita punzada de inseguridad sobre el plan de Victoria.

—Créame, lo hará. —Victoria dirigió su mirada hacia el salón—. Le veo. Está cerca de las puertaventanas que dan al jardín. Vaya a hablar con él. —Dio un rápido abrazo a Hayley—. Buena suerte. Y quiero que me cuente hasta el último detalle.

—Espero poder darle buenas noticias —dijo Hayley con voz trémula.

Victoria dio a Hayley un empujoncito para incitarla a salir del rincón.

—Venga. Ahora.

Hayley vio a Stephen de inmediato y le dio un vuelco el corazón. Estaba de pie junto a las puertaventanas, solo, con una copa de champán en la mano, mirando hacia la oscuridad. Su elegante traje negro de noche acentuaba la anchura de sus hombros, unos hombros que a Hayley le parecía como si se le hubieran desplomado. Le vio sacar un reloj de mano del chaleco y mirarlo. Se bebió el champán, abrió la puerta y salió al jardín.

Para no perderlo de vista, Hayley recorrió a toda prisa el perímetro del salón de baile, y pocos minutos después salió al cálido aire nocturno que olía a flores. Las nubes ocultaban la luna, pero los jardines estaban iluminados con antorchas. Hayley vio que Stephen se disponía a coger uno de los senderos que salían del fondo del lado derecho del jardín, y se apresuró a seguirle.

Un par de ojos entornados siguieron la repentina salida de Stephen del salón de baile. Una sonrisa de satisfacción arqueó unos labios sumamente finos. «Esta noche, canalla. Esta noche morirás.»

Stephen anduvo por el sendero con la mente ofuscada. Faltaban veinte minutos para que Justin y sus hombres llegaran a sus puestos, pero no podía soportar quedarse más tiempo en el salón de baile.

El empalagoso ambiente que se respiraba en la fiesta le había hecho sentirse como un animal enjaulado. Si avanzaba a paso lento, llegaría al lugar acordado sólo unos pocos minutos antes; y ¿qué podían importar unos pocos minutos?

Quería acabar con aquello de una vez por todas. Quería desenmascarar a quien fuera que quisiera matarle para poder seguir con su vida. Con un poco de suerte, el culpable atacaría aquella noche y sería apresado. Entonces podría continuar con su vida. «¿Pero en qué diablos consiste mi vida? ¿Más fiestas? ¿El juego? ¿Las mujeres?»

Se le escapó un amargo quejido. No tocaba a una mujer desde su regreso a Londres. Y no había sentido el menor deseo de hacerlo. Había ido a ver a su amante la noche anterior, esperando quitarse a Hayley de la cabeza, pero, una vez allí, no había podido hacer nada. Monique Delacroix podría seducir a las estrellas para que bajaran del cielo con su hermoso rostro y sus voluptuosas y sensuales curvas, pero Stephen no soportó que le tocara. Su beso le dejó frió y con un sabor desagradable en la boca. Cuando ella le acarició a través de los pantalones, él tembló, pero no de deseo, sino de asco. Le pidió un brandy, hilvanó una rápida excusa y se fue. Y allí estaba él, paseando por el asqueroso jardín de flores de su hermana e intentando quitarse de la cabeza a la persona en quien no podía dejar de pensar.

Hayley...

Ella ocupaba todos sus pensamientos, llenaba cada recoveco de su mente, y no había nada que la pudiera apartar de allí. Si sólo...

—Stephen.

Stephen se quedó helado y luego farfulló una blasfemia y pensó: «¡Maldita sea, hasta oigo su voz!» Siguió andando. Había dado menos de dos pasos cuando volvió a oír que alguien le llamaba. Se volvió y miró fijamente a la mujer que se le acercaba, sin creerse lo que veían sus ojos. Sacudió enérgicamente la cabeza como si quisiera borrar aquella visión, convencido de que sus ojos le estaban engañando. «Debo de estar borracho», pensó. Pero era imposible, sólo se había bebido una copa de champán. La visión siguió avanzando, deteniéndose aproximadamente a un metro de él.

—Hola, Stephen.

Era real. No era ninguna aparición ni tampoco el producto de su imaginación. Se trataba de Hayley. Su ángel. De pie ante él, con el vestido azul pálido que él le había regalado, los ojos luminosos y brillantes y una tímida e insegura sonrisa en los labios. Stephen cerró los ojos y tragó saliva, bombardeado por una tormenta de sentimientos contradictorios. Confusión. Extrañeza. Alegría.

Abrió los ojos de par en par y la miró, recorriendo su figura de arriba abajo con la mirada. «¡Dios! ¡Qué hermosa es! Y cómo la he echado de menos.»

Pero, ¿qué estaba haciendo allí? ¿Cómo lo había encontrado? A Stephen se le paró el corazón. «¡Dios mío! Debe de estar embarazada. Por eso me ha seguido la pista.» Multitud de emociones volvieron a bombardearle. «Hayley. ¡Embarazada!» Se le desbocó el corazón y empezó a latirle con más fuerza. Le embargó un júbilo que no tenía ningún derecho a sentir. Estaba a punto de correr hacia ella, abrazarla con todas sus fuerzas y no dejarla marchar nunca más, cuando recuperó súbitamente la razón.

Dentro de sólo unos minutos iban a tenderle una trampa a un asesino, un asesino que podía estar lo bastante loco o lo bastante desesperado como para matar también a Hayley si estaba en medio. Según sus datos, era posible que alguien le estuviera siguiendo los pasos justo en ese momento. No podía poner la vida de Hayley en peligro. Tenía que quitársela de encima. Y cuanto antes mejor.

—Quiero que vuelvas a la fiesta. Ahora.

Ella negó con la cabeza.

—Tengo que hablar contigo.

—¿Cómo diablos me has encontrado?

—A través de tu hermana.

—¿Mi hermana? —«¡Maldita sea», pensó, «vaya lío que ha organizado Victoria!»—. Vete. De inmediato.

—No. No pienso moverme de aquí.

Stephen apretó los puños. «¡Maldita testaruda!» Si le ocurría algo a Hayley, mataría a Victoria con sus propias manos. Y parecía que, a aquel paso, tendría que cargar literalmente a Hayley hasta la mansión. Pero antes tenía que saberlo.

—¿Esperas un hijo? ¿Por eso has venido?

Ella se puso lívida.

—No —susurró.

—¿Entonces por qué...? —Se le quebró la voz cuando le asaltó una idea que le heló la sangre. Se impuso la realidad, aplastándole con su implacable peso. Conocía demasiado bien la naturaleza humana y sabía que, si Hayley le había buscado después del daño que debía de haberle hecho abandonándola de aquella forma, era porque, como todo el mundo, quería sacar tajada de la situación.

«¡Dios mío, qué estúpido he sido! Es igual que la multitud de aristócratas cazadoras de fortunas y buscadoras de títulos que me sale a cada paso.» Una gélida rabia le hizo apretar los puños. «¿Cómo he podido ser tan idiota y tan ingenuo?»

La miró con los ojos entornados.

—¿Sabes quién soy?

—Sí. Sé que eres el marqués de Glenfield.

Stephen le contestó con voz gélida.

—¿Por eso has venido? Averiguaste que era rico y de buena familia y te imaginaste que podrías sacar tajada. ¿Qué pasa? ¿No ganas lo suficiente vendiendo relatos para alimentar a todas esas bocas hambrientas? ¿Acaso vienes a reclamar los varios miles de libras que crees que te debo por haberme salvado la vida? ¿O tal vez por «los servicios prestados»? —La repasó de arriba abajo con una mirada inconfundiblemente insultante—. No tengo la costumbre de pagar los favores sexuales, pero fuiste un interesante pasatiempo. Lamentablemente para ti, ahora voy un poco justo de efectivo, pero contactaré con mi agente para que te pague mañana.

El rostro de Hayley se había puesto pálido como la muerte.

—¿Cómo puedes decirme esas cosas tan horribles? —susurró mientras se le quebraba la voz—. ¡Dios mío! ¡No te conozco! ¿Quién eres?

A Stephen se le escapó una risa llena de amargura.

—Como tú misma acabas de decir, soy el marqués de Glenfield. Y, en calidad de tal, no tengo el deseo ni la intención de proseguir esta discusión. Cualquier relación que hayamos podido tener es cosa del pasado. Sugiero que lo tengas presente y que te mantengas alejada de mí.

Hayley permaneció completamente inmóvil durante varios segundos. Luego levantó la barbilla, echando chispas por los ojos.

—¿Cómo demonios he podido equivocarme tanto sobre ti? Eres un hombre frío y horrible. Un completo desconocido. —Tras dirigirle una última y fulminante mirada, con una expresión que reflejaba elocuentemente su desprecio y su rencor, se dio la vuelta.

De repente, a Stephen le asaltó la duda. La indignación, el enfado de Hayley... parecían tan auténticos. ¿La había malinterpretado? Alargó la mano y retuvo a Hayley sujetándola del brazo.

—Hayley, yo...

La palma de la mano de Hayley se estrelló contra la mejilla de Stephen con un ruido seco. Soltándose bruscamente de Stephen, Hayley se frotó el brazo en el lugar donde él la había tocado como si intentara eliminar la sensación de aquel contacto en su piel.

—Como tú mismo acabas de decir, eres el marqués de Glenfield —le devolvió sus mismas palabras, con el pecho hacia delante y echando fuego por los ojos—. Y, en calidad de tal, no tengo el deseo ni la intención de proseguir esta discusión. Cualquier relación que hayamos podido tener es cosa del pasado. No quiero tener nunca la desgracia de volverte a ver. —La mirada despectiva que le dirigió podría haber prendido fuego a un bosque—. Sugiero que lo tengas presente y que te mantengas alejado de mí. —Habiendo dicho esto, se dio la vuelta y se alejó sendero abajo, con los puños apretados a ambos lados del cuerpo.

A Stephen le ardía la cara en el lugar donde la mano de Hayley le había dejado la marca de la bofetada, pero aquel escozor no era nada comparado con el terrible dolor que se le clavaba en lo más profundo de su alma. Sintió como si, de repente, se le hubieran secado las entrañas y se moría por dentro cuando se dio cuenta de que acababa de cometer un terrible e imperdonable error. Tras pasar sólo dos semanas en Londres, rodeado de sus colegas superficiales e interesados, se había olvidado de que realmente existía gente como Hayley.

Le había mirado como si le odiara. Y no la podía culpar por ello. Él también se odiaba a sí mismo.

Inmovilizado por la angustia, la miró fijamente mientras se alejaba.

Y contempló cómo Hayley salía de su vida, para siempre.

26

Hayley estaba tan enfadada, tan desilusionada, tan profundamente dolida que no se fijó en adónde iba. Lo único que quería era alejarse de Stephen lo antes posible. Avanzó con paso airado por un sendero del jardín, echando pestes contra Stephen, hasta que sintió que la cabeza le iba a estallar. De todos modos, estaba contenta de sentir rabia. Le impedía tirarse al suelo, hacerse un ovillo y sumirse en la humillación y la autocompasión.

Tras varios minutos, bajó el ritmo y miró alrededor.

No tenía ni idea de dónde estaba.

Se encontraba rodeada por altos setos. Estiró el cuello y vio las luces de la mansión parpadeando a lo lejos. En plena tempestad emocional, se había alejado bastante del edificio. Divisando un banco de mármol a unos metros, agradeció poderse sentar un rato. No estaba en absoluto preparada para volver a la fiesta.

De hecho, tras pensarlo momentáneamente, decidió que no volvería a la fiesta. ¿Para qué exponerse a la humillante posibilidad de volverse a encontrar con Stephen? Y no le apetecía nada hablar con Victoria. ¿Qué iba a decirle? Apenas podía soportar pensar en las cosas tan odiosas que le había dicho Stephen, y no digamos repetirlas.

Hundió la cara en las manos, profundamente avergonzada. «¡Dios mío! ¡Qué estúpida he sido!» Creía estar enamorada de Stephen, pero, ¿cómo podía estarlo cuando era evidente que no le conocía? El hombre de quien estaba enamorada nunca se habría comportado como aquel frío y amargado desconocido del jardín. «No permitiré que me destruya. Es un mentiroso indigno de mi confianza y de mi amor. Tengo una familia a quien querer, una familia que me quiere y que me necesita.»

Pero, por mucho que lo intentó, Hayley no pudo evitar que las lágrimas le inundaran los ojos y le resbalaran por las mejillas. Lágrimas inútiles y desesperadas por un espejismo, un mero producto de su imaginación, un hombre a quien había amado durante un breve período de tiempo.

Un hombre que, en realidad, no existía.

Casi todos los invitados estaban bailando o conversando. El champán y el brandy fluían a borbotones, y más de la mitad de los presentes estaba cerca de la embriaguez. Una figura solitaria recorrió el salón de baile y se coló disimuladamente por las puertaventanas que daban al jardín. Andando a paso ligero y con la cabeza gacha, se adentró en el jardín. «Pronto estarás muerto, canalla. Entonces todo será mío, como siempre debería haber sido.»

Stephen se quedó mirando fijamente a la oscuridad durante un buen rato después de que Hayley desapareciera en la distancia. Tenía las entrañas en carne viva, los nervios destrozados, el alma dolorida. Aunque llegara a vivir cien años, jamás olvidaría la expresión de profunda desilusión del rostro de Hayley. Ni su última mirada llena de desprecio.

Sumido en sus martirizantes pensamientos, al final empezó a descender por un sendero, girando en la dirección contraria adonde se encontraba la mansión. Casi era la hora en que tenía que encontrarse con Justin, pero necesitaba unos minutos para recomponerse y calmarse. Divisó un banco de mármol y decidió sentarse un rato. Cerrando los ojos con fuerza, intentó, sin éxito, borrar la imagen de Hayley de su mente.

¿Cómo diablos habían contactado Victoria y Hayley? ¿Estaba Justin involucrado de algún modo? Stephen no tenía ni idea, pero estaba dispuesto a averiguarlo antes de que acabara la noche. La mirada desconcertada de Hayley irrumpió súbitamente en sus pensamientos, y él dejó caer su martilleante cabeza sobre las palmas de las manos.

—Hola, Stephen —dijo una voz procedente de la oscuridad.

Stephen levantó la cabeza y miró hacia las sombras. Se le acercó una figura. Todo su cuerpo se quedó completamente inmóvil cuando vio la pistola apuntándole al centro del pecho.

El nerviosismo de Justin crecía con cada minuto que pasaba. Stephen llegaba tarde. La trampa estaba tendida, los agentes de la ley, en sus puestos, pero no había ni rastro de Stephen en la oscuridad del jardín. Pasaron cinco minutos más, pero el sendero del jardín seguía en silencio y desierto. El pulso de Justin empezó a latir con más fuerza, y un terror creciente e implacable se adueñó de él.

«¡Maldita sea, Stephen! ¿Dónde diablos te has metido?»

Stephen miró fijamente el arma que le apuntaba y luego alzó la mirada lentamente. Unos ojillos llenos de odio lo miraban fijamente. Supuso que debería estar sorprendido, pero, en lugar de ello, sintió un raro distanciamiento, como si, en cierto modo, estuviera observando la escena desde lejos. Como si fuese el espectador de una extraña escena de una obra macabra.

—Debo decir que esto no es exactamente lo que me esperaba —comentó en tono neutro. Miró el arma—. ¿Quizá podrías tomarte la molestia de explicarme por qué estás apuntándome con esa pistola? O mejor, ¿tal vez podrías tomarte la molestia de apuntar a algún otro lugar?

Los finos labios de la funesta figura esbozaron una maliciosa sonrisa.

—Me gusta apuntar adonde estoy apuntando. Y, en lo que respecta a por qué te estoy apuntando, es obvio. Voy a matarte.

—Entiendo. —Stephen calculó rápidamente la distancia que los separaba y concluyó que no podría cogerle el arma sin que le disparara antes.

—No te recomiendo que intentes desarmarme. Soy una excelente tiradora. Serías hombre muerto antes de tocarme.

—¿Ah, sí? —dijo Stephen arrastrando la voz—. No tenía ni idea de que fueras tan buena con las armas, pero creo que tu seguridad en ti misma es infundada. Ya me has disparado varias veces y has fallado.

—No fui yo, estúpido. —Cada palabra era veneno puro—. Esos idiotas que contraté lo hicieron todo mal. Por eso he decidido hacerlo con mis propias manos. Así estaré segura de que estás bien muerto.

Stephen miró teatralmente a su alrededor.

—¿Y dónde está mi querido hermano? Venga, Gregory, sal de tu escondrijo. ¿Te has escondido entre los setos?

Una carcajada llena de amargura rasgó el aire.

—Tu hermano no es más que un parásito borracho que vive a mi costa. No tiene suficiente cerebro pata matar a nadie.

—Entonces, ¿no estás haciendo esto por él? —Stephen la observaba atentamente, esperando una oportunidad para desarmarla.

Ella lo miró como si se hubiera vuelto loco.

—¿Por qué iba hacer algo por Gregory? Le detesto. Esto lo hago por mí. ¡Sólo por mí! Cuando hayas muerto, Gregory heredará el título y las propiedades y yo me convertiré en marquesa. Y, cuando muera tu padre, también seré duquesa. Los miembros de la alta sociedad dejarán de despreciarme y rechazarme como la molesta, poco agraciada, tímida e insignificante mujer del segundo hijo de un duque.

Dirigió a Stephen una mirada fulminante y llena de odio mientras le temblaba la voz de pura rabia.

—Me convertiré en la reina de la ciudad. Todo el mundo buscará mi compañía, mendigará mi favor. Nadie me ignorará ni me despreciará. Nunca volveré a tener que pasar por la humillación de ser la fea esposa de Gregory, una mujer de quien compadecerse. Tendré poder e influencias. —Sus ojos se achinaron hasta convertirse en sendas ranuras—. Y no me veré obligada a soportar más la indiferencia de Gregory. En lugar de ello, tendré multitud de amantes, todos ellos disputándose mis favores, deseosos de complacerme.

Stephen se dio cuenta de que tendría más probabilidades de salir con vida si la hacía hablar.

—Dime, Melissa, si ansiabas tan vehementemente un título, ¿por qué no te casaste con un hombre que ostentara uno? ¿Por qué te conformaste con Gregory?

—No tuve otra elección. Mi padre arregló mi matrimonio. Al principio, estaba profundamente feliz, encantada de poder escapar por fin de mi familia. ¿No sabías que tengo tres hermanas mayores?

—No —respondió Stephen negando con la cabeza.

—Claro que no lo sabías. Nadie lo sabe. Nadie pierde el tiempo hablando conmigo. No soy guapa. No tengo una portentosa inteligencia ni ningún don para la música. Soy fea y patosa y tímida y, por lo tanto, fácilmente despreciable. Insignificante. —Miró a Stephen con ojos brillantes—. Mis tres hermanas son muy guapas. Guapas y con mucho talento. Los hombres se arremolinaban en torno a ellas y mis padres les organizaron maravillosas puestas de largo y abrieron la casa a multitud de pretendientes. Todas pudieron elegir un buen partido.

Melissa hizo una breve pausa para coger aire y luego prosiguió.

—Me han ignorado, apartado, aplastado, ridiculizado y ocultado durante toda la vida. Creía que mi vida iba a cambiar cuando me casé con Gregory, pero todavía empeoró más. Yo ya sabía que él sólo se había casado conmigo por mi dinero, pero esperaba... —Su voz se fue desvaneciendo y a Stephen le pareció detectar el brillo de las lágrimas en sus ojos. Pero, cuando prosiguió con su discurso, su tono de voz era tan duro como el granito—. Gregory me desprecia y aprovecha cualquier oportunidad para demostrármelo. Me humilla pavoneándose con sus mujeres ante mis narices, como si yo no pintara nada, como si no fuera nadie. Me habría gustado tener un hijo, pero tu hermano ni siquiera me toca. —Dio un paso adelante—. Ha cometido un error. Todos habéis cometido un error. Y, después de esta noche, todo lo que siempre he deseado, todo lo que siempre me ha sido negado, todo cuanto merezco, será mío. —Cogió la pistola con ambas manos y la niveló con el pecho de Stephen.

Stephen se quedó completamente inmóvil, curiosamente con la mente en blanco. Melissa estaba demasiado lejos para desarmarla y lo bastante cerca como para acertar el tiro si tenía tan buena puntería como ella decía. Stephen se dio cuenta de que el pulso de su inminente verdugo era perfectamente estable.

—¿Quieres decir tus últimas palabras? —dijo la mujer teatralmente.

De repente, a Stephen le asaltó la imagen de Hayley. Ella era lo único bueno que le había pasado en toda la vida, y la había perdido para siempre. La idea de luchar por su vida, una vida vacua y carente de sentido, le llenó de resignado agotamiento. ¿Para qué luchar por una vida que no merecía la pena vivir?

Stephen esbozó una amarga semisonrisa.

—Espero que los títulos y el prestigio te hagan más feliz de lo que me han hecho a mí.

Melissa le apuntó al corazón.

—Adiós, Stephen —dijo educadamente, con el mismo tono que podría haber empleado para preguntarle si quería una taza de té.

Y luego apretó el gatillo.

27

Hayley se levantó del banco e inició el largo paseo de vuelta a la mansión. Llevaba andando varios minutos cuando oyó unas voces apagadas a lo lejos. Al principio, no les prestó atención, sintiendo sólo una ligera irritación por la posibilidad de cruzarse con alguien y verse forzada a mantener una conversación, algo que, desde luego, no le apetecía lo más mínimo. Lo único que quería era irse de aquella horrible fiesta y volver a Halstead lo antes posible.

Aceleró el paso, esperando que las personas que estaban conversando no se percataran de su presencia. Pero, conforme se iba acercando a ellas, varias palabras inconexas llegaron a sus oídos: «Esperaba... Molestia... Pistola... Obvio... Matarte...»

La palabra «matarte» la hizo aminorar la marcha. Se detuvo, aguzando el oído. Las voces venían del otro lado del seto. Se acercó un poco más al seto y se dio cuenta de que una voz era de mujer y la otra de hombre. Sus ojos se abrieron de par en par cuando volvió a oír hablar al hombre: «¿Y dónde está mi querido hermano? Venga, Gregory, sal de tu escondrijo. ¿Te has ocultado entre los setos?»

Hayley reconoció de inmediato la voz de Stephen. Se agachó, miró entre las ramas del seto y observó atentamente intentando ver algo en la oscuridad. Stephen estaba sentado en un banco, a unos seis metros de ella. Hablaba con una mujer que se encontraba de espaldas a Hayley.

Escuchó atentamente la conversación, aumentando su

horror a cada segundo que pasaba. «¡Dios mío! Si no hago algo, esa mujer va a disparar a Stephen.» Se puso de pie y miró alrededor completamente desesperada. La casa estaba demasiados lejos para ir a pedir ayuda. Aquella loca podía apretar el gatillo en cualquier momento. Procuró respirar más pausadamente y mantener la calma mientras se rompía la cabeza intentando idear un plan. Al volver a mirar a través del seto, vio a la mujer nivelando la pistola con el pecho de Stephen.

—¿Quieres decir tus últimas palabras? —dijo la mujer teatralmente.

Hayley respiró hondo y pensó: «Ahora o nunca.»

Y se lanzó contra el seto.

—¡Uf!

Hayley no volvió a exhalar hasta que aterrizó sobre el césped, encima de la mujer. La fría pistola salió despedida cuando ambas chocaron contra el suelo. La mujer se quejó e intentó moverse, pero Hayley la retuvo.

—Quíteme las manos de encima —gritó la mujer, intentando zafarse de ella.

—No pienso hacerlo —dijo Hayley apretando los dientes. Se sentó sobre la espalda de su prisionera, y le aplastó los hombros contra el suelo con ambos brazos. Miró a su alrededor y sintió un gran alivio al ver la pistola en el suelo a varios metros. Su mirada se desplazó hasta el banco donde estaba sentado Stephen, y se le paró el corazón.

Stephen estaba estirado en el suelo, inmóvil, boca abajo.

—¡No! ¡Dios mío, no! —Su angustiosa súplica retumbó en el silencio de la noche. Se olvidó inmediatamente de la mujer que tenía debajo. Se levantó de un salto y corrió junto a Stephen. Arrodillándose, le dio la vuelta con suavidad y emitió un grito sofocado. Stephen tenía la cara cubierta de sangre y una herida en la sien que le sangraba profusamente. Hayley percibió un fuerte olor metálico. Temerosa incluso de respirar, le puso una mano en el pecho y casi se desmayó del alivio al sentir el latido del corazón bajo la palma—. Stephen, Dios mío, ¿me oyes? —Le tocó suavemente la cara con dedos temblorosos. Él escudriñó su rostro por un instante y luego cerró lentamente los ojos—: ¡Stephen! —gritó Hayley en tono desgarrador. Con el rabillo del ojo, captó un movimiento. Miró a su alrededor y vio a la loca avanzando hacia ella mientras se sacaba una pequeña pistola de entre los pliegues de la falda. Una negra oleada de odio, que no se parecía a nada de lo que Hayley había sentido antes, se adueñó completamente de ella. Dejó con sumo cuidado la cabeza de Stephen en el suelo y luego se levantó y se encaró a la mujer que se le estaba acercando.

—No sé quién es usted, pero ha cometido un grave error —dijo la mujer, mientras seguía avanzando hacia ellos, deteniéndose a poco más de un metro. Y volvió a apuntar con la pistola a Stephen.

Hayley no dudó ni un momento. Se lanzó contra la mujer, empujándola hacia atrás con todas sus fuerzas. La estatura de Hayley, combinada con su rabia, derrumbó a la mujer, que acabó tumbada boca arriba sobre el césped, desarmada de nuevo y completamente aturdida. Cogiendo la pistola del suelo, Hayley se le acercó y la apuntó desde arriba, dispuesta a apretar el gatillo si fuera necesario.

Se oyeron gritos y el ruido de pasos corriendo detrás de Hayley. Una distracción momentánea la hizo apartar la vista de la loca durante una fracción de segundo.

Fue suficiente.

La mujer se arrojó sobre Hayley, a la que cogió desprevenida. Hayley cayó al suelo y la pistola salió despedida de su mano, volando por los aires. La mujer intentó desesperadamente hacerse con el arma, cogiéndola al vuelo por la empuñadura. Riéndose triunfalmente, empuñó la pistola y apuntó al pecho de Hayley.

El ruido del disparo retumbó en el silencio de la noche.

Justin atravesó el seto, jadeando, e inspeccionó visualmente sus alrededores. Contempló la escena que tenía delante y se le heló la sangre en las venas. Había una mujer tirada en el césped, cubierta de sangre. Otra mujer estaba sentada a pocos metros con la cara hundida en las palmas. También había un hombre en el suelo, medio oculto tras un banco de mármol.

—¿Qué ha ocurrido? —preguntó a Weston, el agente de la ley que se encontraba arrodillado junto a una de las mujeres.

—Está muerta —informó él sin el menor atisbo de emoción en la voz.

Justin se arrodilló junto a Weston y miró el rostro de la mujer muerta.

—¡Santo Dios! —susurró, consternado. Miró a la otra mujer y luego la volvió a mirar para cerciorarse. Los ojos casi se le salen de las órbitas—. ¿Señorita Albright? —No se habría quedado más helado si se le hubiera aparecido la mismísima Virgen María—. ¿Qué diablos está haciendo usted aquí? —Luego volvió a dirigirse a Weston—. ¿Qué ha pasado?

Antes de que ninguno de los dos pudiera responder, Nellis, el otro agente de la ley, chilló:

—Es lord Glenfield. Le han disparado.

Justin se levantó de un salto y corrió hasta donde estaba Nellis. Echó una mirada al rostro ensangrentado de Stephen y le dio un vuelco el corazón.

—¿Está vivo?

—Sí, pero debe verlo un médico sin tardanza.

—Vaya a buscar al doctor Goodwin, es uno de los invitados de la fiesta —ordenó a Nellis, quien se fue corriendo a cumplir el mandato. Justin se quitó rápidamente la chaqueta y se la puso encima a Stephen, rogando a Dios que su amigo sobreviviera.

A poco más de un metro, Hayley se puso en pie temblando y se apartó el pelo de los ojos. Vio a la mujer en el suelo y a un hombre arrodillado junto a ella. El hombre se levantó y se acercó a Hayley.

—¿Está muerta? —susurró Hayley. Un escalofrío le recorrió la espalda.

—Lo está —asintió el hombre.

—Le ha disparado usted —dijo Hayley. Luego respiró hondo y tragó saliva, mientras se echaba a temblar—. Me ha salvado la vida —añadió con un hilo de voz—. Gracias.

—No se merecen, ¿señorita...?

—Albright. Hayley Albright.

—Yo me llamo Weston —dijo amablemente. Tomándola del brazo, añadió—: ¿Por qué no me deja que la acompañe hasta la mansión, señorita Albright, y...?

—No. —Hayley negó con la cabeza y se volvió hacia Stephen—. Quiero quedarme. —Se soltó del brazo de Weston y se acercó a Stephen, arrodillándose junto a él—. ¿Está vivo? —preguntó a Justin, aterrada por la posible respuesta.

Justin la miró.

—Sí. Parece que todavía le queda un atisbo de vida.

En aquel momento llegó el médico, seguido casi inmediatamente de Victoria y otro hombre. En vista de su parecido con Stephen, Hayley supuso que era su hermano, Gregory, el esposo de la loca. El médico empezó inmediatamente a explorar a Stephen, y Justin abrazó a Victoria contra su pecho.

Gregory miró a su esposa muerta y se quedó lívido.

—¿Qué diablos ha pasado aquí? —preguntó con voz trémula.

—Eso es lo que vamos a esclarecer —dijo Weston con serenidad. Ordenó a Nellis que mandara a los invitados de vuelta a la mansión y que llamara al juez. Mientras Nellis cumplía sus órdenes, el resto del grupo se separó del médico para dejarle trabajar.

Weston preguntó a Hayley qué había pasado en el jardín, y ella relató con claridad lo ocurrido. Todos la escucharon, con expresión de consternación en sus rostros. Cuando hubo acabado, Weston prosiguió con el relato.

—Oí voces al otro lado del seto. Miré a través del seto y

vi a lady Melissa apuntando a la señorita Albright con una pistola. Apunté a través del seto y disparé. —Su mirada se desplazó hasta el cuerpo muerto que había estirado sobre el césped—. Atravesé el seto, seguido de lord Blakmoor y de Nellis. Encontramos a lady Melissa muerta, a la señorita Albright conmocionada y a lord Glenfield malherido.

—No me lo puedo creer —musitó Gregory negando repetidamente con la cabeza con expresión atormentada.

Victoria se volvió hacia Hayley con los ojos llenos de lágrimas.

—¿Cómo podremos agradecérselo? —le preguntó con voz trémula—. Le ha salvado la vida a Stephen. Otra vez.

—Ruego a Dios que así sea —susurró Hayley con voz entrecortada—. Ruego a Dios que así sea.

Hayley estaba mirando fijamente por la ventana del salón, observando cómo el cielo se aclaraba con la llegada del amanecer. Hacía una hora que el médico había dicho que Stephen sobreviviría. La bala sólo le había rozado, pero había perdido mucha sangre, de ahí su prolongada pérdida de conciencia. Su familia había ido a verlo a su alcoba, pero Hayley se había quedado en el salón, a pesar de la invitación de Victoria para que los acompañara. Ella no era un miembro de la familia y además prefería estar sola.

Notó que alguien le tocaba la espalda y se volvió. Victoria estaba a su lado.

—Acabo de estar en la habitación de Stephen —le dijo.

—¿Cómo está?

—Está durmiendo. El médico le ha dado láudano.

Hayley apretó fuertemente los ojos y exhaló aliviada.

—Gracias a Dios.

Victoria sonrió.

—Gracias a usted. Estaría muerto si no hubiera sido por usted.

Hayley miró hacia abajo mientras sus dedos jugueteaban nerviosamente con los pliegues de su vestido marrón. Se había traído una muda de ropa porque había planeado quedarse a allí a dormir tras la fiesta.

—Gracias por su hospitalidad, pero realmente debo volver a casa.

—No puede pensar en marcharse ahora. Está amaneciendo y no ha dormido nada.

—Debo volver con mi familia. —«¡Necesito salir de aquí!»

Victoria le dirigió una penetrante mirada, pero Hayley se mantuvo en sus trece. Al final, Victoria dijo:

—Si es eso lo que desea... Pero ¿no quiere ver a Stephen? Todos los demás han ido a ver cómo está.

—No —contestó Hayley enseguida, negando con la cabeza. No es necesario.

Una expresión de preocupación y extrañeza se dibujó en el rostro de Victoria.

—¿Por qué no quiere verle? ¿Ha pasado algo en el jardín que no me haya explicado?

Hayley bajó los ojos y miró fijamente la alfombra. «Soy el marqués de Glenfield... No tengo el deseo ni la intención de proseguir esta discusión. Cualquier relación que hayamos podido tener es cosa del pasado.» Hayley parpadeó para contener las lágrimas que amenazaban con aflorar a borbotones.

—No. No ha pasado nada.

—Vaya a verle —insistió Victoria, estrechando las manos de Hayley entre las suyas—. Él la necesita.

«Ojalá fuera cierto.»

—No, no me necesita.

—Sí que la necesita, Hayley. Y usted lo sabe. Venga. La acompaño.

De pie junto a la cama, mirando a Stephen desde arriba, Hayley tuvo la extraña sensación de que se repetía la historia. Él llevaba un vendaje blanco alrededor de la cabeza parcialmente cubierto por un mechón de pelo negro. Sus rasgos, relajados; su respiración, regular. Tenía exactamente el mismo aspecto que el hombre que ella había rescatado y cuidado en su casa. «¿Sólo fue hace unas pocas semanas? Parece que haya transcurrido toda una vida.»

En menos de un mes todo su mundo había cambiado, elevándola a las alturas del éxtasis sólo para hundirla en las profundidades de la desesperación. Se había enamorado profunda, loca y perdidamente de un completo extraño, un hombre que había descubierto que no conocía en absoluto, un hombre que aquella noche le había dejado tan claro como el agua que ella no significaba nada para él y que no quería tener nada que ver con ella. «Si fueras la persona que yo creía que eras, un simple tutor, un hombre sin familia que me necesitaba, me quería y me deseaba, como yo te deseaba, te quería y te necesitaba a ti...» Se le escapó una sola lágrima que le resbaló lentamente por la mejilla. «No desees lo que no puedes tener.»

Hayley se dio media vuelta y se dirigió a la puerta. Se detuvo momentáneamente en el umbral y observó al hombre que yacía en aquella cama. Lamentó profundamente la pérdida de Stephen Barrettson, el hombre de quien se había enamorado. Y deseó una larga y feliz vida al marqués de Glenfield, fuera quien fuese.

Luego cerró silenciosamente la puerta tras de sí.

28

Tuvo que pasar una semana entera para que Hayley empezara a volver a ser la misma de antes. Por fin, aunque no se encontrara exactamente bien, por lo menos, no se encontraba tan francamente mal. Todavía le dolía el pecho cuando pensaba en Stephen, pero había tomado la firme determinación de quitárselo de la cabeza.

Afortunadamente, tenía muchas cosas con que mantenerse ocupada, la más importante de la cuales era el séptimo cumpleaños de Callie. Hayley se complicó bastante la vida organizando la fiesta, en parte porque quería que aquél fuera un día memorable para Callie, pero también porque aquella celebración le proporcionaba algo en que centrarse. La familia al completo estaba sumamente ajetreada haciendo regalos y buscando lugares ingeniosos donde ocultarlos de los curiosos ojos de Callie.

—No encuentro ninguno de mis regalos —se quejó Callie el día antes de la fiesta.

—Se supone que no tienes que encontrarlos —le contestó Hayley con una sonrisa—. No habrá regalos hasta mañana.

—He buscado por todas partes. Hasta en el cuarto de Winston. —Callie se acercó a Hayley y le susurró al oído—: Tiene dibujos de señoritas medio desnudas debajo de la cama.

La sonrisa de Hayley se esfumó.

—Callie, es de mala educación meter las narices en las cosas de otras personas. Estoy segura de que esas señoritas son, ejem... amigas de Winston.

—No, no lo creo. Parecen malas y...

—¿Por qué no vas a buscar a Pamela y a los chicos y bañáis a *Winky*, *Pinky* y *Stinky*? —sugirió Hayley en un intento desesperado de cambiar de tema de conversación—. No podrán asistir a tu fiesta si van así de sucios.

—Desde luego que no —asintió Callie, cambiando de foco de atención—. Sobre todo *Stinky*.

Al cabo de menos de media hora, los Albright bajaron en masa al lago, cargados con cubos y jabón. Silbaron para llamar a los perros y, en cuestión de segundos, las tres inmensas bestias salieron del bosque a toda velocidad. Los chicos llenaron los cubos y tiraron agua sobre los perros mientras éstos corrían de aquí para allá.

Winky, Pinky y *Stinky* conocían muy bien el juego y, moviendo las colas y ladrando ruidosamente, se lanzaban contra el agua, intentando coger al vuelo la espuma. Todo el mundo estaba riendo, sin aliento y empapado, cuando una voz masculina irrumpió en la algarabía.

—Parece ser que siempre encuentro a las damas Albright en las situaciones más sorprendentes cada vez que se me ocurre venir sin avisar.

Todo el mundo se volvió hacia la voz. Marshall Wentbridge estaba de pie a unos seis metros, con una amplia sonrisa.

El rostro de Pamela se tiñó de un rojo intenso mientras dirigía a Hayley una mirada de angustiado bochorno.

—Hola, Marshall —gritó Hayley, saludándole con la mano. Luego guiñó rápidamente el ojo a Pamela y añadió—: ¿Le gustaría unirse a nosotros?

Marshall se acercó, quitándose la chaqueta mientras caminaba, con los ojos clavados en Pamela. Tras dejar la chaqueta en la hierba, se sumergió en el agua hasta las rodillas sin dudarlo ni un momento.

—¿Qué hago? —preguntó con una maliciosa sonrisa en su atractivo rostro.

Hayley le lanzó un trapo mojado, que se estrelló contra la camisa de Marshall, mojándosela.

—Coja un perro, cualquier perro, e intente lavarlo—. Le hizo un gesto jovial con la mano—. Buena suerte.

A los seis les costó más de una hora encontrar alguna mejoría en el aspecto de los perros. En cuanto conseguían coger a un perro y lavarlo, la maldita bestia corría al bosque y regresaba cubierta otra vez de barro y hojas secas.

Pero, por fin, los animales se tranquilizaron y, entre risas y bromas, los Albright lograron bañarlos con la impagable ayuda de Marshall. En cuanto concluyeron, Hayley envió a Callie y a los chicos por delante para que se lavaran y se cambiaran de ropa. Se agachó para recoger los cubos y el poco jabón que había sobrado y, cuando se levantó, vio a Pamela y a Marshall muy cerca el uno del otro, cogidos de la mano. Hayley enseguida apartó la mirada, sin querer interrumpir un momento tan íntimo.

Se apresuró a recoger el resto de los utensilios y, cuando se disponía a volver a casa, se le acercaron Pamela y Marshall. Hayley no pudo evitar fijarse en la expresión radiante de sus rostros y en que iban cogidos de la mano.

Tuvo que hacer un esfuerzo para contener la risa al contemplar el aspecto desaliñado de Marshall. Tenía una pinta de lo más impropia de un médico. Se preguntó qué pensarían sus colegas del Ilustre Colegio de Médicos si le vieran en aquel estado.

—Ha sido muy amable de su parte ayudarnos a bañar a los perros —dijo Hayley con una sonrisa.

Marshall sonrió.

—Hacía tiempo que no me lo pasaba tan bien.

Hayley volvió a coger los cubos que había depositado puntualmente en el suelo.

—Bueno, si me disculpan, ahora soy yo la que necesito desesperadamente bañarme.

—Si no le importa —se apresuró a decir Marshall—, me gustaría hablar un rato con usted.

Volviendo a dejar los cubos en el suelo, Hayley le dedicó toda su atención.

—Por supuesto que no me importa, Marshall. Usted dirá.

Marshall carraspeó varias veces.

—Bueno, ejem, en ausencia de una madre o un padre de familia, y puesto que usted es la adulta que lleva la casa... —Se detuvo a media frase, ruborizándose un poco más con cada minuto que pasaba—. Bueno, siendo ésa la situación, creo que usted debe ser la primera en saber que le acabo de pedir a Pamela que se case. Conmigo. —Volvió a carraspear.

Hayley tuvo que hacer un gran esfuerzo por mantener una expresión de seriedad acorde con la solemnidad de la situación. Allí estaban los dos, con aquel aspecto tan desaliñado, fuertemente cogidos de la mano y con el amor reflejándose ostensiblemente en sus radiantes rostros. Se volvió hacia Pamela.

—¿Quieres casarte con Marshall, Pamela? —preguntó Hayley en lo que esperaba que pareciera un tono serio.

Pamela asintió tan enérgicamente que Hayley temió que se fuera a marear.

—Oh, sí.

Luego Hayley se volvió hacia Marshall:

—¿Por qué quiere casarse con mi hermana?

—Porque la quiero —dijo sin dudar—. Quiero compartir mi vida con ella. Quiero que sea mi esposa.

Hayley sonrió.

—Eso es cuanto necesito saber. —Se acercó y los abrazó a ambos a la vez—. Estoy muy contenta por los dos —dijo, conteniendo las lágrimas. «Todo cuanto quería para ella se está haciendo realidad.» Frotándose los ojos, Hayley añadió con una risita—: Estaba pensando, Pamela, que nos hemos gastado una fortuna comprándote vestidos preciosos, y mira en qué momento se le ha ocurrido a Marshall pedirte que te cases con él. Hueles a perro muerto y pareces un gato ahogado.

Pamela se rió y miró a Marshall con ojos radiantes de felicidad, quien la rodeó por la cintura y la apretó contra su costado.

—Pero un gato ahogado muy hermoso —dijo Marshall. Miró al rostro de Pamela, que le observaba emocionada desde abajo y se desvaneció su risa. La miró extasiado y añadió—: Francamente hermoso.

Hayley era lo bastante inteligente como para saber cuándo estaba de más su presencia, y aquél era, sin lugar a dudas, uno de esos momentos. Se apresuró a disculparse y dejó solos a Pamela y a Marshall. Cargada de cubos y trapos, tomó el sendero que llevaba hasta la casa. Justo antes de que el sendero describiera un recodo, miró hacia atrás.

Pamela y Marshall estaban fundidos en un fuerte abrazo y Marshall besaba apasionadamente a su hermana. Hayley se dio la vuelta y reanudó su camino. Sabía lo maravilloso que es y lo dichosa que se siente una mujer cuando el hombre a quien ama la estrecha entre sus brazos.

Agradeció a Dios que la felicidad de Pamela fuera real y no un mero producto de su imaginación.

Más tarde aquel mismo día, Hayley estaba en el jardín, agachada arrancando malas hierbas con desgana. Aquella actividad era demasiado lenta y demasiado solitaria, y propiciaba demasiado fácilmente la introspección. Y Hayley había descubierto que la introspección no le iba bien. Le llevaba sólo a un lugar, siempre al mismo lugar.

Stephen.

Y pensar en Stephen le llevaba siempre al mismo lugar.

La aflicción.

Tras la divertida informalidad de bañar a los perros, arrancar malas hierbas le resultaba demasiado pesado y aburrido. Tal vez escribir la ayudaría a dejar de pensar en las cosas en que no quería pensar. Suspirando, se levantó y se quitó de un tirón los guantes de jardinería.

—Hola, Hayley.

Sobrecogida, se dio la vuelta.

—¡Dios mío, Jeremy, me has dado un buen susto!

Él sonrió.

—Lo siento. Tienes un jardín precioso.

—Gracias. Me encanta la jardinería. —En realidad, apenas soportaba mirar las flores, pero tampoco podía dejarlas morir por falta de cuidados—. ¿Querías hablar conmigo?

—Sí, de hecho, eso es exactamente lo que quería. Hablar contigo. —Le ofreció el codo—. ¿Te apetece dar un paseo?

Hayley dudó un momento y luego se encogió de hombros. Con tal de mantener la mente ocupada, cualquier cosa serviría.

—Está bien. —Dejó los guantes en la cesta y se cogió del brazo de Jeremy.

Pasearon lentamente por el jardín hablando sobre naderías hasta que Jeremy se detuvo. Se volvió hacia Hayley, y ella notó que se estaba poniendo serio por momentos.

—¡Por Dios, Jeremy! Por tu forma de mirarme, parece como si se fuera a acabar el mundo. ¿Va algo mal?

—No, sólo que tengo algo importante que decirte.

—¡Por todos los santos, haz el favor de decírmelo!

Jeremy se soltó de Hayley bruscamente, entrelazó los dedos de ambas manos detrás de la espalda y empezó a andar delante de ella.

—He estado pensando bastante en ti desde mi regreso a Halstead.

Hayley arqueó las cejas en señal de extrañeza.

—¿Ah, sí?

Jeremy asintió, sin reducir el paso.

—Sí, de hecho, también pensé a menudo en ti mientras estaba fuera. —Hizo una pausa y la miró—: Y tú, ¿pensaste también en mí?

«Por supuesto que sí. Tenía ganas de golpearte con una cacerola en la cabeza por haberme abandonado.»

—Sí. A veces.

Él exhaló sonoramente.

—Excelente. Como te decía, desde mi vuelta he estado pensando bastante en ti, o mejor dicho, en nosotros, en cómo fueron las cosas antes de mi partida. Cuando me fui, era considerablemente más joven y bastante inexperto. —Un súbito rubor tiñó las mejillas de Jeremy—. Lo que te quería decir es que ya no soy un chiquillo. Hace tres años, no estaba preparado para asumir la responsabilidad de sacar adelante a toda tu familia. —Se pasó un dedo por el pañuelo que llevaba en el cuello—. Pero creo que ahora sí lo estoy.

Hayley se limitó a mirarlo fijamente.

—No te entiendo.

—Pamela se casará pronto, sobre todo si Marshall Wentbridge no se duerme...

—Le ha pedido que se case con él hoy mismo —interrumpió Hayley—. Y ella ha aceptado.

Una sonrisa triunfal curvó sus labios.

—¡Ya lo decía yo! ¿Lo ves?

—De hecho, no...

—Andrew y Nathan están creciditos y son bastante autosuficientes, y Callie ha dejado de ser un bebé. —Alargó los brazos y los apoyó en los hombros de Hayley—. En otras palabras, lo que tanto me imponía e intimidaba hace tres años ha dejado de imponerme y de intimidarme.

Hayley lo miró fijamente sin entender absolutamente nada.

—¿Qué pretendes decirme?

—Quiero que te cases conmigo.

La expresión de extrañeza de Hayley dio paso a otra de profunda estupefacción.

Jeremy cogió con más fuerza a Hayley por los hombros y la atrajo hacia sí. Inclinándose hacia delante rozó sus labios con los de ella varias veces en una serie de castos besos y luego se retiró.

Los labios de Jeremy se iluminaron con una sonrisa.

—Ya veo por tu expresión que te he sorprendido.

—Me has dejado completamente anonadada —consiguió articular Hayley cuando logró hilvanar varias palabras.

—Pero no te he ofendido, espero.

—No, no me has ofendido —dijo con suma cautela, mientras intentaba ordenar sus caóticos pensamientos—. Sólo me has desconcertado.

Jeremy tomó las frías manos de Hayley y las estrechó entre las suyas.

—Siempre me has importado, Hayley, y tú lo sabes. —Se llevó las manos de Hayley a los labios y le besó fervientemente los dorsos—. No fue hasta que me marché que me di cuenta de lo maravillosa y especial que eres, de lo buena y cariñosa que eres. —La rodeó con ambos brazos y la abrazó fuertemente—. Y tan pura e inocente.

A Hayley se le encendió la cara. «¿Inocente? ¿Pura?» Cerrando los ojos, contuvo algo que estaba a medio camino entre la risa y el llanto. «¡Santo Dios! ¡Menuda ironía! Hace tres años habría dado cualquier cosa por oír esas palabras saliendo de la boca de Jeremy. Pero ahora es demasiado tarde.»

Jeremy quería casarse con una mujer pura e inocente, con una virgen, y tenía todos los motivos para esperar que Hayley lo fuera. «Y yo soy cualquier cosa menos eso.» Su noche de bodas tendría un desenlace dudoso, que probablemente traería la vergüenza y la humillación a ambos. No podía plantearse bajo ningún concepto casarse con él.

Y luego estaba la cuestión de su identidad secreta como H. Tripp. Esa información no sólo escandalizaría a Jeremy, sino que también le haría dudar de su honestidad.

Dando un paso hacia atrás para soltarse del abrazo de Jeremy, Hayley dijo:

—Yo...

Jeremy le tapó los labios delicadamente con la yema de un dedo, deteniendo sus palabras.

—No quiero que me des una respuesta ahora. —Una medio sonrisa arqueó sus labios—. Sobre todo si la respuesta va a ser no. Piensa en ello, Hayley. Podríamos ser muy felices juntos. —Le tocó suavemente la mejilla—. Quiero cuidar de ti.

Hayley cerró los ojos y respiró hondo. Alguien que cuidara de ella. «¡Dios, qué bien suena eso! ¡Qué maravilloso debe de ser que te cuiden! He cuidado de tanta gente durante tanto tiempo... ¿Cómo debe de ser eso de que alguien cuide de ti?»

—Prométeme que pensarás en ello.

¿Cómo no iba a pensar en ello? La proposición de Jeremy era increíblemente tentadora, no algo que descartar de entrada. Sí, era cierto que Hayley había llorado y lo había pasado muy mal por culpa de Jeremy hacía tres años, pero una parte de ella había entendido aquella decisión. Aunque tal vez no estuviera enamorada de él, lo apreciaba y los dos se llevaban bien. «Alguien que me cuide.»

Hayley asintió.

—Te lo prometo. Pensaré en ello.

Volviéndola a atraer hacia sí, Jeremy le besó la mejilla, luego los labios. Hayley intentó sentir algo, cualquier cosa, ante el contacto de los labios de Jeremy, pero no sintió nada. La embargó una profunda decepción, una desesperada necesidad de sentir algo en los brazos de aquel hombre que quería pasar con ella el resto de su vida. «Alguien que me cuide.»

Rodeándole el cuello con los brazos, le pasó los dedos por su recio pelo rubio.

—Bésame —le susurró al oído.

La sorpresa brilló momentáneamente en los ojos de Jeremy, y luego rodeó a Hayley por la cintura con ambos brazos y la besó varias veces antes de separarse de ella.

—Creo que será mejor que paremos —dijo con voz trémula.

—Sí —asintió Hayley intentando ocultar su decepción.

—¿Puedo venir a verte mañana?

—¿Mañana? —repitió ella ausente—. Celebramos la fiesta de cumpleaños de Callie, pero sí, por supuesto. Estaremos encantados de que nos acompañes.

Él le dio un delicado beso en el dorso de la mano.

—Hasta mañana entonces, cariño. —Y se fue, caminando hacia la casa por el sendero del jardín.

En cuanto hubo desaparecido de su vista, Hayley se dejó caer en el banco más cercano y se llevó los dedos a los labios. Había intentado desesperadamente sentir algo, la más leve chispa de pasión, en el beso de Jeremy, pero no lo había conseguido. Había fracasado estrepitosamente.

En comparación con el beso de Stephen, besar a Jeremy había sido tan excitante como besar a una carpa muerta. El beso de Stephen la había dejado sin aliento y anhelando más. El de Jeremy, sólo vagamente aburrida.

Emitiendo un hondo suspiro de autorreproche, Hayley hundió el rostro en las manos. Era injusto comparar a Jeremy con Stephen porque el Stephen de quien ella se había enamorado no existía en realidad. Jeremy era real. Ella sabía que a él sí que le importaba. Quería casarse con ella. Y cuidarla.

«¿Qué diablos voy a hacer?»

29

—¡Maldita sea, Justin? ¿Qué es tan endiabladamente importante para que me arrastres hasta aquí? —preguntó Stephen mientras entraba en el despacho privado de Justin.

—Me alegra verte levantado —comentó Justin.

—No me has dejado otra elección. —Stephen se sirvió una generosa copa de brandy y luego se plantó delante de Justin—. Te lo vuelvo a preguntar. ¿Qué demonios quieres?

Justin negó repetidamente con la cabeza.

—Vaya, vaya. Hoy nos hemos levantado con el pie izquierdo, ¿eh?

—No nos hemos levantado de ninguna forma. Tenemos un horrible dolor de cabeza, una montaña de correspondencia que revisar y ningún tiempo que malgastar haciendo vida social.

—Una pena —dijo Justin, sin asomo de compasión—. Y yo que creía que te encantaría salir de casa. Llevas una semana entera encerrado en tu casa de Londres. Según me ha informado mi personal, ya llevas varios días levantado.

—¿Cómo sabe tu personal lo que pasa en mi casa?

—Uno de los ayudantes de cocina de tu casa es sobrino de la doncella de Victoria.

Stephen se bebió media copa de un trago.

—¡No sabes la alegría que me das!

—Alguien tiene que mantenernos informados —dijo Justin con delicadeza—. No es que estés muy comunicativo que digamos últimamente.

—No tengo nada que contar. He estado trabajando. Hace tres días todavía estaba guardando cama. Como tal vez recuerdes, me dispararon. Y ahora... ¿vas a decirme por qué insististe tanto en que viniera a verte?

—No insistí...

—Insististe —enfatizó Stephen con una mirada fulminante— en que tenías algo muy importante que decirme.

—Siéntate, Stephen.

—No tengo ningunas ganas de sentarme —gritó Stephen—. Limítate a darme la maldita noticia que, por lo visto, tienes que darme y deja que me vaya.

—Muy bien. Es sobre Hayley.

Stephen se quedó helado, con la copa de brandy a medio camino de la boca. Simulando una calma que estaba lejos de sentir, dijo:

—¿Ah, sí?

Justin le alargó un sobre.

—Me lo ha traído un mensajero esta mañana. Lleva esta dirección, pero está dirigido a ti. El mensajero dijo que procedía de una tal señorita Albright de Halstead.

Stephen dejó la copa y cogió el sobre, con el corazón en un puño. La mitad de él deseaba desesperadamente saber qué le había escrito Hayley, pero la otra mitad temía sus palabras, que, sin duda, estarían llenas de rencor. Y justificadamente.

Justin se dirigió hacia la puerta.

—Tienes que saber que sólo una vida entera siendo un caballero me ha impedido abrirla y leerla. Te dejaré un momento de intimidad, pero volveré en breve. No se te ocurra marcharte antes de que vuelva. —Tras decir esas palabras, Justin salió de la habitación.

Stephen miró fijamente el sobre mientras le palpitaba fuertemente el corazón en señal de anticipación y de miedo. Se sentó en una butaca orejera y deslizó un tembloroso dedo bajo la solapa del sobre, rompiendo el precinto lacrado. Abrió el sobre y extrajo una hoja de papel. Miró al techo, respiró hondo y luego bajó la vista y leyó la hoja que tenía delante.

Estimado lord Glenfield,

Espero que se encuentre mejor. Cuando Hayley nos contó que se había hecho daño en la cabeza, me puse muy triste. Dijo que se recuperaría pronto. Eso espero. Nosotros estamos todos bien. Tía Olivia me ayudó a hacerle un vestidito nuevo a la señorita Josephine y ahora está preciosa. Mi cumpleaños es el próximo viernes, día 20, y estamos organizando una fiesta. ¿Se imagina de qué tipo? ¡Una merienda con pastas y té! También habrá pastel, y hemos bañado a *Winky*, *Pinky* y *Stinky* para que puedan venir. Me encantaría que usted viniera. Entonces sería el mejor cumpleaños de toda mi vida. Hayley dice que usted es un importante miembro de la nobleza y que no tiene tiempo para fiestas de cumpleaños. Pero, si usted viene, tal vez Hayley no esté tan triste. El otro día la vi llorar, pero, cuando le pegunté qué le pasaba, me dijo que se le había metido algo en el ojo. Tal vez el señor Popplemore le había dicho algo que la puso triste. Viene a vernos casi cada día. El doctor Wentbridge viene cada día, pero no porque haya alguien enfermo en casa, sino porque se va a casar con Pamela. Winston ha acabado de arreglar el gallinero y ahora está reparando el techo del establo. Grimsley volvió a perder sus gafas, y Pierre las encontró en el estofado. Pierre se enfadó mucho y dijo muchas palabras que yo no entendía, y ahora Grimsley está haciendo un esfuerzo para no quitarse las gafas de la nariz. Andrew y Nathan dicen que esperan que usted se encuentre bien y le echan de menos. También le echa de menos tía Olivia. Ella me ha ayudado a escribir esta carta, un poco. La señorita Josephine y yo le echamos mucho de menos y también le queremos.

Afectuosamente,

CALLIE EUGENIA ALBRIGHT

Cuando Stephen llegó al final de la carta, tenía un enorme nudo en la garganta y los ojos sospechosamente húmedos. «¡El maldito polvo! ¿Por qué Justin no tendrá este asqueroso lugar suficientemente limpio?» Negó con la cabeza y se secó rápidamente los ojos con el dorso de la mano. Debía de haber perdido mucha sangre en su refriega con Melissa. ¿Cómo, si no, se podía explicar que le afectara tanto la carta de una niña?

—¿Qué te ha escrito Hayley? —La voz de Justin interrumpió sus pensamientos.

—Nada.

—Si no me lo quieres contar...

—No, no es eso. No me ha escrito nada, literalmente. La carta no es de Hayley.

—Entonces, ¿de quién es? —preguntó Justin—. El mensajero dijo que procedía de una tal señorita Albright.

—Y así es. Me ha escrito la señorita Callie Albright.

Justin levantó las cejas.

—¿Callie? ¿La niña pequeña? ¿La de la diabólica tortura de las sillas que se quedaban enganchadas a las nalgas y la manía de invitar a todo el mundo a tomar el té?

—Esa misma.

Justin parecía haberse quedado sin palabras.

—Estaba seguro de que...

—Estabas equivocado —le interrumpió Stephen en tono cortante—. Ya te dije cuando hablamos al principio de esta semana que no había ninguna esperanza de que hubiera algo entre Hayley y yo. Me detesta. Es normal que lo haga, después de cómo me fui de Halstead y de las cosas que le dije en el jardín.

—¿Se te ha ocurrido alguna vez disculparte?

—No tiene ningún sentido. Me dijo que no quería volverme a ver nunca más.

Justin le dirigió una mirada penetrante.

—¡Por el amor de Dios, Stephen! Te salvó la vida. Incluso después de que le dijeras esas cosas.

—Habría hecho lo mismo por cualquiera —insistió Stephen con testarudez—. Ella es así: se preocupa por los demás y es absolutamente generosa.

—Sí. Y también estoy seguro de que es comprensiva y compasiva. Y de que sabe perdonar.

—Las cosas que le dije... créeme, son imperdonables. Tú no viste la expresión de su rostro. Me miró como si le diera asco, como quien mira algo que está flotando en el Támesis, y era lo menos que me merecía.

—No viste la expresión de su rostro cuando no sabíamos si sobrevivirías.

Stephen se pasó las manos por el pelo, haciendo una mueca de dolor al palparse la herida de la cabeza. Había dado vueltas a lo ocurrido en el jardín de Justin miles de veces. Era lo único en lo que pensaba. Por su maldita estupidez había perdido a Hayley, para siempre.

Levantándose de la silla, Stephen se sirvió otro brandy y miró por la ventana. El sol brillaba intensamente, bañando a las gentes más distinguidas de Londres de un dorado resplandor mientras paseaban por Hyde Park, pero Stephen no tenía ojos para nadie.

—No se quedó a mi lado, Justin. Tanto tú como Victoria le pedisteis que se quedara, pero ella se marchó.

—No hasta que supo que te recuperarías. Y además tiene una casa entera a su cargo. Tenía que irse.

—Quería irse. Alejarse de mí.

—Tal vez. —Justin le dio la razón—. Pero ¿puedes culparla realmente por eso?

Stephen apuró su copa.

—No. La traté fatal. Te lo he dicho más de una vez. Ella está mejor sin mí.

—Hummm... tal vez tengas razón. Parece ser que un tal Popplemore está pasando bastante tiempo en casa de los Albright. Puesto que Pamela parece estar comprometida y a tía Olivia ya se le ha pasado bastante el arroz, sólo puedo asumir que Hayley es su principal atracción.

Al oír el nombre de Popplemore, Stephen se dio media vuelta desde la ventana. Justin tenía en la mano la carta de Callie y estaba devorando ávidamente su contenido.

—No recuerdo haberte dado permiso para leer mi carta —dijo Stephen con voz gélida.

Justin le dirigió una sonrisa.

—Tienes toda la razón, pero tampoco te lo he pedido. Entonces, ¿quién es ese tal Popplemore? ¿Un pretendiente?

A Stephen le invadieron los celos.

—Un ex pretendiente —espetó.

Justin arqueó las cejas.

—¿Ah, sí? ¿Has dicho «ex»? Parece ser bastante actual según la carta de la pequeña Callie. Dice que les visita casi a diario. Imagínatelo.

—Justin. —La palabra de Stephen contenía un inconfundible tono de aviso.

Justin abrió los ojos de par en par, con expresión de fingida inocencia.

—Me estoy limitando a leer las palabras de la niña. Si ya te va bien que ese tal Popplemore corteje a la mujer que amas, nada más lejos de mi intención que objetar nada ante tu decisión. Es obvio que sabes qué es lo que más te conviene.

Stephen dejó la copa en la mesa de Justin dando un fuerte golpe.

—Por supuesto que lo sé.

Justin agitó la carta en el aire.

—¿Significa eso que no piensas hacer nada al respecto?

Stephen dio un paso adelante y le quitó a Justin de un tirón la carta de la mano.

—No hay nada que pueda hacer.

—De hecho, creo que puedes hacer bastante.

—Déjalo ya, Justin. Es mejor así.

—¿Mejor? ¿Eso crees? ¿Para quién? Según esta carta, Hayley parece bastante triste, y es evidente que tu estás francamente mal...

—No estoy mal...

Se miraron fijamente durante un largo rato.

—Como quieras, Stephen. Pero creo que estás cometiendo una tremenda equivocación.

—Tomo nota.

—En realidad, no es de mi incumbencia. Ya tengo bastante intentando controlar a Victoria para preocuparme de tus asuntos.

—Exactamente.

—Esta esposa mía agotaría la paciencia de un santo, metiendo siempre las narices en todo. Ya sabes cómo se las arregló para conseguir que Hayley viniera a la fiesta...

En aquel momento se oyó un gran estruendo en el otro extremo de la habitación. Stephen y Justin se giraron hacia el lugar de donde procedía el ruido y observaron cómo se abría de par en par una puertecita ubicada en el rincón más alejado del despacho.

Victoria se precipitó de cabeza desde el armario. Dio un grito sofocado y aterrizó sobre la alfombra hecha un ovillo, resoplando sonoramente

—¡Maldita y endeble puerta!

—¡Victoria! —exclamó Justin, corriendo junto a ella—. ¿Te has hecho daño? —Se arrodilló para ayudarla a levantarse, pero Victoria se soltó de sus brazos y se apartó de él.

—¡Suéltame, tú... tú... oooh! —Se puso de rodillas y se apartó el pelo de la cara con impaciencia—. No se te ocurra ponerme las manos encima, canalla. —Con un gran esfuerzo, se puso de pie, respirando entrecortadamente.

Alisándose la falda con gran ímpetu, avanzó pisando fuerte hacia su anonadado esposo y se detuvo justo enfrente de él.

—Conque agotaría la paciencia de un santo, ¿eh? ¿Cómo te atreves a decir algo semejante? ¡Y con todo el descaro! A ver si te enteras de una vez de que no necesitas «controlar» a Victoria. Soy perfectamente capaz de controlarme a mí misma, muchas gracias.

Luego anduvo con paso airado y la cabeza bien alta hacia su hermano.

—¡Y tú! Eres el imbécil más testarudo, obstinado y estúpido que he tenido la desgracia de conocer. —Acompañó cada uno de los insultos con un golpe seco del dedo índice en el centro del pecho de Stephen.

—¡Uy! —Stephen se frotó la piel dolorida y la miró con mala cara. ¿Acaso todas las mujeres que conocía se sentían impelidas a aporrearle el pecho?— Ese hábito tuyo de escuchar detrás de las puertas no es muy propio de una dama que digamos, querida hermanita.

Victoria resopló por la nariz y levantó un poco más la barbilla.

—Es la única forma que tengo de enterarme de algo en esta casa, y debo decir que no doy crédito a mis oídos. No puedo entender que no vayas a explicarte ante Hayley.

—No te debo ninguna explicación, Victoria —dijo Stephen con voz tirante—. Si me disculpáis los dos, debería irme ya. —Dio media vuelta para salir de la habitación.

Victoria lo agarró del brazo y tiró de él con fuerza.

—No hasta que escuches lo que tengo que decirte.

Stephen se detuvo y miró la mano de Victoria sujetándole la manga, luego emitió un largo suspiro.

—Muy bien. Di lo que tengas que decir, pero dilo rápido. Salgo de aquí dentro de exactamente dos minutos.

—Como ya sabes, conozco a Hayley —dijo Victoria sin dudar ni un momento—. Creo que es maravillosa. Es encantadora, inteligente, cariñosa, buena y generosa, pero eso no es lo más importante.

—¿Ah, no? —preguntó Stephen en tono de aburrimiento—. ¿Puedes decirme entonces, por favor, qué consideras más importante?

—Que te quiere.

—Sinceramente, lo dudo.

Victoria se sentía tan frustrada que dio un taconazo de rabia en el suelo.

—¡Por el amor de Dios, Stephen! ¿Cómo puedes ser tan imbécil? Estuvo sentada en esta misma habitación y me dijo que te quería, algo que ya te había dicho a ti. Y, lo que es más, tú la quieres a ella. —Le agitó la manga, pero Stephen guardó un silencio sepulcral—. Puedes negarlo cuanto quieras —prosiguió—. Pero por qué te empeñas en negarlo es algo que a mí se me escapa por completo. Te ha salvado la vida, no una vez sino dos. Se merece mucho más de lo que le has dado. Fuiste feliz con ella durante tu estancia en Halstead. Y cualquiera que tenga dos ojos en la cara puede darse cuenta de que ahora te sientes profundamente desdichado porque la echas de menos. Ve a verla. Habla con ella. Ella vino una vez a ti, pero tú la echaste a patadas. Ahora eres tú quien debe ir a buscarla.

—No quiere verme —musitó Stephen apretando los dientes.

—¿Cómo lo sabes? —dijo Victoria chillando—. ¿Has pensado alguna vez en sus sentimientos? La carta de la niña dice que Hayley está triste. ¿Y qué me dices de ese otro hombre? Ese tal Popple-no-sé-qué. ¿Puedes soportar la idea de que otro hombre la corteje? ¿Que se case con ella? ¿Que le haga el amor?

Victoria alargó el brazo y acarició delicadamente la mejilla de Stephen, aunque habría estado dispuesta a golpearle si hubiera sido necesario.

—¿Cómo puedes permitir que se case con otra persona cuando la deseas tan terriblemente? —le preguntó con ternura—. No te niegues la felicidad, Stephen. Creo sinceramente que, si le explicas por qué te comportaste como lo hiciste, ella te perdonará. El amor es un regalo. No lo rechaces.

Luego se volvió hacia su marido.

—No creas ni por un momento que me he olvidado de lo que acabas de decir sobre mí. Ahora estoy demasiado exhausta por haberme tenido que enfrentar al patán que tengo por hermano. Necesito una reconfortante taza de té antes de enfrentarme al patán que tengo por marido. —Recogiéndose la falda, salió de la habitación cerrando silenciosamente la puerta tras de sí.

Stephen miró fijamente la puerta que se acababa de cerrar.

—Me siento como si me acabara de atropellar un coche de caballos.

—Desde luego. Te ha atropellado, luego ha retrocedido y ha rematado la faena atropellándome a mí.

Stephen se volvió lentamente y se encaró a Justin.

—Tu esposa me ha llamado patán.

—Tu hermana me ha llamado canalla.

—También me ha llamado imbécil.

—Lo eres —dijo Justin con expresión de absoluta seriedad.

—A esa esposa tuya le sobra impertinencia y tiempo libre. Necesita un proyecto o una afición, algo que la mantenga ocupada y, espero, la ayude a mantener la boca cerrada. —Dirigió a Justin una mirada llena de intención—. Tal vez un hijo serviría. Dale a Victoria algo en que ocupar el tiempo aparte de escuchar detrás de las puertas.

—Una excelente sugerencia —dijo Justin, con un brillo malicioso en los ojos—. De hecho, puesto que tú ya te ibas, creo que haré una visita a mi esposa para ayudarla a reponer sus flaqueantes fuerzas de una forma algo más interesante que tomando té. —Se encaminó hacia la puerta—. Tú te ibas, ¿verdad?

Stephen asintió lentamente.

—Sí. Sí, ya me iba. De hecho, tengo muchas cosas que hacer.

—¿Ah, sí? ¿Qué te traes entre manos?

—Parece ser que tengo que hacer algunas compras.

Justin enarcó las cejas.

—¿Compras?

—Sí. Me han invitado a una fiesta de cumpleaños. Y, desde luego, no puedo presentarme con las manos vacías, ¿no crees?

Justin lo miró durante un buen rato, con una gran complicidad. Stephen mantuvo una expresión fingidamente neutra.

—No —dijo al fin Justin, apoyando una mano sobre el hombro de Stephen—. Desde luego, no puedes presentarte con las manos vacías.

30

Al día siguiente por la tarde, Stephen se plantó delante de la casa de los Albright con un paquete en cada mano. Miró fijamente la puerta principal; tenía el estómago revuelto y el corazón en un puño. Todo lo que quería estaba dentro de aquella casa, cosas que no sabía que quería hasta que las había experimentado y luego las había perdido. Tras la reprimenda que le había soltado Victoria, se había dado cuenta de que tenía que ir allí, aunque sólo fuera porque le debía a Hayley una explicación de por qué le había mentido y una disculpa por las cosas tan horribles que le había dicho en el jardín de Justin. Si ella le seguía odiando después de hablar con él, se lo tenía bien merecido. Pero, en su fuero interno, él esperaba y rogaba a Dios un desenlace diferente.

Recolocándose los paquetes envueltos con colores alegres, llamó a la puerta. Al cabo de un rato, la puerta se abrió de par en par. Grimsley estaba de pie en el umbral, con los ojos entornados.

—¿Sí? ¿Quién es? —preguntó el anciano, tocándose nerviosamente la chaqueta y frunciendo el ceño—. ¡Rayos y centellas! ¿Dónde diablos he puesto las gafas?

—Las lleva en la cabeza, Grimsley —dijo Stephen, incapaz de contener una sonrisa. «Dios, cómo me gusta estar de vuelta.»

Grimsley se palpó la cabeza, encontró las gafas y se las puso sobre la nariz. Cuando vio a Stephen, su rostro arrugado se desencajó en una expresión que sólo podía describirse como de repugnancia. Abrió la boca para hablar, pero le acalló un vozarrón que retumbó en los oídos de Stephen.

—¿Quién diablos es y qué diablos quiere? —Winston se asomó al umbral y sus ojos se achinaron hasta convertirse en meras ranuras en cuanto vio a Stephen—. ¡Que me saquen del nido del cuervo y me tiren como carnaza a los peces! ¿No es su asquerosa y santísima señoría?

Stephen notó que se estaba sonrojando ante las duras miradas de ambos sirvientes. Parecía como si todo el mundo con quien se topaba tuviera que darle un fuerte rapapolvo.

—¿Cómo está, Grimsley? ¿Y usted, Winston?

—Estábamos bastante bien hasta que le hemos visto ahí de pie —dijo Grimsley con evidente desdén.

—¿Por qué ha venido? —preguntó Winston—. ¿No le ha hecho ya suficiente daño a la pobre?

A pesar de que Stephen entendía su enfado, no tenía ninguna intención de hablar sobre sus errores allí fuera.

—¿Puedo entrar?

Grimsley frunció los labios como si acabara de probar algo ácido.

—Lo cierto es que no puede. Estamos preparando una fiesta que está a punto de empezar y todo el mundo está muy ocupado. —Empezó a cerrar la puerta.

Stephen introdujo el pie en la abertura.

—Tengo muchas faltas que expiar y no creo que pueda hacerlo si me obligan a quedarme aquí fuera.

Grimsley resopló.

—¿Ha dicho «expiar»?

Winston cruzó sus musculosos brazos llenos de tatuajes sobre el pecho.

—Me gustaría ver cómo lo intenta.

—A mí también me gustaría —dijo Stephen sin alterarse—. ¿Me dejan entrar? —Stephen estaba dispuesto a abrirse paso a empujones si era necesario, pero esperaba fervientemente que eso no fuera necesario. Dudaba mucho que pudiera esquivar a Winston, quien le miraba como si tuviera ganas de masticarlo vivo, escupirlo y enterrarlo en un profundo hoyo.

—No, no puede entrar —dijo Grimsley echando chispas por los ojos—. La señorita Hayley por fin ha dejado de llorar. Ella cree que nadie se ha enterado de lo mal que lo ha pasado, pero conozco a esa chiquilla desde que nació. Ella salvó su despreciable vida, no una, sino dos veces. Le ofreció todo cuanto tenía, pero a usted no le bastaba, ¿verdad? —Los labios de Grimsley se deformaron en una mueca de repugnancia—. Pues bien, ahora tiene un pretendiente como Dios manda. No permitiré que vuelva a hacerla sufrir.

—No tengo ninguna intención de hacerla sufrir —dijo Stephen intentando mantener la calma y haciendo un esfuerzo por ignorar la alusión a «un pretendiente como Dios manda»—. Sólo quiero hablar con ella.

Winston frunció todavía más el ceño.

—¡Sobre mi cadáver! Si hace falta, le sacaré las tripas con mis propias manos. De hecho...

—Ella me quiere —le interrumpió Stephen, esperando que sus tripas no acabaran en las manos de Winston.

—Lo superará.

—Y yo la quiero a ella.

Grimsley contestó a aquella declaración con un elocuente resoplido.

—Tiene una forma de lo más extraña de demostrarlo, mi señoría.

—Espero poder remediarlo.

—¿Cómo?

De algún modo, Stephen consiguió mantener la paciencia.

—Eso es privado, Grimsley.

—Usted lo ha querido. —La puerta empezó a cerrarse de nuevo.

—Está bien. Si deben saberlo, tengo pensado pedirle a Hayley que se case conmigo.

Grimsley parecía sorprendido, pero Winston se mostró aún más sorprendido.

—¿Qué ha dicho?

—Que quiero casarme con ella.

Era evidente que ninguno de los dos hombres esperaba aquel giro de los acontecimientos.

Winston se rascó la cabeza y preguntó:

—¿Por qué?

—Por que la quiero. Estoy enamorado de ella.

—La ha tratado como a un trapo sucio.

—Lo sé. —Cuando Stephen vio que los ojos de Winston se ensombrecían todavía más, añadió—: Pero estaba equivocado, terriblemente equivocado. Y lo siento mucho. —Miró a los dos sirvientes, que estaban de pie como dos centinelas vigilando la puerta—. Les admiro a ambos por su lealtad. Déjenme hablar con ella. Si Hayley me pide que me vaya, les prometo que lo haré sin tardanza.

Winston maldijo para sí y empujó a Grimsley a un lado. Estuvieron susurrando durante un rato y luego volvieron a dirigirse a Stephen. Grimsley carraspeó.

—Hemos decidido que, si realmente la quiere, y la señorita Hayley tiene un corazón tan grande que es capaz de perdonarle, no nos interpondremos en su camino. Ella debe tomar sus propias decisiones.

—Pero, si vuelve a hacerla sufrir —le avisó Winston—, ataré su noble culo al ancla y luego la tiraré al mar.

Dieron un paso atrás y le indicaron con un gesto que podía entrar.

—Gracias. Tienen mi palabra de que no se arrepentirán de haberme dejado entrar.

—Ella se merece lo mejor —dijo Winston en tono malhumorado.

—Tendrá todo cuanto esté en mi poder darle —prometió Stephen solemnemente—. Toda la familia lo tendrá, ustedes dos incluidos.

Los dos hombres parecieron sorprenderse ante aquellas palabras.

—Lo único que queremos es verla feliz —refunfuñó Winston.

—Entonces estamos completamente de acuerdo.

Permanecieron un rato de pie en el vestíbulo, mirándose fijamente entre sí. Luego, en una muestra de camaradería que Stephen nunca antes habría considerado tener con un sirviente, tendió la mano primero a Grimsley y luego a Winston.

Tras estrecharles la mano, Stephen soltó un sonoro suspiro de alivio.

—¿Dónde está Hayley?

—Todo el mundo está en el lago —contestó Grimsley—. Esperamos que estén de vuelta dentro de una hora.

Winston se disculpó, diciendo que tenía cosas que hacer, y Grimsley condujo a Stephen hasta la biblioteca.

—Usted puede esperarles aquí —dijo Grimsley—. Ya le avisaré cuando lleguen.

—Gracias. Dígame una cosa, Grimsley, ¿está el resto de la familia igual de enfadado conmigo?

Grimsley se rascó la barbilla.

—Los niños no lo están, pero ellos no saben que usted le partió el corazón a la señorita Hayley. No puedo hablar por tía Olivia, pero yo no esperaría una cálida bienvenida de la señorita Pamela y, a menos que tenga ganas de que le peguen una patada en sus nobles nalgas o con una cacerola en su cabeza de chorlito, le aconsejo que evite a Pierre.

Stephen disimuló su sorpresa ante las directas palabras del lacayo.

—Entiendo.

Grimsley se dio la vuelta para irse, pero se detuvo en el umbral de la puerta.

—Supongo que nuestras formas poco convencionales debían de ser un tanto violentas para un aristócrata de su nivel.

—Créame, Grimsley, toda la «violencia» que he recibido de manos de los Albright ha sido lo mejor que me ha pasado en la vida.

La mirada gélida y reticente se esfumó del rostro de Grimsley.

—Bueno, va a tener que sudar la gota gorda para conseguir lo que desea. El doctor Wentbridge le propuso en matrimonio a la señorita Pamela y tienen pensado casarse dentro de dos meses. Creo que al señor Popplemore, que me parece que es del tipo impaciente, le gustaría celebrar una boda doble. —Grimsley tosió discretamente sobre la mano y dejó a Stephen solo en la biblioteca.

Stephen anduvo hasta la ventana y miró hacia fuera sin ver nada mientras las palabras de Grimsley resonaban en su cabeza. «O sea que Poppledink es un hombre del tipo impaciente, ¿eh? Va a convertirse en un hombre del tipo magullado y sin dientes si se ha atrevido a ponerle las manos encima a mi mujer.»

Una ráfaga de color captó la atención de Stephen, y enfocó la vista en el sendero que llevaba al lago. Andrew y Nathan salieron de la espesura del bosque, seguidos de la pequeña Callie. *Winky*, *Pinky* y *Stinky*, con un aspecto algo menos asqueroso que la última vez que los había visto, corrían a saltos detrás de los chicos. Luego aparecieron Pamela y el doctor Wentbridge, la mano de Pamela en el brazo de Marshall, quien la miraba con una radiante sonrisa. Incluso desde lejos, Stephen percibió lo felices que parecían. Una sonrisa arqueó sus labios.

Pero la sonrisa se esfumó de su rostro en cuanto vio a Hayley saliendo del bosque, su mano en el pliegue del codo de Jeremy Poppinheel*.

A Stephen le empezó a hervir la sangre cuando vio cómo Jeremy estampaba un rápido beso en la sien de Hayley, y el consecuente rubor en las mejillas de ella. «Voy a arrancarle a ese canalla un miembro detrás de otro. Y sus asquerosos labios serán los primeros de la lista. En Halstead le conocerán como Jeremy el *Sin Labios*.»

Stephen seguía mirando ferozmente por la ventana, pen-

* En inglés, *to pop in* significa «dejarse caer o hacer una visita inesperada», y *heel* significa, entre otras cosas, «canalla». La combinación de ambas palabras vendría a significar: «canalla que se deja caer». La «equivocación» de Stephen contiene cierta nota irónica que no se puede traducir al español. *(N. de la T.)*

sando en formas dolorosas de darle su merecido castigo al hombre que había osado tocar lo que era suyo, cuando la puerta de la biblioteca se abrió de par en par.

—¡Ha venido! ¡Ha venido!

Stephen se volvió y vio a Callie cruzar corriendo la habitación. La pequeña se arrojó a sus brazos y él la levantó y la hizo girar a su alrededor.

—¿Cómo me iba a perder la fiesta de cumpleaños de la anfitriona más distinguida de todo Halstead? —le preguntó con absoluta seriedad—. No me perdería una fiesta con pastas y té organizada por ti en un millón de años.

—Volvió a dejar a la pequeña en el suelo y le tiró cariñosamente de un rizo.

—Les dije que usted vendría —susurró entusiasmada—, pero nadie me creyó. Todos decían que estaba demasiado lejos y demasiado ocupado, pero yo sabía que vendría. —Se abrazó a los muslos de Stephen.

—¡Señor Barrettson! —Nathan corrió hasta Stephen con el rostro rojo a causa de la emoción—. Grimsley me ha dicho que estaba aquí. ¡Vaya sorpresa!

Stephen despeinó al chico con un gesto cariñoso y le devolvió la sonrisa.

—No se llama señor Barrettson, idiota —dijo Andrew en tono mordaz—. Se llama lord Glenfield. —Se volvió hacia Stephen—. Es un placer volverle a ver, milord.

—El placer es mío —dijo Stephen tendiéndole la mano. Andrew sonrió y se la estrechó.

Tía Olivia se unió al grupo, sonrojándose intensamente cuando Stephen le besó la mano con galantería.

—¡Santo Dios! —exclamó con el rostro de un rosa subido—. No sólo es apuesto y encantador, sino encima marqués. Creo que necesito sentarme.

El doctor Wentbridge saludó a Stephen cordialmente, pero Pamela fue mucho más comedida en su saludo, limitándose a inclinar la cabeza ligeramente mientras decía:

—Lord Glenfield.

Jeremy fue igual de circunspecto.

—¿Qué le trae de vuelta por Halstead?

—Callie me invitó a su cumpleaños —contestó Stephen, con los ojos fijos en Hayley, que todavía no le había dirigido la mirada ni la palabra. Su atención parecía centrarse en algo fascinante que había en la alfombra.

Jeremy enarcó las cejas.

—¿Callie le invitó?

Stephen miró puntualmente el rostro de aquel hombre y luego su posesiva mano reposando sobre el codo de Hayley. Si Popplepuss no le quitaba la mano de encima a Hayley pronto, iba a aplastar a aquel indeseable.

—Sí. Callie me invitó. —Se volvió hacia Hayley—. Hola, Hayley.

Hayley seguía mirando fijamente la alfombra.

—Buenas tardes, lord Glenfield.

Callie tomó a Stephen de la mano.

—Venga conmigo. La fiesta está a punto de empezar.

Stephen se dejó guiar por Callie y el resto del grupo los siguió hasta el patio, donde habían preparado una merienda por todo lo alto. Callie presidió la ceremonia, pasando a los invitados bandejas y fuentes de pastas recién salidas del horno y pasteles mientras Hayley servía el té. Stephen le dio a Callie el regalo que le había traído y Callie gritó de alegría cuando abrió el paquete y vio la muñeca que había dentro.

—¡Oh! —exclamó Callie entusiasmada—. ¡Es preciosa! —Abrazó a la muñeca contra su pecho y dio a Stephen un fuerte abrazo—. Gracias, lord Glenfield. La señorita Josephine y yo la querremos siempre. —Acercó los labios a la oreja de Stephen—. Y yo también le quiero a usted.

A Stephen se le hizo un nudo en la garganta.

—De nada, Callie. —Inclinándose hacia la niña, le susurró al oído—: Yo también te quiero, Callie. —La abrazó con fuerza y le invadió una reconfortante alegría. «Dios mío. ¡Qué sensación tan increíble oír esas palabras, decir esas palabras!»

Se reanudó la conversación, desaparecieron las pastas y el

té, y Stephen tuvo la impresión de que todo el mundo estaba hablando al mismo tiempo.

Todo el mundo excepto Hayley.

Ella se limitó a quedarse allí sentada, sin dignarse dirigirle ni siquiera la mirada.

Stephen se unió a la conversación e hizo de tripas corazón para no ponerle mala cara a Poppledard, que parecía no poder quitarle las manos de encima a Hayley.

—Dígame, lord Glenfield —intervino Nathan, mirando a Stephen con admiración—. ¿Cómo es la vida de un marqués?

Stephen meditó sobre la pregunta.

—De hecho, es una vida muy solitaria. —Stephen se recostó en el respaldo de la silla y fijó la mirada en Hayley, que seguía sin mirarle—. Tengo seis feudos y soy responsable del bienestar de cientos de agricultores. Paso gran parte del tiempo visitando mis distintas propiedades. Mis obligaciones me dejan muy poco tiempo para hacer amistades.

—El señor Mallory, quiero decir, el duque de Blackmoor, es amigo suyo —dijo Andrew tras dar un mordisco a una pasta.

—Uno de los escasísimos amigos que tengo. Ahora soy muy afortunado, espero, por poder contar con tu familia entre mis amigos.

Callie, que estaba sentada a la derecha de Stephen, deslizó su manita en la de él.

—Nunca había tenido un «parqués» como amigo —le confió con una sonrisa.

Nathan puso los ojos en blanco en señal de disgusto por el imperdonable error que había cometido su hermana.

—Es un marqués, no un «parqués», Callie.

Stephen apartó puntualmente la mirada de Hayley y sonrió a la encantadora carita de Callie.

—Y yo nunca había tenido una damita tan dulce como amiga. —Luego centró la atención en Pamela y en el doctor Wentbridge, que estaban sentados delante de él—. Me he enterado de que van a contraer matrimonio. Mis felicitaciones a ambos. —El rubor tiñó las mejillas de Pamela.

Volvió a dirigir la mirada a Hayley. Estaba contemplando fijamente su plato, y el rostro se le había puesto pálido como la nieve. Stephen deseaba tanto acercarse a ella, tomarla en brazos y sacarla de allí que tuvo que hacer un gran esfuerzo para quedarse sentado. Sin apartar la mirada de Hayley, dijo:

—Hablando de matrimonio, he estado pensando bastante en ese tema últimamente.

—¿Y qué ha estado pensando, si puede saberse, lord Glenfield? —preguntó Callie.

Con los ojos clavados en Hayley, dijo con dulzura:

—He decidido casarme.

Hayley palideció y cerró los ojos. Acto seguido se puso en pie bruscamente, murmuró algo sobre un terrible dolor de cabeza y salió corriendo de la terraza.

31

Hayley salió corriendo de la terraza como si la persiguiera el mismísimo diablo. Para su profunda vergüenza, era perfectamente consciente de que todo el mundo en la mesa, incluyendo al propio Sephen, se habría dado cuenta de por qué se había ido tan repentinamente, pero no podía soportar de ninguna manera quedarse allí sentada ni un solo instante más.

Él iba a casarse.

Al oír aquellas palabras, Hayley sintió como si le hubieran arrancado las entrañas. Subió corriendo las escaleras, sin detenerse hasta alcanzar el santuario de su alcoba. Se dejó caer en su silla favorita y se cubrió el rostro con las manos, intentando, sin éxito, detener el caudal de lágrimas que resbalaba por sus mejillas.

«¿Por qué? ¿Por qué se ha tenido que presentar aquí? Debería haberle obligado a marcharse por donde ha venido. Debería haberlo echado de casa en cuanto le he visto. Debería haberle echado los perros.» Pero, sabiendo lo feliz que hacía a Callie su presencia, no había tenido el coraje de echarlo. En lugar de ello, había intentado ignorarlo con todas sus fuerzas, rogando a Dios que fuera capaz de mantener la compostura hasta que él se marchara.

Pero, cuando Stephen anunció su intención de contraer matrimonio, no pudo seguir fingiendo ni un minuto más. Con el corazón hecho añicos, huyó. A pesar de todos sus esfuerzos por olvidarlo, seguía enamorada de él, algo que le disgustaba enormemente. De hecho, cuanto más pensaba en ello, más rabia sentía.

«¿Cómo se atreve a presentarse aquí ese sinvergüenza y anunciar tranquilamente sus planes de boda? —pensó mientras se secaba impacientemente las lágrimas con el pañuelo—. ¡Con todo el descaro! Me gustaría...»

—Hayley.

Una grave voz masculina interrumpió sus pensamientos. Se volvió y la embargó una profunda indignación cuando vio a Stephen entrando en su alcoba. Luego cerró la puerta tras de sí y se apoyó en ella.

—¡Sal de esta habitación! ¡Ahora mismo! —le gritó furiosa mientras se levantaba de un salto.

—He de hablar contigo de ciertas cosas... —le dijo con voz calmada, mientras se acercaba lentamente a ella—. Después, si sigues queriendo que me vaya, me iré.

—Ya he oído todo cuanto tenía que oír de tu boca. —Hizo un gran esfuerzo por evitar que le temblara la voz y se sintió orgullosa de casi conseguirlo—. ¿Cómo te atreves a entrar en mi alcoba?

Stephen siguió avanzando hacia Hayley. Ella no estaba dispuesta a dejarle creer que la intimidaba. Se quedó donde estaba, a pesar de que él no se detuvo hasta que sólo les separaba medio metro.

—Según recuerdo, una vez me acogiste en esta habitación —dijo él con voz ronca—. Me acogiste en tus brazos. En tu lecho. En tu cuerpo.

La humillación, la vergüenza y el dolor estallaron en el interior de Hayley, clavándosele en las entrañas, partiéndola por dentro.

—¿Cómo te... se atreve...? Debe saber —prosiguió tratándolo de usted a causa de la furia y el desprecio que sentía— que usted no es el hombre que acogí en esta habitación. Me he enterado, lamentablemente demasiado tarde, de que aquel hombre no existía. No era más que una sarta de mentiras y engaños.

Stephen tendió una mano temblorosa hacia Hayley para tocarle una mejilla, pero ella se alejó bruscamente de él.

—Era yo —dijo Stephen con un doloroso susurro—. Un yo que ni siquiera sabía que existía. Un yo capaz de tener sentimientos que no sabía que existieran. Hasta que llegaste tú, Hayley.

Ella bajó la cabeza, luchando contra la tempestad de emociones que habían desatado aquellas palabras.

—Te traté terriblemente, Hayley, y lo siento más de lo que puedo expresar. La noche en que te vi en la fiesta de Victoria había estado pesando en ti. ¡Dios! No podía dejar de pensar en ti. Cuando me volví y te vi allí, me puse tan contento de verte...

—Supiste disimular muy bien tu sin par alegría —dijo Hayley con una amarga sonrisa.

—Sabía que estaba en peligro —prosiguió él—. Justin y yo le habíamos tendido una trampa a la persona que intentaba matarme, y yo era el cebo. Estaba desesperado por alejarte de mí para mantenerte a salvo. Me habría muerto si alguien te hubiera hecho daño. Pero tú no te querías ir. —Respiró hondo—. Y luego cometí la peor equivocación de toda mi vida.

—Todas aquellas cosas que me dijiste...

—Fue un error imperdonable. —El sacudió repetidamente la cabeza—. Mi única excusa es que en toda mi vida nunca he conocido a nadie con una bondad y una generosidad como las tuyas. Y durante un maldito momento de insensatez le encontré mucho sentido a la posibilidad de que hubieras acudido a mí para ver lo que podías sacarme. Por mi título, me temo que lamentablemente ese tipo de cosas ocurre con una pasmosa frecuencia. Tengo muy pocos amigos porque hay muy pocas personas en quienes pueda confiar realmente... muy pocas personas que no quieran obtener algo a cambio de mi «amistad». Pero tú... —A Stephen se le hizo un nudo en la garganta y tuvo que guardar silencio durante varios segundos—. Tú eres incapaz de semejante egoísmo y estoy profundamente avergonzado de haber pensado que lo eras.

—¿Y qué me dices de todas las mentiras que me contaste cuando te acogí en mi casa?

—De nuevo, alguien quería verme muerto. Pensé que, si ocultaba mi identidad, sería más difícil que me descubrieran mientras me curaba de las heridas. Como tú sabes, no estaba en condiciones de viajar ni de defenderme.

—La forma en que me dejaste —susurró ella—, aquella horrible carta.

—Lo siento. ¡Dios! No te puedes imaginar lo mucho que me he arrepentido de habértela escrito. Intenté decirte que tenía que marcharme, pero, cuando me pediste que me quedara, cuando me dijiste que me querías... —Se pasó las manos por el pelo—. Perdí el control, te deseaba tanto... Y después de estar juntos, no podía soportar la idea de ver cómo el amor se desvanecía de tus ojos al enterarte de que te había mentido. Creía que no volvería a verte nunca más y quería que mi última imagen de ti fuera mirándome con ojos llenos de amor. Fue puro egoísmo por mi parte, y no tengo ninguna excusa. Pero, por si quieres saberlo, me he arrepentido cada momento desde entonces.

Hayley cerró fuertemente los ojos mientras intentaba dominar las emociones que se agolpaban en su interior como abejas en un enjambre, bombardeándola, acribillándola, obligándola a sentir cosas que tan desesperadamente había intentado enterrar. Si Stephen no se iba pronto, ella no tardaría mucho en desmoronarse.

—Hayley, hay tantas cosas que quiero decirte, pero no encontraba las palabras adecuadas para decírtelas... de modo que te he comprado un regalo.

Hayley abrió los ojos y rogó a Dios que le diera fuerzas.

—Espera aquí.

Stephen abrió la puerta y se agachó para coger algo. Luego cerró la puerta y volvió a acercarse a Hayley, sosteniendo un pequeño ramo de flores.

—Tengo un modesto invernadero en mi casa de Londres —le dijo mientras le entregaba las flores—. Ayer por la tarde tuve una conversación con Desmond.

—¿Desmond?

—Mi jardinero. Al parecer, comparte tu afición por los nombres de las flores y lo que simbolizan. —Tocó una delicada flor—. Por ejemplo, Desmond me dijo que los tulipanes, como éste, simbolizan el amor apasionado. ¿Es correcto?

Hayley miró fijamente el ramo y asintió en silencio.

—Y esta flor —dijo Stephen tocando una florecilla blanca— es una camelia. Simboliza la perfecta hermosura. Y estas margaritas rosas... ¿sabes qué simbolizan?

—Mi amor nunca morirá —susurró Hayley, con los ojos clavados en el ramo.

—Sí. Mi amor nunca morirá —repitió él tiernamente. Luego señaló un pequeño capullo de rosa de color blanco—. Según Desmond, éste simboliza un corazón que no ha conocido el amor. —Colocando delicadamente un dedo bajo la barbilla de Hayley, se la levantó hasta que se cruzaron sus miradas—. Así era yo. No conocía el amor. Hasta que te conocí. —Cogió una rosa roja del ramillete y se la alargó—. Las rosas rojas simbolizan el amor. Eso es lo que yo siento por ti, Hayley.

Hayley cogió la rosa con dedos temblorosos y se la llevó a la nariz, inhalando su embriagadora fragancia mientras la cabeza le daba vueltas a gran velocidad. «"Amor. Eso es lo que yo siento por ti, Hayley." ¿Ha dicho realmente esas palabras?»

Antes de que ella pudiera pensar, Stephen alargó el brazo y extrajo una florecilla del ramo. Cuando Hayley vio la verbena, se quedó completamente inmóvil. Su mirada buscó la de Stephen.

—¿Sabes lo que simboliza la verbena? —le preguntó con dulzura.

Ella tragó saliva, apenas capaz de respirar.

—¿Sabes tú lo que simboliza?

Asintiendo solemnemente, le alargó la flor.

—Cásate conmigo.

Hayley lo miró fijamente. Seguro que estaba soñado. Aquello no podía ser real.

Él se inclinó hacia delante y rozó levemente sus labios con los de ella.

—¡Por Dios, Hayley, te quiero! —le dijo respirando en su boca—. Cásate conmigo. Te prometo que me pasaré el resto de mi vida intentando hacerte feliz, intentando hacerte olvidar todo el daño que te he hecho. —Levantó la cabeza y buscó su mirada.

Hayley miró el rostro de Stephen, tan atractivo como siempre y con una expresión entre seria y sombría. La quería. El caudal de lágrimas que Hayley ya no se sentía capaz de contener por más tiempo se desbordó y empezó a emanar de sus ojos.

Él la estrechó entre sus brazos, comprimiendo el ramo entre ambos.

—No llores, por favor. No puedo soportar ver llorar a un ángel. —Le besó tiernamente los párpados y luego deslizó los labios por sus mejillas empapadas de lágrimas—. Hayley, mi amor, por favor, di algo —le susurró al oído—. Necesito que me des una respuesta. Lo estoy pasando fatal... —Bajó la cabeza hasta que sus frentes entraron en contacto—. Tienes que casarte conmigo. Si no, me convertiré en un horrible cascarrabias. Estaré siempre de mal humor. —Levantó la cabeza y se tocó la piel de la comisura de un párpado—. Mira todas las arrugas que me han salido de tanto poner mala cara. Envejeceré antes de tiempo. Compadécete de un pobre miembro de la nobleza que está locamente enamorado de ti y se siente profundamente desdichado en tu ausencia.

—Mi familia —empezó a decir Hayley, pero Stephen la cortó.

—Tu familia será mi familia, y será la primera familia de verdad que he tenido nunca. Vivirán con nosotros y me encargaré de que no les falte de nada.

—Supongo que querrás que deje de llevar pantalones de montar y de juguetear en el lago.

La expresión de Stephen se suavizó y negó con la cabeza.

—No, no cambies nada. Me gusta todo de ti, especialmente esas cosas que te hacen tan maravillosamente diferente.

Hayley sintió una dicha desbordante. Pero todavía había un pequeño obstáculo que se interponía en su camino.

—Hay algo que debo decirte, Stephen.

—Basta con que me digas que sí.

Hayley negó con la cabeza.

—Me refiero a que hay algo que debes saber, algo sobre mí.

—Soy todo oídos.

Hayley dio un paso atrás y se apretó el estómago con la mano.

—No sé muy bien cómo decírtelo más que diciéndotelo. —Respiró hondo y deseó lo mejor—. Quiero seguir escribiendo y vendiendo relatos para *Gentleman's Weekly*.

—Cuando seas mi mujer, desde luego no te faltará dinero.

—No tiene nada que ver con el dinero. Disfruto escribiendo esos relatos. Me ayudan a mantener vivo el recuerdo de mi padre. —Cuando vio que él guardaba silencio, añadió—. Es importante para mí, Stephen.

—Entiendo.

A Hayley se le encogió el corazón al oír aquel tono tan serio y desapasionado. Era evidente que lo desaprobaba.

—Soy consciente del escándalo que supondría que alguien descubriera que soy H. Tripp. Debes de pensar que soy...

—Inteligente. Creo que eres absolutamente inteligente. Y maravillosa. —Una lenta sonrisa curvó los labios de Stephen—. Parece ser que acabo de proponerle el matrimonio a uno de los «hombres» más famosos de toda Inglaterra. Desde luego, ¡vamos a dar que hablar a los miembros de la alta sociedad! —Atrayéndola hacia sí, la besó hasta que a ella empezó a darle vueltas la cabeza.

—¿O sea que no te importa? —dijo Hayley casi sin aliento cuando él levantó la cabeza.

Stephen arqueó una ceja.

—¿Importarme? Que la mujer a quien amo tenga talento para escribir, aparte de ser hermosa y absolutamente maravillosa? ¿Por qué iba a importarme?

—Entonces, ¿me dejarías seguir escribiendo?

—¿Dejarte? Insisto en que sigas escribiendo. Estoy tan pendiente como todo el mundo por saber qué ocurre en la próxima entrega de *Las aventuras de un capitán de barco*. —La miró con seriedad—. Ahora, vas a responder de una vez a mi pregunta. ¿Quieres casarte conmigo, Hayley?

Hayley lo miró; su corazón rebosaba tanto amor que apenas podía hablar. Consiguió emitir una sola palabra, pero, al parecer, aquello le bastó a Stephen, puesto que era la única palabra que deseaba oír.

—Sí —dijo con un hilillo de voz.

—¡Gracias a Dios! —exclamó él fervientemente. Bajó la cabeza y apresó los labios de Hayley en un beso interminable, lleno de dolorida ternura e inequívoco amor. Al cabo de varios minutos, levantó la cabeza—. Sólo hay algo que necesito pedirte —le dijo con voz algo trémula.

—¿Qué?

—Aun corriendo el riesgo de parecer un poco despótico y demasiado exigente, si el indeseable de Popplefart* no está fuera de esta casa dentro de exactamente tres minutos, voy a sacarle de una patada en el culo.

Hayley abrió los ojos de par en par.

—¡Dios mío! Me había olvidado completamente del pobre Jeremy...

—¿Pobre Jeremy?

—Sí. Debo decirle que no acepto su proposición.

—¿Su qué?

—Jeremy me pidió que me casara con él.

—Es hombre muerto —vaticinó Stephen—. Voy a romperle hasta el último hueso de su maldito cuerpo... —Inte-

* En inglés, *to fart* significa «pederse». La «equivocación» de Stephen contiene cierta nota irónica que no se puede traducir al español. *(N. de la T.)*

rrumpió su diatriba y dirigió una mirada fulminante a Hayley—. ¿Cuándo te lo propuso?

—Ayer —contestó ella, haciendo un gran esfuerzo por ocultar su satisfacción ante el ataque de celos de Stephen.

—¿Y no le diste un no inmediatamente?

—Bueno, no. Yo...

—¿Estabas considerando su proposición? —le preguntó en tono repentinamente sereno.

Ella extendió los brazos hacia él y ahuecó ambas manos alrededor del malhumorado rostro de Stephen.

—No sería fiel a la verdad si te dijera que no pensé en ello, pero tenía la firme intención de decirle hoy después de la fiesta que no podía aceptar su proposición. Se lo diré en cuanto bajemos.

—Sigo teniendo ganas de partirle la cara —murmuró Stephen entre dientes—. He visto cómo te besaba en la sien cuando salíais del bosque. Si a ese Popplepuss se le ocurre volver a ponerte las manos encima, va a saber lo que es el dolor.

Las comisuras de los labios de Hayley se arquearon en una dulce sonrisa.

—Popplemore.

—Eso.

Hayley rozó sus labios contra los de Stephen, contraídos en una mueca de seriedad.

—¿Por qué no bajamos ya? Daremos a la familia la gran noticia y yo acompañaré a Jeremy hasta la puerta. —Hayley se colgó literalmente del cuello de Stephen y le paso la lengua por el labio inferior.

—Una excelente idea —dijo él mientras la apretaba fuertemente contra su cuerpo. Pasó los dedos por los rizos de Hayley y la besó, un beso que empezó tiernamente pero pronto se hizo apasionado.

—Stephen —susurró Hayley, agarrándose a los hombros de él mientras los ardientes labios de Stephen descendían por el lado de su cuello.

Él rozó levemente con la lengua el trepidante pulso que latía en la base del cuello de Hayley.

—¿Sí?

—Todo el mundo se estará preguntando qué estamos haciendo aquí arriba. Deberíamos bajar —dijo sin mucha convicción.

Stephen le dio un último y largo beso.

—Tienes razón. No podemos quedarnos aquí mucho más tiempo. Si no, acabaremos en tu cama. —Apretó la mano de Hayley contra su brazo y empezó a andar hacia la puerta.

—Espera —dijo Hayley, soltándose del brazo de Stephen. Se agachó y recogió el ramillete de flores que él le había regalado. Se le había caído al suelo durante el beso y ahora estaba ligeramente aplastado—. No puedo dejarme mis flores. —Se levantó y se acercó el ramo a la cara, inspirando profundamente—. Es el regalo más maravilloso que me han hecho en toda mi vida.

Stephen le acarició tiernamente la mejilla.

—¿Sabes cuál es el regalo más maravilloso que me han hecho a mí? —le preguntó con dulzura.

Hayley lo miró a la cara, la cara más atractiva e irresistible que había visto nunca. Lo quería tanto que hasta le dolía. Sacudió la cabeza.

Él se llevó la mano de Hayley a los labios y le besó la palma ardientemente.

—Tú, mi amor, eres el regalo más maravilloso que me han hecho en toda mi vida.

32

Tres meses más tarde, por fin llegó la vigilia de la boda.

«¡Gracias a Dios!», pensó Stephen mientras daba un sorbo a su copa de brandy en la biblioteca de la casa de Londres de su padre.

Esperar tres largos e interminables meses para convertir a Hayley en su esposa casi lo mata. Habría preferido desposarla inmediatamente con un permiso especial, pero se dio cuenta de que sería sumamente egoísta de su parte negar a Hayley el tipo de boda que se merecía sólo porque él no podía esperar a empezar su vida en común, por no mencionar lo mucho que le costaba no ponerle las manos encima. Además Hayley insistió en que, por muchas ganas que tuviera de casarse con él, quería esperar a que se hubiera celebrado la boda de Pamela.

De modo que Stephen tuvo que esperar tres terriblemente largos meses, durante los cuales tuvo que movilizar hasta él último ápice de su capacidad de autocontrol para abstenerse de hacer el amor con Hayley. Se había volcado completamente en el trabajo para tener la mente y las manos ocupadas. Inmediatamente después de la boda de Pamela y Marshall, que se había celebrado el mes anterior, Hayley y el resto de los Albright se habían trasladado a Londres. Mientras la casa de los Abright estaba vacía, Stephen lo organizó todo para que la repararan y la reformaran, y Hayley se la había regalado a los recién casados como regalo de bodas.

Desde que Hayley llegó a Londres, siempre parecía estar ocupada con la madre de Stephen y Victoria preparando la boda. Stephen se quejaba de no poder pasar más tiempo con su prometida, pero el mero hecho de tenerla cerca, sabiendo que dentro de pocas semanas estarían juntos, le llenaba de una dicha hasta entonces desconocida para él. Él se encargó de buscar tutores para Nathan y Andrew y dedicó una considerable cantidad de tiempo a enseñar Londres a los chicos y a Callie mientras las mujeres ultimaban los detalles de la boda.

Pierre estaba cómodamente instalado en la cocina de Stephen, y Grimsley, resplandeciente con su librea granate y dorada, se encargaba de contestar a la puerta. Winston estaba a cargo del mantenimiento del edificio, un trabajo que se tomaba muy en serio, tan en serio como su incipiente coqueteo con el ama de llaves de Stephen.

Y ahora, por fin, después de tanto esperar, de tantas noches sin dormir, completamente solo, dando vueltas en su enorme cama y con el cuerpo tenso y dolorido, por fin iba a concluir la larga espera. Al día siguiente, Hayley sería su esposa. Aquélla era la última y maldita noche que tendría que pasar sin ella. Apoyando las botas en una otomana, Stephen cerró los ojos, recostó la cabeza en el respaldo de la silla y emitió un largo y sonoro suspiro de satisfacción.

—Pareces bastante satisfecho —dijo Gregory mientras entraba en la habitación. Tomó asiento en una butaca orejera que había enfrente de Stephen.

—Lo estoy —asintió Stephen sin dudarlo. Miró a su hermano de arriba abajo. Durante los tres últimos meses Gregory había experimentado un profundo cambio. Desde el horrible episodio con Melissa, Gregory había recapacitado sobre su vida y había hecho algunas mejoras espectaculares. Ahora se tomaba las cosas mucho más en serio y era mucho más responsable y, por primera vez en su vida, mostraba interés por cosas distintas de sí mismo. Había dejado de jugar y de beber en exceso. Siguiendo la sugerencia de Hayley, Stephen había encargado a su hermano la gestión de dos pequeños feudos. «Si le demuestras que crees en él y confías en él, estoy segura de que estará a la altura de tus expectativas.» Stephen se tomó aquel consejo con un gran escepticismo, pero hizo caso a Hayley y comprobó, para su sorpresa, que ella tenía razón. Gregory estaba haciendo un trabajo admirable.

Gregory levantó su copa en el aire y propuso un brindis.

—Porque, al fin, ha llegado tu última noche como solterón —dijo con una medio sonrisita.

—Amén —dijo Stephen fervientemente. Tras tres meses de celibato, se sentía como si estuviera a punto de explotar.

Estuvieron varios minutos sentados en silencio, bebiendo brandy y observando la danza de las llamas. Al final, Gregory rompió el silencio.

—Quiero... eh, quiero que sepas... —Empezó, pero se calló súbitamente.

Stephen se volvió para mirarle y se sorprendió al ver que se había ruborizado.

—¿Sí?

—Quiero que sepas que durante los últimos meses... —Gregory carraspeó—. Te agradezco mucho la confianza que has depositado en mí, Stephen. Soy consciente de que nunca hemos tenido una relación muy estrecha y que, después de lo que pasó con Melissa...

—Lo que pasó con Melissa no fue en absoluto culpa tuya, Gregory —dijo Stephen con voz serena.

—Supongo que no, pero sigo sin poder evitar sentirme en cierto modo responsable.

—No lo hagas. Eso es agua pasada. Y no es necesario que me des las gracias. Me has demostrado que mereces mi confianza con tu trabajo y tu buen sentido de los negocios.

Volvió a hacerse el silencio; el único sonido en la habitación era el crepitar del fuego.

—Hayley me cae muy bien —dijo Gregory al cabo de varios minutos—. Es como un soplo de aire fresco.

—Sí, lo es. —«Aire fresco con olor a rosas.»

—Mamá se ha encariñado mucho con ella, y Victoria la

quiere con locura —prosiguió Gregory—. Pero lo más sorprendente de todo es la reacción de papá.

Stephen soltó una risita.

—Sí. Parece un milagro, ¿verdad?

—Creo que papá ha caído bajo una especie de hechizo.

—Desde luego —asintió Stephen—. Trata a Hayley con una asombrosa ternura. Pero, en cierto modo, no me sorprende. Cuando conocí a Callie, recuerdo que me dijo que yo también iba a querer a Hayley, que todo el mundo la quería.

—Vaya niña tan lista —dijo Gregory con una sonrisa.

—Muy lista.

—Es una lástima que Hayley no tenga más hermanas —dijo Gregory con tristeza—. Pamela ya está casada, y Callie es demasiado pequeña.

—Siempre te queda la opción de tía Olivia —recordó Stephen a su hermano con una mirada maliciosa—. Creo que me has sustituido en su lista de afectos.

Gregory se rió.

—Es todo un personaje. Esta mañana se me ha salido un zapato cuando estaba en el salón y me he agachado para volvérmelo a poner. Tía Olivia ha entrado en el salón como Pedro por su casa y me ha preguntado qué hacía. Yo le he contestado: «Se me ha salido el zapato.» Ella se ha sonrojado, me ha dicho: «Si insiste», y me ha dado un fuerte abrazo de oso. Luego me ha señalado con el dedo y me ha llamado joven desvergonzado.

Una sonrisa arqueó los labios de Stephen.

—Sí. He heredado una pandilla bastante pintoresca.

—Y no te olvides de los perros —le recordó Gregory—. Ya sabes, los tres sabuesos de Mayfair*.

Stephen resopló.

—No me lo recuerdes.

—Por lo menos no tendrás que preocuparte demasiado

* Mayfair es una zona residencial de alto postín de Londres donde se ubica la residencia de los Barrett. La autora establece un tétrico paralelismo con *El sabueso de los Baskerville. (N. de la T.)*

por que alguien pueda entrar a robar en tu casa con esas bestias dentro.

—Me siento completamente seguro —asintió Stephen—. Me temo que la porcelana será la que se llevará la peor parte.

—Destrozarán hasta el último de los muebles que posees —le avisó Gregory entre risas.

La imagen de Hayley, riéndose y jugando con aquellos inmensos perros, acudió de súbito a su mente.

—Desde luego. Pero me compensa con creces, Gregory. Créeme, con creces.

La boda tuvo lugar a las diez de la mañana del día siguiente en la catedral de San Pablo. Stephen estaba de pie junto al altar, al lado de Gregory, esperando con una impaciencia apenas disimulada a que Hayley recorriera el largo pasillo de la catedral.

Callie llegó primero, sonriendo tímidamente y esparciendo pétalos de rosa. Cuando vio a Stephen, miró disimuladamente a ambos lados y luego frunció los labios y le envió un beso. Stephen miró rápidamente a su alrededor y le guiñó el ojo exageradamente, lo que provocó una risita sofocada en la pequeña.

Pamela fue la segunda en llegar, encantadora, con un vestido color melocotón claro. Sonrió a Stephen mientras ocupaba su sitio en la parte delantera de la iglesia. Stephen le devolvió la sonrisa y luego se quedó extasiado al divisar a Hayley. Se deslizaba lentamente por el pasillo, con la mano apenas apoyada en el brazo de Andrew.

Stephen contuvo la respiración y sintió que se le paraba el corazón. Vestida con un sencillo y elegante vestido de satén color marfil de cola corta, era la criatura más exquisita que habían visto los ojos de Stephen. Largos y finos filamentos de los que colgaban aguamarinas y diamantes se entrelazaban entre sus rizos castaños, titilando cuando los iluminaba la luz solar que entraba por las vidrieras de la catedral.

Pero fueron sus ojos los que cautivaron a Stephen y lo

convirtieron en su eterno prisionero. Aquellos hermosos ojos de un azul cristalino lo miraban fijamente, luminosos, resplandecientes y rebosantes de un amor tan evidente que Stephen se sintió profundamente abrumado. No estaba seguro de qué había hecho para merecer el amor de aquel hermoso ángel, pero iba a aceptarlo con los brazos abiertos, agradeciéndoselo a Dios cada día.

La ceremonia duró sólo un cuarto de hora y, cuando concluyó, Stephen apretó la mano de su mujer («¡su mujer!») contra su brazo y la condujo triunfalmente hasta la puerta de la iglesia.

De vuelta a la casa de Londres, se sirvió un suntuoso banquete de boda, pero Stephen apenas probó bocado. Lo único en que podía concentrarse era en Hayley. Sus resplandecientes ojos azules, su radiante sonrisa y aquel atractivo rubor que coloreaba sus mejillas cada vez que se cruzaban sus miradas por encima de la mesa.

Stephen no podía esperar a tenerla sólo para él, y se felicitó mentalmente por su brillante plan de empezar la primera etapa del viaje de novios inmediatamente después de la comida. No tenía ningunas ganas de pasar la noche de bodas en una casa de ciudad atiborrada de gente, por muy a gusto que se sintiera con ellos. Aquella misma tarde viajarían a su finca del campo, donde pasarían una semana antes de proseguir el viaje de novios por Francia. Stephen miró disimuladamente el reloj de sobremesa e intentó ocultar su impaciencia. «Ya falta poco. Muy poco.»

Tras dos horas que a él le parecieron años, Stephen por fin ayudó a Hayley a subir al elegante carruaje negro. Ella sacó la mano por la ventana y lanzó por los aires el ramo de rosas y pensamientos. El ama de llaves de Stephen, visiblemente emocionada, lo cogió al vuelo.

Stephen tomó asiento delante de Hayley e hizo una seña al chofer para que se pusiera en camino. Los invitados despidieron a la pareja de recién casados agitando las manos en el aire y Hayley les respondió con el mismo gesto hasta que desaparecieron en la distancia.

Stephen la observó encandilado, el corazón golpeándole fuertemente contra la caja torácica, el pulso acelerado y descontrolado. Era suya. Por fin.

Ella le sonrió, con ojos brillantes, y a él se le cortó la respiración. Había tantas cosas que quería, necesitaba decirle y, sin embargo, no encontraba las palabras.

—La ceremonia ha sido hermosa, ¿verdad? —preguntó ella.

Él tragó saliva y asintió.

—Y en el banquete estaba todo delicioso. Todo el mundo ha disfrutado de lo lindo... —Su voz se fue desvaneciendo y su expresión se tornó seria—. Stephen, ¿va algo mal?

Stephen carraspeó. Tenía la garganta muy seca.

—No. Todo es perfecto.

—¿Estás seguro? Pareces...

—Te quiero, Hayley. —Las palabras brotaron de su boca como el vapor saliendo a borbotones de una tetera hirviendo. Resopló, profundamente frustrado por su incapacidad para expresar los sentimientos que se agolpaban en su interior—. Cuando te he visto en la iglesia, avanzando hacia mí, estabas tan exquisita... Eres todo cuanto podría haber soñado. —Le cogió las manos y las apretó entre las suyas—. Me gustaría tener palabras para decirte lo mucho que significas para mí, lo mucho que has cambiado mi vida, lo inmensamente feliz que me haces.

—Lo sé, Stephen —dijo Hayley con lágrimas en los ojos—. Me lo demuestras cada día con las cosas tan maravillosas que haces. Tus acciones hablan de tu amor, y tu hermosa sonrisa me dice lo feliz que eres. Las palabras no siempre son necesarias.

Él sintió un gran alivio interior. Ella lo entendía. Ella lo sabía.

Sin dejar de mirarse mutuamente, él se sentó al lado de ella y ahuecó las palmas alrededor de su rostro. Rozó suavemente los labios de Hayley con los suyos mientras el corazón le latía con fuerza, rebosante de un amor tan intenso que hasta le dolía. Cuando ella suspiró su nombre, él la rodeó con los brazos, ahondando el beso hasta que empezó a temblar del esfuerzo por contenerse.

Levantando la cabeza, Stephen miró aquellas acuosas profundidades donde flotaba el amor. Amor por él. «¡Dios! ¡Vaya sensación!» Todo su cuerpo empezó a palpitar en respuesta, llenándolo de una acuciante necesidad de hacerle el amor. Justo allí. En aquel momento.

Una vívida imagen de Hayley desnuda, ofreciéndosele, restregándose contra su cuerpo, relampagueó en su mente y lo obligó a ahogar un gemido. Apartó los brazos de ella de su cuello y colocó decididamente las manos de su amada sobre la falda del vestido de novia. Luego se alejó de ella al máximo en el asiento de terciopelo. Su esposa se merecía una noche de bodas en un lecho como Dios manda, con champán y luz de velas. Era un hombre capaz de controlarse. Podía esperar hasta la noche. Siempre y cuando dejara de tocarla.

En un intento de centrar la atención en otra cosa, Stephen sacó un fajo de cartas del bolsillo.

—¿Te apetece jugar a cartas?

Ella se quedó boquiabierta.

—¿Estás enfadado conmigo?

—No.

—Entonces, ¿qué diablos te pasa? Decías que te morías de ganas por estar a solas conmigo y ahora que lo estás, ¿te apetece jugar a cartas?

Él le acarició la cara con ambas manos.

—Por supuesto que no me apetece jugar a cartas, pero no puedo seguir besándote.

—¿Puedo preguntarte por qué no?

—Porque te deseo desesperadamente. ¡Maldita sea! —Lo dijo como si fuera a explotarle el pecho, casi violentamente—. Si te vuelvo a tocar, no podré contenerme. Te mereces algo mejor que un rápido revolcón en un coche de caballos en marcha.

La comprensión se reflejó en los ojos de Hayley, y la mirada que dirigió a Stephen transmitía tal invitación sensual que Stephen sintió que el deseo le hormigueaba en todos los poros. El sudor le perló la frente mientras luchaba por mantener el control.

—Si continúas mirándome de ese modo, amor mío, te desnudaré en menos que canta un gallo, te lo puedo jurar.

—¡Santo Dios! —Ella deslizó la yema de un dedo por el labio inferior de Stephen—. ¿En menos que canta un gallo? ¿Cuánto dura eso?

Con una sola y sutil caricia, Stephen perdió la batalla.

—Estás a punto de comprobarlo.

Con un hondo gemido, Stephen deslizó los dedos por el cabello de Hayley, esparciendo alfileres a diestro y siniestro. Apretó los labios contra los de ella en un beso desesperado y dolorido que les dejó a ambos sin aliento. Si no le hubieran temblado tanto las manos, indudablemente la habría desnudado en menos de un minuto. Los dos minutos y medio que tardó casi lo matan. A pesar de sus trémulas manos, él se desembarazó de su propia ropa en menos de treinta segundos.

—Hayley —gimió Stephen, cubriéndola con su cuerpo—. ¡Dios, cómo te quiero! —Su tacto era tan increíblemente reconfortante. Parecía que había pasado una eternidad desde que notó su piel contra la de ella por última vez. Cubrió la boca de Hayley con la suya y jugueteó con la lengua, introduciéndosela y sacándosela frenéticamente en un baile amoroso que le hizo fluir la sangre por las venas a borbotones.

Stephen intentó ir despacio, pero no podía. Estaba demasiado duro, demasiado excitado, se había contenido durante demasiado tiempo, la deseba demasiado desesperadamente. La penetró con una larga embestida que le paró el corazón y arrancó un gemido entrecortado de su pecho.

Ella se apretó contra él, suspirando su nombre una y otra vez. Él sintió las oleadas del clímax atravesando el cuerpo de ella y explotó su pasión. La explosión duró un momento interminable y fue tan profunda que Stephen no sabía dónde acababa ella y dónde empezaba él. Se desplomó sobre ella, sin aliento, saciado y muy cerca de la muerte. Pasaron tres largos minutos hasta que fue capaz de levantar la cabeza y mirar a Hayley.

Ella lo miró con ojos brillantes.

—Santo Dios, creo que me gusta bastante eso de un rápido revolcón en un coche de caballos en marcha.

Stephen se tumbó al lado de Hayley y le apartó un rizo rebelde de la frente con una media sonrisa en los labios.

—Ya te había avisado de lo que pasaría.

—¿Ah, sí?

Stephen deslizó sutilmente un dedo por el puente de la nariz de Hayley.

—He intentado comportarme como un caballero, esperando a tener una cómoda cama.

—Llevaba tres meses esperando, Stephen. No quería esperar más tiempo. Además, la puerta del establo ya estaba abierta. Tú ya sabes a qué me refiero... No veía ninguna razón para prolongar más nuestra agonía.

Stephen soltó una risita.

—Sólo tú podrías pensar en vacas en un momento como éste.

Un brillo malicioso iluminó los ojos de Hayley.

—De hecho, no es precisamente en vacas en lo que estaba pensado.

—¿No?

Hayley deslizó las manos por el pecho de Stephen, luego le hizo cosquillas en el abdomen con las palmas y siguió bajando hasta que sus yemas rozaron su virilidad.

—Categóricamente, no estaba pensando en vacas —musitó ella, y luego deslizó la lengua por el labio inferior de Stephen mientras sus dedos rodeaban y apretaban suavemente el turgente miembro.

Stephen gimió, sin acabarse de creer que volviera a estar duro como el hierro tan pronto, pero lo estaba. Empujó a Hayley sobre la espalda y se colocó entre sus muslos.

—Sólo es un viaje de cinco horas y tenemos que recuperar el tiempo perdido durante tres largos meses, querida esposa —dijo él, deslizándose en su aterciopelada y acogedora calidez—. No podemos desperdiciar ni un solo segundo.

—No —dijo ella soltando un profundo suspiro—. Ni un solo segundo.

Epílogo

Los dolores de parto de Hayley empezaron por la mañana exactamente nueve meses después del día de la boda. Stephen deambulaba nerviosamente sobre la alfombra del despacho privado de su casa londinense intentando concentrarse en algo, cualquier cosa que no fuera el terror malsano que amenazaba con desmontarlo. Miró el reloj de sobremesa y se dio cuenta de que sólo había pasado un minuto desde la última vez que lo había mirado.

Alguien llamó a la puerta, y él la abrió tan bruscamente que casi arranca las bisagras de cuajo. Pamela estaba de pie ante él.

—¿Ya está? —preguntó Stephen.

Pamela negó con la cabeza con una compasiva sonrisa en los labios.

—Podría durar varias horas más.

Stephen se pasó las manos por el pelo.

—¿Varias horas más? ¿Es normal que dure tanto?

—Sí. —Pamela lo tomó del brazo y estiró delicadamente de él para sacarlo de la habitación—. ¿Por qué no vienes al salón? Tu madre y tu padre acaban de llegar, y Gregory, Victoria y Justin también están aquí.

Stephen se paró en secó, frenando a Pamela.

—No estoy de humor para dar conversación a nadie.

—Stephen, escúchame, por favor. Hayley está bien. Todo va a ir bien. ¡Mírame a mí! Hace sólo un mes que di a luz y me encuentro estupendamente.

—Pero está tardando tanto...

—De hecho, sólo lleva un par de horas —dijo Pamela riéndose y volviendo a tirar de Stephen—. El tiempo se te pasará mucho más deprisa si te distraes haciendo algo en vez estar aquí de pie, solo y mirando el reloj. —Tiró de él hasta que consiguió que se moviera.

Stephen entró en el salón y olvidó momentáneamente su preocupación ante una visión que le alegró la vista. Callie presidía una mesa llena de tacitas de té instalada en el centro del gran salón. Habían traído sus diminutos muebles de la casa de los Albright, y alguien se las había apañado para conseguir sillitas adicionales para la ocasión. Stephen sospechaba que había sido su padre, pero el duque se negaba en redondo a admitirlo.

Alrededor de la mesita, con sus largos cuerpos hechos un ocho en aquellas diminutas sillitas infantiles, estaban sentados Gregory, Justin, Marshall Wentbridge, Grimsley, Winston y, lo más increíble de todo, el padre de Stephen. Stephen contuvo una carcajada al ver a su indómito padre sentado en una sillita rosa, con las piernas dobladas y las rodillas clavándosele en el pecho, y bebiendo té de una tacita del tamaño de un dedal.

—Te están esperando —dijo Pamela en voz baja, haciendo un gran esfuerzo por parecer seria.

Las expresiones de los semblantes de los hombres sentados a la mesa oscilaban entre el dolor, la sorpresa, la resignación y el horror.

—Odio esas asquerosas sillitas —musitó Stephen.

—Sí —dijo Pamela, con ojos maliciosos—. Ya me lo parecía a mí.

—Ya veo que no voy a obtener ninguna misericordia de tu parte —dijo Stephen en tono jocoso.

—Ni la más mínima.

Conteniendo un suspiro, Stephen se unió al resto de los hombres y se aposentó con cuidado en la sillita que quedaba libre. Callie le dirigió una radiante sonrisa y le ofreció un dedal de té y una pasta, y él supo que había perdido la batalla.

No hacía ni un minuto que Stephen se había sentado a la mesa, cuando un lacayo entró en la habitación.

—El médico me ha pedido que le venga a buscar, milord —dijo el lacayo, intentando poner cara de póquer ante la visión de su señor hecho un ocho en aquella diminuta sillita.

Stephen notó que se quedaba sin riego sanguíneo en la cabeza. Se puso en pie de un salto, nada fácil con una sillita rosa pegada a las nalgas, y dijo con brusquedad:

—Quíteme esta maldita cosa de encima.

El lacayo se apresuró a liberarle. Stephen salió a toda prisa del salón, subió las escaleras corriendo y a punto estuvo de tirar al suelo al médico al cruzarse con él en el pasillo.

—Enhorabuena, milord —dijo el médico con una cordial sonrisa—. La marquesa se ha portado espléndidamente. Ella está bien y su bebé, una niña, perfectamente. —Inclinó la cabeza en la dirección de la alcoba de Hayley—. Le están esperando.

Stephen corrió a toda velocidad por el pasillo y entró en la alcoba; el corazón le latía tan fuerte que pensó que, efectivamente, iba a desmayarse. La visión que le alegró la vista le hizo derretirse por dentro.

Hayley estaba sentada en la cama, con un camisón limpio de algodón. Acunaba en sus brazos un pequeño bultito envuelto en una sábana de color rosa. Levantó la vista, vio a Stephen, y una dulce sonrisa iluminó su rostro.

—Mírala, Stephen. ¿No es preciosa?

Stephen se acercó a la cama. Sintió que le temblaban las piernas. Se arrodilló, tomó la mano de Hayley y le dio un cariñoso beso en la palma.

—¿Te encuentras bien, cariño? —dijo con un ronco susurro y luego carraspeó.

—Estoy bien —dijo ella con ternura—. Sinceramente, Stephen. Me encuentro perfectamente.

Stephen había oído historias sobre mujeres que habían fallecido en el parto. Muertes largas, angustiosas, tremendamente dolorosas. «¡Dios mío! —se había repetido una y otra vez mientras Hayley estaba dando a luz—. Su misma madre murió al dar a luz a Callie.» Se le helaba la sangre sólo de pensarlo.

—Sinceramente, Hayley, he pasado unos nervios de muerte —admitió él tímidamente.

Hayley le apretó la mano.

—Me encuentro estupendamente. Sólo un poco cansada. Ahora ven y siéntate a mi lado para conocer a tu hija.

—Mi hija —repitió Stephen en tono de reverencia.

Se sentó con sumo cuidado en la cama junto a Hayley y miró dentro de la sábana. En cuanto vio el milagro que era su hija, se enamoró de ella. Su boquita de piñón se abrió en un inmenso bostezo.

—Es tan pequeña. —Alargó un dedo inseguro y le tocó la cara. Su piel era increíblemente suave—. ¡Dios mío, Hayley, es preciosa!

—¿Estás decepcionado porque no ha sido un niño? Soy consciente de la importancia de un here...

Stephen la hizo callar con un tierno beso.

—¿Cómo se te ocurre preguntarme algo semejante? Estoy encantado con mi pequeña. Y con su madre. Aceptaré agradecido todas las hijas que quieras darme. Las mimaré hasta la saciedad y dispararé a todo hombre que ose acercarse a ellas. —Su mirada volvió a quedarse prendada del milagro que era su bebé—. Mira qué bonita es. Tendré que alejar a sus pretendientes a bastonazos.

—No durante algunos años —dijo Hayley con una sonrisa que irradiaba serenidad—. ¿Qué nombre le pondremos?

Stephen tocó tiernamente la manita de su hija. La pequeña abrió el puño y apretó fuertemente sus perfectos y minúsculos deditos alrededor del pulgar de su padre. Una oleada del más puro amor le infló el pecho hasta tal punto que casi se le corta la respiración. De repente, se le hizo un nudo en la garganta. «Dios mío, otro ángel.»

—Creo que deberíamos ponerle un nombre que hiciera honor a su madre —dijo él tiernamente.

—¡Santo Dios! ¿No querrás ponerle Hayley? —dijo ella con una risita—. Y no pienso seguir la tradición de los Albright de poner a los hijos el nombre del lugar donde fueron concebidos. La verdad, no me hace ninguna ilusión que nuestra hijita se llame Carruaje.

Stephen volvió a mirar su dedo apresado por la diminuta mano de la pequeña, ahora dormida, luego levantó la vista y miró a su hermosa esposa. Sintió que se le inflaba el pecho, y le dio un vuelco el corazón del profundo amor que le embargaba.

Una vez repuesto, cerró fuertemente los ojos y besó a Hayley en la frente.

—Quiero ponerle un nombre en honor a su madre —repitió con un emocionado susurro—. Ángela, quiero que se llame Ángela.